BVT

In meisterhafter Kürze und lakonischer Präzision halten die Geschichten Raymond Carvers das Leben von Scheiternden fest. Seine unvergleichliche Fähigkeit, »die Dinge in ihrem Schweigen zum Sprechen zu bringen« (John Updike), hat ihn bis heute zum Vorbild vieler Autoren werden lassen. Auf der Grundlage von neun Erzählungen Carvers entstand das Drehbuch zu Robert Altmans preisgekröntem Film *Short Cuts.*

Raymond Carver, 1938 in Clatskanie/Oregon geboren, schlug sich lange Jahre mit Gelegenheitsjobs durch. Sein erster Erzählungsband *Würdest Du bitte endlich still sein, bitte* machte ihn 1976 schlagartig berühmt und wurde für den National Book Award nominiert. Das Buch erschien erstmals vollständig übersetzt im Jahr 2000 im Berlin Verlag. Raymond Carver erhielt zahlreiche Auszeichnungen für sein Werk und wurde 1988 kurz vor seinem Tod in die American Academy of Arts and Letters aufgenommen.

Raymond Carver

Würdest du bitte endlich still sein, bitte

Erzählungen

Aus dem Amerikanischen
von Helmut Frielinghaus

Berliner Taschenbuch Verlag

Dezember 2001
BvT Berliner Taschenbuch Verlags GmbH, Berlin,
ein Unternehmen der Verlagsgruppe Random House GmbH
Die Originalausgabe erschien 1976 unter dem Titel
Will You Please Be Quiet, Please?
bei McGraw-Hill, New York

Umschlaggestaltung: Nina Rothfos und Patrick Gabler, Hamburg,
unter Verwendung einer Photographie von © Bob Adelman
Gesetzt aus der Stempel Garamond durch psb, Berlin
Druck und Bindung: Elsnerdruck, Berlin
Printed in Germany · ISBN 3-442-76007-0

Dieses Buch ist für Maryann

Inhalt

Richard Ford

Der gute Raymond

Zum ersten Mal begegnet bin ich Raymond Carver im Herbst 1977, bei einem jener komischen kleinen Literaturfestivals, wie sie auch heute noch an amerikanischen Universitäten stattfinden. Eine Gruppe von Schriftstellern – Lyriker und Prosaautoren gleichermaßen – läßt sich auf einen Campus einladen (in diesem Fall handelte es sich um die Universität von Dallas), jeden Abend gibt es öffentliche Lesungen und Podiumsdiskussionen, nachmittags nimmt man an Seminaren teil, und später sitzt man bis tief in die Nacht mit alten Kollegen an der Bar im örtlichen Hilton, manchmal kommt es auch zu ausgelasseneren Feierlichkeiten, aber nie übertrieben – eigentlich bleibt immer alles im Rahmen. Eben das, was ein Literatenleben außerhalb von New York so ausmacht.

Ray und ich waren damals noch ziemlich unbeschriebene Blätter, im Gegensatz zu anderen Teilnehmern wie Philip Levine und E. L. Doctorow, die schon damals zu den Stars der Literaturszene zählten. Ein Freund von der Universität Dallas hatte uns einfach auf die Liste der »Dozenten« gesetzt, um uns zu ein paar Dollar und der so wichtigen Möglichkeit, uns der Öffentlichkeit zu präsentieren, zu verhelfen. Ich hatte im Jahr zuvor einen Roman veröffentlicht, der keine besondere Beachtung gefunden hatte. Und Ray hatte seine erste Kurzgeschichtensammlung vorgelegt – *Würdest du bitte endlich still sein, bitte* –, die allerdings für den National Book Award nominiert war.

Offen gestanden hatte ich damals keine Ahnung, wer Raymond Carver war. Daß sein Name im Verlauf der folgenden zehn Jahre zu einem Begriff werden würde, seine Erzählungen zum neuen Muster ihrer Form, und er selbst in den Rang eines »amerikanischen Tschechow« erhoben, hätte sich damals wohl niemand vorstellen können. (Natürlich ist es schwer, sich nach all den Erfahrungen, die man gemacht hat, in den Zustand des Nichtwissens zurückzuversetzen. Andererseits gehört eben dieses Phänomen zu den Dingen, die einem Schriftsteller bei dem Versuch, fiktive Erfahrungen echt wirken zu lassen, am meisten zu schaffen machen.)
Möglicherweise hatte ich den Namen Raymond Carver hier und da schon einmal gehört, im Zusammenhang mit irgendwelchen wüsten Literatenbesäufnissen in der Gegend um San Francisco oder Iowa City, beides Gebiete, über die ich wenig wußte. (Schwer vorzustellen, aber ich lebte damals in Princeton.) Doch ich hatte ganz bestimmt noch nie etwas von Carver gelesen. Ich war dreiunddreißig und Ray ungefähr neununddreißig. Keiner von uns hatte bis dahin je den Dunstkreis verlassen, in dem sich junge Schriftsteller – manchmal für Jahre, manchmal ihr ganzes Leben lang – außer mit einer ziemlich verschwommenen Vorstellung von der »literarischen Welt«, dem Wissen um einige Namen von deren Peripherie, einer Handvoll Erzählungen oder einem gelegentlichen verheißungsvollen Durchbruch in Gestalt einer kleinen Publikation vor allem damit über Wasser halten, daß sie ihre Vereinsamung und Hartnäckigkeit zu Tugenden stilisieren und ihre Namenlosigkeit zur Geheimwaffe bei dem Versuch, die Aufmerksamkeit der Öffentlichkeit zu erregen.
Ich sage das alles, weil Ray und ich uns in dieser Hinsicht in nichts von anderen Amerikanern auf dem Weg zum Schriftsteller unterschieden, typische Produkte eines Milieus, zu

dem das College gehörte, Schreibwerkstätten, an Vierteljahresschriften gesandte Texte, der Besuch von Graduiertenkollegs, der Unterricht durch Lehrer, die selbst Schriftsteller waren – zu meinen gehörte E. L. Doctorow –, alle bestrebt, auf die in der Nachkriegszeit überall in Amerika gleiche Art und Weise vorwärtszukommen: nämlich durch die eine oder andere Art von Pädagogik. Ray war in Iowa und Stanford gewesen, ich an der University of California in Irvine. Ich hatte einen Master of Fine Arts gemacht, Ray behauptete, einen zu haben, obwohl er dafür genaugenommen nicht lange genug studiert hatte. Jedenfalls hatten wir auf genau diesem institutionalisierten Weg die Welt der Schriftsteller betreten, so wie Jahre vor uns Flannery O'Connor oder Tennessee Williams, und dieser Weg lief unter unseren Füßen dahin und bot zugleich die Möglichkeit, uns rechts und links an Mauern entlangzutasten, bis wir soweit wären, mit dem, was wir schrieben, unser eigenes einladendes Gebäude zu errichten.

Ray war damals verheiratet, Vater von zwei Kindern, und seit eineinhalb Jahren trocken – womit er, Eingeweihten zufolge, die erste Hürde auf dem Weg, sich vom Alkoholismus zu befreien, überwunden hatte. Soweit ich mich erinnere, war auch tatsächlich das erste, was ich während jener Woche in Dallas über Ray hörte, noch bevor ich ihn selbst zu Gesicht bekommen hatte, daß er lange Zeit schlimm getrunken habe und, nach zahllosen Versuchen aufzuhören, zuletzt mit Hilfe der Anonymen Alkoholiker trocken geworden, ein Rückfall jedoch jederzeit zu erwarten sei. Ihn zu einem Schriftstellertreffen einzuladen, ihm einen Lehrauftrag anzubieten, sein Auto zu leihen, die Wohnung oder auch nur den Hund für einen kurzen Spaziergang um den Block zu überlassen, war offensichtlich eine riskante Angelegenheit.

Ich weiß nicht mehr genau, wann wir uns schließlich begegneten. Aber ich habe noch heute vor Augen, wie wir uns in einer riesigen verglasten Hotelhalle inmitten von lauter Leuten mit Namensschildchen am Revers die Hand geben. Was ich noch ganz genau weiß ist, wer er damals war, wie er wirkte. Später sollte er so aussehen wie auf dem Foto von Marion Ettlinger – stattlich, gepflegt, gutaussehend, sonnengebräunt, mit markanten Gesichtszügen, fast wie ein Indianer, und mit einem schicken Haarschnitt. 1977 in Dallas jedoch war er lang, hager, knochig, unsicher und sprach so leise, daß es kaum über ein unhörbares Flüstern hinausging. Er machte einen freundlichen, aber auch ein wenig gespenstischen Eindruck – nicht, daß er einen erschreckt hätte; er schien vielmehr selbst vor noch nicht allzu langer Zeit reichlichen Schrecken durchgemacht zu haben und fest entschlossen, diese Erfahrung nicht zu wiederholen. Er brauchte dringend einen guten Zahnarzt. Sein Haar war ein einziger dichter Filz. Seine Hände waren rauh, er trug lange, breite Koteletten, eine schwarze Hornbrille, senfgelbe Hosen, ein häßliches braun und lila gestreiftes Hemd aus irgendeinem Ramschladen und ebenso häßliche Schuhe, die aber teuer aussehen sollten. Er sah aus, als wäre er soeben einem Greyhound-Bus entstiegen, einem 1964er Modell, auf dem Rückweg von einem Ort, an dem er die meiste Zeit unter Aufsicht hatte zubringen müssen. Und er war vollkommen unwiderstehlich.

Normalerweise habe ich eine ziemlich genaue Vorstellung von meiner äußeren Erscheinung. Ich bin ein typischer weißer Südstaatler – an der Universität war ich im Studentenclub, und seither beschäftige ich mich vorrangig mit der Suche nach einem guten Job. Ich mag eine bestimmte Art von Kleidung. Hauptsache Baumwolle. Blankgeputzte Slipper, Jacken ohne Schulterpolster. Ein ganz bestimmter Stil.

Ray war das genaue Gegenteil von alledem, so schien es zumindest: Ein Mensch, der offensichtlich anderes im Kopf hatte. Ray Carver im Jahre 1977 hungerte – aber nach mehr als einem guten Essen. Man konnte sehen, daß manche Dinge ihm keine Ruhe ließen. Die schlimmsten lagen noch gar nicht lange zurück, und er schien fest entschlossen, es nie wieder soweit kommen zu lassen. Manchmal lachte er kurz auf, um sogleich wieder in eine Art ernster und unsicherer Zurückhaltung zu verfallen. Er hatte einen leicht stechenden Blick. Seine breiten Schultern hingen herab. Er schien sich einem nähern zu wollen, um seine Zustimmung zu etwas auszudrücken, das für beide gleichermaßen von Bedeutung war, möglichst etwas, das mit Literatur zu tun hatte – Bewunderung für ein Buch oder ein Gedicht –, aber nie so nahe, daß er einen berührt hätte. »Ja, ja, genau. Mein Gott, völlig deiner Meinung.« Seine Stimme klang rauh und tief. Sein Blick wich zunächst aus, kehrte dann jedoch zurück, als wollte er herausfinden, was man von ihm hielt. Er wirkte verletzlich und wie – ein guter Mensch. Und alles an ihm, seine Kleidung, seine Hände, sein Haar (wenn man ihm den Arm um die Schultern legte, wie wir es damals ständig taten, und ihn an sich zog), wirklich alles roch nach Rauch. Aber nicht nach Alkohol. Das war vorbei.

An dem Abend, als ich ihn kennenlernte, war Ray mit dem Lesen an der Reihe, in einer großen, kalten, scheunenartigen Mehrzweckhalle auf dem Campus. Im Gegensatz zu mir schien Raymond Carver anderen Leuten sehr wohl ein Begriff zu sein, denn es hatte sich eine zahlreiche Hörerschaft eingefunden. Ray las eine Erzählung mit dem Titel »Was ist denn?«, bis heute meine Lieblingsgeschichte von ihm. Darin geht es um ein Ehepaar kurz vor dem Offenbarungseid, das angesichts des drohenden Besuchs des Gerichtsvollziehers beschließt, sein geliebtes Kabriolett (ein

Relikt aus besseren Zeiten) zu verkaufen. Die Frau bricht auf, um den Plan in die Tat umzusetzen, während der Mann zu Hause bleibt und versucht, seinen Kummer in Whisky zu ertränken. Die Geschichte, aus eben jenem Band *Würdest du bitte endlich still sein, bitte*, ist geradezu erschreckend kurz – zehn Seiten in meiner Taschenbuchausgabe –, vor allem, wenn man bedenkt, welch riesige Palette an Gefühlszuständen darin durchmessen wird und wieviel unvergeßliche Szenen und Sätze sie enthält. Im Verlauf eines Nachmittags und Abends wird die gesamte Vorstellungswelt eines Mannes bloßgelegt und auf eine Weise niedergemacht, daß der Leser lachen muß und gleichzeitig erschrocken zusammenfährt: die Ehe ist offensichtlich längst der Härte des Alltags zum Opfer gefallen; es steht so gut wie fest, daß die Frau den Mann mit einem Gebrauchtwagenhändler betrügen wird, den sie erst an diesem Abend kennengelernt hat; ebenso wütend wie ergebnislos läßt der Mann seiner Empörung freien Lauf; es zeigt sich, wie überdrüssig die Frau seiner ist. Und natürlich wird auch das Auto verkauft.

Während Ray vorlas, war es im Saal fast völlig dunkel, seine riesige Silhouette beugte sich über eine grell leuchtende kleine Leselampe, fortwährend fummelte er an seiner großen Brille herum, räusperte sich, trank einen Schluck Wasser, starrte dann wieder auf den Text, als wäre ihm nie zuvor der Gedanke gekommen, je daraus vorlesen zu sollen, was ihm nun schwerfiel. Seine Stimme war leise, wie immer, sein Vortrag offensichtlich ungeübt und auf fast schon enervierende Weise stockend. Doch diese Stimme und die Geschichte, die sie erzählte, vermittelten den Zuhörern den Eindruck, vor ihnen laufe ein Stück wirkliches Leben ab, in derart destillierter, eindringlicher, ausgewählter, anrührender, bedrängender Form, daß ihnen der Atem stockte. Am Ende saßen alle wie gelähmt auf ihren Stühlen. Es war eine zutiefst verstörende Erfahrung – in jeder Hinsicht bemerkenswert. Und man lernte so viel daraus: Genau so war das Leben – natürlich, das wußten alle. Aber daß dieses besondere Leben, diese Leute auf einmal wie selbstverständlich zum Gegenstand eines literarischen Textes werden konnten, das war etwas Neues. Ebenso hatten auf einmal alle das Gefühl, daß durch diese Geschichte das Leben intensiver wurde, eine andere Würde erlangte, daß sich düstere Ecken und versteckte Winkel in diesem Leben auftaten, die nur darauf gewartet hatten, daß Licht auf sie fiel, so daß wir, die Zuhörer, von nun an ein besseres Leben würden führen können. Trotzdem war die Geschichte selbst, in ihrer knappen, reflektierten Dichte, etwas ganz und gar Gemachtes, überhaupt nicht wie das Leben; im Gegenteil, eine fast abstrakte künstlerische Konstruktion, die darauf abzielte, einem ein geradezu schwindelerregendes Vergnügen zu bereiten. An jenem Abend in Dallas führte Ray auf eklatante Weise vor, welches Maß an Kunstfertigkeit, Knappheit, Stärke des Gefühls, Ausgewogenheit und spannender Handlungsführung in einer Erzählung möglich war. Unbestreitbar handelte die Geschichte von etwas, und dieser Handlung ließ sich auch mühelos folgen: es ging um das Verhalten zweier Menschen in einer Notlage, die ihr Leben verändert. Aber ohne allen schwerfälligen Naturalismus. Nichts Überflüssiges, nichts, was über einen rudimentären Realismus hinausging. Vielmehr eine in hohem Maße stilisierte künstlerische Schreibweise, die sich jedoch mit dem Leben und nicht mit der Kunst beschäftigte. Die Wirkung war umwerfend.

Als ich aus der Halle in die feuchte texanische Nacht hinaustrat, holte ich Ray ein und klopfte ihm anerkennend auf die Schulter. (Das machten wir damals alle so.) »Mensch, Ray«, sagte ich, »das war ja wirklich eine Wahnsinnsgeschichte. Und dermaßen gut vorgelesen« (stockend, schmerzerregend, widerstrebend, abweisend, als wären der Schrecken und die Bitterkeit und die Komik des Ganzen unmittelbar aus dem Leben genommen, und so war es ja wohl auch).

»O Gott, meinst du das wirklich, Richard?« antwortete Ray und sah mich erstaunt und gleichzeitig grinsend an. »Fandest du's gut? Wirklich? Jesus Christus – das freut mich, wirklich!« Er blieb kopfschüttelnd stehen. »Ich weiß gar nicht, wann ich zum letzten Mal etwas in nüchternem Zustand vorgelesen habe. Vielleicht noch nie. Ich habe am ganzen Körper gezittert. Ich hatte Angst, ich würde es nicht zu Ende bringen. Aber am wichtigsten ist, daß du's gut gefunden hast. Vielen Dank, mein Freund. Ich bin wirklich froh – wirklich! Danke, vielen Dank!«

Während ich dies schreibe, merke ich, wie »seicht« und unkritisch und ohne jeden Abstand das hier klingen muß, aber über Ray zu schreiben, selbst jetzt, zehn Jahre nachdem er gestorben ist, heißt, sich mit ebendieser Tatsache – daß er nicht mehr da ist – nicht abfinden zu wollen und sich folglich unserer Freundschaft so vorsichtig und behutsam zu nähern, als wäre er noch am Leben und stünde leibhaftig neben mir. In der Tat, über ihn zu schreiben, ihn »vor sich zu haben«, wie es ein wirkliches Gedenken verlangt, bringt ihn mir so nahe – so wunderbar nahe –, daß die Einzelheiten verschwimmen, ausgelöscht werden, wieder zu bloßen Bestandteilen werden, aus denen sich das dichte Gewebe des dahinfließenden Lebens zusammensetzt.

In den Monaten nach unserer Begegnung in Dallas trat Ray immer wieder einmal in mein und meiner Frau Kristinas Leben – in Gestalt von Briefen und kurzen Anrufen. Wo er sich während jener Zeit aufhielt, kann ich heute nicht mehr genau sagen. Ich saß in Princeton über einem Roman, und er war da, wo er immer schon gewesen war: Überall und nirgends. Irgendwo im Westen. Davon, wo seine Frau war, sprach er nicht. Ich kannte sie nicht. Auch vom Aufenthaltsort seiner Kinder war nie die Rede, allerdings sagte er einmal am Telefon, er hoffe, demnächst ein wenig zum Schreiben zu kommen, er habe seinen Sohn angewiesen, ihm eine Zeitlang nicht über den Weg zu laufen. Diese Art von Familienleben war mir unbekannt.

Doch daneben schleppte Ray offensichtlich immer noch zuviel mit sich herum, Dinge, über die sich nicht reden ließ, die sich nicht aufklären ließen, die drohten, nachdem er einmal reinen Tisch gemacht hatte, neue Schwierigkeiten zu verursachen. Und es war ihm anzumerken, daß er sich von alledem zu befreien versuchte, gleichzeitig jedoch Gewissensbisse verspürte wegen der Umstände, von denen er um jeden Preis loskommen mußte, zu denen aber auch Menschen gehörten, die er liebte. Solange ich Ray kannte – die nächsten zehn Jahre hindurch –, war da dieses Gefühl, daß es eine Reihe guter und schlechter Dinge gab, die alle zusammen an ein und demselben Ort abgelegt worden und wohl auch der Grund dafür waren, daß von meinen wenigen Freunden keiner einen so unmittelbaren und verstörenden und erwachsenen Blick auf das Leben besaß wie Ray – ein Blick, der den Geschichten, die er schrieb, etwas geradezu Zwanghaftes verlieh.

Freundschaften zwischen Schriftstellern sind eine komplizierte und heikle Angelegenheit – ebenso häufig von kurzer Dauer wie voller Mißverständnisse seitens der wichtigsten Beteiligten. Für gewöhnlich ist der Dreh- und Angelpunkt dabei ein Thema, das beide Seiten am stärksten verunsichert und über das sie sich gleichzeitig am allerdringendsten

Klarheit erwünschen: die Frage nach der Qualität und der Zukunft dessen, was sie schreiben. Meist verlieren sie sich dabei in den absurdesten Spekulationen, und alles endet mit einem unentwirrbaren Durcheinander und tief aufgerissenen Gräben, die auch die engste Freundschaft nicht mehr zu überbrücken vermag.

Zwischen mir und Ray kam es jedoch zu nichts von alledem. Ich streite mich eigentlich ganz gern, Ray dagegen haßte Auseinandersetzungen. Später sollte ich miterleben, wie er sich der lächerlichsten Ausflüchte bediente, um einem Streit auszuweichen: etwa mit seinem Lektor Gordon Lish oder mit einem Agenten, den er gerne losgeworden wäre (das übernahm ich für ihn), oder mit dem Filmregisseur Michael Cimino, nachdem ihr Vorhaben, demzufolge Ray ein Drehbuch über das Leben von Dostojewski schreiben sollte, in einem heillosen Chaos geendet hatte und nicht klar war, wer wem etwas schuldete. Am besten fühlte sich Ray, wenn er glücklich war und der andere auch – was unter Menschen nicht gerade oft vorkommt. Da ich ihn mochte, fiel es mir nicht schwer, Streitereien auszuweichen. Aus diesem Grund und infolge einer nie ausgesprochenen gegenseitigen Wertschätzung, die manchmal wie übertriebene Höflichkeit wirken konnte, vermieden wir Dinge, die ich mir den meisten meiner sonstigen Schriftstellerfreunde gegenüber nicht immer habe verkneifen können – Temperamentsausbrüche, Gekränktheiten, beleidigte Trennungen, den mit versteinerter Miene gefaßten Beschluß, dem anderen nie wieder auch nur einen Zentimeter entgegenzukommen, bittere Lektionen von Treue und Rivalität (mir kann man vertrauen; ich mache niemandem seinen Platz streitig), die ich nicht nur einmal erfuhr – und von mehr als einem meiner Freunde, darunter auch solche, mit denen ich bis heute befreundet bin.

Von Anfang an jedoch, und ganz besonders 1978, als er mich in meiner Wohnung in der Jefferson Road 60 in Princeton besuchen kam, war Ray der gutwilligste Mensch, den man sich vorstellen kann, und er blieb es bis zuletzt. Er gewann den guten Willen fast aller Menschen in seiner Umgebung. Natürlich gab es jede Menge Geschichten über den »Bösen Raymond« (der seinen Namen – ohne Zusätze – übrigens mochte) aus den Tagen seiner Besäufnisse in San Francisco, Cupertino und später wieder in Iowa City: von Stühlen, die er auf gewisse Leute geschleudert hatte; von einem unbeabsichtigten Schlag, durch den eine wichtige Ader empfindlich getroffen wurde, was eine wilde Verfolgungsjagd auf der Hauptstraße einer Stadt nach sich zog, mit dem Ziel, den oder die Geschädigte/n vor dem Tod durch Verbluten zu retten; von völligem finanziellem Ruin, abgeschleppten Autos, Streitereien mit Gott und der Welt, unbeglichenen Schulden, Besuchen der Polizei, geraubten Schecks und geraubten Küssen und geraubter Zeit. Damals. Er genoß es, selbst davon zu erzählen.
Aber ebensowenig wie ich ihn je einen Tropfen Alkohol zu sich nehmen sah, erlebte ich jemals irgend etwas dieser Art. Der Raymond Carver, den ich vor zwanzig Jahren kennenlernte, hatte sich Schritt für Schritt aus dem Dunkel ans Licht emporgearbeitet, und dafür war er so dankbar und so fest entschlossen, in diesem Licht zu bleiben – in meinem Licht, deinem, dem Licht der Welt –, wie jeder, der sich zu einer zu ihm passenden Religion bekehrt hat.
Bereits kurz nachdem er unsere Wohnung betreten hatte, war mir, zumindest teilweise, klar, was Ray an mir mochte. Er war in jenem Winter zunächst im Goddard College gewesen, wo er eine Stelle in einem M. F. A.-Programm ergattert hatte, das damals von der Lyrikerin Ellen Voigt geleitet wurde. Das hatte ihn gezwungen, auf jeden Fall trocken zu

bleiben. Jetzt war er auf dem Weg in ein Haus auf dem Land in Illinois, das ihm jemand für den Winter überlassen hatte. Er wartete auf Antwort wegen eines Guggenheim-Stipendiums, reichte bei der Yaddo- und der MacDowell-Stiftung Anträge auf Arbeitsstipendien ein, hatte für den nächsten Herbst einen Job in El Paso in Aussicht, und er hatte Freunde in Iowa, für den Fall, daß aus der Sache mit dem Haus in Illinois nichts würde (was dann auch geschah). Was er jedoch nicht hatte, war etwas für die Zeit bis dahin, und genau das hatten Kristina und ich anzubieten. Am Tag zuvor war er in New York gewesen, wo ihn am U-Bahn-Ausgang an der Eighth Avenue eine Prostituierte ansprach: »›He, Krauskopf, haste 'n Moment Zeit?‹«, hatte sie Ray zufolge gesagt. »Und, mein Gott, dachte ich, ja, Zeit habe ich. Aber sonst nichts, leider.« Er liebte diese Geschichte. Wie alle Geschichten, in denen jemand ganz unten ist, Geschichten, bei deren Erzählung er aufblühte.

Bei uns in Princeton gefiel ihm alles: Ich hatte im Jahr zuvor ganz gut verdient, bei einer Filmproduktion, wir hatten ein schönes Haus in einer hübschen Straße, wir zahlten regelmäßig unseren Kredit ab, hatten ein französisches Auto, Kristina war Kristina – schön wie eine Million Dollar, immer bereit zu lachen und mit einer Stelle am Rutgers College. Ich schrieb. Hausangestellte hatten wir keine. Wir ließen uns nicht vollaufen und gingen auch nicht spät in der Nacht aufeinander los. Wir ließen keine Rechtsanwälte in unsere Nähe. Keine Bank saß uns im Nacken. Wir waren solide Bürger und noch keine fünfunddreißig Jahre alt. Wenn ich jetzt an diese Zeit zurückdenke, kann ich ihm nicht verdenken, daß ihm unser damaliges Leben gefiel. Eine Zeitlang gefiel es mir selbst.

»Ich möchte endlich meine Sachen geregelt bekommen. Und das werde ich auch«, sagte er an jenem ersten Morgen bei uns. Wir waren beide schon um sechs Uhr auf und tranken Kaffee. Ray rauchte, und wie immer war seine Stimme um diese Uhrzeit kaum lauter als ein Flüstern, so als tauchten gleichzeitig schlimme Erinnerungen und gewisse zärtlich gehegte Hoffnungen in ihm auf, die es sorgfältig abzuwägen galt. Er war schon unterwegs gewesen und hatte eine Tüte Doughnuts besorgt und drei davon gegessen. Ich habe nie jemanden kennengelernt, der sich schlechter ernährte als Raymond Carver, und niemanden, der zufriedener gewesen wäre mit dem Fraß, den er zu sich nahm. »Ich möchte auch ein gutes Auto haben«, sagte er, »und ein anständiges Haus. In El Paso, wenn das dort klappt. Ich möchte endlich wie ein richtiger Mensch leben. Wirklich. Schön habt ihr's hier, Richard, wirklich schön.« Er senkte den Kopf und spähte durchs Küchenfenster hinüber zu der riesigen Blutbuche in unserem Garten. Daneben stand ein kleiner Pavillon, umgeben von Pachysandra, die ich dort gepflanzt hatte. Eine Rhododendronhecke trennte uns von unseren Nachbarn. Schnee lag auf dem Rasen. Alles zusammen ergab wirklich ein reizendes Bild. »Tja, Princeton«, sagte Ray anerkennend. »Du bist hier im Geschäft, alter Freund. Du mußt nur raufgehen und schreiben.«

»Aber gut muß es schon sein«, entgegnete ich.

»Natürlich. Schreib doch irgend so einen Mist.« Er senkte den Blick und unterdrückte ein leises Lachen. Er war glücklich, glaube ich. Wahrscheinlich fühlte er sich bei uns einfach sicher. »Später schreibst du dann was Gutes. Dafür hast du noch genug Zeit. Ich werde jetzt mal eine Weile gute Geschichten schreiben, dann ziehe ich mich zurück in ein großes Haus mit Personal und lasse dich weitermachen. Jedem das seine, findest du nicht?«

»Ganz deiner Meinung«, sagte ich, »oder auch überhaupt nicht.«

Rückblickend kann ich nichts Anbiederndes oder Neidisches oder Eigennütziges an der Art entdecken, wie Ray unser geordnetes Vorstadtleben bewunderte. Er wollte, daß es auch ihm gut ging auf dieser Welt, und Kristina und ich waren da bereits ein Stück weiter. Er wußte, daß er gut schreiben konnte, und daß ihn das voranbringen konnte. Und wenn wir, zumindest teilweise, erreicht hatten, wonach er sich sehnte, warum sollte er sich dann nicht auch für sich selbst Hoffnungen machen? Er freute sich mit uns über das, was wir erreicht hatten, da bin ich mir ganz sicher. Es mag meinerseits ein wenig anbiedernd klingen, aber warum sollte man sich in einer Freundschaft das, was dem anderen an Gutem widerfährt, nicht auch für sich selbst wünschen? Das hat nichts mit Neid zu tun. Neid ist etwas anderes.

Wenn ich an jenen Januarmorgen zurückdenke, sage ich mir jedesmal, daß Ray und ich genau dann Freunde wurden, als es mit ihm aufwärts ging, und zwar rasant. Kann man sich einen verheißungsvolleren Ausgangspunkt für eine Freundschaft vorstellen?

Inzwischen hatte ich seine Erzählungen gelesen. Und er hatte *Ein Stück meines Herzens* gelesen, meinen ersten veröffentlichten Roman, und fand ihn »erstklassig, oberstes Regal«. Dabei dachte ich nicht eine Sekunde darüber nach, ob ihm an dem, was ich schrieb, irgend etwas nicht gefallen könnte, oder wer von uns der bessere Schriftsteller war (er, nehme ich an). Ray war sechs oder sieben Jahre älter als ich, aber von diesem Altersunterschied war so gut wie nichts zu spüren, wenn wir zusammen waren. Als ob er sich so sehr danach gesehnt hätte, die verlorene Zeit zurückzugewinnen, oder sich doch zumindest der verbleibenden so entschlossen bemächtigen wollte, daß er sich freiwillig auf meine Altersstufe zurückbegab, und sich auch, falls nötig, darauf einließ, wie ich auf Aufnahme in die literarische Welt zu drängen. So war es. In Rays Gesellschaft vergaß man nie, wie kostbar die Zeit ist und welche Verpflichtung – welche heilsame Verpflichtung – sich daraus ergibt.

Seine Erzählungen machten damals auf mich einen ungeheuren Eindruck. Jener erste Band mit zweiundzwanzig Erzählungen, was für eine Riesenmenge, und eine vollkommener als die andere, bis in die letzte Kleinigkeit, als hätte er immerzu genau gewußt, was er tat, und niemals auch nur ein falsches Wort geschrieben. Etwas Unheilverkündendes ging von fast allem aus, was Ray schrieb. Seinen Gestalten war es schlecht ergangen, oder schlimmer noch, es ging ihnen weiterhin schlecht: Sie tranken zuviel, stritten mit denen, die sie liebten, verließen sie und waren verzweifelt darüber. Tod, Zusammenbruch, Trennung, unwillkommene Besucher an der Haustür mit jeder Art unwillkommener Nachrichten, nichts fehlte. »Ein Mann ohne Hände stand in der Tür und wollte mir ein Foto von meinem Haus verkaufen.« So fängt »Im Sucher« an. »Heute morgen gießt sie mir Teachers über den Bauch und leckt das Zeug auf. Heute nachmittag will sie zum Fenster hinausspringen.« So fängt »Gazebo« an.* Dergleichen Unheil nahm oftmals ein Ausmaß an, daß es zuletzt nur noch absurd und komisch wirkte, und doch war alles immer auch ganz ernst gemeint. Das Leben in diesen Geschichten war blutiger Ernst. Und sie handelten auch von nichts anderem als vom Leben, vor allem vom Leben zusammen mit anderen. Das heißt, wenn dein Leben in eine Sackgasse geraten war, steckte alles in einer Sackgasse. Und das einzige, was Erleichterung versprach, war, sich im Badezimmer einzuschließen und deine dich liebende, wenn auch einmal untreu gewesene Ehefrau

* Diese beiden Geschichten befinden sich in dem Band *Wovon wir reden, wenn wir von Liebe reden.* (A. d. Ü.)

zu bitten, doch bitte endlich still zu sein, wenigstens einen Moment lang; oder auf das Dach deines Hauses zu klettern, um dich dort fotografieren zu lassen; oder die beiden Kinder, die bei der Zwangsversteigerung deines Besitzes erscheinen, aufzufordern, mit dir zusammen in der Hauseinfahrt einen kleinen Tanz auszuprobieren.
Am meisten tröstet einen natürlich solch eine Erzählung selbst. Und was mich an Rays Erzählungen am stärksten beeindruckte, war auch nicht sosehr die Unmittelbarkeit, mit der sie das Leben einfingen, oder wie schrecklich oder knapp sie dieses Leben schilderten (so knapp war das gar nicht immer), sondern wie felsenfest überzeugt er selbst davon war, daß die Kunst – daß Erzählungen das waren, was einen am ehesten über das Leben hinwegtrösten, es verschönern konnte. Im Ausmalen fiktiver Ereignisse, im Umsetzen dieser Ereignisse in eine ebenmäßige, objektive Sprache, in der genauen Wiedergabe von Gefühlen, denen wir als Leser womöglich niemals im Leben ausgesetzt sein werden, in alledem liegt eine große Befriedigung und Befreiung und Schönheit. Und wenn Ray im Lauf der folgenden Jahre jedermanns Lieblingsschriftsteller wurde, dann liegt das daran, daß seine Erzählungen – zu deren Hauptfiguren Ray selbst gehörte – sich mit dem Leser zwar einig waren, daß man im Leben des öfteren den Wunsch verspürt, in sein Whiskyglas zu beißen, erstes Ziel der Erzählung aber dennoch war, einen genau hiermit zu versöhnen. Damit erfüllen sie eines der ältesten Ideale der Kunst. Was ganz einfach aussieht, wenn es auf so vollkommene Weise geschieht.
Ray mochte dieselben Schriftsteller wie ich, klar. Von heute aus gesehen mag es einem einigermaßen exotisch vorkommen, aber nach einem großen Essen, etwa in Gesellschaft des Lyrikers Michael Ryan oder, später, Tess Gallaghers, lasen wir uns oft Gedichte vor. Mehr noch denn als Autor

von Erzählungen sah Ray sich selbst als Lyriker, und er nahm auch eine ein wenig gekünstelt-ehrfürchtige Haltung an, sobald die Rede auf die Lyrik und aufs Dichten kam. (Ich habe ihm immer gesagt, er fange dann zu dichten an, wenn er nicht genug Stoff für eine richtige Erzählung habe, und seine Gedichte bestünden aus Überresten und Einzelteilen, für die er sonst keine Verwendung gefunden habe. Ich bin immer noch dieser Meinung.)

Uns gefielen Galway Kinnell und James Wright und Richard Hugo und Elizabeth Bishop und William Carlos Williams – diese ganze Richtung amerikanischer Lyrik, die bei Whitman beginnt und bis zu Philip Levine und C. K. Williams geht –, also genau die Lyriker, die allen Romanschriftstellern und Autoren von Erzählungen gefallen, wenn sie überhaupt etwas für Lyrik übrig haben, und allesamt Dichter, die einem leicht gefallen. Besonders gut erinnere ich mich, wie Tess einmal Richard Hugos großes Gedicht »Degrees of Gray in Philipsburg« vorlas, und wie wir, nachdem der letzte Satz verklungen war – »und von ihrem roten Haar leuchtet die Mauer« –, in bedrücktes Schweigen verfielen, eine leicht verlegene Sprachlosigkeit angesichts der Tatsache, daß wir dieses Gedicht so ungehindert in uns hineingelassen hatten, mit all seinen etwas plumpen Anspielungen auf den Tod und das Begehren und einst aufstrebende und jetzt heruntergekommene Städte und schöne Mädchen, die man nie wieder zu Gesicht bekommen wird. Ein sentimentales und wunderschönes Gedicht von einem großartigen sentimentalen Dichter, dem der ihm zustehende Ruhm nie zuteil geworden ist. Unter seinen großen Gefühlen schleppt es sich dahin wie ein Steinträger unter seiner Last. Heute kommt es einem naiv und komisch vor, wie wir uns da als Dreißigjährige aufgeführt haben. Ich wüßte auch niemanden, mit dem ich dasselbe noch einmal tun würde. Aber keinesfalls würde ich darauf verzichten wollen, es getan zu haben, das heißt, einem geschriebenen Text, der zu Literatur werden wollte, einen Platz in meinem Leben einzuräumen und ihn sich mir einprägen zu lassen, wie es dieses Gedicht getan hat, und ebensowenig würde ich darauf verzichten wollen, all dies zusammen mit meinen Freunden erlebt zu haben, als wir noch jung und beeindruckbar waren.

Aber uns verband noch mehr. Rays Eltern waren genau wie meine in Arkansas geboren, auf dem Land, und gehörten zur Generation von vor 1910; sie waren alle im selben Umkreis von hundert Kilometern aufgewachsen, und irgendwie war es ihnen gelungen, die Zeit der Weltwirtschaftskrise zu überstehen, ohne sich unterkriegen zu lassen – Rays Eltern, indem sie bis nach Oregon zogen, meine, indem sie auf ihren einigermaßen soliden Posten in Little Rock ausharrten. Zu jung für den ersten Krieg und zu alt für den zweiten. Das Bewußtsein dieser gemeinsamen Vergangenheit bedeutete Ray und mir viel, es war gleichsam die Bestätigung von etwas, was wir beide wußten: daß es eine große Rolle spielt, ob man Arbeit hat oder nicht; daß das Unglück einen immer im unvorbereitetsten Moment heimsucht; daß es wirklich ankommt auf den Menschen, den man liebt; und daß die Ehe eine der grundlegenden menschlichen Unternehmungen und trotzdem immer gefährdet ist; daß Kinder eine zweischneidige Angelegenheit sind, denn sie brauchen ein Zuhause und genug zu essen und zum Dank dafür lassen sie einen irgendwann allein zurück; und daß aufzubrechen und weiterzuziehen nur die Welt verändert, die einen umgibt, nicht aber einen selbst. Eine solche Weltanschauung mag wie eine Art Prärie-Existentialismus wirken, hat jedoch mitunter dramatische Konsequenzen.

Als ich 1944 geboren wurde, schworen meine Eltern mir zuliebe allen Verrücktheiten für immer ab. Rays Vater dagegen war Hilfsarbeiter in einem Sägewerk und ein Säufer vor dem Herrn, und eines Abends in den sechziger Jahren kam er nach Hause, setzte sich an den Tisch, um zu essen, entschied sich für eine Flasche Whisky, legte sich anschließend schlafen und wachte nie wieder auf. Als wir uns 1979 diese Geschichten erzählten, waren sie für uns bedeutungsvoll, wie einfach ihre Lehren auch waren: Daß das Leben einmal diese, einmal eine andere Richtung einschlägt, daß das Glück dabei eine wichtige Rolle spielt und daß man das ganze weitere Leben die Folgen zu tragen hat. Auf die eine oder andere Art geht es in der Literatur natürlich immer wieder um diese einfachen Dinge: mit den Folgen zurechtkommen zu müssen, wenn die Vergangenheit sich in der Gegenwart auswirkt und auf manchmal erstaunliche Weise die Zukunft in Gang setzt.

Jeder kennt die Geschichte von dem guten Menschen, der wie ein Verrückter ackert, sich nie eine Pause gönnt, immer seiner Berufung treu bleibt, Fehlschläge erleidet, Verletzungen, die andere dazu bringen würden, aufzugeben, und schließlich ganz unten ankommt. Und trotzdem die Ärmel hochkrempelt, neue Kraft schöpft, eine andere Lösung findet, worauf das Glück sich wendet. Buchstäblich alle seine Pläne gelingen, Unbekannte lieben und loben ihn. Alles, was er anfaßt, wird zu Gold, worauf er sich in ein furchtbares Arschloch verwandelt, sich nicht mehr um seine alten Freunde kümmert, nur noch mit Filmstars seine Zeit verbringt, so daß es allen leid tut, ihn je gekannt zu haben.
Mit Ray war das nicht so. Es gibt den seltenen Fall einer Seele, die mit ihrem Glück freigebig ist und mit jedem sonnigen Tag noch großzügiger wird. Ray war so jemand.
Von Anfang an sprach Ray so gut wie nie schlecht von anderen – soweit ich mich erinnern kann, eigentlich nur von

zweien meiner Freunde, die ihm in einem entscheidenden Augenblick nicht einen kleineren Geldbetrag hatten leihen wollen. (Das sollte uns eine Lehre sein, falls es wieder einmal jemandem schlecht geht.) Für gewöhnlich fand er, selbst in jener unsicheren Zeit, immer irgend etwas zu loben, jemandes Erzählung oder Gedicht, jemandes freundschaftliches Verhalten, jemandes Witz oder scharfen Verstand, jemandes Angriffslust – letzteres etwas, was er ganz besonders bewunderte. Es war zu einer stehenden Redensart unter allen, die ihn damals kannten – Tobias Wolff, Geoffrey Wolff, Chuck Kinder, Bill Kittredge, Amanda Urban –, geworden, daß Ray genug Schlechtes durchgemacht habe und jetzt von nichts Schlechtem mehr reden wolle, so, als ob ihn dies in gefährliches Fahrwasser zurückbringen könnte. Daran war aber nichts Geheucheltes. Wir neigen alle dazu, jemanden schief anzusehen, der einen anderen lobt – Schriftsteller können in dieser Hinsicht am schlimmsten und bösartigsten sein –, so, als ob besonderer Mut dazu gehöre, schlecht über jemand anderen zu reden, vor allem wenn er nicht dabei ist. Im Falle von Ray wäre es nicht verwunderlich gewesen, wenn er gelegentlich nur mäßige Begeisterung für jemanden oder jemandes Werk verspürt hätte. Doch nach allem, was er selbst erlebt und gesehen hatte, war es kein Wunder, daß er wenig Lust hatte, sich damit ausführlicher zu beschäftigen. Wir machten uns manchmal über ihn lustig. Der gute Raymond. Der heilige Raymond. »Ja, gut, das habe ich gelesen«, sagte er in solchen Fällen mit ernstem Blick, manchmal geradezu komisch ernst. »Habe ich. Ich hab's gelesen. Hm. Ich weiß nicht.« Oder: »Hab ich getroffen, ja. Sie ist nett. Tja ja. Aber weißt du, was mir wirklich gut gefallen hat, mein Gott, also das war …« Und schon war er bei einem Thema, das ihm lohnender erschien.

Und ich habe sichere Beweise dafür, daß fast jeder, den Ray hätte kennenlernen können, den ich gekannt habe, ihn hätte sehen können, wie ich ihn gesehen habe, und ihn dann ebensosehr gemocht hätte. Will man jemanden einschätzen, ist es sehr hilfreich, zu erleben, daß er jedesmal, wenn wir ihm begegnen, sich uns gegenüber gleich benimmt. Jemanden in dieser Weise als Freund zu erleben, ist ein Beweis dafür, daß seine Freundschaft nicht nur einem gehört, sondern verschwenderisch ist wie die Liebe. Und genau wegen dieser Eigenschaft war er auch bei allen so erstaunlich beliebt – (fast) sosehr wie aufgrund seines Werkes. Er hatte wirklich einiges erlebt, wie etwa »Mr. Coffee und Mr. Fixit« ahnen läßt, seine große Erzählung vom Anfang der achtziger Jahre. Er hatte eine Menge starker Gefühle empfunden im Laufe seines Lebens und konnte einem nachweisen, daß es einem selbst, wer immer man war, nicht anders ergangen war. Und die Dinge hatten sich zuletzt nicht zum Schlechtesten gewendet – im Gegenteil, inzwischen ging es ihm so gut, daß er gar nicht wußte, wie er seine Dankbarkeit zum Ausdruck bringen sollte. Und so könne es einem selbst auch ergehen, das wollte er einem immer zu verstehen geben. Was einen mit ihm verband, konnte durchaus das Glück sein. So war er. Der gute Raymond.
Mir gegenüber war er besonders großzügig. Hinter meinem Rücken sprach er gut von mir – gegenüber Lektoren aus England und Frankreich und seinem Freund und Lektor Gary Fisketjon, der mein Freund wurde. Und gegenüber Journalisten, die noch nie etwas von mir gehört, geschweige denn gelesen hatten. Nie hätte er mir ungefragt gute Ratschläge erteilt und schien es (zumindest in meinem Fall) vorzuziehen, daß ich nicht versuchte, zu sein wie er, sondern der war, der ich bin, mit all den Fehleinschätzungen, Gefühlsausbrüchen und Übertreibungen, die ich offen-

sichtlich nicht lassen konnte, und wenn sich der Sturm dann wieder gelegt hatte, benahm er sich mir gegenüber genau wie zuvor. Von Anfang an war es zwischen uns eine abgemachte Sache, daß Ray alles für mich tun würde, soweit es nicht seinem eigenen Ziel widersprach – ein großer Schriftsteller zu werden, den alle Welt voller Bewunderung liest –, wozu er felsenfest entschlossen war. Ein überzeugenderes Verständnis von Freundschaft läßt sich schwerlich vorstellen. Wer mehr von einem Freund verlangt, hat eine falsche Vorstellung von dem Begriff Fortschritt.

Ich weiß, daß Ray in bezug auf mich mehrere falsche oder unvollständige Vorstellungen hegte, von denen ich die meisten gern auf sich beruhen ließ. Am liebsten war ihm die Vorstellung, ich sei ein angriffslustiger, mutiger Mensch – was nicht stimmt, aber seinen geheimen Spaß an Schauergeschichten befriedigte. Einmal waren wir zusammen in Provincetown und gingen an einem kalten Novembernachmittag am Strand spazieren. Auf einmal begann Ray von seiner Tochter – die er zärtlich liebte – zu erzählen. Sie war irgendwo in Washington in eine unangenehme Sache verwickelt worden. Offensichtlich war auch ein Biker beteiligt, ein Mitglied einer Motorradbande. Es ging um verschiedene Arten schlechten Benehmens, angeblich auch um irgendwelche illegalen Aktivitäten. Er grämte sich furchtbar, weil ihm zu diesem Bereich seines alten Lebens inzwischen jeder Zugang verwehrt war, unabänderlich. »Wenn ich nur irgend etwas tun könnte«, sagte er und stieß den Zigarettenrauch in die kalte Luft, über dem Kragen seines etwas knappen braunen Mantels, der seinen Hals eng umschloß. »Ich schwör's dir, Richard, ich würde einen Preis aussetzen auf den Kopf dieses Motorradtypen. Würde ich wirklich tun, weißt du.« Er sah mich an, die Sache war ihm offensichtlich ernst. »Ich würde ihn selbst umbringen, wenn ich nicht sicher wüßte, daß ich erwischt werde. Ich wäre der erste, nach dem sie suchen, ganz bestimmt.«

»Sieh mal«, sagte ich nach kurzem Überlegen, was man als Freund unter solchen Umständen für einen Freund tun könne. »Du brauchst mir bloß das Ticket besorgen, und ich fliege hin und bringe ihn um. Ich lauere ihm auf, im Gebüsch versteckt, und wenn er auf seiner Harley vorbeikommt, erschieße ich ihn aus dem Hinterhalt. Niemand wird je darauf kommen, daß ich es gewesen sein könnte. Du brauchst mir bloß das Ticket zu besorgen. So viel Geld habe ich natürlich nicht.«

»O Gott, Richard«, sagte Ray. »Ich weiß nicht.« Er blinzelte mich an, versuchte herauszufinden, ob ich es ernst meinte, hoffte es irgendwie wohl auch.

»Verdammt noch mal, Ray«, sagte ich. »Macht der Kerl dir Kummer, oder nicht? Willst du etwa als Schwiegervater da aufkreuzen und ihn dir vorknöpfen?«

»Nein«, sagte Ray sanft, aber bestimmt. »Das kann ich nicht. Es wäre mir lieber, er würde von selbst verschwinden, verstehst du?«

»Na gut, wir können ihn ja zum Verschwinden bringen«, sagte ich. »Ich werde ihn eben erschießen.«

»Ihn erschießen«, sagte Ray, als stünden die Worte plötzlich vor ihm im Dunst über der Bucht, damit er sie noch einmal ganz genau studieren könne: Ihn erschießen. »Gut, okay«, sagte er plötzlich erschrocken. »Aber vielleicht sollten wir noch ein bißchen warten.«

»Na klar, wir warten erst mal ab. Aber so weißt du schon mal, daß du mehrere Möglichkeiten hast«, sagte ich, erleichtert, mein Angebot nicht weiter konkretisieren zu müssen. »Für jedes Problem gibt es eine Lösung«, sagte ich noch, um das Thema im selben kaltblütigen Tonfall abzuschließen.

»Ja, ja, ich weiß. Weiß ich«, sagte Ray düster und warf seine

Zigarette in den Sand. »Ich kenne diese Lösungen auch. Aber natürlich.«
»Ich wollte nicht, daß du das Gefühl hast, hier in der Falle zu sitzen, Tausende von Kilometern von dort weg«, sagte ich.
»Okay, okay«, sagte Ray hastig. »Vielen Dank. Wirklich. Ich gebe dir Bescheid. Warte, bis du von mir hörst. Ich melde mich.« Er sah mich aus dem Augenwinkel an und grinste.
»Einverstanden. Ich warte«, sagte ich und lachte. »Du brauchst mir bloß Bescheid zu geben.«
Später im selben Jahr versuchten wir zusammen für einen Freund von Ray, den Regisseur Richard Pearce, ein Drehbuch zu schreiben. In der Geschichte ging es um einen Mann, der quer durchs ganze Land reist, um einem Freund zuliebe einen Mord zu begehen. Wir saßen monatelang daran. Briefe und Entwürfe gingen zwischen Princeton und Port Angeles, wo er und Tess damals lebten, hin und her. Obwohl die Grundidee den Leuten, von denen wir hofften, daß sie einen Haufen Geld dafür bezahlen würden, die ganze Zeit über ein wenig weit hergeholt schien. »Warum sollte jemand so etwas tun?« sagten sie immer wieder.
»Aus Freundschaft«, erwiderten wir.
»Nein«, sagten sie, »Freundschaft ist etwas anderes. Aus Freundschaft begeht man keinen Mord.«
»In unserer Geschichte schon«, sagten wir und wußten, daß wir recht hatten.
Die Leute meldeten sich nie wieder bei uns.
Aus jener Zeit ist mir viel für Ray Bezeichnendes in Erinnerung geblieben: Dieses merkwürdig Verhuschte und Schreckhafte, das ihm aus den schlechten Tagen weiterhin anhaftete. (Es genügte, ihm eine Schauergeschichte zu erzählen, um ihm einen richtigen Schrecken einzujagen; oder er erzählte eine und gruselte sich selbst am meisten. So

etwas machte ihm Spaß.) Dann war da sein kompliziert-trauriges Verhältnis zu seiner Vergangenheit, zu jenem Leben, von dem er sich wünschte, es wäre für alle Beteiligten besser verlaufen, was sich aber nachträglich nicht mehr ändern ließ. Und dann war da noch seine schon erwähnte Bereitschaft, das Leben zu überhöhen, zum Beispiel indem er mich als einen todesmutigen Draufgänger betrachtete (obwohl ich weit davon entfernt war, oder bestenfalls ein großer Redner). Zu dieser Bereitschaft gehörte auch, daß er sich wirklich alles zu Herzen nahm, was ich oder irgendeiner der Freunde, denen er vertraute, sagte – manchmal nahm das geradezu lächerliche Ausmaße an. »O Gott, meinst du wirklich«, sagte er, wenn man ihm von einem völlig absurden Mißgeschick erzählte, von dem höchstens die Hälfte stimmte, und dann mußte er selbst lachen. Es war immer mein Schönstes – und so ging es vielen seiner besten Freunde –, ihn zum Lachen zu bringen. Ihm fielen nie Witze ein und er erzählte auch nie welche. Aber er genoß es, über das Leben zu lachen, und folgte einem bereitwillig, wenn man das Leben in seiner Beschwerlichkeit karikierte, um einem am Ende manchmal trotzdem verschlossen und schweigsam gegenüberzusitzen.

Im Lauf der Jahre trafen wir uns in Port Angeles, in Seattle, in Princeton, in New York und in den verschiedenen Häusern, die ich in Vermont mietete. In Syracuse, in Missoula, in London, in Edinburgh, in Paris, in New Orleans. Unsere Briefe bestanden oft aus nicht mehr als ein paar herzlichen Grüßen, die wir uns auf die Reise mitgaben. Was die Gründe für mein eigenes Umherreisen betrifft, habe ich so meine Vermutungen. (»Überall, bloß nicht hier«, pflegten Ray und ich und Mona Simpson lachend zu sagen, so ernst es gemeint war.) Ray dagegen versuchte, die verlorene Zeit nachzuholen, und ergriff jede der Gelegenheiten (Lesungen, Vorträge, Signierstunden, Buchpräsentationen im Ausland, »Botschafter«-Reisen im Auftrag der Regierung), die sich ihm nun so reichlich boten – in ehrlicher Anerkennung seines großen Werks.

»Richard«, sagte er zu mir am Telefon – das war vielleicht 1984 –, als er wieder einmal eine gute Nachricht auf seinem Schreibtisch vorgefunden hatte. Ein Filmangebot. Eine Zusage vom *New Yorker*. Eine Plazierung auf einer ausländischen Bestsellerliste. Einen Preis der American Academy – alles das, was literarischer Erfolg an Erfreulichem so mit sich bringt. Diese Art Anrufe von ihm waren keineswegs selten. Er beglückte alle seine Freunde damit. Aber man durfte ihm keinen Vorwurf daraus machen. Er war einfach jedesmal so überglücklich. »Richard«, sagte er, »ich schwör's dir, das Glücksrad ist auf meiner Zahl stehengeblieben. Kannst du dir das vorstellen? Es ist einfach unglaublich! Und es ist gut für uns alle, Menschenskind! Die Dinge wenden sich zum Guten, ich spüre es, wirklich.«

»Für dich auf jeden Fall«, sagte ich spöttisch.

»Na ja, gut.« Er lachte sein verlegenes kleines Lachen, mit dem er zugab, daß jede wunderbare Erscheinung auch ihre Schattenseite hat. »Für mich zumindest, ja, stimmt. Du kommst gleich nach mir an die Reihe. Das macht dir doch nichts aus, oder?« Wieder lachte er. Er wußte, das Glück ist ein Scherz. Aber ein ernster Scherz.

»Nein, Ray«, sagte ich, »natürlich macht mir das nichts aus. Mein Glück wird dafür von höherer Qualität sein.«

»Okay. Gut. Das ist was für dich«, sagte er. Er war jemand, der den Spatz in der Hand vorzog – in seiner Hand. »Die höherwertigen Sachen sind für dich. Ich mach nur rasch meinen Korb voll, dann bin ich auch schon weg. Ich freue mich, daß es dir so recht ist.«

Ray liebte die Vorstellung von einem vollen Korb. Das Füllhorn entsprach genau dem, was für ihn die Grundvoraussetzung allen Glücks ausmachte. Das hatte mit seiner ganzen Art zu tun, wahrscheinlich aber auch mit dem Gefühl, als Kind zu kurz gekommen zu sein. »Mein Gott, um so mehr für mich«, sagte er, wenn man eines seiner Angebote zurückwies – etwa, sich das Honorar für eine Lesung zu teilen, zusammen am Puget Sound angeln zu gehen oder seinen letzten Doughnut gemeinsam zu essen. Ständig bot er einem irgend etwas an – ein Stück von seinem Glück. Genau dafür war das Glück seiner Ansicht nach da, und unter anderem deshalb war es ja auch etwas so Schönes. Wenn man jedoch auf seinen Teil verzichtete, tat er es noch lange nicht.

Wünschte er sich ein Ruderboot, bekam er drei. Ein neues Haus in Port Angeles, und er bekam zwei. Ein hübsches neues Auto, und er bekam einen roten Cherokee-Jeep, um eines Tages mit einem neuen silbernen Mercedes 300 D aufzukreuzen, der, wie ich immerhin bemerkte, mit Kunstleder-, statt echten Ledersitzen ausgestattet war. »Bei Gott, ich werde mich darum kümmern«, sagte er wütend. »Wenn wir uns das nächste Mal sehen, habe ich echte Ledersitze, oder ich habe ein anderes Auto. Da kannst du sicher sein. Ich habe Ledersitze bezahlt. Also will ich auch welche.«

Er haßte jede Art von körperlicher Tätigkeit und tat alles, um ihr aus dem Weg zu gehen, und ich glaube, ich habe nie jemanden kennengelernt, der körperlich so wenig widerstandsfähig und gleichzeitig derart robust war. Und doch waren seine große Liebe das Angeln und die Jagd – das hatte er als Kind in Washington und Oregon immer gemacht. Also fuhren wir zusammen nach Saskatchewan, Vermont, Montana oder an die Meeresenge bei Juan de Fuca. Es war das reinste Vergnügen, und ein scheinbar grenzenloses dazu. Von ihm aus hätte es immer so weitergehen können.

Und währenddessen schrieb er unaufhörlich. Neue Erzählungen. Jede Menge Gedichte. Rezensionen, Erinnerungen und Essays über die schwierigen Anfänge seiner Dichterträume, in denen er den Nachweis führte, daß solcherlei Schwierigkeiten gelegentlich durchaus in einen großen Erfolg münden können.

Nie während dieser ganzen glücklichen Zeit – Mitte der achtziger Jahre – erlebte ich, daß er einem anderen den Erfolg geneidet hätte, mit jemandem rivalisiert, jemandem seinen Ruhm bestritten oder seine oder die Bemühungen eines anderen unterschätzt hätte. Und nicht ein einziges Mal habe ich ihn von »Talent« reden hören. Ernsthafte Schriftsteller tun das eigentlich so gut wie nie, denn wenn sie überhaupt etwas wissen, dann daß Begabung nicht mehr ist als die erste Stufe auf ihrem Weg und daß es genügend Leute gibt, die Talent haben, aber trotzdem nie etwas zustande bringen; und auch, weil sich Talent unmöglich genauer bestimmen läßt, und weil es nur ein Versprechen ist, das meist nicht eingelöst wird. Erfolgversprechend – Ray wußte das, ich weiß es, Tess weiß es auch – ist dagegen, »immer zur Stelle zu sein«, wie Ray es nannte: da sein, wirklich bei der Sache sein. Und, was nicht extra gesagt zu werden braucht, Glück gehört natürlich auch dazu. Glück hilft. Und eine Zeitlang half ihm das Glück, und er liebte es wie einen Bruder.

Natürlich stand ich während jener Jahre ziemlich lange in Rays Schatten und hielt mich als Schriftsteller an seinen Rockschößen fest (falls ich mich inzwischen überhaupt davon freigemacht habe oder mir das je gelingen sollte). Und obwohl ich natürlich wollte, daß das Glück auch zu mir kam, gefiel es mir andererseits doch auch so, wie es war. Aus der Nähe mitzuerleben, wie Ray berühmt wurde, war lehrreich. Es war schön, zu sehen, wie er inmitten begeisterter Zustimmung seine Bescheidenheit nie verlor, zu sehen, wie er immer sicherer wurde bei der Wahl seiner Themen und Mittel, und doch nie den Wunsch aufgab, es bei den nächsten Erzählungen besser zu machen. Nie ließ er mich spüren, daß ich in seinem Schatten stand, nie beschwerte er sich, wenn ich einen Satz von ihm übernahm, ohne es zu bemerken, den Namen einer seiner Figuren klaute oder seine direkte, schnörkellose Art, eine Erzählung zu beginnen, imitierte, die er, ganz bewußt, von Tschechow übernommen hatte. Mir auf diese Weise den Spiegel vorzuhalten, war einfach nicht seine Art. Er vertraute mir viel zu sehr. Ich konnte ihm nicht in die Quere kommen. Wir waren Freunde.

Über Einflüsse sprachen wir allerdings wirklich nie, weil sich das für uns von selbst verstand. Genau wie Talent. Schrieb man gut, hatte man auch Talent. Schrieb man überhaupt, war man auch von jemandem beeinflußt. Zu hoffen war, daß das, was einen beeinflußte, etwas Gutes war, und daß man imstande war, etwas Gutes daraus zu machen.

Und wenn ich zu denen gehören sollte, die Einflüsse von Ray aufnahmen, wie ich es bestimmt in einem gewissen Ausmaß tat, wäre es natürlich schön, sich vorzustellen, daß ich während jener Zeit das eine oder andere geschrieben haben könnte, was ihm von Nutzen war: einen längeren Satz vielleicht, eine ein wenig ausführlichere Begründung für das Tun einer Gestalt, etwas mehr Nachdruck bei dem Versuch, einer Erzählung ein helleres Ende zukommen zu lassen. (Für nichts dergleichen kann ich auch nur den geringsten Beleg anbringen.)

Seine Sätze jedenfalls waren ohne Zweifel ansteckend, schon, weil sie so leicht dahingeschrieben wirkten, so natürlich, und derart mühelos nachprüfbare Wirkungen erzeugten durch die Art, wie sie das Leben wiedergaben und vergrößerten. Ich hatte es schon Jahre zuvor aufgegeben, Erzählungen zu schreiben. Genaugenommen hatte ich einen Roman begonnen, weil ich an den Erzählungen – der Gattung, an der junge Schriftsteller üblicherweise ihr Handwerk erlernen – gescheitert war. Themen hatte ich, aber kein eigenes zu dieser Gattung passendes erzählerisches Konzept. Als ich Rays Erzählungen las, erschien mir die Aussicht, Erzählungen zu schreiben, auf einmal wieder verlockend. Und so geht es immer, wenn man durch etwas gut Geschriebenes ermuntert wird – oder meinetwegen beeinflußt: man liest etwas, das einem gefällt; man merkt, wie stark es auf einen wirkt; und man findet Gefallen an der Vorstellung, etwas Eigenes könne eine ebenso starke Wirkung bei anderen entfalten. Also versucht man es auch.

Was ich jedoch nie konnte, war, Rays Erzählungen zu lesen, während ich selbst an etwas schrieb. Als ich Ray kennenlernte, war ich fast vierunddreißig und wußte aus meiner Erfahrung mit der Lektüre von Faulkner und Walker Percy, wie gefährlich Einflüsse sein können; beide Schriftsteller wirkten so stark auf mich, daß ich sie nicht mehr lesen konnte. Ich hatte jedoch auch begriffen, daß sich eines nie übertragen läßt, und zwar jenes ganze komplexe Geflecht von Kräften unter der stilistischen »Oberfläche« einer jeden Erzählung. Ich wußte, daß man bestenfalls – selbst bei völlig ungenierter Nachahmung – eine Kopie jener Oberfläche zustande bringt, möglicherweise zwei oder drei jener ursprünglichen »unterirdischen« Kräfte zu fassen kriegt, der beste »Gebrauch« der Nachahmung jedoch darin besteht, daß man sich von etwas, das einem gefällt, im Wissen, daß man es nie wird wiederholen können (selbst wenn man es täte), bewegen und ermutigen läßt, um dann seinen Weg allein fortzusetzen.

Einfluß, schreibt Denis Donoghue in seiner Biographie von

Walter Pater, läßt sich verstehen als die »Anwesenheit« eines Textes im Leben eines anderen, aber genauer besehen ist Einfluß eine Beziehung, »ein Handlungsfeld«, auf dem es dem beeinflußten Leser »freisteht, die verschiedensten Kräftelinien, Verbindungen, Bezüge in Betracht zu ziehen«. Und ich bin in der glücklichen Lage, sagen zu können, daß – wie Ray selbst sehr genau wußte – während einer entscheidenden Zeit meines Lebens seine Erzählungen eine freundliche Gegenwart in den Erzählungen, die ich schrieb, darstellten, und so wird es auch bei allem sein, was ich noch schreiben werde. Sein großartiges Werk hat mir, wie all seinen Lesern, eine mögliche Erscheinungsform des Guten vorgeführt. Um uns anschließend, ganz so wie er es wollte, wieder freizugeben. Wer hätte, bloß um sich durch nichts und niemanden beeinflussen zu lassen, auf etwas derart Gutes verzichten wollen? Auf einen solchen Freund? Ich jedenfalls nicht.

Mir fällt kein gutes Ende für diesen Text ein. In einem meiner Bücher habe ich geschrieben: »Nie wird das Leben ein natürliches, überzeugendes Ende haben. Außer dem einen.« Und darüber, über Rays natürliches, überzeugendes Ende auf dieser Erde zu schreiben, bringe ich nicht den Mut auf.

Unsere Zeit lief schnell ab. Und die Zeit seither ist ebenso schnell verstrichen. Und doch kommt sie mir in der Erinnerung lang vor. Das alles scheint mir ungeheuer lang gedauert zu haben, und daß diese Zeit sich in meinem Bewußtsein auf diese Weise verdoppelt hat, läßt mich glauben, daß ich sie gut genutzt habe. Und auch wenn ich nie wieder einen Freund wie Ray haben werde – ich, wir alle spüren seine Abwesenheit jeden Tag, fühlen uns seither der Welt auf eine Weise ausgeliefert, auf die wir gerne verzichten würden –, denke ich, daß in jener wunderbaren vergangenen Zeit eine große Verheißung liegt. Es war eine erfüllte, fröhliche, verworrene, beladene, hingebungsvolle Zeit, während der wir die Beschränkungen des Lebens nicht spürten, und nicht zurück, immer nur vorwärts gehen konnten. Und wenn ich mich auf diese Weise daran erinnere, in der späten Mitte meines Lebens, heißt das, daß ich vielleicht immer noch etwas Wichtiges daraus lernen kann. Und daß ich noch nicht so abgehetzt bin, daß ich nicht eine Pause einlegen könnte, um über das, was gut ist, nachzudenken. Und daß ich weiß, daß jetzt jetzt ist und daß man mit diesem Jetzt sorgfältig umgehen muß. Ich wünschte, Ray wäre hier. Ich wünschte, ich schriebe dies hier nicht. Daher mein Gefühl von Bedauern. Aber von diesen beiden Irritationen abgesehen – die eine riesig, die andere unendlich –, würde ich nicht das Geringste von alledem anders haben wollen.

Übersetzung: Peter Kultzen

Dick

Ich sitze bei meiner Freundin Rita, wir trinken Kaffee, rauchen Zigaretten, und ich erzähle ihr davon.
Und das hier ist die Geschichte, die ich ihr erzähle.
Es ist spätabends an einem ruhigen Mittwoch, als Herb dem dicken Mann einen Tisch in meiner Abteilung zuweist.
Der Mann ist der dickste Mensch, den ich je gesehen hab, obwohl er sehr ordentlich wirkt und ziemlich gut gekleidet ist. Alles an ihm ist riesig. Aber am deutlichsten erinnere ich mich an seine Finger. Die Finger sind das, was ich zuerst bemerke, als ich an dem Tisch neben seinem stehenbleibe, um das alte Ehepaar zu bedienen. Sie sind dreimal so groß wie die Finger eines normalen Menschen – lange, dicke Finger, sahneweiß.
Ich gehe zu meinen anderen Tischen, eine Gruppe von vier Geschäftsleuten, sehr anspruchsvoll, noch eine Vierergesellschaft, drei Männer und eine Frau, und das alte Ehepaar. Leander hat dem Dicken Wasser eingegossen, und ich lasse dem Dicken reichlich Zeit, sich zu entscheiden, ehe ich zu ihm rübergehe.
Guten Abend, sage ich. Darf ich Ihnen was bringen? sage ich. Rita, und er war vielleicht dick. Also wirklich.
Guten Abend, sagt er. Hallo. Ja, sagt er. Ich glaube, wir sind soweit, wir können jetzt bestellen, sagt er.
Er hat so eine Art zu sprechen – irgendwie seltsam, verstehst du. Und er macht alle Augenblicke so ein kleines schnaubendes Geräusch.

Ich glaube, sagt er, wir beginnen mit einem Caesar-Salat. Und dann eine Schale Suppe mit extra Brot und Butter dazu, wenn Sie so freundlich sein wollen. Die Lammkoteletts, glaube ich, sagt er. Und eine gebackene Kartoffel mit Sauerrahm. Das Dessert – das sehen wir später. Ich danke Ihnen vielmals, sagt er und gibt mir die Speisekarte.
Gott, Rita, waren das Finger!
Ich renne zur Küche und gebe die Bestellung an Rudy weiter, der sie aufnimmt und keine Miene verzieht. Du kennst ja Rudy. So ist er bei der Arbeit.
Als ich aus der Küche komme, sagt Margo – habe ich dir von Margo erzählt? Die hinter Rudy her ist? Margo sagt zu mir: Wer ist denn dein dicker Freund da? Der ist ja wirklich dick.

Was jetzt kommt, ist wichtig. Ich glaube, das ist wirklich wichtig.
Ich bereite den Salat an seinem Tisch zu, und er beobachtet jede Bewegung, die ich mache, und dabei bestreicht er die kleinen Scheiben Brot mit Butter und legt sie alle auf die eine Seite, und dauernd macht er dieses schnaubende Geräusch. Na ja, und ich bin so flatterig oder so, daß ich sein Glas Wasser umstoße.
Oh, das tut mir leid, sage ich. Das passiert immer, wenn man schnell machen will. Tut mir wirklich leid, sage ich. Haben Sie auch nichts abgekriegt? sage ich. Ich hole eben den Boy, damit er schnell den Tisch abwischt, sage ich.
Schon gut, sagt er. Alles in Ordnung, sagt er und schnaubt. Machen Sie sich keine Sorgen deswegen, uns stört das nicht, sagt er. Er lächelt und winkt, während ich gehe, um Leander zu holen, und als ich zurückkomme und ihm den Salat bringen will, sehe ich, daß der Dicke all sein Brot und die ganze Butter aufgegessen hat.

Etwas später, als ich ihm mehr Brot bringe, hat er seinen Salat verspeist. Und du weißt, wie groß die Salatportionen sind. Sie sind sehr freundlich, sagt er. Das Brot schmeckt wunderbar, sagt er.
Danke sehr, sage ich.
Ja, es ist sehr gutes Brot, und wenn wir das sagen, meinen wir es so. Wir kriegen nicht oft Brot, das uns so gut schmeckt wie dieses, sagt er.
Woher kommen Sie? frage ich ihn. Ich glaube nicht, daß ich Sie hier schon mal gesehen hab, sage ich.
Der ist keiner von denen, die du am nächsten Tag vergessen hast, wirft Rita mit einem Kichern ein.
Denver, sagt er.
Ich sage dazu nichts weiter, obwohl ich neugierig bin.
Ihre Suppe ist gleich soweit, Sir, sage ich, und ich gehe weg, um zu sehen, ob die Runde meiner vier Geschäftsleute, die sehr anspruchsvoll ist, alles hat.
Als ich ihm die Suppe serviere, sehe ich, daß schon wieder alles Brot verschwunden ist. Er schiebt sich gerade das letzte Stück in den Mund.
Glauben Sie mir, sagt er, wir essen nicht immer so drauflos, sagt er. Und schnaubt. Sie müssen uns entschuldigen, sagt er.
Bitte, machen Sie sich keine Gedanken deswegen, sage ich. Ich mag es gern, wenn es einem Mann schmeckt und er sein Essen genießt.
Ich weiß nicht, sagt er. Ich glaube, ja, so könnte man es nennen. Und schnaubt. Er zieht sich die Serviette zurecht. Und dann nimmt er den Löffel in die Hand.
Gott, ist der dick! sagt Leander.
Er kann nichts dafür, sage ich, also halt den Mund.
Ich stelle noch einen Korb mit Brot und Butter auf den Tisch. Wie war die Suppe? frage ich.
Vielen Dank. Gut, sagt er. Sehr gut, sagt er. Und er wischt

sich den Mund und tupft sich das Kinn ab. Kann es sein, daß es hier drinnen warm ist, oder ist mir nur heiß? fragt er.
Nein, es ist warm hier drinnen, sage ich.
Vielleicht sollten wir das Jackett ablegen, sagt er.
Nur zu, sage ich. Beim Essen muß man es sich bequem machen, sage ich.
Stimmt, sagt er, das ist sehr, sehr richtig, sagt er.
Aber ein bißchen später sehe ich, daß er sein Jackett immer noch anhat.
Inzwischen sind meine beiden Vierergesellschaften gegangen. Und das alte Ehepaar auch.
Langsam wird es leer. Als ich dem Dicken seine Koteletts und die gebackene Kartoffel serviere, und noch mehr Brot und Butter dazu, ist er der einzige Gast, der noch da ist.
Ich gieße eine Menge Sauerrahm auf seine Kartoffel. Ich streue Schinkenspeck und Schnittlauch über seinen Sauerrahm. Ich bringe ihm noch mehr Brot und Butter.
Ist alles so in Ordnung? frage ich.
Wunderbar, sagt er und schnaubt. Ausgezeichnet, vielen Dank, sagt er und schnaubt wieder.
Lassen Sie es sich schmecken, sage ich. Ich hebe den Deckel seiner Zuckerschale und sehe hinein. Er nickt und sieht mich weiter an, bis ich fortgehe.
Jetzt weiß ich, ich war da hinter was her. Aber ich weiß nicht, was es war.
Na, was macht der alte Fettwanst? Hält dich ganz schön in Trab, sagt Harriet. Du weißt ja, wie Harriet ist.
Zum Nachtisch, sage ich zu dem Dicken, haben wir unser Green Lantern-Spezialdessert, das ist ein Kuchen mit Puddingfüllung und Sauce dazu, dann haben wir Käsekuchen oder Vanilleeis oder Ananas-Sorbet.
Halten wir Sie auch nicht zu lange auf? fragt er, schnaubt und macht ein besorgtes Gesicht.

Überhaupt nicht, sage ich. Natürlich nicht, sage ich. Lassen Sie sich Zeit. Ich gieße Ihnen noch mal Kaffee ein, während Sie sich entscheiden.

Wir wollen aufrichtig mit Ihnen sein, sagt er. Und er rutscht auf seinem Sitz hin und her. Wir nehmen gern das Spezialdessert, aber vielleicht hätten wir auch gern eine Portion Vanilleeis. Mit einem kleinen Schuß Schokoladensauce, wenn ich bitten darf. Wir sagten Ihnen ja, daß wir hungrig sind, sagt er.

Ich gehe rüber in die Küche, um selber nach seinem Dessert zu sehen, und Rudy sagt: Harriet sagt, du hast da draußen einen dicken Mann vom Zirkus. Stimmt das?

Rudy hat inzwischen die Schürze und die Kochmütze abgelegt, und du verstehst sicher, was ich damit sagen will.

Rudy, sage ich, er ist dick, aber das ist nicht die ganze Geschichte.

Rudy lacht nur.

Klingt mir ganz so, als wäre sie scharf auf Fettpolster, sagt er.

Paß nur auf, Rudy, sagt Joanne, die gerade in die Küche kommt.

Ich bin schon ganz eifersüchtig, sagt Rudy zu Joanne.

Ich stelle das Spezialdessert vor den Dicken hin und dazu eine große Schale Vanilleeis mit Schokoladensauce ringsum.

Vielen Dank, sagt er.

Bitte, gern geschehen, sage ich – und mich überkommt so ein Gefühl.

Ob Sie es glauben oder nicht, sagt er, wir haben nicht immer so gegessen.

Was mich angeht, ich kann essen, soviel ich will, und ich nehme nicht zu, sage ich. Und ich würde gern ein bißchen zunehmen, sage ich.

Nein, sagt er. Nein, wir nicht – wenn wir die Wahl hätten. Aber wir haben keine Wahl.

Dann nimmt er seinen Löffel und ißt.
Und dann? fragt Rita und zündet sich eine von meinen Zigaretten an und zieht ihren Stuhl näher an den Tisch. Die Geschichte fängt an, interessant zu werden, sagt Rita.
Das war's. Kein und dann. Er ißt seine beiden Desserts, und dann geht er, und dann gehen wir nach Hause, Rudy und ich.
Der war ja dick, sagt Rudy und reckt sich, wie er es immer macht, wenn er müde ist. Dann lacht er nur und dreht sich wieder zum Fernseher um.
Ich setze Wasser auf, für Tee, und gehe unter die Dusche. Ich lege die Hand auf meinen Bauch und denke, was ich wohl machen würde, wenn ich Kinder hätte und eines würde eines Tages auch so aussehen, so dick.
Ich gieße Wasser in die Teekanne, stelle die Tassen zurecht, die Zuckerschale, die Tüte mit halbfetter Sahne, und trage das Tablett rein zu Rudy. Als ob er auch gerade darüber nachgedacht hätte, sagt Rudy: Ich habe mal einen Dicken gekannt, zwei Dicke vielmehr, in meiner Kindheit, wirklich dicke Kerle. Waren das Fettmöpse, mein Gott. Ich weiß nicht mehr, wie sie hießen. Dicker, das war der einzige Name, mit dem der eine gerufen wurde. Wir nannten ihn Dikker. Er wohnte in dem Haus nebenan. Er war ein Nachbar von uns. Der andere Junge kam später. Er hieß Fettsack. Alle außer den Lehrern nannten ihn Fettsack. Dicker und Fettsack. Schade, daß ich keine Fotos von ihnen hab, sagt Rudy.
Mir fällt nichts ein, was ich sagen könnte, und so trinken wir unseren Tee, und bald darauf stehe ich auf und gehe ins Bett. Rudy steht auch auf, schaltet den Fernsehapparat aus, schließt die Haustür ab und fängt an, sich auszuziehen.
Ich lege mich zu Bett und rücke auf meiner Seite dicht an den Rand und liege auf dem Bauch. Aber kaum hat Rudy

das Licht ausgemacht und sich hingelegt, fängt er an. Ich drehe mich um, so daß ich auf dem Rücken liege, und versuche mich zu entspannen, obwohl ich eigentlich nicht will. Aber auf einmal kommt es. Als er auf mir liegt, habe ich plötzlich das Gefühl, daß ich dick bin. Ich habe das Gefühl, daß ich unheimlich dick bin, so dick, daß Rudy winzig ist und überhaupt kaum da.
Komische Geschichte, sagt Rita, aber ich merke deutlich, daß sie nicht weiß, was sie damit anfangen soll.
Ich bin niedergeschlagen. Aber ich möchte nicht mit ihr darüber reden. Ich habe ihr schon zuviel erzählt.
Sie sitzt da und wartet, und ihre zierlichen Finger zupfen in ihrem Haar herum.
Worauf wartet sie? Das wüßte ich gern.
Es ist August.
Mein Leben wird sich ändern. Ich spüre es.

Nachbarn

Bill und Arlene Miller waren ein glückliches Paar. Aber hin und wieder hatten sie das Gefühl, als einzige in ihrem Bekanntenkreis seien sie irgendwie übergangen worden, so daß Bill bei seinen Buchhalterpflichten steckengeblieben war und Arlene bei ihren Sekretärinnenjobs. Gelegentlich sprachen sie darüber, meist, indem sie ihr Leben mit dem ihrer Nachbarn, Harriet und Jim Stone, verglichen. Es kam den Millers so vor, als ob die Stones ein erfüllteres und strahlenderes Leben hätten. Die Stones waren ständig irgendwo zum Dinner eingeladen oder hatten selber Gäste, oder sie reisten in Verbindung mit Jims Arbeit irgendwo im Land herum.

Die Stones wohnten auf derselben Etage, den Millers gegenüber. Jim war Vertreter einer Firma, die mit Maschinenersatzteilen handelte, und deichselte es oft so, daß er mit einer Geschäftsreise eine Vergnügungsreise kombinieren konnte, und diesmal würden die Stones zehn Tage lang unterwegs sein, zuerst nach Cheyenne und dann weiter nach St. Louis, wo sie Verwandte besuchen wollten. Während ihrer Abwesenheit würden die Millers nach ihrer Wohnung sehen, Kitty füttern und die Blumen gießen.

Bill und Jim schüttelten einander am Auto die Hände. Harriet und Arlene faßten einander bei den Ellbogen und küßten sich leicht auf die Lippen.

»Amüsiert euch gut«, sagte Bill zu Harriet.

»Werden wir«, sagte Harriet. »Und ihr auch, ihr zwei.«

Arlene nickte.
Jim zwinkerte ihr zu. »Bye, Arlene. Und paß gut auf deinen Alten auf.«
»Mach ich«, sagte Arlene.
»Amüsiert euch gut«, sagte Bill.
»Darauf kannst du dich verlassen«, sagte Jim. Er klopfte Bill leicht auf den Arm. »Und euch beiden noch mal vielen Dank.«
Die Stones winkten, als sie losfuhren, und die Millers winkten auch.
»Ich wünschte, wir wären an ihrer Stelle«, sagte Bill.
»Weiß Gott, wir könnten Ferien gebrauchen«, sagte Arlene. Sie nahm seinen Arm und legte ihn sich um die Taille, während sie die Treppe zu ihrer Wohnung hinaufgingen.
Nach dem Abendessen sagte Arlene: »Vergiß nicht, Kitty kriegt am ersten Abend eine Dose mit Lebergeschmack.« Sie stand in der Küchentür und legte die handgewebte Tischdecke zusammen, die Harriet ihr letztes Jahr aus Santa Fe mitgebracht hatte.

Bill atmete tief ein, als er die Wohnung der Stones betrat. Die Luft war schon stickig und roch irgendwie süßlich. Auf der Uhr mit dem Strahlenkranz über dem Fernsehgerät war es halb neun. Er wußte noch genau, wie Harriet mit der Uhr zurückgekommen war, wie sie über den Flur gekommen war, um sie Arlene zu zeigen, und das Messinggehäuse in ihren Armen gewiegt und durch das Seidenpapier darauf eingeredet hatte, als wäre es ein kleines Kind.
Kitty rieb den Kopf an seinen Hausschuhen und ließ sich auf die Seite fallen, aber als Bill in die Küche ging und eine der aufgestapelten Dosen von der blitzenden Abtropffläche nahm, sprang sie sofort auf. Er überließ die Katze ihrer Mahlzeit und ging ins Badezimmer. Er betrachtete sich im

Spiegel, dann schloß er die Augen und guckte wieder in den Spiegel. Er öffnete das Medizinschränkchen. Er fand einen Behälter mit Tabletten und las das Etikett – *Harriet Stone. Eine Tablette täglich, wie verordnet* – und ließ sie in seine Tasche gleiten. Er ging wieder in die Küche, ließ Wasser in einen Krug laufen und ging zurück ins Wohnzimmer. Nachdem er alle Pflanzen gegossen hatte, setzte er den Krug auf dem Teppich ab und öffnete den Schrank mit den alkoholischen Getränken. Er griff ganz nach hinten, nach der Flasche mit Chivas Regal. Er nahm zwei kräftige Züge aus der Flasche, wischte sich mit dem Ärmel über die Lippen und stellte die Flasche wieder in den Schrank.

Kitty lag auf der Couch und schlief. Er knipste alle Lichter aus, zog langsam die Tür hinter sich zu und prüfte, ob sie auch fest geschlossen war. Ihm war so, als hätte er etwas vergessen.

»Was hast du so lange gemacht?« fragte Arlene. Sie hatte die Beine untergeschlagen und sah fern.

»Nichts. Mit Kitty gespielt«, sagte er und ging zu ihr und berührte ihre Brüste.

»Komm, laß uns zu Bett gehen, Schatz«, sagte er.

Am nächsten Tag nahm Bill nur zehn Minuten von der üblichen zwanzigminütigen Nachmittagspause und verließ die Firma Viertel vor fünf. Er stellte gerade das Auto ab, als Arlene aus dem Bus sprang. Er wartete, bis sie ins Haus gegangen war, dann rannte er die Treppe hinauf, um sie abzufangen, wenn sie oben aus dem Fahrstuhl trat.

»Bill! Gott, hast du mich erschreckt. Du bist früh heute«, sagte sie.

Er zuckte mit den Schultern. »War nichts zu tun im Büro«, sagte er.

Sie gab ihm ihren Schlüssel, damit er die Tür öffnete. Er

warf einen Blick auf die Tür gegenüber, ehe er ihr in die Wohnung folgte.
»Laß uns ins Bett gehen«, sagte er.
»Jetzt?« Sie lachte. »Was ist denn in dich gefahren?«
»Nichts. Zieh dein Kleid aus.« Er griff ungeschickt nach ihr, und sie sagte: »Guter Gott, Bill.«
Er machte seinen Gürtel auf.
Später ließen sie sich chinesisches Essen kommen, und als es gebracht worden war, schlangen sie es hungrig hinunter, ohne zu reden, und hörten Schallplatten.
»Wir dürfen nicht vergessen, Kitty zu füttern«, sagte sie.
»Hab auch gerade daran gedacht«, sagte er. »Ich geh gleich mal rüber.«

Er wählte eine Dose mit Fischgeschmack für die Katze, füllte dann den Krug mit Wasser und goß die Pflanzen. Als er wieder in die Küche kam, kratzte die Katze in ihrer Kiste herum. Sie sah ihn unverwandt an, ehe sie sich wieder nach der Streu umdrehte. Er öffnete der Reihe nach alle Schränke und musterte die Konservendosen, die Kartons mit Frühstücksflocken, die verpackten Lebensmittel, die Cocktail- und die Weingläser, das Porzellan, die Kochtöpfe und Pfannen. Er öffnete den Kühlschrank. Er schnupperte an einer Selleriestange, aß zwei Happen Cheddarkäse und biß in einen Apfel, als er ins Schlafzimmer spazierte. Das Bett wirkte riesig und war zugedeckt mit einer flauschigen weißen Überdecke, die bis auf den Fußboden reichte. Er zog eine Nachttischschublade auf, fand eine halbvolle Packung Zigaretten und steckte sie in die Tasche. Dann ging er an den Einbauschrank und wollte ihn gerade öffnen, als es an die Wohnungstür klopfte.
Auf dem Weg zur Tür machte er am Badezimmer Halt und betätigte die Spülung.

»Was machst du denn so lange?« fragte Arlene. »Du bist schon über eine Stunde hier.«
»Wirklich?« sagte er.
»Ja, mindestens«, sagte sie.
»Ich mußte auf die Toilette«, sagte er.
»Du hast bei uns deine Toilette«, sagte sie.
»Ich konnte nicht mehr warten«, sagte er.
In der Nacht schliefen sie wieder miteinander.

Am Morgen ließ er sich von Arlene krank melden. Er duschte, zog sich an und machte sich ein leichtes Frühstück. Er nahm ein Buch und versuchte zu lesen. Er ging aus dem Haus, um einen Spaziergang zu machen, und fühlte sich gleich wohler. Aber nach einer Weile, die Hände immer noch in den Hosentaschen, kehrte er nach Hause zurück. An der Wohnungstür der Stones hielt er inne und horchte, ob er drinnen die Katze hörte. Dann schloß er seine Wohnungstür auf und ging in die Küche, um den Schlüssel zu holen.
Drinnen kam es ihm kühler vor als in seiner Wohnung, und auch dunkler. Er überlegte, ob die Pflanzen etwas mit der Zimmertemperatur zu tun hatten. Er blickte aus dem Fenster und ging dann langsam durch jedes Zimmer, wobei er alles, worauf sein Blick fiel, sorgsam betrachtete, einen Gegenstand nach dem andern. Er sah Aschenbecher, Möbel, Küchengeräte, die Uhr. Er sah alles. Schließlich betrat er das Schlafzimmer, und da war auf einmal die Katze zu seinen Füßen. Er streichelte sie kurz, trug sie ins Badezimmer und schloß die Tür.
Er legte sich auf das Bett und starrte an die Decke. Er lag eine Weile mit geschlossenen Augen da, und dann schob er die Hand unter seinen Gürtel. Er versuchte sich darauf zu besinnen, welcher Tag es war. Er versuchte sich daran zu er-

innern, wann die Stones wiederkommen wollten, und dann überlegte er, ob sie wohl je zurückkehren würden. Er konnte sich nicht an ihre Gesichter erinnern, nicht daran, wie sie redeten und wie sie gekleidet waren. Seufzend und unter Mühen rollte er sich vom Bett, beugte sich über die Frisierkommode und betrachtete sich im Spiegel.

Er öffnete den Schrank und nahm ein Hawaiihemd heraus. Er suchte, bis er Bermudas fand, sorgfältig gebügelt hingen sie über einer braunen Twillhose. Er streifte seine eigenen Sachen ab und schlüpfte in die kurzen Hosen und in das Hemd. Wieder betrachtete er sich im Spiegel. Er ging ins Wohnzimmer, goß sich einen Drink ein und trank davon, während er wieder ins Schlafzimmer ging. Er probierte ein blaues Hemd an, einen dunklen Anzug, einen blau-weißen Schlips, schwarze Halbschuhe. Das Glas war leer, und er ging hinüber, um sich noch einen Drink zu holen.

Wieder im Schlafzimmer, setzte er sich auf einen Stuhl, schlug die Beine übereinander und lächelte, während er sich im Spiegel beobachtete. Das Telefon klingelte zweimal und verstummte dann. Er leerte das Glas und zog den Anzug aus. Er durchwühlte die oberen Schubladen, bis er ein Höschen und einen Büstenhalter fand. Er stieg in das Höschen und zog den Büstenhalter um sich herum, dann sah er den Schrank nach einem Kleid durch. Er zog sich einen schwarzweiß karierten Rock an und mühte sich mit dem Reißverschluß ab. Er zog eine burgunderrote Bluse an, die vorn zugeknöpft wurde. Er musterte ihre Schuhe, wußte aber, daß sie nicht passen würden. Lange stand er hinter der Gardine am Wohnzimmerfenster und sah hinaus. Dann ging er wieder ins Schlafzimmer und legte alles weg.

Er hatte keinen Hunger. Auch sie aß nicht viel. Sie sahen einander scheu an und lächelten. Sie stand vom Tisch auf,

vergewisserte sich, daß der Schlüssel auf dem Bord lag, und räumte dann schnell das Geschirr ab.
Er stand in der Küchentür und rauchte eine Zigarette und beobachtete, wie sie den Schlüssel nahm.
»Mach es dir gemütlich, ich geh inzwischen rüber«, sagte sie. »Lies die Zeitung oder irgendwas.« Sie schloß die Finger um den Schlüssel. Er sehe, sagte sie, müde aus.
Er versuchte sich auf die Meldungen zu konzentrieren. Er las die Zeitung und stellte das Fernsehgerät an. Schließlich ging er über den Flur. Die Tür war geschlossen.
»Ich bin's. Bist du noch da drinnen, Schatz?« rief er.
Nach einiger Zeit löste sich die Verriegelung, und Arlene trat heraus und schloß die Tür. »War ich so lange fort?«
»Na, das kann man sagen«, sagte er.
»Wirklich?« fragte sie. »Ich muß wohl zu lange mit Kitty gespielt haben.«
Er sah sie prüfend an, und sie, die Hand noch auf dem Türknauf, blickte weg.
»Schon komisch«, sagte sie. »Ich meine – einfach so in anderer Leute Wohnung zu gehen.«
Er nickte, nahm ihre Hand vom Knauf und führte sie hinüber zu ihrer eigenen Wohnung. Er schloß die Tür auf.
»Ja, es *ist* komisch«, sagte er.
Er bemerkte weiße Fusseln hinten an ihrem Pullover und die tiefe Rötung ihrer Wangen. Er küßte sie auf den Hals und auf das Haar, und sie drehte sich um und erwiderte seine Küsse.
»Oh, verdammt«, sagte sie. »Verdammt, verdammt«, rief sie singend und schlug mädchenhaft die Hände zusammen. »Gerade fällt's mir ein. Jetzt habe ich doch wirklich und wahrhaftig vergessen, das zu tun, weshalb ich rübergegangen bin. Ich habe Kitty nicht gefüttert und keine einzige Pflanze gegossen.« Sie sah ihn an. »Zu dumm, nicht?«

»Nein, finde ich nicht«, sagte er. »Warte einen Moment. Ich hol schnell meine Zigaretten und komme mit.«
Sie wartete, bis er die Tür ihrer Wohnung zugezogen und abgeschlossen hatte, und dann packte sie ihn am Oberarm und sagte: »Ich glaube, ich sollte dir das sagen. Ich habe Bilder gefunden.«
Er blieb mitten im Flur stehen. »Was für Bilder?«
»Du kannst sie dir selbst angucken«, sagte sie und sah ihn aufmerksam an.
»Mach keine Witze.« Er lächelte. »Wo?«
»In einer Schublade«, sagte sie.
»Mach keine Witze«, sagte er.
Und dann sagte sie: »Vielleicht kommen sie ja nicht zurück«, und war im gleichen Augenblick erstaunt über das, was sie da gesagt hatte.
»Möglich wär's«, sagte er. »Alles ist möglich.«
»Aber vielleicht kommen sie auch zurück und ...« Sie beendete den Satz nicht.
Sie hielten sich auf dem kurzen Weg über den Flur bei den Händen, und als er etwas sagte, konnte sie seine Stimme kaum hören.
»Der Schlüssel«, sagte er. »Gib mir den Schlüssel.«
»Was?« fragte sie und sah mit großen Augen auf die Tür.
»Der Schlüssel«, sagte er. »Du hast den Schlüssel.«
»O Gott«, sagte sie, »ich habe den Schlüssel drinnen gelassen.«
Er versuchte, den Knauf zu drehen. Er war verriegelt. Dann versuchte sie, den Knauf zu drehen. Er gab nicht nach. Ihr Mund war halb geöffnet, und ihr Atem ging schwer, erwartungsvoll. Er breitete weit die Arme aus, und sie drängte sich an ihn.
»Mach dir keine Sorgen«, flüsterte er ihr ins Ohr. »Um Gottes willen, mach dir keine Sorgen.«

Sie standen da. Sie hielten einander. Sie lehnten an der Tür, als stemmten sie sich gegen einen Sturm und wappneten sich.

Allein der Gedanke

Wir waren mit dem Abendessen fertig, und ich hatte die ganze letzte Stunde bei ausgeschaltetem Licht am Küchentisch gesessen und aufgepaßt. Falls er es heute abend machte, war es Zeit, über die Zeit hinaus. Ich hatte ihn drei Nächte lang nicht gesehen. Aber an diesem Abend war drüben die Schlafzimmerjalousie hochgezogen und das Licht brannte.

Ich hatte so ein Gefühl an diesem Abend.

Dann sah ich ihn. Er öffnete die Fliegengittertür und spazierte hinaus auf seine hintere Veranda; er hatte ein T-Shirt an und etwas, das wie Bermudashorts oder wie eine Badehose aussah. Er blickte einmal rundum und hüpfte von der Veranda hinunter in die Schatten und ging seitlich am Haus entlang. Er war schnell. Hätte ich nicht Ausschau gehalten, dann hätte ich ihn gar nicht gesehen. Vor dem erleuchteten Fenster blieb er stehen und blickte hinein.

»Vern«, rief ich. »Vern, schnell, komm! Er ist draußen. Schnell, beeil dich!«

Vern saß im Wohnzimmer und las bei laufendem Fernseher seine Zeitung. Ich hörte, wie er die Zeitung hinwarf.

»Paß auf, daß er dich nicht sieht!« sagte Vern. »Geh nicht zu nah ans Fenster!«

Vern sagt das jedesmal: Geh nicht zu nah ran. Das Spionieren macht Vern, glaube ich, ein bißchen verlegen. Aber ich weiß, er genießt es. Hat er selbst gesagt.

»Er kann uns nicht sehen, wenn bei uns das Licht aus ist.«

Das sage ich jedesmal. So geht das nun seit drei Monaten. Seit dem 3. September, genau gesagt. Das war jedenfalls die erste Nacht, in der ich ihn da drüben gesehen hab. Keine Ahnung, wie lange es vorher schon so ging.

Ich war schon halb am Telefon, um den Sheriff anzurufen, an dem Abend damals, bis ich merkte, wer das da draußen war. Vern mußte mir das Ganze erst erklären. Und dann dauerte es immer noch eine Weile, bis ich es kapierte. Aber seither, seit dem Abend damals, habe ich Ausschau gehalten, und ich kann Ihnen sagen, daß er im Schnitt alle zwei, drei Nächte rauskommt, manchmal öfter. Ich habe ihn da draußen sogar gesehen, wenn es geregnet hat. Ja, wenn es regnet, kann man drauf wetten, daß man ihn sieht. Aber an diesem Abend war es klar und windig. Der Mond schien.

Wir haben uns am Fenster hingekniet, und Vern hat sich geräuspert.

»Sieh ihn dir an«, sagte Vern. Vern rauchte und klopfte die Asche jedesmal, wenn es nötig war, in seine Handfläche.

Er hielt die Zigarette vom Fenster weg, wenn er daran zog. Vern raucht dauernd; nichts kann ihn davon abhalten. Sogar wenn er schläft, hat er einen Aschenbecher eine Handbreit neben seinem Kopf. Nachts, wenn ich wachliege und er wacht auch auf, raucht er eine.

»O Gott!« sagte Vern.

»Was kann sie haben, was andere Frauen nicht haben«, fragte ich Vern nach ungefähr einer Minute. Wir kauerten auf dem Fußboden, die Köpfe eben über dem Fenstersims, und beobachteten einen Mann, der draußen stand und in sein eigenes Schlafzimmer blickte.

»Das ist es ja gerade«, sagte Vern. Er räusperte sich dicht neben meinem Ohr.

Wir spähten weiter.

Jetzt sah ich eine Gestalt hinter der Gardine. Das muß sie

gewesen sein, beim Ausziehen. Aber ich konnte keine Einzelheiten erkennen. Ich strengte meine Augen an. Vern trug seine Lesebrille, so daß er alles besser sehen konnte als ich. Plötzlich wurde die Gardine zur Seite gezogen, und die Frau wandte den Rücken zum Fenster.

»Was macht sie jetzt?« fragte ich, obwohl ich es genau wußte.

»O Gott«, sagte Vern.

»Was macht sie, Vern?« fragte ich.

»Sie zieht sich aus«, sagte Vern. »Was glaubst denn du, was sie macht?«

Dann wurde das Licht im Schlafzimmer gelöscht, und der Mann ging an der Seite des Hauses zurück. Er öffnete die Fliegengittertür und huschte hinein, und einen Moment später gingen alle übrigen Lichter aus.

Vern hustete, hustete wieder und schüttelte den Kopf. Ich machte das Licht an. Vern hockte einfach nur da, auf seinen Knien. Dann rappelte er sich hoch und zündete sich eine Zigarette an.

»Eines Tages werde ich dieser Schlampe sagen, was ich von ihr halte«, sagte ich und sah Vern an.

Vern lachte halblaut.

»Im Ernst«, sagte ich. »Irgendwann sehe ich sie im Supermarkt, und dann sag ich's ihr ins Gesicht.«

»Das würde ich nicht tun. Wozu, verdammt, willst du das tun?« sagte Vern.

Aber ich merkte ihm an, daß er glaubte, ich meinte es nicht ernst. Er zog die Stirn kraus und blickte auf seine Fingernägel. Er rollte die Zunge im Mund und kniff die Augen zusammen, wie er es immer macht, wenn er angestrengt nachdenkt. Dann änderte sich sein Ausdruck, und er kratzte sich das Kinn. »Du würdest so etwas nie machen«, sagte er.

»Du wirst ja sehen«, sagte ich.
»Quatsch«, sagte Vern.
Ich folgte ihm ins Wohnzimmer. Wir waren beide nervös. Das kommt manchmal so über uns.
»Wart's nur ab«, sagte ich.
Vern drückte seine Zigarette mit einer heftigen Bewegung im Aschenbecher aus. Er stand neben seinem Ledersessel und blickte einen Moment lang auf den Fernseher.
»Da ist auch nie was los«, sagte er. Dann sagte er etwas anderes. Er sagte: »Vielleicht hat er etwas davon.« Vern zündete sich eine neue Zigarette an. »Man weiß nie ...«
»Wenn einer kommt und in mein Fenster guckt«, sagte ich, »dann kriegt er es mit der Polizei zu tun. Außer vielleicht, wenn es Cary Grant ist«, sagte ich.
Vern zuckte mit den Schultern. »Man weiß nie ...«, sagte er.
Ich hatte Lust, etwas zu essen. Ich ging an den Küchenschrank und guckte hinein, und dann machte ich den Kühlschrank auf.
»Vern, möchtest du was essen?« rief ich.
Er antwortete nicht. Ich hörte im Bad das Wasser laufen. Aber ich dachte, er würde vielleicht gern etwas essen. Wir kriegen oft Hunger, abends um diese Zeit. Ich stellte Brot und Aufschnitt auf den Tisch und öffnete eine Dose Suppe. Ich holte Cracker und Erdnußbutter, kalten Fleischkäse, Pickles, Oliven, Potato Chips. Ich stellte alles auf den Tisch. Dann fiel mir der Apfelauflauf ein.
Vern kam im Bademantel und in seinem Flanellpyjama aus dem Bad. Sein Haar war naß und über den Hinterkopf gekämmt, und er roch nach Rasierwasser. Er musterte alles, was auf dem Tisch stand. Er sagte: »Wie wär's mit einer Schale Cornflakes mit braunem Zucker?« Dann setzte er sich und breitete seine Zeitung neben seinem Teller aus.

Wir aßen unseren Imbiß. Der Aschenbecher füllte sich mit Olivenkernen und mit seinen Kippen.
Als er aufgegessen hatte, grinste Vern und sagte: »Was duftet denn da so gut?«
Ich ging an den Ofen und nahm die beiden Stücke Apfelauflauf, mit zerlassenem Käse darüber, heraus.
»Das sieht ja gut aus«, sagte Vern.
Nach einem Weilchen sagte er: »Mehr kann ich nicht essen. Ich geh ins Bett.«
»Ich komm auch gleich«, sagte ich. »Ich räum nur noch den Tisch ab.«
Ich kratzte gerade die Reste von den Tellern in den Abfalleimer, als ich die Ameisen sah. Ich sah genauer hin. Sie kamen von irgendwo hinter den Rohren unter dem Spülbecken, ein steter Strom von Ameisen, auf der einen Seite des Abfalleimers rauf und auf der anderen runter, ein andauerndes Kommen und Gehen. Ich fand das Spray in einer der Schubladen und sprayte den Abfalleimer außen und innen, und sprayte so weit hinter dem Spülbecken, wie ich kommen konnte. Dann wusch ich mir die Hände und nahm die Küche noch einmal in Augenschein.
Vern schlief. Er schnarchte. In ein paar Stunden würde er aufwachen, ins Bad gehen und danach eine Zigarette rauchen. Der kleine Fernseher am Fußende des Betts war an, aber das Bild rutschte dauernd weg.
Ich hätte Vern gern von den Ameisen erzählt.
Ich ließ mir Zeit, als ich mich zum Schlafen fertig machte, stellte das Fernsehbild richtig ein und kroch ins Bett. Vern machte die Geräusche, die er immer macht, wenn er schläft. Ich sah eine Weile fern, aber es war eine Talkshow, und ich mag keine Talkshows. Ich mußte plötzlich wieder an die Ameisen denken.
Es dauerte nicht lange, da stellte ich mir vor, sie wären

überall im Haus. Ich überlegte, ob ich Vern wecken und ihm sagen sollte, daß ich schlecht geträumt hätte. Statt dessen stand ich auf und holte die Spraydose. Wieder sah ich unter dem Spülbecken nach. Aber es waren keine Ameisen mehr da. Ich machte alle Lampen im Haus an, bis das ganze Haus hell erleuchtet war.

Ich sprayte weiter.

Schließlich hob ich die Jalousie in der Küche an und blickte nach draußen. Es war spät. Es stürmte, und ich hörte das Knarren der Äste.

»Diese Schlampe«, sagte ich. »Allein der Gedanke!«

Ich gebrauchte noch schlimmere Ausdrücke, Wörter, die ich nicht wiederholen kann.

Sie sind nicht dein Ehemann

Earl Ober war auf der Suche nach einer neuen Stelle als Handelsvertreter. Aber Doreen, seine Frau, hatte angefangen, nachts als Kellnerin in einem rund um die Uhr geöffneten Coffee-Shop draußen am Stadtrand zu arbeiten. Eines Abends, als Earl unterwegs war und etwas getrunken hatte, beschloß er, bei dem Coffee-Shop haltzumachen und dort etwas zu essen. Er wollte sehen, wo Doreen arbeitete, und er wollte sehen, ob er sich auf Kosten des Hauses etwas zu essen bestellen konnte.

Er saß an der Theke und studierte die Speisekarte.

»Was machst du denn hier?« fragte Doreen, als sie ihn dort sitzen sah.

Sie übergab dem Koch einen Zettel mit einer Bestellung. »Und was nimmst du, Earl?« fragte sie. »Mit den Kindern alles okay?«

»Denen geht's gut«, sagte Earl. »Ich nehme Kaffee und eins von diesen Nummer-Zwei-Sandwiches.«

Doreen notierte es.

»Hab ich 'ne Chance?« fragte er sie und zwinkerte mit den Augen. »Du weißt schon.«

»Nein«, sagte sie. »Halt mich jetzt nicht auf. Ich hab zu tun.«

Earl trank seinen Kaffee und wartete auf sein Sandwich. Zwei Männer in Straßenanzügen, die Schlipse gelockert, die Hemdkragen offen, setzten sich neben ihn und bestellten Kaffee. Als sich Doreen mit der Kaffeekanne wieder entfernte, sagte der eine Mann zu dem anderen: »Sieh dir ihren Arsch an. Unglaublich.«

Der andere lachte. »Ich hab schon bessere gesehen«, sagte er.

»Das meine ich ja«, sagte der erste. »Aber manche Macker mögen einen fetten Braten.«

»Ich jedenfalls nicht«, sagte der andere.

»Ich auch nicht«, sagte der erste. »Das meinte ich ja.«

Doreen stellte das Sandwich vor Earl hin. Um das Sandwich herum waren Pommes frites, Kohlsalat und Dillgurken garniert.

»Noch etwas?« fragte sie. »Ein Glas Milch?«

Er sagte kein Wort. Er schüttelte den Kopf, als sie vor ihm stehenblieb.

»Ich bringe dir noch Kaffee«, sagte sie.

Sie kam mit der Kanne zurück und goß ihm und den beiden Männern Kaffee nach. Dann nahm sie ein Schälchen und drehte sich nach dem Eiscremebehälter um. Sie langte tief hinein und schabte mit dem Schöpflöffel das Eis heraus. Der weiße Kittel spannte an ihren Hüften und schob sich ihre Beine hinauf. Zum Vorschein kam ein Hüftgürtel, kam rosa Fleisch, Schenkel, die gerunzelt waren, grau und leicht behaart, und Venen, die sich in einem wilden Muster ausbreiteten.

Die beiden neben Earl sitzenden Männer wechselten Blicke. Der eine zog die Augenbrauen hoch. Der andere grinste und behielt über seine Tasse hinweg Doreen im Auge, während sie mit einem Löffel Schokoladensauce über das Eis verteilte. Als sie die Dose mit der Schlagsahne nahm und schüttelte, ließ Earl seinen vollen Teller stehen und eilte zur Tür. Er hörte, wie sie seinen Namen rief, aber er ging weiter.

Er sah nach den Kindern und ging dann ins andere Schlafzimmer und zog sich aus. Er deckte sich zu, schloß die Augen und überließ sich seinen Gedanken. Das Gefühl begann in seinem Gesicht und arbeitete sich hinunter bis in den Bauch und in die Beine. Er öffnete die Augen und rollte den Kopf auf dem Kissen hin und her. Dann drehte er sich auf die Seite und schlief ein.

Am Morgen kam Doreen, nachdem sie die Kinder zur Schule geschickt hatte, ins Schlafzimmer und zog die Jalousie hoch. Earl war schon wach.

»Sieh dich mal im Spiegel an«, sagte er.

»Was?« fragte sie. »Wovon redest du?«

»Sieh dich einfach nur im Spiegel an«, sagte er.

»Und was, meinst du, soll ich da sehen?« fragte sie. Aber sie sah in den Spiegel über der Frisierkommode und schob die Haare von den Schultern.

»Na?« sagte er.

»Na, was?« fragte sie.

»Ich sage so was nicht gern«, sagte Earl, »aber ich glaube, du solltest über eine Diät nachdenken. Ehrlich. Im Ernst. Ich finde, du könntest ein paar Pfund abnehmen. Jetzt werd bloß nicht wütend.«

»Was willst du damit sagen?« sagte sie.

»Genau das, was ich gesagt hab. Ich glaube, du könntest ein paar Pfund abnehmen. Ein paar Pfund, jedenfalls«, sagte er.

»Du hast bisher nie was gesagt«, sagte sie. Dann hob sie ihr Nachthemd über die Hüften und drehte sich so, daß sie ihren Bauch im Spiegel betrachten konnte.

»Bisher hab ich nie ein Problem darin gesehen«, sagte er, bemüht, die richtigen Worte zu wählen.

Das Nachthemd noch um die Hüften gebauscht, wandte Doreen den Rücken dem Spiegel zu und blickte über ihre

Schulter. Sie hob mit der Hand die eine Hinterbacke und ließ sie wieder fallen.
Earl schloß die Augen. »Vielleicht bin ich ja blöd«, sagte er.
»Ich glaube, ich könnte wirklich etwas abnehmen. Aber es wird schwer sein«, sagte sie.
»Da hast du recht, es wird nicht leicht sein«, sagte er. »Aber ich helfe dir.«
»Vielleicht hast du recht«, sagte sie. Sie ließ das Nachthemd herunter und sah ihn an, und dann zog sie das Nachthemd aus.

Sie sprachen über Diäten. Sie sprachen über die Eiweiß-Diät, über die Nur-Gemüse-Diät, die Grapefruitsaft-Diät. Aber sie kamen zu dem Schluß, daß sie nicht das nötige Geld für die Steaks hatten, wie sie die Eiweiß-Diät vorschrieb. Und Doreen sagte, sie sei nicht scharf auf all das viele Gemüse. Und da sie Grapefruitsaft nicht besonders gern trank, wußte sie auch nicht recht, wie sie die Grapefruitsaft-Diät halten sollte.
»Okay, vergiß es«, sagte er.
»Nein, du hast ja recht«, sagte sie. »Ich werde irgend etwas tun.«
»Wie wär's mit Gymnastik?« fragte er.
»Bei der Arbeit hab ich mehr als genug Gymnastik«, sagte sie.
»Hör einfach mit dem Essen auf«, sagte Earl. »Ein paar Tage jedenfalls.«
»Also gut«, sagte sie. »Ich will's versuchen. Ein paar Tage lang probier ich es. Du hast mich überzeugt.«
»Ich bin ein Tüftler«, sagte Earl.

Er rechnete aus, wieviel sie noch auf ihrem Girokonto hatten, dann fuhr er zum Discountladen und kaufte eine Bade-

zimmerwaage. Er musterte die Verkäuferin von oben bis unten, während sie die Registrierkasse betätigte.
Zu Hause forderte er Doreen auf, alle ihre Sachen auszuziehen und sich auf die Waage zu stellen. Er zog die Stirn in Falten, als er die Venen sah. Mit dem Zeigefinger fuhr er an einer entlang, die sich über ihren Oberschenkel hinaufzog.
»Was machst du da?« fragte sie.
»Nichts«, sagte er.
Er blickte auf die Waage und schrieb die Zahl auf ein Stück Papier.
»Schon gut«, sagte Earl. »Schon gut.«
Am nächsten Tag war er fast den ganzen Nachmittag außer Haus, bei einem Vorstellungsgespräch. Der Unternehmer, ein gedrungener Mann, der hinkte, während er Earl herumführte und ihm die Installationsgeräte samt Zubehör in der Großhandlung zeigte, fragte Earl, ob er frei sei und reisen könne.
»Und ob ich frei bin«, sagte Earl.
Der Mann nickte.
Earl lächelte.

Er hörte den Fernsehapparat, noch bevor er die Haustür geöffnet hatte. Die Kinder sahen nicht auf, als er durchs Wohnzimmer ging. Doreen, für die Arbeit gekleidet, aß in der Küche Rührei mit Schinkenspeck.
»Was machst du da?« fragte Earl.
Sie kaute weiter, mit vollen Backen. Doch dann spuckte sie alles, was sie im Mund hatte, in eine Serviette.
»Ich konnte nicht dagegen an«, sagte sie.
»Schlampe«, rief Earl. »*Iß doch, mach nur! Iß weiter!*« Er ging ins Schlafzimmer, schloß die Tür und legte sich aufs Bett. Er hörte noch immer den Fernsehapparat. Er schob

die Hände unter den Kopf und blickte an die Zimmerdecke.
Sie öffnete die Tür.
»Ich versuch es noch einmal«, sagte Doreen.
»Okay«, sagte er.
Zwei Tage später rief sie ihn morgens ins Badezimmer.
»Guck mal«, sagte sie.
Er blickte auf die Waage. Er zog eine Schublade auf, nahm den Zettel heraus, warf wieder einen Blick auf die Waage und lächelte.
»Ein Dreiviertelpfund«, sagte sie.
»Das ist doch was«, sagte er und tätschelte ihr die Hüfte.

Er las die Stellenanzeigen. Er ging zur staatlichen Arbeitsvermittlung. Alle drei oder vier Tage fuhr er irgendwohin, um sich vorzustellen, und am Abend zählte er ihre Trinkgelder. Er strich die Dollarnoten auf dem Tisch glatt und schichtete die Nickel, die Dimes und die Quarter zu Häufchen von je einem Dollar auf. Jeden Morgen sorgte er dafür, daß sie sich auf die Waage stellte.
Nach zwei Wochen hatte sie dreieinhalb Pfund abgenommen.
»Ich nasche«, sagte sie. »Ich hungere den ganzen Tag, und dann, bei der Arbeit, nasche ich. Das summiert sich.«
Aber eine Woche darauf hatte sie fünf Pfund abgenommen. Und in der Woche danach neuneinhalb Pfund. Ihre Kleider hingen lose an ihr herunter. Sie mußte von dem für die Miete zurückgelegten Geld etwas abzweigen, um sich einen neuen Kittel zu kaufen.
»Bei der Arbeit reden die Leute schon«, sagte sie.
»Was sagen sie?« fragte Earl.
»Daß ich zu blaß bin, zum Beispiel«, sagte sie. »Daß ich verändert aussehe, gar nicht mehr wie ich. Sie fürchten, ich nehme zuviel ab.«

»Was ist falsch daran, wenn man abnimmt?« sagte er. »Achte gar nicht auf sie. Sag ihnen, sie sollen sich um ihre eigenen Angelegenheiten kümmern. Sie sind nicht dein Ehemann. Du mußt nicht mit ihnen zusammenleben.«
»Ich muß mit ihnen zusammen arbeiten«, sagte Doreen.
»Das stimmt«, sagte Earl. »Aber sie sind nicht dein Ehemann.«

Jeden Morgen ging er mit ihr ins Badezimmer und wartete, während sie sich auf die Waage stellte. Dann kniete er sich mit einem Bleistift und dem Zettel hin. Der Zettel war mit Daten, Wochentagen, Zahlen bedeckt. Er las ab, was die Waage anzeigte, warf einen prüfenden Blick auf den Zettel und nickte entweder oder schob die Lippen vor.
Doreen verbrachte neuerdings mehr Zeit im Bett. Sie legte sich noch einmal hin, wenn die Kinder morgens aus dem Haus waren, und sie machte einen kleinen Mittagsschlaf, ehe sie zur Arbeit ging. Earl half ihr bei der Hausarbeit, sah fern und ließ sie schlafen. Er machte alle Einkäufe, und hin und wieder ging er fort, um sich irgendwo vorzustellen.
Eines Abends brachte er die Kinder zu Bett, machte den Fernsehapparat aus und beschloß, sich ein paar Drinks zu gönnen. Als die Bar schloß, fuhr er weiter zu dem Coffee-Shop.
Er setzte sich an die Theke und wartete. Als sie ihn sah, fragte sie: »Die Kinder okay?«
Earl nickte.
Er ließ sich Zeit mit der Bestellung. Er betrachtete sie, während sie hinter der Theke hin und her ging. Schließlich bestellte er einen Cheeseburger. Sie gab die Bestellung an den Koch weiter und bediente dann jemand anders.
Eine andere Kellnerin kam mit der Kaffeekanne vorbei und füllte Earls Tasse.

»Wer ist Ihre Kollegin da?« fragte er mit einer Kopfbewegung in Richtung seiner Frau.
»Sie heißt Doreen«, sagte die Kellnerin.
»Sie sieht ganz anders aus als das letzte Mal, als ich hier war«, sagte er.
»Davon weiß ich nichts«, sagte die Kellnerin.
Er aß den Cheeseburger und trank den Kaffee. Neue Gäste setzten sich an die Theke, andere standen auf und gingen. Doreen bediente die meisten Gäste an der Theke, doch hin und wieder kam die andere Kellnerin und nahm eine Bestellung auf. Earl beobachtete seine Frau und hörte aufmerksam zu. Zweimal mußte er seinen Platz an der Theke verlassen, um zur Toilette zu gehen. Beide Male überlegte er, ob er wohl etwas Wichtiges verpaßt hatte. Als er das zweite Mal zurückkam, war seine Tasse nicht mehr da und jemand anders saß an seinem Platz. Er setzte sich auf einen Hocker am Ende der Theke, neben einem älteren Mann, der ein gestreiftes Hemd trug.
»Was willst du?« fragte Doreen, als sie Earl wieder an der Theke sitzen sah. »Solltest du nicht besser zu Hause sein?«
»Gib mir noch ein bißchen Kaffee«, sagte er.
Der Mann, der neben Earl saß, las Zeitung. Er blickte auf und sah zu, wie Doreen Earl Kaffee in die Tasse goß. Er warf einen flüchtigen Blick auf Doreen, als sie davonging. Dann wandte er sich wieder seiner Zeitung zu.
Earl trank einen Schluck von seinem Kaffee und wartete darauf, daß der Mann etwas sagte. Er beobachtete den Mann aus dem Augenwinkel. Der Mann hatte aufgehört zu essen, und sein Teller war zur Seite geschoben. Der Mann steckte sich eine Zigarette an, legte die Zeitung vor sich hin und las weiter.
Doreen kam vorbei und nahm den schmutzigen Teller mit und goß dem Mann Kaffee nach.

»Na, was halten Sie davon?« fragte Earl den Mann und deutete mit einer Kopfbewegung auf Doreen, die jetzt an der Theke entlangging. »Ist doch was Spezielles, finden Sie nicht?«

Der Mann blickte auf. Er sah zu Doreen hin und sah dann Earl an, und dann wandte er sich wieder seiner Zeitung zu.

»Na, was meinen Sie?« sagte Earl. »Ich frage Sie: Sieht das gut aus oder nicht? Verraten Sie's mir.«

Der Mann raschelte mit der Zeitung.

Als Doreen wieder an der Theke entlangkam, stieß Earl den Mann mit dem Ellbogen gegen den Oberarm und sagte: »Ich will Ihnen was sagen. Hören Sie zu. Gucken Sie sich ihren Arsch an. Und jetzt passen Sie auf. – Könnte ich eine Portion Schokoladeneis haben?« rief er Doreen zu.

Sie blieb vor ihm stehen und atmete geräuschvoll aus. Dann wandte sie sich um und nahm eine Schale und den Schöpflöffel. Sie beugte sich über den Eisbehälter, langte hinunter und drückte den Schöpflöffel in das Eis. Earl sah den Mann an und zwinkerte mit den Augen, als Doreens Rock an ihren Oberschenkeln hochrutschte. Aber die Augen des Mannes suchten die Augen der anderen Kellnerin. Und dann klemmte sich der Mann seine Zeitung unter den Arm und griff in die Tasche.

Die andere Kellnerin ging zu Doreen. »Wer ist dieser Kerl?« fragte sie.

»Wer?« fragte Doreen und sah sich um, die Schale mit Eiscreme in der Hand.

»Der da«, sagte die andere Kellnerin mit einer Kopfbewegung in Richtung Earl. »Wer ist der Witzbold eigentlich?«

Earl setzte sein bestes Lächeln auf. Er hielt es. Er hielt es, bis er spürte, daß sein Gesicht die Form verlor.

Aber die andere Kellnerin sah ihn nur prüfend an, und Doreen schüttelte langsam den Kopf. Der Mann hatte ein paar Münzen neben seine Tasse gelegt und stand auf, aber auch er wartete, um die Antwort zu hören. Sie alle starrten Earl an.

»Er ist Vertreter. Er ist mein Mann«, sagte Doreen schließlich und zuckte mit den Schultern. Dann stellte sie das nicht fertig angerichtete Schokoladeneis vor ihn hin und ging, um seine Rechnung zu addieren.

Sind Sie Arzt?

In Hausschuhen, Pyjama und Bademantel eilte er, als das Telefon klingelte, aus dem Arbeitszimmer. Es war nach zehn, also konnte es nur seine Frau sein. Sie rief jeden Abend an – spät, immer um diese Zeit, nach ein paar Drinks –, wenn sie außerhalb der Stadt war. Seine Frau war Einkäuferin, und schon die ganze Woche war sie auf Geschäftsreise.

»Hallo, Liebes«, sagte er. »Hallo«, sagte er ein zweites Mal.

»Wer ist da?« fragte eine Frau.

»Wieso? Wer ist *da*?« fragte er. »Welche Nummer wollten Sie?«

»Moment mal«, sagte die Frau. »Ich wollte die 273-8063.«

»Das ist meine Nummer«, sagte er. »Wie kommen Sie daran?«

»Ich weiß nicht. Sie war auf einem Zettel, als ich von der Arbeit nach Hause kam«, sagte die Frau.

»Wer hat sie denn aufgeschrieben?«

»Ich weiß nicht«, sagte die Frau. »Die Babysitterin, nehme ich an. Es muß die Babysitterin gewesen sein.«

»Also, ich weiß nicht, wie sie daran gekommen ist«, sagte er, »aber es ist meine Telefonnummer, und sie steht nicht im Telefonbuch. Ich wäre Ihnen dankbar, wenn Sie den Zettel wegwerfen würden. Hallo? Haben Sie mich verstanden?«

»Ja, ich habe verstanden«, sagte die Frau.

»Ist da sonst noch etwas?« fragte er. »Es ist spät, und ich habe zu tun.« Er hatte nicht schroff sein wollen, aber man durfte nichts riskieren. Er setzte sich auf den Sessel am

Telefon und sagte: »Ich wollte nicht schroff sein. Ich meine nur, es ist schon spät, und es beunruhigt mich, daß Sie meine Telefonnummer haben.« Er zog den einen Hausschuh aus und massierte sich den Fuß, während er wartete.

»Ich weiß es auch nicht«, sagte sie. »Ich habe Ihnen ja gesagt, sie stand auf einem Zettel, den ich vorfand, ohne Nachricht oder so. Ich werde Annette fragen – das ist die Babysitterin –, wenn ich sie morgen sehe. Ich wollte Sie nicht stören. Ich habe nur eben erst den Zettel gefunden. Ich bin die ganze Zeit in der Küche gewesen, seit ich von der Arbeit nach Hause gekommen bin.«

»Schon gut«, sagte er. »Denken Sie nicht mehr darüber nach. Werfen Sie einfach den Zettel weg oder so, und denken Sie nicht mehr darüber nach. Es ist kein Problem, also machen Sie sich keine Sorgen.« Er nahm den Hörer vom einen Ohr und hielt ihn ans andere.

»Ihre Stimme klingt so, als wären Sie ein netter Mann«, sagte die Frau.

»So, finden Sie? Nett, daß Sie das sagen.« Er wußte, daß er jetzt aufhängen sollte, aber es tat gut, eine Stimme zu hören, und sei es die eigene in dem stillen Zimmer.

»O ja«, sagte sie. »Das höre ich.«

Er ließ seinen Fuß los.

»Wie heißen Sie, wenn ich Sie fragen darf?« fragte sie.

»Ich heiße Arnold«, sagte er.

»Und wie heißen Sie mit Vornamen?« fragte sie.

»Arnold ist mein Vorname«, sagte er.

»Oh, Verzeihung«, sagte sie. »Arnold ist also Ihr *Vor*name. Und wie heißen Sie mit Nachnamen, Arnold? Wie ist Ihr Nachname?«

»Ich muß jetzt wirklich aufhängen«, sagte er.

»Arnold, nein, bitte nicht, mein Name ist Clara Holt. Und *Sie* heißen also Mr. Arnold – und wie weiter?«

»Arnold Breit«, sagte er und fügte dann schnell hinzu: »Clara Holt. Das klingt nett. Aber ich glaube wirklich, ich sollte jetzt aufhängen, Miss Holt. Ich erwarte einen Anruf.«
»Entschuldigung, Arnold. Ich wollte Ihnen nicht die Zeit stehlen«, sagte sie.
»Schon gut«, sagte er. »Es war nett, mit Ihnen zu sprechen.«
»Sehr freundlich, daß Sie das sagen, Arnold.«
»Ob Sie bitte einen Moment am Apparat bleiben?« sagte er. »Ich muß eben etwas nachsehen.« Er ging ins Arbeitszimmer, wo er sich eine Zigarre holte, brauchte eine Minute, um sie sich mit dem Schreibtischfeuerzeug anzuzünden, nahm dann die Brille ab und betrachtete sich in dem Spiegel über dem Kamin. Als er wieder ans Telefon ging, fürchtete er halb, sie sei nicht mehr dran.
»Hallo?«
»Hallo, Arnold«, sagte sie.
»Ich dachte, Sie hätten vielleicht aufgehängt.«
»O nein«, sagte sie.
»Also, daß Sie meine Nummer haben –«, sagte er. »Nichts Beunruhigendes, würde ich sagen. Werfen Sie sie einfach weg, würde ich sagen.«
»Das werde ich tun, Arnold«, sagte sie.
»Tja, ich muß dann jetzt Schluß machen.«
»Ja, natürlich«, sagte sie. »Ich sage dann jetzt gute Nacht.« Er hörte, wie sie tief Atem holte.
»Ich weiß, es ist aufdringlich, Arnold, aber glauben Sie, wir könnten uns irgendwo treffen, wo wir reden können? Nur ein paar Minuten?«
»Ich fürchte, das geht nicht«, sagte er.
»Nur eine Minute, Arnold. Die Tatsache, daß ich Ihre Nummer gefunden habe, und all das. Für mich hat das eine große Bedeutung, Arnold.«
»Ich bin ein alter Mann«, sagte er.

»O nein, das sind Sie nicht«, sagte sie.
»Im Ernst, ich bin alt«, sagte er.
»Könnten wir uns irgendwo treffen, Arnold? Verstehen Sie, ich habe Ihnen nicht alles gesagt. Da ist noch etwas anderes«, sagte die Frau.
»Wie meinen Sie das?« fragte er. »Worum handelt es sich da genau? Hallo?«
Sie hatte aufgehängt.
Als er sich zum Schlafengehen fertig machte, rief seine Frau an, ein wenig beschwipst, wie er deutlich merkte, und sie plauderten eine Weile, aber er sagte nichts von dem anderen Anruf. Später, als er das Bett aufschlug, klingelte das Telefon wieder.
Er nahm den Hörer ab. »Hallo. Arnold Breit am Apparat.«
»Arnold, es tut mir leid, daß wir getrennt worden sind. Wie ich gerade sagte, ich glaube, es ist wichtig, daß wir uns treffen.«

Am nächsten Nachmittag, als er den Schlüssel ins Schloß steckte, hörte er das Telefon klingeln. Er ließ die Aktentasche fallen und lief, noch in Hut, Mantel und Handschuhen, zum Tisch und nahm den Hörer ab.
»Arnold, es tut mir leid, daß ich Sie wieder störe«, sagte die Frau. »Aber Sie müssen heute abend gegen halb neun zu mir kommen. Tun Sie das für mich, Arnold?«
Es rührte sein Herz, wenn er hörte, wie sie seinen Namen sagte. »Das geht, glaube ich, nicht«, sagte er.
»Bitte, Arnold«, sagte sie. »Es ist wichtig, sonst würde ich Sie nicht bitten. Ich kann heute abend nicht aus dem Haus, weil Cheryl krank ist, sie hat sich erkältet, und jetzt habe ich Angst, der Junge kriegt es auch.«
»Und Ihr Mann?« Er wartete.
»Ich bin nicht verheiratet«, sagte sie. »Sie kommen doch, ja?«

»Ich kann nichts versprechen«, sagte er.
»Kommen Sie, ich flehe Sie an«, sagte sie, und dann gab sie ihm in aller Eile die Adresse und hängte auf.
»*Kommen Sie, ich flehe Sie an*«, sagte er vor sich hin, den Hörer noch in der Hand. Langsam zog er erst die Handschuhe und dann den Mantel aus. Er spürte, daß er vorsichtig sein mußte. Er spülte das Geschirr. Als er in den Badezimmerspiegel blickte, stellte er fest, daß er den Hut noch aufhatte. Das war der Moment, in dem er den Entschluß faßte, sie zu besuchen, und er nahm den Hut ab und seine Brille und wusch sich das Gesicht. Er musterte seine Fingernägel.

»Sind Sie sicher, daß dies die richtige Straße ist?« fragte er den Taxifahrer.
»Dies ist die Straße, und da drüben ist das Haus«, sagte der Fahrer.
»Fahren Sie weiter«, sagte er, »lassen Sie mich an der nächsten Ecke raus.«
Er bezahlte den Fahrer. Licht, das aus den oberen Fenstern schien, erleuchtete die Balkons. Er sah Pflanzenkübel auf den Ballustraden und hier und da Gartenmöbel. Auf einem der Balkons stand ein großer Mann, der sich in seinem Sweatshirt über die Brüstung beugte und ihn beobachtete, als er auf die Eingangstür zuging.
Er drückte auf den Klingelknopf unter C. HOLT. Der Summer ertönte, und er trat mit der Tür einen Schritt zurück und ging in das Haus. Langsam stieg er die Treppe hinauf, und auf jedem Treppenabsatz machte er eine kleine Pause. Er mußte an das Hotel in Luxemburg denken, an die fünf Stockwerke, die er und seine Frau vor so vielen Jahren hinaufgestiegen waren. Plötzlich hatte er Seitenstiche und stellte sich vor, sein Herz versagte, stellte sich vor, die Beine klapp-

ten unter ihm zusammen, stellte sich vor, er fiele mit Gepolter die Treppe hinunter. Er zog sein Taschentuch heraus und wischte sich die Stirn. Dann nahm er seine Brille ab und wischte die Gläser, während er darauf wartete, daß sein Herz sich beruhigte.
Er blickte durch den Flur. Es war sehr still in dem Mietshaus. Vor ihrer Tür blieb er stehen, nahm den Hut ab und klopfte leise. Die Tür öffnete sich einen Spalt, ein pummeliges kleines Mädchen im Schlafanzug kam zum Vorschein.
»Sind Sie Arnold Breit?« fragte sie.
»Ja, der bin ich«, sagte er. »Ist deine Mutter zu Hause?«
»Sie hat gesagt, Sie sollen reinkommen. Sie hat gesagt, ich soll Ihnen sagen, sie ist nur schnell zum Drugstore gegangen, um Hustensaft und Aspirin zu holen.«
Er schloß die Tür hinter sich. »Wie heißt du? Deine Mutter hat es mir erzählt, aber ich habe es vergessen.«
Als das Mädchen nichts sagte, versuchte er es noch einmal.
»Wie heißt du denn? Heißt du nicht Shirley?«
»Cheryl«, sagte sie. »C-h-e-r-y-l.«
»Stimmt, jetzt erinnere ich mich. Immerhin hab ich es fast geraten, das mußt du zugeben.«
Sie setzte sich auf ein Sitzkissen an der gegenüberliegenden Wand und sah ihn an.
»Du bist also krank, ja?« fragte er.
Sie schüttelte den Kopf.
»Nein? Nicht krank?«
»Nein«, sagte sie.
Er sah sich um. Das Zimmer war von einer golden glänzenden Stehlampe erleuchtet, an deren Ständer ein großer Aschenbecher und ein Zeitschriftenhalter befestigt waren. Ein Fernsehgerät stand am anderen Ende des Zimmers an der Wand, das Bild eingeschaltet, der Ton leise. Ein schmaler Flur führte zum hinteren Teil der Wohnung. Die Hei-

zung war hochgedreht, die Luft von einem starken medizinischen Geruch erfüllt. Haarspangen und Lockenwickler lagen auf dem Sofatisch, ein rosa Bademantel lag auf dem Sofa.

Er sah wieder das Kind an, dann hob er die Augen und blickte zur Küche und zu der Glastür hinüber, die von der Küche auf den Balkon hinausführte. Die Türflügel waren angelehnt, und ihn durchzog ein leises Frösteln, als ihm der große Mann in dem Sweatshirt wieder einfiel.

»Mama ist auf einen Moment weggegangen«, sagte das Kind, als wäre es plötzlich aufgewacht.

Er beugte sich nach vorn, auf seine Zehen, den Hut in der Hand, und sah sie an. »Ich glaube, ich sollte besser gehen«, sagte er.

Ein Schlüssel drehte sich im Schloß, die Tür schwang auf, und eine kleine, blasse, sommersprossige Frau mit einer Papiertüte in der Hand kam herein.

»Arnold! Ich freue mich, Sie zu sehen!« Sie warf ihm einen Blick zu, schnell, verlegen, und schüttelte den Kopf seltsam hin und her, während sie mit der Papiertüte in die Küche ging. Er hörte, wie eine Schranktür geschlossen wurde. Das Kind saß auf dem Sitzkissen und beobachtete ihn. Er verlagerte sein Gewicht zuerst auf das eine Bein, dann auf das andere, dann setzte er sich den Hut auf den Kopf und nahm ihn mit derselben Bewegung wieder ab, als die Frau ins Zimmer zurückkam.

»Sind Sie Arzt?« fragte sie.

»Nein«, sagte er verblüfft. »Nein, das bin ich nicht.«

»Cheryl ist krank, verstehen Sie. Ich bin fort gewesen, um ein paar Sachen zu besorgen. Warum hast du dem Mann nicht den Mantel abgenommen?« sagte sie, an das Kind gewandt. »Bitte, verzeihen Sie ihr. Wir sind es nicht gewohnt, Besuch zu haben.«

»Ich kann nicht bleiben«, sagte er. »Ich hätte wirklich nicht kommen sollen.«
»Bitte setzen Sie sich«, sagte sie. »So können wir nicht reden. Erlauben Sie nur, daß ich ihr zuerst die Medizin gebe. Dann können wir reden.«
»Ich muß wirklich gehen«, sagte er. »Ihrem Ton nach hatte ich geglaubt, es sei etwas Dringliches. Aber ich muß wirklich gehen.« Er blickte nieder auf seine Hände, und es war ihm bewußt, daß er hilflos gestikuliert hatte.
»Ich setze nur schnell Teewasser auf«, hörte er sie sagen, als hätte sie ihm gar nicht zugehört. »Dann gebe ich Cheryl ihre Medizin, und dann können wir reden.«
Sie faßte das Kind bei den Schultern und steuerte es in die Küche. Er sah, wie die Frau einen Löffel nahm, eine Flasche öffnete, nachdem sie das Etikett überflogen hatte, und dem Kind zwei Löffel davon gab.
»Und nun sag gute Nacht zu Mr. Breit, Süßes, und geh in dein Zimmer.«
Er nickte dem Kind zu und folgte dann der Frau in die Küche. Er setzte sich nicht auf den Stuhl, den sie ihm wies, sondern auf einen, von dem aus er den Balkon, den Flur und das kleine Wohnzimmer überblicken konnte. »Stört es Sie, wenn ich eine Zigarre rauche?« fragte er.
»Nein, es stört mich nicht«, sagte sie. »Ich glaube nicht, daß es mir was ausmacht, Arnold. Bitte, rauchen Sie.«
Er entschied sich dagegen. Er legte beide Hände auf die Knie und gab seinem Gesicht einen ernsten Ausdruck.
»Mir ist dies alles immer noch höchst rätselhaft«, sagte er. »Es ist ganz und gar ungewöhnlich, das versichere ich Ihnen.«
»Ich verstehe, Arnold«, sagte sie. »Sie würden wahrscheinlich gern die Geschichte hören, wie ich zu Ihrer Nummer gekommen bin?«
»In der Tat, das würde ich gern«, sagte er.

Sie saßen einander gegenüber und warteten darauf, daß das Wasser kochte. Er hörte das Fernsehgerät. Er sah sich in der Küche um und blickte dann wieder hinaus auf den Balkon. Das Wasser begann zu blubbern.
»Sie wollten mir gerade von der Nummer erzählen«, sagte er.
»Wie bitte, Arnold? Entschuldigung«, sagte sie.
Er räusperte sich. »Sagen Sie mir, wie Sie an meine Telefonnummer gekommen sind«, sagte er.
»Ich habe Annette danach gefragt. Das ist die Babysitterin – aber das wissen Sie natürlich. Jedenfalls hat sie mir gesagt, das Telefon hätte geklingelt, als sie hier war, und es wäre jemand am Apparat gewesen, der mich sprechen wollte. Der Anrufer hat die Nummer hinterlassen, damit ich zurückrufen konnte, und es war Ihre Nummer, die sie notiert hat. Das ist alles, was ich weiß.« Sie schob eine Tasse vor sich hin und her. »Tut mir leid, daß ich Ihnen nicht mehr sagen kann.«
»Das Wasser kocht«, sagte er.
Sie legte Löffel heraus, stellte Milch und Zucker hin und goß dampfendes Wasser über die Teebeutel.
Er nahm Zucker und rührte seinen Tee um. »Sie haben gesagt, es sei dringend, daß ich komme.«
»Ach so, *das*, Arnold«, sagte sie und wandte sich ab. »Ich weiß nicht, warum ich das gesagt habe. Ich kann mir nicht vorstellen, was ich mir dabei gedacht habe.«
»Dann ist also nichts weiter?« fragte er.
»Nein. Oder vielmehr *ja*.« Sie schüttelte den Kopf. »Ich meine, wie Sie gesagt haben. Nichts.«
»Ich verstehe«, sagte er. Er rührte wieder seinen Tee um. »Das ist ungewöhnlich«, sagte er nach einer Weile, fast als spräche er zu sich selbst. »Ziemlich ungewöhnlich.« Er lächelte schwach, dann schob er die Tasse beiseite und tupfte sich mit der Serviette den Mund ab.

»Sie gehen doch nicht?« sagte sie.
»Ich muß gehen«, sagte er. »Ich erwarte zu Hause einen Anruf.«
»Noch nicht, Arnold.«
Sie stieß ihren Stuhl zurück und stand auf. Ihre Augen, blaßgrün, lagen tief in ihrem blassen Gesicht und waren umgeben von Rändern, die er zuerst für ein dunkles Makeup gehalten hatte. Entsetzt über sich selbst, wohl wissend, daß er sich dafür verachten würde, stand er auf und legte die Arme ungeschickt um ihre Taille. Errötend ließ sie sich küssen und schloß einen Moment lang die Augen.
»Es ist spät«, sagte er, ließ sie los und wandte sich schwankend ab. »Sie sind sehr liebenswürdig zu mir gewesen. Aber ich muß jetzt gehen, Mrs. Holt. Vielen Dank für den Tee.«
»Sie kommen doch wieder, Arnold, kommen Sie wieder?« fragte sie.
Er schüttelte den Kopf.
Sie folgte ihm bis an die Tür, wo er die Hand ausstreckte. Er hörte das Fernsehgerät. Er war sich ganz sicher, daß es inzwischen lauter gedreht worden war. Darüber fiel ihm das andere Kind ein – der *Junge*. Wo war er?
Sie ergriff seine Hand, hob sie schnell an die Lippen.
»Sie dürfen mich nicht vergessen, Arnold.«
»Werde ich nicht«, sagte er. »Clara. Clara Holt«, sagte er.
»Wir haben uns so nett unterhalten«, sagte sie. Sie nahm etwas, ein Haar, einen Faden, vom Kragen seiner Anzugjacke. »Ich bin sehr froh, daß Sie gekommen sind, und ich glaube fest, daß Sie wiederkommen.« Er sah sie besorgt an, aber sie starrte jetzt an ihm vorbei, als versuchte sie, sich an irgend etwas zu erinnern. »Dann – gute Nacht, Arnold«, sagte sie, und damit schloß sie die Tür und hätte beinahe seinen Mantel eingeklemmt.
»Seltsam«, sagte er, als er die Treppe hinunterzugehen be-

gann. Er holte tief Luft, als er auf den Bürgersteig hinaustrat, und hielt einen Moment inne, um einen Blick zurück auf das Haus zu werfen. Aber er konnte nicht sagen, welcher ihr Balkon war. Der große Mann in dem Sweatshirt bewegte sich leicht am Geländer hin und her und starrte unablässig zu ihm herab.

Er machte sich auf den Weg, die Hände tief in den Manteltaschen. Als er nach Hause kam, klingelte das Telefon. Er stand ganz still in der Mitte des Zimmers, den Schlüssel noch zwischen den Fingern, bis das Klingeln aufhörte. Dann legte er zart die Hand auf die Brust und spürte, durch die Kleiderschichten hindurch, sein schlagendes Herz. Nach einer Weile ging er ins Schlafzimmer.

Fast im gleichen Moment kam wieder Leben ins Telefon, und diesmal nahm er den Hörer ab. »Arnold. Arnold Breit am Apparat«, sagte er.

»Arnold? Mein Gott, sind wir aber förmlich heute abend!« sagte seine Frau in einem lauten, neckenden Ton. »Seit neun versuche ich dich anzurufen. Aushäusig? Amüsierst du dich, Arnold?«

Er verharrte schweigend und horchte dem Klang ihrer Stimme nach.

»Bist du da, Arnold?« sagte sie. »Du klingst so anders.«

Der Vater

Das Baby lag in einem Körbchen, das neben dem Bett stand; es hatte ein weißes Mützchen auf und einen weißen Strampelanzug an. Das Körbchen war frisch angemalt und mit eisblauen Bändern geschmückt und mit gestepptem blauem Stoff ausgekleidet. Die drei kleinen Schwestern und die Mutter, die gerade erst aus dem Bett aufgestanden und noch nicht wieder ganz zu sich gekommen war, und die Großmutter – sie alle standen um das Baby herum, beobachteten, wie es guckte und manchmal die Faust an den Mund hob. Es lächelte oder lachte nicht, aber hin und wieder blinzelte es mit den Augen und ließ die Zunge zwischen den Lippen vor und zurück schnellen, wenn eines der Mädchen ihm das Kinn rieb.

Der Vater war in der Küche und konnte hören, wie sie mit dem Baby spielten.

»Wen hast du am liebsten, Baby?« fragte Phyllis und kitzelte ihm das Kinn.

»Es hat uns alle lieb«, sagte Phyllis, »aber ganz besonders hat es Daddy lieb, weil Daddy auch ein Junge ist.«

Die Großmutter setzte sich auf den Bettrand und sagte: »Guckt euch seine Ärmchen an! So dick. Und die Fingerchen. Genau wie seine Mutter.«

»Ist er nicht süß?« sagte die Mutter. »So gesund, mein kleiner Junge.« Und sie beugte sich über das Baby, küßte es auf die Stirn und strich über die Decke über seinem Arm. »Wir haben ihn auch lieb.«

»Aber wem sieht er ähnlich, wem sieht er ähnlich?« rief Alice, und alle drängten sich dichter an das Körbchen heran und wollten sehen, wem das Baby ähnlich sah.
»Er hat niedliche Augen«, sagte Carol.
»*Alle* Babys haben niedliche Augen«, sagte Phyllis.
»Er hat die Lippen seines Großvaters«, sagte die Großmutter. »Guck dir diese Lippen an.«
»Ich weiß nicht ...«, sagte die Mutter. »Das würde ich nicht sagen.«
»Die Nase! Die Nase!« schrie Alice.
»Was ist mit der Nase?« fragte die Mutter.
»Sie sieht aus wie die Nase von jemand anders«, erwiderte das Mädchen.
»Ich weiß nicht, nein«, sagte die Mutter. »Das glaube ich nicht.«
»Diese Lippen ...«, murmelte die Großmutter. »Und diese Fingerchen ...«, sagte sie, indem sie die Hand des Babys unter der Decke hervorzog und seine Finger spreizte.
»Wem sieht das Baby ähnlich?«
»Er sieht niemandem ähnlich«, sagte Phyllis. Und sie drängten noch dichter heran.
»*Ich* weiß! *Ich* weiß!« rief Carol. »Er sieht wie Daddy aus!« Danach betrachteten sie das Baby noch genauer.
»Aber wem *sieht* Daddy ähnlich?« fragte Phyllis.
»Wem *sieht* Daddy ähnlich?« wiederholte Alice, und alle blickten sie plötzlich zur Küche hinüber, wo der Vater, mit dem Rücken zu ihnen, am Tisch saß.
»Eben gar niemandem!« sagte Phyllis und fing ein bißchen an zu weinen.
»Psst«, sagte die Großmutter und wandte sich ab und sah dann wieder das Baby an.
»Daddy sieht *niemandem* ähnlich!« sagte Alice.
»Aber *irgendwem* muß er doch ähnlich sehen«, sagte Phyl-

lis und wischte sich die Augen mit einem der blauen Bänder. Und sie alle, außer der Großmutter, starrten auf den Vater, der am Küchentisch saß.
Er hatte sich auf seinem Stuhl herumgedreht, und sein Gesicht war weiß und ausdruckslos.

Keiner hat etwas gesagt

Ich hörte sie draußen in der Küche. Ich konnte nicht verstehen, was sie sagten, aber ich hörte, daß sie sich stritten. Dann wurde es still, und sie fing an zu weinen. Ich stieß George mit dem Ellbogen an. Ich dachte, er würde aufwachen und etwas zu ihnen sagen, damit sie sich schämten und aufhörten. Aber George ist so ein Arschloch. Er fing an, um sich zu treten und zu brüllen.

»Hör auf, mich zu knuffen, du Scheißkerl!« rief er. »Sonst sag ich's!«

»Du blöder Sack«, sagte ich. »Kapierst du nicht endlich? Sie haben Krach, und Mom weint. Hör doch.«

Er hob den Kopf vom Kissen und horchte. »Ist mir egal«, sagte er und drehte sich zur Wand und schlief weiter. George ist ein Riesenarschloch.

Später hörte ich, wie Dad fortging, um seinen Bus zu kriegen. Er knallte die Haustür hinter sich zu. Mom hatte mir schon einmal erzählt, daß er die Familie auseinanderreißen wolle. Ich wollte das damals nicht hören.

Nach einer Weile kam sie, um uns für die Schule zu wecken. Ihre Stimme klang – ich weiß nicht – irgendwie komisch. Ich sagte, ich hätte Bauchschmerzen. Es war die erste Oktoberwoche, und ich hatte noch keinen Tag gefehlt, also was konnte sie schon sagen? Sie sah mich an, aber es war, als dächte sie dabei an etwas anderes. George war wach und lauschte. Ich wußte genau, daß er wach war, ich sah es daran, wie er sich im Bett bewegte. Er wartete ab, um zu sehen, wie es ausging, damit er seinerseits einen Versuch machen konnte.

»Also gut.« Sie schüttelte den Kopf. »Meinetwegen. Dann bleib zu Hause. Aber kein Fernsehen, verstanden?«

George richtete sich auf. »Mir ist auch nicht gut«, sagte er zu ihr. »Ich habe Kopfschmerzen. Er hat mich die ganze Nacht geknufft und getreten. Ich konnte überhaupt nicht schlafen.«

»Das reicht mir!« sagte sie. »Du gehst zur Schule, George! Kommt nicht in Frage, daß du zu Hause bleibst und dich den ganzen Tag mit deinem Bruder streitest. Jetzt steh auf und zieh dich an. Aber schnell. Ich habe keine Lust auf weiteren Streit heute morgen.«

George wartete, bis sie aus dem Zimmer gegangen war. Dann kletterte er über das Fußende aus dem Bett. »Du Scheißkerl«, sagte er und zog mir die Decken weg. Dann verdrückte er sich ins Badezimmer.

»Ich bring dich um«, sagte ich, aber nur leise, damit sie es nicht hören konnte.

Ich blieb im Bett, bis George das Haus verließ, um zur Schule zu gehen. Als sie sich für die Arbeit fertig machte, fragte ich sie, ob sie mir ein Bett auf dem Sofa machen würde. Ich sagte, ich wolle lernen. Auf den Sofatisch hatte ich die Bücher von Edgar Rice Burroughs gelegt, die ich zum Geburtstag gekriegt hatte, und mein Sozialkundebuch. Aber mir war nicht nach Lesen zumute. Ich wollte, daß sie endlich ging, damit ich fernsehen konnte.

Sie zog im Bad die Spülung.

Ich hielt es nicht länger aus. Ich drehte das Bild an, aber ohne Ton. Ich ging in die Küche, wo sie ihr Päckchen Glimmstengel hatte liegenlassen, und schüttelte mir drei heraus. Ich legte sie in den Küchenschrank und ging wieder rein und legte mich aufs Sofa und begann *Die Prinzessin vom Mars* zu lesen. Als sie rauskam, blickte sie flüchtig auf den Fernsehapparat, sagte aber nichts. Ich hatte das Buch aufgeschlagen. Sie zupfte vor dem Spiegel an ihrem Haar herum, dann ging sie in die Küche. Ich blickte wieder auf das Buch, als sie aus der Küche kam.

»Ich bin spät dran. Mach's gut, mein Schatz.« Über das Fernsehen verlor sie kein Wort. Am Abend zuvor hatte sie gesagt, sie wisse schon gar nicht mehr, wie es sei, morgens zur Arbeit zu gehen, ohne daß sie sich vorher aufgeregt hätte.

»Koch aber nichts. Du brauchst das Gas überhaupt nicht anzumachen. Es ist Thunfisch im Eisschrank, falls du hungrig wirst.« Sie sah mich an. »Aber wenn dein Magen nicht in Ordnung ist, solltest du, glaube ich, am besten gar nichts essen. Mach jedenfalls nicht das Gas an. Hast du gehört? Nimm die Medizin, mein Schatz, und ich hoffe, heute abend ist dein Magen wieder gut. Vielleicht geht's uns allen besser heute abend.«

Sie stand im Flur und drehte den Türknauf. Sie sah so aus, als wollte sie noch etwas sagen. Sie hatte die weiße Bluse an, den breiten schwarzen Gürtel und den schwarzen Rock. Manchmal nannte sie es ihre Ausgehaufmachung, manchmal ihre Arbeitskluft. Solange ich mich erinnern konnte, hingen die Sachen immer im Kleiderschrank, oder sie hingen an einer Wäscheleine, oder sie wurden abends mit der Hand gewaschen oder in der Küche gebügelt.

Sie arbeitete von mittwochs bis sonntags.

»Tschüß, Mom.«

Ich wartete, bis sie den Wagen gestartet und den Motor hatte warmlaufen lassen. Ich horchte, wie sie anfuhr. Dann stand ich auf und drehte den Fernseher auf volle Lautstärke und holte mir die Glimmstengel. Ich rauchte eine und holte mir einen runter, während ich mir eine Serie über Ärzte und Schwestern ansah. Dann schaltete ich einen anderen Kanal ein. Dann machte ich den Fernsehapparat aus. Ich hatte keine Lust zum Fernsehen.

Ich las das zweite Kapitel zu Ende, wo Tars Tarkas sich in eine grüne Frau verknallt und erleben muß, wie ihr gleich am nächsten Morgen von ihrem eifersüchtigen Schwager der Kopf abgeschlagen wird. Es war ungefähr das fünfte Mal, daß ich das Buch las. Dann ging ich in das Schlafzimmer meiner Eltern und sah mich um. Ich suchte nichts Bestimmtes, wenn, dann nur Gummis, aber obwohl ich überall geguckt hatte, hatte ich nie welche gefunden. Einmal fand ich eine Dose Vaseline hinten in einer Schublade. Ich wußte, daß es irgendwas damit zu tun haben mußte, aber ich wußte nicht was. Ich studierte das Etikett und hoffte, es würde etwas verraten, eine Beschreibung, was die Leute damit machten, oder aber wie man die Vaseline anwandte, etwas von der Art. Aber es fand sich nichts. *Petrolatum (Vaseline)*, das war alles, was vorn draufstand. Doch allein das zu lesen machte einem schon einen Ständer. *Bewährt in der Kinder- und Krankenpflege*, stand hinten drauf. Ich versuchte eine Verbindung herzustellen zwischen Verletzungen, wie sie Kinder sich auf Schaukeln und Rutschen, in Sandkästen und auf Klettergerüsten zuzogen, und dem, was zwischen meinen Eltern im Bett vorging. Ich hatte die Dose schon zigmal aufgemacht und an dem Zeug geschnuppert und nachgesehen, wieviel seit dem letzten Mal verbraucht worden war. Diesmal ließ ich das *Petrolatum* stehen. Das heißt, ich sah nur nach, ob die Dose noch da stand, wo sie immer stand. Ich durchsuchte ein paar Schubladen, aber eigentlich erwartete ich nicht, daß ich etwas finden würde. Ich sah unter dem Bett nach. Nichts, nirgendwo. Ich guckte in das Glas im Wandschrank, in dem sie das Haushaltsgeld aufbewahrten. Es waren keine Münzen drin, nur ein Fünf- und ein Eindollarschein. Sie würden merken, wenn sie fehlten. Dann hatte ich eine Idee. Ich wollte mich anziehen und zum Birch Creek gehen. Die Forellensaison dauerte noch eine Woche oder so, aber fast alle hatten schon aufgehört zu angeln. Alle saßen jetzt herum und warteten darauf, daß die Rotwild- und Fasanenjagd anfing.

Ich holte meine alten Sachen raus. Ich zog Wollsocken über meine Strümpfe und band mir sorgfältig die Stiefel zu. Ich machte mir zwei Sandwiches mit Thunfisch und ein paar Cracker-Doppeldecker mit Erdnußbutter. Ich füllte meine Feldflasche mit Wasser und befestigte das Jagdmesser und die Feldflasche an meinem Gürtel. Als ich aus der Tür gehen wollte, kam mir die Idee, einen Zettel dazulassen. Ich schrieb: »Fühle mich besser, bin zum Birch Creek gegangen. Komme bald zurück. R. 3:15.« Bis dahin waren es noch ungefähr vier Stunden. Und es war ungefähr eine Viertelstunde, bevor George von der Schule nach Hause kommen würde. Ehe ich losging, aß ich eins von den Sandwiches und trank ein Glas Milch dazu.

Es war schön draußen. Es war Herbst. Aber es war nicht kalt, außer nachts. Nachts zündeten sie jetzt die Rauchtöpfe in den Obstplantagen an, so daß man am Morgen mit einem schwarzen Ring von fettigem Ruß in der Nase aufwachte. Aber keiner sagte etwas. Es hieß, der Ruß bewahre die jungen Birnen vorm Erfrieren, also war es in Ordnung.

Wenn du zum Birch Creek willst, gehst du bis zum Ende unserer Straße, wo du auf die Sixteenth Avenue kommst. An der Sixteenth biegst du nach links ab und gehst den Hügel rauf, am Friedhof vorbei, und dann runter zur Lennox, wo das chinesische Restaurant ist. Von der Kreuzung aus

kannst du den Flugplatz sehen, und der Birch Creek ist gleich unterhalb vom Flugplatz. Aus der Sixteenth wird an der Kreuzung die View Road. Du gehst ein kleines Stück die View entlang, bis du zur Brücke kommst. Auf beiden Seiten sind Obstplantagen. Manchmal siehst du, wenn du an den Plantagen vorbeikommst, Fasanen zwischen den Baumreihen entlanglaufen, aber du darfst sie hier nicht jagen, weil es dir sonst passieren könnte, daß du von einem Griechen, der Matsos heißt, erschossen wirst. Ich nehme an, alles in allem ist es ein Weg von gut vierzig Minuten.
Ich war halbwegs die Sixteenth runter, als eine Frau in einem roten Auto vor mir am Straßenrand hielt. Sie kurbelte das Fenster auf der Beifahrerseite runter und fragte, ob ich mitfahren wolle. Sie war dünn und hatte kleine Pickel um den Mund herum. Ihr Haar war auf Lockenwickler gedreht. Trotzdem sah sie ziemlich scharf aus. Sie hatte einen braunen Pullover an und hübsche Lollys darunter.
»Na, Schule schwänzen?«
»Könnte man sagen.«
»Willst du mitfahren?«
Ich nickte.
»Steig ein. Ich hab's ein bißchen eilig.«
Ich schob die Fliegenrute und den Fischkorb hinten auf den Sitz. Dort lagen haufenweise Lebensmitteltüten von Mel's auf den Fußbodenlatten und auf den Sitzen. Ich versuchte, mir auszudenken, was ich sagen konnte.
»Ich will angeln gehen«, sagte ich. Und ich nahm meine Mütze ab, zog die Feldflasche herum, damit ich besser sitzen konnte, und hockte mich dicht ans Fenster.
»Ah, darauf wär ich nie gekommen«, sagte sie lachend. Sie fuhr an und steuerte das Auto wieder auf die Straße. »Wohin willst du? Zum Birch Creek?«
Ich nickte wieder. Ich starrte auf meine Mütze. Mein Onkel

hatte sie mir in Seattle gekauft, als er sich dort ein Eishockeyspiel angesehen hatte. Mir fiel nichts ein, was ich noch sagen konnte. Ich sah aus dem Fenster und saugte die Backen ein. Dauernd stellst du dir vor, du wirst von so einer Frau aufgegabelt, du weißt, daß ihr euch ineinander verknallt und daß sie dich mit zu sich nach Hause nimmt und sich nach Strich und Faden von dir vögeln läßt. Ich merkte, daß ich einen Steifen kriegte, als ich daran dachte. Ich legte die Mütze über meinen Hosenschlitz und schloß die Augen und versuchte, an Baseball zu denken.

»Ich sage immer, eines Tages fang ich auch noch mit dem Angeln an«, sagte sie. »Es soll sehr erholsam sein. Ich bin nämlich ziemlich nervös.«

Ich öffnete die Augen. Wir mußten an der Kreuzung halten. Ich hätte gern gesagt: *Sind Sie wirklich so beschäftigt? Warum fangen Sie nicht gleich heute morgen damit an?* Aber ich hatte Angst, ihr ins Gesicht zu sehen.

»Ist es so recht für dich? Ich muß hier abbiegen. Tut mir leid, daß ich's heute morgen eilig hab«, sagte sie.

»Ist okay. Ist schon richtig hier.« Ich nahm meine Sachen raus. Dann setzte ich meine Mütze auf und nahm sie zum Sprechen wieder ab. »Wiedersehn. Vielen Dank. Vielleicht können Sie im nächsten Sommer –«, aber ich brachte den Satz nicht zu Ende.

»Du meinst, mit dem Angeln anfangen? Ganz bestimmt.« Sie winkte mit zwei Fingern, wie Frauen es tun.

Ich ging los und legte mir nachträglich zurecht, was ich alles hätte sagen sollen. Und mir fiel eine ganze Menge ein. Was war bloß los mit mir? Ich hieb meine Rute durch die Luft und brüllte zwei- oder dreimal. Um die Sache in Gang zu bringen, hätte ich sie fragen sollen, ob wir nicht zusammen zu Mittag essen könnten. Bei uns zu Hause war niemand. Plötzlich sind wir in meinem Zimmer unter der Decke. Sie

fragt mich, ob sie ihren Pullover anbehalten kann, und ich sage, ist schon okay. Sie behält auch ihre Hose an. Ist schon in Ordnung, sage ich. Ich habe nichts dagegen.
Eine Piper Cub, die zur Landung ansetzte, glitt dicht über meinem Kopf hinweg. Ich war nur noch wenige Schritte von der Brücke entfernt. Ich hörte schon das Wasser rauschen. Ich lief den Uferdamm hinunter, zog den Reißverschluß meiner Hose auf und schoß einen anderthalb Meter hohen Bogen über den Bach. Das war bestimmt Rekord. Es dauerte eine Zeitlang, bis ich das andere Sandwich und die Cracker mit Erdnußbutter aufgegessen hatte. Ich trank die halbe Feldflasche leer. Dann war ich soweit, daß ich mit dem Angeln anfangen konnte.

Ich überlegte, wo ich anfangen sollte. Ich angelte hier schon seit drei Jahren, seit wir hergezogen waren. Meistens hatte Dad George und mich mit dem Auto hergebracht und hatte dann auf uns gewartet. Er hatte geraucht, Köder auf unsere Haken gesteckt und uns eine neue Montage gemacht, wenn wir einen Kink in der Schnur hatten. Wir hatten immer an der Brücke angefangen und waren dann weitergegangen, und immer hatten wir ein paar Fische gefangen. Manchmal, ganz am Anfang der Saison, fingen wir das Limit. Ich machte die Montage fertig und probierte es zuerst mit ein paar Würfen unter der Brücke.
Hin und wieder warf ich unter einer Uferbank aus oder aber hinter einem großen Felsen. Aber nichts passierte. Eine Stelle, wo das Wasser fast stand und der Boden voller gelber Blätter war, sah ich mir genauer an, und ich entdeckte ein paar Panzerkrebse, die dort mit ihren hocherhobenen häßlichen Kneifern umherkrabbelten. Ein Schwarm Wachteln stob aus einem Gestrüpp auf. Als ich einen Knüppel warf, flatterte ungefähr drei Meter vor mir ein Fasan kek-

kelnd auf, so daß mir beinahe die Rute aus der Hand gefallen wäre.
Der Bach floß langsam und war nicht sehr breit. Ich konnte ihn fast überall überqueren, ohne Wasser in die Stiefel zu kriegen. Ich ging über eine Weide voller Kuhfladen und gelangte zu der Stelle, wo das Wasser aus einem dicken Rohr geflossen kam. Ich wußte, daß unterhalb des Rohrs ein tiefes Loch war, deshalb paßte ich gut auf. Ich kniete mich hin, als ich nahe genug war, daß ich auswerfen konnte. Die Schnur hatte eben die Wasseroberfläche berührt, als ich einen Fisch hakte, aber er entwischte mir. Ich spürte, wie er die Schnur mitnahm. Dann war er auf und davon, und die Schnur schnellte zurück. Ich köderte ein frisches Lachsei an und probierte es mit ein paar weiteren Würfen. Aber ich wußte, daß ich mir die Chance vermasselt hatte.
Ich ging die Uferbefestigung hinauf und kletterte unter einem Zaun hindurch, an dessen Pfosten ein Schild BETRETEN VERBOTEN befestigt war. Eine der Landebahnen begann hier. Ich blieb stehen und betrachtete die Wiesenblumen, die in den Asphaltritzen wuchsen. Man konnte genau sehen, wo die Reifen auf den Asphalt geprallt waren und ölige Bremsspuren rings um die Blumen hinterlassen hatten. Auf der anderen Seite stieß ich wieder auf den Bach und ging, hier und da auswerfend, noch ein Stückchen weiter, bis ich zu dem tiefen Loch kam. Weiter gehen wollte ich nicht. Als ich das erste Mal vor drei Jahren hier oben gewesen war, toste das Wasser bis an den oberen Rand des Ufers hinauf. Es floß so schnell damals, daß ich nicht hatte angeln können.
Jetzt war die Oberfläche fast zwei Meter unterhalb der Uferbank. Er blubberte und hüpfte durch den kleinen Lauf am Anfang des Beckens, wo man kaum den Grund sehen konnte. Ein Stückchen weiter schon stieg der Grund schräg

an, und der Bach wurde wieder seicht, als wäre nichts gewesen. Das letzte Mal, als ich hier oben gewesen war, hatte ich zwei Fische gefangen, beide ungefähr fünfundzwanzig Zentimeter lang, und hatte einen dritten verschreckt, der zweimal so groß ausgesehen hatte – ein Sommer-Stahlkopf, sagte Dad, als ich ihm davon erzählte. Er sagte, sie kommen bei Hochwasser zu Anfang des Frühlings den Bach herauf, aber die meisten kehren zum Fluß zurück, ehe das Wasser für sie zu niedrig ist.

Ich klemmte noch zwei Bleie an die Schnur und kniff sie mit den Zähnen fest. Dann befestigte ich ein frisches Lachsei am Haken und warf aus, wo das Wasser über einen Felsvorsprung in das Becken hinabfiel. Ich ließ die Strömung die Schnur mitnehmen. Ich spürte, wie die Senker hier und da an Steine klopften – es ist ein anderes Klopfen, als wenn ein Fisch anbeißt. Dann straffte sich das Ende der Schnur, und die Strömung trug das Ei nach oben, so daß es am Ende des Pools in Sicht kam.

Ich fühlte mich mies, weil ich umsonst so weit raufgekommen war. Ich ließ jede Menge Schnur abrollen und warf neu aus. Ich legte die Rute über einen Zweig und steckte mir den vorletzten Glimmstengel an. Ich blickte das Tal hinauf und dachte wieder an die Frau. Wir fuhren zu ihrem Haus, weil ich ihr helfen sollte, die Lebensmittel ins Haus zu tragen. Ihr Mann war in Übersee. Ich berührte sie, und sie erbebte. Wir tauschten Zungenküsse auf dem Sofa, als sie sich plötzlich entschuldigte, um ins Badezimmer zu gehen. Ich folgte ihr. Ich beobachtete, wie sie ihre Hose runterzog und sich auf die Toilette setzte. Ich hatte einen dicken Ständer, und sie winkte mich mit der Hand zu sich. In dem Moment, als ich meinen Reißverschluß aufziehen wollte, hörte ich ein Platschen im Bach. Ich blickte hin und sah, daß die Spitze meiner Angelrute zuckte.

Er war nicht sehr groß und kämpfte nicht lange. Aber ich drillte ihn, solange ich konnte. Er drehte sich auf die Seite und lag unten in der Strömung. Ich hatte keine Ahnung, was für ein Fisch es war. Er sah seltsam aus. Ich zog die Schnur straff und hob ihn über das Ufer ins Gras, wo er sich wand und glotzte. Es war eine Forelle. Aber sie war grün. So eine hatte ich noch nie gesehen. Sie hatte grüne Flanken mit schwarzen Forellenflecken, einen grünlichen Kopf und einen grünen Bauch. Sie hatte die Farbe von Moos, genau das Grün. Es sah aus, als wäre sie lange in Moos eingewickelt gewesen, und das Moos hätte auf sie abgefärbt. Sie war fett, und ich fragte mich, warum sie nicht mehr gekämpft hatte. Ich betrachtete sie noch ein bißchen, und dann machte ich ihr ein Ende.

Ich riß etwas Gras aus und tat es in den Fischkorb und legte die Forelle auf das Gras.

Ich warf noch ein paarmal aus, und dann dachte ich, es müsse inzwischen zwei oder drei Uhr sein. Es war besser, dachte ich, wenn ich wieder runter zur Brücke ging. Ich sagte mir, daß ich unter der Brücke noch ein Weilchen angeln würde, ehe ich mich auf den Heimweg machte. Und ich nahm mir fest vor, bis zum Abend zu warten, ehe ich wieder an die Frau dachte. Aber ich kriegte sofort einen Ständer, als ich an den Ständer dachte, den ich am Abend kriegen würde. Dann dachte ich, ich sollte es lieber nicht mehr so oft machen. Vor einem Monat ungefähr, an einem Samstag, als alle weggegangen waren, hatte ich gleich danach die Bibel genommen und versprochen und geschworen, ich würde es nicht wieder machen. Aber es war etwas von dem weißen Zeug an die Bibel gekommen, und das ganze Versprechen und Schwören hielt nur ein, zwei Tage vor, bis ich wieder allein war.

Auf dem Rückweg warf ich nicht mehr aus. Als ich unten zur Brücke kam, sah ich ein Fahrrad im Gras liegen. Ich blickte mich um und sah einen Jungen, der so groß war wie George, am Ufer entlanglaufen. Ich ging in seine Richtung. Plötzlich machte er kehrt und kam, die Augen aufs Wasser gerichtet, auf mich zu.

»He, was ist da!« brüllte ich. »Was ist passiert?« Ich nahm an, daß er mich nicht hören konnte. Ich sah seine Rute und seinen Fischsack am Ufer liegen, und ich ließ mein Zeug fallen und rannte rüber, dahin, wo er war. Er sah aus wie eine Ratte oder so. Ich will sagen, er hatte vorstehende Zähne und dürre Arme, und sein zerrissenes langärmeliges Hemd war ihm zu klein.

»Gott, ich schwör's, da unten ist der größte Fisch, den ich je gesehen hab!« rief er. »Schnell! Guck! Guck, da! Da ist er!«

Ich blickte zu der Stelle, auf die er zeigte, und mein Herz hüpfte vor Aufregung.

Er war so lang wie mein Arm.

»Gott, o Gott, guck ihn dir an!« sagte der Junge.

Ich starrte auf den Fisch. Er stand im Schatten eines großen Zweiges, der über das Wasser ragte. »Allmächtiger Gott«, sagte ich zu dem Fisch, »wo kommst du denn her?«

»Was machen wir?« sagte der Junge. »Hätte ich bloß mein Gewehr bei mir!«

»Den holen wir uns schon«, sagte ich. »Gott, guck ihn dir an! Komm, wir treiben ihn ins seichte Wasser.«

»Dann willst du mir also helfen? Zusammen schaffen wir's!« sagte der Kleine.

Der große Fisch war ein paar Meter abwärts gedriftet und lag da und bewegte langsam die Flossen in dem klaren Wasser.

»Okay, was machen wir nun?« fragte der Junge.

»Ich kann ein Stückchen raufgehen, und dann wate ich den

Bach runter und bring ihn in Bewegung«, sagte ich. »Du wartest an der seichten Stelle, und wenn er durchzukommen versucht, trittst du auf ihn ein, daß ihm Hören und Sehen vergeht. Schaff ihn irgendwie ans Ufer, egal wie. Und dann halt ihn gut fest und laß ihn nicht aus den Augen.«

»Okay. O Scheiße, guck ihn dir an! Guck doch, er haut ab! Wo will er hin?« schrie der Junge.

Ich beobachtete, wie der Fisch den Bach wieder hinaufschwamm und dicht am Ufer innehielt. »Er schwimmt nirgendwohin. Er kann nämlich nirgendwohin. Siehst du ihn? Er hat gewaltigen Schiß. Er weiß, daß wir hier sind. Er paddelt nur ein bißchen hin und her und guckt, wohin er schwimmen kann. Siehst du, jetzt hat er wieder aufgehört. Er kann nirgendwohin, und er weiß das. Er weiß, daß wir ihn zur Strecke bringen. Er weiß, daß er in einer beschissenen Klemme ist. Ich geh jetzt ein Stückchen rauf und scheuch ihn flußabwärts. Und du packst ihn, wenn er hier durchkommt.«

»Hätte ich bloß mein Gewehr bei mir!« sagte der Junge. »Dann wär er schon erledigt.«

Ich ging ein Stück flußaufwärts, und dann watete ich langsam den Bach hinunter. Im Gehen beobachtete ich das Wasser vor mir. Plötzlich schoß der Fisch vom Ufer weg, drehte genau vor mir in einem riesigen wolkigen Wasserwirbel und sauste flußabwärts.

»Da kommt er!« brüllte ich. »He, he, da kommt er!« Aber der Fisch schwang herum, bevor er an die seichte Stelle kam, und schwamm zurück. Ich planschte und brüllte, und er wendete wieder. »Er kommt! Pack ihn, pack ihn! Da kommt er!«

Aber der blöde Idiot hatte einen Knüppel, das Arschloch, und als der Fisch an die seichte Stelle kam, schlug er mit dem Knüppel nach ihm, statt zu versuchen, den Hurensohn mit Tritten ans Ufer zu befördern, wie er es hätte tun sollen. Der Fisch drehte ab und schlitterte wie verrückt auf seiner Flanke durch das seichte Wasser. Er schaffte es. Der Kleine, das dumme Arschloch, hechtete ihm nach und schlug der Länge nach hin.

Er schleppte sich rauf aufs Ufer, quatschnaß. »Ich hab ihn getroffen!« rief der Junge. »Ich glaub, er ist verletzt. Ich hatte schon die Hände auf ihm, aber ich konnte ihn nicht halten.«

»Gar nichts hattest du!« Ich war außer Atem. Ich freute mich, daß der Junge hingefallen war. »Du bist nicht mal an ihn rangekommen, du Arschloch. Was wolltest du denn mit dem Knüppel? Du hättest ihn treten sollen. Inzwischen ist er wahrscheinlich meilenweit weg.« Ich versuchte auszuspucken. Ich schüttelte den Kopf. »Ich weiß nicht. Noch haben wir ihn nicht erwischt. Vielleicht kriegen wir ihn gar nicht«, sagte ich.

»Verdammt noch mal, ich hab ihn getroffen!« schrie der Junge. »Hast du's nicht gesehen? Ich hab ihn getroffen, und außerdem hab ich die Hände auf ihm gehabt. Wie nah bist du denn an ihn rangekommen? Außerdem, wem gehört der Fisch eigentlich?« Er sah mich an. Das Wasser lief an seinen Hosenbeinen runter auf seine Schuhe.

Ich sagte dazu nichts weiter, aber ich fragte mich das auch selbst. Ich zuckte mit den Schultern. »Gut, okay. Ich dachte, er gehört uns beiden. Jetzt laß uns sehn, daß wir ihn diesmal kriegen. Und keiner von uns darf einen Fehler machen«, sagte ich.

Wir wateten flußabwärts. Ich hatte Wasser in meinen Stiefeln, aber der Junge war naß bis zum Hals. Er schob die vorstehenden Zähne über die Lippe, damit das Zähneklappern aufhörte.

Der Fisch war nicht in dem Stück unterhalb der seichten Stelle, und wir entdeckten ihn auch nicht im nächsten Abschnitt. Wir sahen uns an und befürchteten schon, daß er tatsächlich weit genug flußabwärts gelangt war, um eines der tiefen Löcher zu erreichen. Aber da drehte sich doch das verdammte Ding dicht am Ufer, schlug wahrhaftig mit seiner Schwanzflosse Erde ins Wasser und sauste wieder los. Er schlitterte durch eine andere seichte Stelle, und seine Schwanzflosse stand hoch aus dem Wasser. Ich sah, wie er in die Nähe des Ufers glitt, wo er innehielt, mit dem Schwanz halb aus dem Wasser, und die Flossen bewegte, gerade genug, um sich in der Strömung zu halten.

»Siehst du ihn?« sagte ich. Der Junge guckte. Ich nahm seinen Arm und deutete mit seinem Finger auf den Fisch. »Da, genau *da*. Okay, und nun hör zu. Ich geh jetzt zu dem kleinen Abschnitt zwischen den Ufern da unten. Siehst du die Stelle, die ich meine? Du wartest hier, bis ich dir ein Zeichen geb. Dann gehst du langsam flußabwärts. Okay? Und diesmal laß ihn nicht an dir vorbei, falls er zurück will.«

»Na dann«, sagte der Junge und biß mit den vorspringenden Zähnen in die Unterlippe. »Diesmal müssen wir ihn kriegen«, sagte der Junge mit einem schrecklich verfrorenen Ausdruck im Gesicht.

Ich kletterte zum Ufer rauf und ging so leise wie möglich flußabwärts. Dann ließ ich mich vom Ufer runtergleiten und watete wieder durch das Wasser. Aber ich konnte den gewaltig großen Hurensohn nicht sehen, und ich war enttäuscht. Ich dachte, er wäre vielleicht schon abgehauen. Ein kleines Stückchen weiter flußabwärts, und er würde in eines der tiefen Löcher gelangen. Und dann würden wir ihn nie zu fassen kriegen.

»Ist er noch da?« brüllte ich. Und ich hielt den Atem an.

Der Junge winkte.
»Los!« brüllte ich wieder.
Meine Hände zitterten. Der Bach war hier knapp einen Meter breit und verlief zwischen Erdbänken. Das Wasser war niedrig, floß aber sehr schnell. Der Kleine bewegte sich jetzt langsam den Bach hinunter. Das Wasser reichte ihm bis zu den Knien. Er warf Steine vor sich ins Wasser, planschte und schrie.
»Hier kommt er!« Der Junge wedelte mit den Armen. Jetzt sah ich den Fisch; er hielt direkt auf mich zu. Er versuchte zu wenden, als er mich sah, aber es war zu spät. Ich fiel auf die Knie und griff in das kalte Wasser. Ich schöpfte ihn mit beiden Händen und beiden Armen heraus, höher, noch höher, hob ihn hoch und warf ihn aus dem Wasser, so daß wir beide aufs Ufer fielen. Ich hielt ihn an mein Hemd gepreßt, er zappelte und wand sich, bis ich die Hände an seinen glitschigen Flanken zu seinen Kiemen hin bewegen konnte. Ich drückte mit der einen Hand zu und schob sie vor bis zu seinem Maul und umschloß seinen Kiefer. Ich wußte, ich hatte ihn. Er zappelte noch und war schwer zu halten, aber ich hatte ihn, und ich würde ihn nicht loslassen.
»Wir haben ihn!« brüllte der Junge, als er planschend herankam. »Wir haben ihn, mein Gott! Ist der nicht was! Guck ihn dir an! O Gott, laß mich ihn auch mal halten«, brüllte der Junge.
»Erst müssen wir ihn töten«, sagte ich. Ich ließ meine andere Hand an der Kehle hinuntergleiten. Dann riß ich den Kopf zurück, so fest ich konnte, wobei ich versuchte, auf die Zähne aufzupassen. Ich spürte das knirschende Knakken. Dann ging ein langes, langsames Beben durch seinen Leib, und er war ruhig. Ich legte ihn auf die Erde, und wir betrachteten ihn. Er war sechzig bis siebzig Zentimeter

lang, seltsam dünn, aber länger als alles, was ich bisher gefangen hatte. Ich packte ihn wieder beim Kiefer.
»He!« sagte der Junge, sagte aber nichts weiter, als er sah, was ich vorhatte. Ich wusch das Blut ab und legte den Fisch wieder auf die Erde.
»Ich möchte ihn so furchtbar gern meinem Dad zeigen«, sagte der Junge.
Wir waren naß und bibberten vor Kälte. Wir betrachteten ihn, berührten ihn immer wieder. Wir drückten sein großes Maul auf und betasteten die Reihen von Zähnen. Seine Flanken waren vernarbt, weißliche Schrunden, groß wie Vierteldollar-Münzen und ein bißchen geschwollen. Er hatte Kerben am Kopf, rund um die Augen und am Maul, wo er, wie ich vermutete, gegen die Felsen geprallt war und sich bei Kämpfen verletzt hatte. Aber er war so mager, zu mager für seine Länge, und man sah kaum den rosa Streifen an seinen Flanken, und sein Bauch war grau und schlaff statt weiß und fest, wie er hätte sein sollen. Trotzdem, fand ich, war er doch was.

»Ich glaube, ich sollte bald gehen«, sagte ich. Ich warf einen Blick auf die Wolken über den Hügeln, wo jetzt die Sonne unterging. »Ich muß nach Hause.«
»Klar, sicher. Ich auch. Ich frier«, sagte der Kleine. »He, ich möchte ihn tragen«, sagte der Kleine.
»Wir suchen uns einen Stock. Den schieben wir ihm durchs Maul, und dann tragen wir ihn beide«, sagte ich.
Der Junge fand einen Stock. Wir stießen ihn durch die Kiemen und schoben ihn, bis der Fisch in der Mitte des Stocks war. Dann nahmen wir jeder ein Ende und machten uns auf den Weg und sahen zu, wie der Fisch an dem Stock hin und her schaukelte.
»Was machen wir mit ihm?« fragte der Junge.

»Ich weiß nicht«, sagte ich. »Ich denke, ich hab ihn gefangen«, sagte ich.
»Wir beide. Und außerdem – ich hab ihn zuerst gesehen.«
»Das stimmt«, sagte ich. »Also gut, willst du, daß wir eine Münze werfen, oder was?« Ich tastete mit der freien Hand meine Taschen ab, aber ich hatte kein Geld bei mir. Und was hätte ich gemacht, wenn ich verloren hätte?
Aber der Junge sagte sowieso: »Nein, keine Münze werfen.«
Ich sagte: »In Ordnung. Mir soll's recht sein.« Ich warf einen Blick auf den Jungen, die Haare standen ihm vom Kopf ab, seine Lippen waren grau. Ich hätte den Fisch einfach nehmen können, wenn es darauf angekommen wäre. Aber ich hatte keine Lust zu kämpfen.
Wir kamen zu der Stelle, wo wir unsere Sachen gelassen hatten, und nahmen jeder unser Zeug mit der freien Hand auf, ohne daß einer von uns beiden sein Stockende losließ. Dann gingen wir rauf zu der Stelle, wo sein Fahrrad lag. Ich schloß die Hand fest um den Stock für den Fall, daß der Junge irgendwas im Schilde führte.
Dann hatte ich eine Idee. »Wir könnten ihn teilen«, sagte ich.
»Wie meinst du das?« fragte der Junge, und seine Zähne klapperten wieder. Ich fühlte, wie er den Stock fester packte.
»Ihn halbieren. Ich hab ein Messer. Wir schneiden ihn in zwei Teile, und jeder kriegt eine Hälfte. Ich weiß nicht, aber ich glaube, so könnten wir es machen.«
Er zupfte an einer seiner Haarsträhnen und betrachtete den Fisch. »Willst du das Messer da nehmen?«
»Hast du denn eins?«
Der Junge schüttelte den Kopf.
»Okay«, sagte ich.

Ich zog den Stock heraus und legte den Fisch neben dem Fahrrad des Jungen ins Gras. Ich nahm das Messer vom Gürtel. Ein Flugzeug rollte die Bahn entlang, während ich Maß nahm und das Messer ansetzte. »Hier?« fragte ich. Der Junge nickte. Das Flugzeug donnerte die Piste entlang und stieg unmittelbar über unseren Köpfen auf. Ich stieß das Messer in den Fisch. Ich kam bis zu den Innereien und drehte ihn um und schabte alles aus. Ich schnitt weiter, bis nur noch ein Fetzen Haut am Bauch ihn zusammenhielt. Ich nahm beide Hälften, drehte sie in meinen Händen und riß ihn auseinander.

Ich gab dem Kleinen den Schwanzteil.

»Nein«, sagte er und schüttelte den Kopf. »Ich will die andere Hälfte.«

Ich sagte: »Sie sind beide gleich! Und jetzt paß verdammt noch mal auf, sonst werde ich nämlich gleich sauer.«

»Von mir aus«, sagte der Junge. »Wenn sie beide gleich sind, nehme ich diese Hälfte. Sie sind doch beide gleich, stimmt's?«

»Sie sind beide gleich«, sagte ich. »Aber ich glaub, ich behalt diese Hälfte. Ich hab ihn schließlich zerteilt.«

»Ich will sie«, sagte der Kleine. »Ich hab ihn zuerst gesehen.«

»Wem gehört das Messer, das wir benutzt haben?« sagte ich.

»Ich will nicht den Schwanz«, sagte der Junge.

Ich sah mich um. Es waren keine Autos auf der Straße, und kein Angler war zu sehen. Ein Flugzeug brummte, und die Sonne ging unter. Ich fror bis auf die Knochen. Der Kleine zitterte am ganzen Leib und wartete.

»Ich hab eine Idee«, sagte ich, und ich machte den Fischkorb auf und zeigte ihm die Forelle. »Guck mal. Eine grüne Forelle. Die einzige grüne, die ich im Leben gesehen hab. Also, der eine kriegt das Kopfende, und der andere kriegt

die grüne Forelle und das Schwanzende. Ist das gerecht?«
Der Kleine betrachtete die grüne Forelle und nahm sie aus dem Korb und hielt sie in der Hand. Er musterte die beiden Fischhälften.
»Ich glaub ja«, sagte er. »Okay, ich glaub ja. Du nimmst diese Hälfte. Ich hab mehr Fleisch an meiner.«
»Das ist mir egal«, sagte ich. »Ich geh jetzt und wasch ihn aus. In welcher Richtung wohnst du?« fragte ich.
»Die Arthur Avenue runter.« Er steckte die grüne Forelle und seine Fischhälfte in einen schmutzigen Segeltuchsack. »Warum?«
»Wo ist das? Unten am Baseballplatz?« fragte ich.
»Ja, aber warum, wieso?« Der Kleine sah plötzlich verängstigt aus.
»Ich wohn da in der Nähe«, sagte ich. »Und ich dachte, ich könnte auf der Lenkstange mitfahren. Wir könnten uns beim Trampeln abwechseln. Ich hab noch einen Glimmstengel, den wir rauchen könnten, falls er in meiner Tasche nicht naß geworden ist.«
Aber der Kleine sagte nur: »Ich frier.«
Ich wusch meine Fischhälfte im Bach. Ich hielt den großen Kopf unter Wasser und sperrte sein Maul auf. Das Wasser strömte in sein Maul und kam am anderen Ende dessen, was von ihm geblieben war, wieder raus.
»Ich frier«, sagte der Junge.

Ich sah George am anderen Ende der Straße mit seinem Fahrrad. Er sah mich nicht. Ich ging ums Haus herum und zog mir hinten die Stiefel aus. Ich löste die Schnallen an dem Fischkorb, so daß ich den Deckel öffnen konnte, und machte mich bereit, grinsend ins Haus zu marschieren.
Ich hörte ihre Stimmen und sah durchs Küchenfenster. Sie saßen am Tisch. Die ganze Küche war verqualmt. Ich sah,

daß der Qualm von einer Pfanne kam, die auf dem Gas stand. Aber beide achteten nicht darauf.

»Was ich dir sage, ist so wahr wie das Evangelium«, sagte er. »Was wissen Kinder schon? Du wirst es sehen.«

Sie sagte: »Ich werde überhaupt nichts sehen. Wenn ich das dächte, würde ich sie lieber tot sehen.«

Er sagte: »Was ist los mit dir? Paß auf, was du sagst!«

Sie fing an zu weinen. Er drückte heftig seine Zigarette im Aschenbecher aus und stand auf.

»Edna, weißt du, daß die Pfanne da gleich brennt?« fragte er.

Sie blickte hinüber zu der Pfanne. Sie stieß ihren Stuhl zurück und packte die Pfanne beim Griff und schleuderte sie an die Wand über dem Ausguß.

Er sagte: »Hast du den Verstand verloren? Guck, was du angerichtet hast!« Er nahm ein Geschirrtuch und wischte das Zeug von der Pfanne ab.

Ich öffnete die hintere Eingangstür. Ich setzte mein Grinsen auf. Ich sagte: »Ratet mal, was ich im Birch Creek gefangen hab. Jetzt guckt mal. Hier. Guckt euch das an, guckt euch an, was ich gefangen hab.«

Mir schlotterten die Knie. Ich konnte mich kaum aufrecht halten. Ich hielt meiner Mutter den Fischkorb hin, und schließlich blickte sie hinein. »Oh, oh, mein Gott! Was ist das? Eine Schlange! Was ist das? Bitte, bitte, bring es raus, ehe ich brechen muß.«

»Bring es raus!« schrie er. »Hast du nicht gehört, was sie gesagt hat. Bring es raus!« schrie er.

Ich sagte: »Aber guck doch mal, Dad. Sieh doch mal, was es ist.«

Er sagte: »Ich will es nicht sehen.«

Ich sagte: »Es ist ein riesiger Sommer-Stahlkopf vom Birch Creek. Guck doch mal! Ist das nicht was? Ein richtiges Un-

geheuer! Ich hab ihn den Bach rauf und runter gejagt, wie ein Verrückter!« Meine Stimme überschlug sich. Aber ich konnte nicht aufhören. »Da war noch einer, ein anderer«, sprudelte ich weiter. »Ein grüner. Ich schwör's! Er war grün! Hast du schon mal einen grünen gesehen?«
Er blickte in den Fischkorb, und das Kinn sackte ihm herunter.
Er schrie: »Bring das gottverdammte Ding raus! Was zum Teufel ist mit dir los? Bring es, verdammt noch mal, aus der Küche raus und wirf's auf den Müll!«
Ich ging nach draußen. Ich blickte in den Fischkorb. Was da lag, schimmerte silbrig unter der Verandalampe. Was da lag, füllte den ganzen Korb.
Ich nahm den Fisch heraus. Ich hielt ihn. Ich hielt die eine Hälfte von ihm.

Sechzig Morgen

Der Anruf war vor einer Stunde gekommen, als sie beim Essen saßen: Zwei Männer jagten auf Lee Waites Teil von Toppenish Creek, ein Stück unterhalb der Brücke an der Cowiche Road. Es war das dritte oder vierte Mal in diesem Winter, daß jemand dort eingedrungen war, sagte Joseph Eagle in mahnendem Ton zu Lee Waite. Joseph Eagle war ein alter Indianer, der auf seinem ihm von der Regierung zugeteilten kleinen Grundstück nahe der Cowiche Road lebte, mit einem Radio, das er Tag und Nacht hörte, und einem Telefon für den Fall, daß er krank wurde. Lee Waite wünschte sich manchmal, daß der alte Indianer ihn in Ruhe ließe wegen des Stücks Land, oder daß Joseph Eagle, wenn er etwas dagegen machen wollte, etwas anderes tat, als ihn anzurufen.

Draußen auf der Veranda verlagerte Lee Waite sein Gewicht auf ein Bein und zupfte an einer Fleischfaser zwischen seinen Zähnen. Er war ein kleiner, dünner Mann mit schmalem Gesicht und langem schwarzem Haar. Wäre der Telefonanruf nicht gewesen, hätte er an diesem Nachmittag ein Weilchen geschlafen. Er runzelte die Stirn und zog sich in Ruhe seinen Mantel an; die Männer würden sowieso weg sein, wenn er hinkam. So war es meistens. Die Jäger von Toppenish oder Yakima durften wie jeder andere die Straßen im Reservat benutzen; es war ihnen nur nicht erlaubt, dort zu jagen. Aber sie fuhren kreuz und quer durch die unbesiedelten, für sie unwiderstehlichen sechzig Morgen

Land von Lee Waite, zweimal, manchmal dreimal, dann parkten sie, wenn sie rücksichtslos waren, unterhalb der Straße zwischen den Bäumen und hasteten durch die kniehohe Gerste und den wilden Hafer zum Bach hinunter – wo sie vielleicht ein paar Enten erwischten, vielleicht auch nicht, aber immer eine Menge herumballerten in der kurzen Zeit, ehe sie sich wieder aus dem Staub machten. Joseph Eagle, der verkrüppelt in seinem Haus saß, hatte sie viele Male beobachtet. Jedenfalls behauptete er das Lee Waite gegenüber.

Er fuhr sich mit der Zunge über die Zähne und kniff im Dämmerlicht des späten Winternachmittags die Augen zusammen. Er hatte keine Angst; das war es nicht, sagte er sich. Er wollte nur keinen Ärger.

Auf der kleinen Veranda, die sie kurz vor dem Krieg angebaut hatten, war es fast dunkel. Die einzige Fensterscheibe war vor Jahren zerschlagen worden, und Waite hatte einen Rübensack vor die Öffnung genagelt. Er hing unmittelbar neben dem Schrank, dick wie Filz und steifgefroren, und bewegte sich sachte in der kalten Luft, die von draußen um die Ränder herum hereindrang. An den Wänden hingen überall alte Joche und Pferdegeschirre, und oben an der einen Seite, über dem Fenster, hing in einer Reihe verrostetes Handwerkszeug. Er fuhr sich noch einmal mit der Zunge über die Zähne, dann drehte er die Glühbirne in der Fassung über ihm fest und öffnete den Schrank. Er nahm die alte doppelläufige Flinte von der hinteren Wand und langte in die Schachtel auf dem oberen Brett und nahm eine Handvoll Patronen heraus. Die Messingenden der Patronen fühlten sich eiskalt an, und er rollte sie in der Hand, bevor er sie in eine Tasche des alten Mantels, den er trug, gleiten ließ.

»Willst du sie nicht laden, Papa?« fragte der Junge hinter ihm.

Waite drehte sich um und sah Benny und den kleinen Jack in der Küchentür stehen. Seit dem Anruf waren die beiden hinter ihm her – sie hatten wissen wollen, ob er diesmal jemanden erschießen würde. Es störte ihn, wenn Kinder so redeten, so als ob sie Spaß daran hätten, und jetzt standen die beiden an der Tür, ließen die kalte Luft ins Haus und starrten auf die große Flinte, die er unter dem Arm trug.
»Ins Haus mit euch, wohin ihr gehört, verdammt«, sagte er. Sie ließen die Tür offenstehen und liefen nach drinnen, wo seine Mutter und Nina saßen, und weiter durch ins Schlafzimmer. Er sah, wie Nina am Tisch dem Baby, das sich nach hinten stemmte und den Kopf hin und her warf, Häppchen von Kürbisbrei einzuflößen versuchte. Nina blickte auf und versuchte zu lächeln.
Waite trat in die Küche, schloß die Tür und lehnte sich dagegen. Nina war furchtbar müde, das sah er ihr an. Eine Linie von Schweißperlen glänzte über ihrer Oberlippe, und während er sie beobachtete, hielt sie inne und strich sich das Haar aus der Stirn. Sie sah noch einmal zu ihm auf, dann wieder auf das Baby. Es hatte sie nie so angestrengt wie diesmal, ein Kind auszutragen. Die anderen Male hatte sie kaum stillsitzen können und war alle Augenblicke aufgesprungen und herumgegangen, auch wenn nicht viel zu tun gewesen war, außer eine Mahlzeit zu kochen und zu nähen. Er zupfte an der lockeren Haut an seinem Hals und blickte verstohlen zu seiner Mutter hinüber, die seit dem Essen auf einem Stuhl am Ofen döste. Sie sah ihn mit zusammengekniffenen Augen an und nickte. Sie war siebzig und verschrumpelt, aber ihr Haar war noch krähenschwarz und hing in zwei langen festen Zöpfen vor ihren Schultern herunter. Lee Waite war überzeugt, daß etwas mit ihr nicht stimmte, denn manchmal ging sie zwei Tage umher, ohne etwas zu sagen, saß nur in dem anderen Zimmer am Fenster

und starrte nach draußen, das Tal hinauf. Ihn schauderte jedesmal, wenn sie das tat, und er wußte nicht mehr, was ihre kleinen Zeichen und Signale, was ihr Schweigen bedeuten sollten.

»Warum sagst du nicht was?« fragte er kopfschüttelnd. »Wie soll ich wissen, was du meinst, Mama, wenn du nichts sagst?« Waite sah sie eine Zeitlang an und beobachtete, wie sie an den Enden ihrer Zöpfe zog, während er darauf wartete, daß sie etwas sagte. Dann brummte er und ging an ihr vorbei durchs Zimmer, nahm seinen Hut vom Nagel und verließ das Haus.

Es war kalt. Vier oder fünf Zentimeter körnigen Schnees von den letzten drei Tagen bedeckten alles, machten den Boden holprig und ließen die Reihen nackter Bohnenstangen vorm Haus töricht dastehen. Der Hund kam scharrend unter dem Holzhaus hervor, als er die Tür hörte, und lief auf den Laster zu, ohne zurückzublicken. »Komm! Bei Fuß!« rief Waite in scharfem Ton, und seine Stimme hallte in der dünnen Luft.

Er beugte sich hinunter, nahm die kalte, trockene Schnauze des Hundes in die Hand. »Du bleibst diesmal besser hier. Ja, ja.« Er flippte das eine Ohr des Hundes vor und zurück und blickte in die Runde. Er konnte die Kette der Satus Hills jenseits des Tals wegen der schweren Wolkendecke nicht sehen, nur die welligen Flächen der Zuckerrübenfelder – weiß, mit Ausnahme schwarzer Stellen hier und da, wo der Schnee nicht hingekommen war. Ein einziges Haus war zu sehen – Charley Treadwells, ein weites Stück entfernt –, aber es brannten keine Lichter, soweit er sehen konnte. Kein Laut weit und breit, nur die niedrige Decke schwerer Wolken, die auf allem lastete. Er hatte geglaubt, es gehe ein Wind, aber es war ruhig.

»Bleib hier jetzt. Hörst du?«

Er ging auf den Laster zu und wünschte wieder, er müßte nicht wegfahren. Er hatte in der Nacht wieder geträumt – wovon, daran konnte er sich nicht erinnern –, aber er hatte ein unsicheres Gefühl, seit er aufgewacht war. Er fuhr in niedrigem Gang zum Tor hinunter, stieg aus, hakte es auf, fuhr hinaus, stieg wieder aus und hakte das Tor zu. Er hatte keine Pferde mehr – aber es war ihm zur Gewohnheit geworden, das Tor immer geschlossen zu halten.
Unten an der Straße kam der Schneepflug schrappend auf ihn zu – die Schaufel kreischte jedesmal wie wild, wenn der Stahl auf den gefrorenen Schotter traf. Waite hatte es nicht eilig, und er wartete die langen Minuten, die es dauerte, bis der Schneepflug herangekommen war. Einer der Männer in der Fahrerkabine lehnte sich mit einer Zigarette in der Hand heraus und winkte, als sie vorbeifuhren. Aber Waite blickte weg. Er bog auf die Straße ein, als sie vorbeigefahren waren. Er sah zu Charley Treadwells Haus hinüber, aber es waren noch immer keine Lichter zu sehen, und das Auto war nicht da. Ihm fiel wieder ein, was Charley ihm vor wenigen Tagen erzählt hatte, von einem Streit, den Charley mit einem Jungen gehabt hatte, der über den Zaun geklettert war und in einen Ententümpel geschossen hatte, gleich unten hinter der Scheune. Die Enten kamen jeden Nachmittag, sagte Charley. Sie *trauten* ihm, sagte er, als ob das eine Bedeutung hätte. Er war von der Scheune, wo er gerade melkte, hinuntergelaufen, hatte mit den Armen gewedelt und gerufen, und der Junge hatte das Gewehr auf ihn gerichtet. Hätte ich ihm wenigstens das Gewehr wegnehmen können, hatte Charley gesagt, und er hatte Waite mit seinem guten Auge fest angesehen und langsam genickt. Waite rutschte ein wenig auf dem Sitz vor. Er wollte keinen solchen Ärger haben. Wer immer die Leute waren, er hoffte sie wären auf und davon, wenn er hinkam, wie bei den anderen Malen.

Zur Linken ließ er Fort Simcoe liegen; die weiß gestrichenen oberen Teile der alten Gebäude erhoben sich hinter den wieder aufgebauten Palisaden. Die Tore standen offen, und Lee Waite konnte drinnen parkende Autos sehen und ein paar Leute in Mänteln, die dort umhergingen. Er hatte sich nie die Mühe gemacht, hier anzuhalten. Einmal hatte die Lehrerin alle Kinder hierhergebracht – ein Schulausflug, wie sie es nannte –, aber Waite war an dem Tag nicht zur Schule gegangen, sondern zu Hause geblieben. Er kurbelte das Fenster runter, räusperte sich und hustete und spuckte den Schleim im Vorbeifahren gegen das Tor.
Er bog auf die Lateral B und kam bald darauf zu Joseph Eagles Haus – alle Lichter brannten, sogar die Verandalampe. Waite fuhr vorbei, bergab zu der Stelle, wo die Cowiche Road einmündete, und stieg aus dem Laster und horchte. Er hatte sich gerade gesagt, daß sie wahrscheinlich längst wieder weg waren und er wenden und zurückfahren könne, als er mehrere dumpfe, in der Ferne abgegebene Schüsse über die Felder hallen hörte. Er wartete eine Weile, dann nahm er einen Lappen und ging um den Laster herum, um den Schnee und das Eis in den Fensterecken etwas abzuwischen. Er klopfte sich den Schnee von den Schuhen, bevor er einstieg, fuhr ein Stückchen weiter, bis er die Brücke sehen konnte, hielt dann Ausschau nach den Spuren, die in das Gehölz abbogen, wo er, das wußte er, ihr Auto finden würde. Er setzte den Laster hinter den grauen Personenwagen und stellte den Motor aus.
Er saß im Lastwagen und wartete, bewegte den Fuß quietschend auf der Bremse vor und zurück und hörte die Männer alle Augenblicke schießen. Nach ein paar Minuten konnte er nicht mehr stillsitzen und stieg aus und ging langsam herum nach vorn. Er war vier oder fünf Jahre nicht dort unten gewesen – er hatte dort nichts zu tun gehabt. Er lehnte

sich an den Kotflügel und blickte über das Land hin. Er fragte sich, wo all die Jahre geblieben waren.
Er erinnerte sich an die Zeit, als er klein war und erwachsen werden wollte. Damals war er oft hier runtergekommen und hatte Fallen für Bisamratten gestellt und Nachtangeln für Lachsforellen gelegt. Waite sah sich um, bewegte die Füße in seinen Schuhen. All das war lange her. Als er größer war, hatte er seinen Vater sagen hören, dieses Land sollten einmal seine drei Jungen haben. Aber beide Brüder waren umgebracht worden. Und Lee Waite war derjenige, dem es zugefallen war, das ganze Stück.
Er erinnerte sich: Todesfälle. Zuerst Jimmy. Er erinnerte sich, wie er von den dröhnenden Schlägen gegen die Tür aufgewacht war – alles dunkel, der Geruch von Pech vom Ofen her, draußen ein Auto, die Scheinwerfer an, und der Motor läuft, und eine knisternde Stimme tönt aus einem Lautsprecher im Innern. Sein Vater stößt die Tür auf, und die riesige Gestalt eines Mannes mit Cowboyhut und mit einem Gewehr in der Hand – der stellvertretende Sheriff – füllt den Eingang. *Waite? Ihr Junge, Jimmy, ist bei einem Tanzfest in Wapato erstochen worden.* Alle waren mit dem Laster weggefahren und hatten Lee allein gelassen. Er hatte für den Rest der Nacht allein vor dem Holzofen gehockt und den an der Wand auf und ab springenden Schatten zugesehen. Später, als er zwölf war, kam wieder einer, ein anderer Sheriff, und sagte nur, sie sollten besser alle mitkommen.

Er stieß sich von dem Laster ab und ging die paar Schritte hinüber bis an den Rand des Felds. Die Dinge waren heute anders, mehr war dazu nicht zu sagen. Er war zweiunddreißig, und Benny und der kleine Jack wuchsen heran. Und da war das Baby. Waite schüttelte den Kopf. Er schloß

die Hand um einen der hohen Wolfsmilchstengel. Er knickte ihn oben ab und blickte auf, als er das weiche Glucksen von Enten über sich hörte. Er wischte sich die Hand an der Hose ab und beobachtete die Enten einen Moment, wie sie alle im gleichen Augenblick die Flügel anlegten und einmal über dem Bach kreisten. Dann fuhren sie auseinander. Er sah drei Enten fallen, ehe er die Schüsse hörte.
Er wandte sich abrupt um und ging zum Laster zurück.
Er nahm seine Flinte heraus, darauf bedacht, daß er die Tür nicht laut zuschlug. Er ging in das Gehölz. Es war jetzt fast dunkel. Er hustete einmal und stand dann mit zusammengepreßten Lippen da.

Sie kamen mit stampfenden Schritten durch das Gestrüpp, es waren zwei. Dann kletterten sie über den wackelnden und quietschenden Zaun auf das Feld und gingen durch den knirschenden Schnee. Sie keuchten laut, als sie sich dem Auto näherten.
»O Gott, da ist ein Laster! Da!« sagte der eine und ließ die Enten, die er in den Händen trug, fallen.
Es war eine Jungenstimme. Er hatte einen schweren Jagdmantel an, und die für die Beute vorgesehenen Manteltaschen waren, wie Waite schwach erkennen konnte, dick gepolstert mit Enten.
»Reg dich nicht auf, hörst du!« Der andere Junge stand da und drehte spähend den Kopf. »Los, schnell! Es sitzt niemand drin. Mach, daß du ins Auto kommst.«
Ohne sich zu rühren und bemüht, mit fester Stimme zu sprechen, sagte Waite: »Stehen bleiben. Legt eure Gewehre vor euch auf die Erde.« Er schob sich seitwärts aus dem Gehölz und trat ihnen entgegen, hob und senkte seine Doppelflinte. »Jetzt zieht die Mäntel aus und leert sie aus.«
»O Gott! Allmächtiger *Gott*!« sagte der eine.

Der andere sagte nichts, streifte aber seinen Mantel ab und zog die Enten aus den Taschen, wobei er immer noch im Kreis herum blickte.

Waite öffnete die Tür ihres Wagens, griff tastend hinein, bis er den Schalter für die Scheinwerfer fand. Die Jungen hoben beide eine Hand, um ihre Augen abzuschirmen, dann stellten sie sich mit dem Rücken zum Scheinwerferlicht.

»Wem gehört das Land hier, was glaubt ihr?« sagte Waite. »Was fällt euch ein, Enten auf meinem Land zu schießen!«

Der eine Junge drehte sich vorsichtig um, die Hand noch immer über den Augen. »Was machen Sie jetzt?«

»Was ich jetzt mache? Was glaubst du?« sagte Waite. Seine Stimme klang ihm fremd, federleicht und körperlos. Er hörte, wie sich die Enten im Bach niederließen und zu anderen Enten, die noch in der Luft waren, hinaufschnatterten. »Was glaubt ihr, was ich jetzt mit euch mache?« sagte er. »Was würdet ihr tun, wenn ihr zwei Jungen erwischt hättet, die euer Land ohne Erlaubnis betreten haben?«

»Wenn sie sagen würden, daß es ihnen leid tut, und es war das erste Mal, würde ich sie laufen lassen«, antwortete der Junge.

»Ich auch, Sir, wenn sie sagen würden, daß es ihnen leid tut«, sagte der andere Junge.

»So, wirklich? Glaubt ihr im Ernst, das würdet ihr tun?« Waite wußte, daß er Zeit schinden wollte.

Sie antworteten nicht. Sie standen im grellen Licht der Scheinwerfer und drehten sich dann wieder um.

»Wie soll ich wissen, daß ihr noch nie hier gewesen seid?« sagte Waite. »Und all die anderen Male, die ich hier runterkommen mußte?«

»Ehrenwort, Sir, wir sind noch nie hier gewesen. Wir sind nur so vorbeigekommen. Um Gottes willen«, sagte der Junge schluchzend.

»Das ist die ganze Wahrheit«, sagte der andere Junge. »Jeder kann mal einen Fehler machen in seinem Leben.«

Es war inzwischen dunkel, und dünner Sprühregen wehte vor den Scheinwerfern herunter. Waite schlug seinen Mantelkragen hoch und sah die Jungen an. Von unten, vom Bach, drang das schrille Quaken eines Erpels zu ihm herauf. Er blickte in die Runde, auf die ehrfurchtgebietenden Silhouetten der Bäume, dann wieder zurück auf die Jungen.

»Vielleicht ist das so«, sagte er und bewegte die Füße. Er wußte, er würde sie jeden Moment laufen lassen. Viel anderes konnte er nicht tun. Er scheuchte sie von seinem Land weg; das war es, worauf es ankam. »Wie heißt ihr eigentlich? Wie heißt du? Du! Ist das dein Auto, ja oder nein? Wie heißt du?«

»Bob Roberts«, erwiderte der eine Junge schnell und blickte seitwärts auf den anderen.

»Williams, Sir«, sagte der andere Junge. »Bill Williams, Sir.«

Waite war gewillt einzusehen, daß sie Kinder waren, daß sie ihn anlogen, weil sie Angst hatten. Sie standen mit dem Rükken zu ihm, und Waite stand da und sah sie an.

»Ihr lügt!« sagte er und erschrak selbst. »Warum lügt ihr mich an? Ihr kommt auf mein Land und schießt meine Enten, und dann belügt ihr mich nach Strich und Faden!«

Er legte seine Flinte über die Wagentür, um den Lauf ruhig zu halten. Er hörte, wie die Äste oben in den Wipfeln aneinander rieben. Er dachte an Joseph Eagle, der jetzt in seinem hell erleuchteten Haus saß, die Füße auf einer Kiste, und Radio hörte.

»Gut, also gut«, sagte Waite. »Lügner! Bleibt da stehen, ihr Lügner.« Er ging mit steifen Schritten zu seinem Laster, nahm einen alten Zuckerrübensack heraus, schüttelte ihn auf und ließ die beiden Jungen alle Enten in den Sack tun.

Während er dastand und wartete, fingen seine Knie unerklärlicherweise an zu zittern.
»Und jetzt geht. Los, geht!«
Er trat ein paar Schritte zurück, als sie auf den Wagen zukamen. »Ich setze jetzt zurück, zur Straße rauf. Und ihr kommt mir nach.«
»Ja, Sir«, sagte der eine Junge, während er hinter das Steuerrad glitt. »Und wenn ich das Ding nicht starten kann? Die Batterie könnte alle sein, verstehen Sie? Sie war vorhin schon nicht mehr sehr stark.«
»Ich weiß nicht«, sagte Waite. Er sah sich um. »Dann müßte ich euch wohl raufschieben.«
Der Junge schaltete die Scheinwerfer aus, trat auf das Gaspedal und ließ den Wagen an. Der Motor drehte sich langsam, sprang aber an, und der Junge hielt den Fuß aufs Pedal gedrückt und jagte den Motor hoch, ehe er die Scheinwerfer wieder einschaltete. Waite musterte ihre blassen kalten Gesichter, die ihn aus dem Wagen anstarrten und auf ein Zeichen von ihm warteten.
Er warf den Sack mit den Enten in seinen Laster und schob die doppelläufige Flinte über den Sitz. Er stieg ein und setzte den Laster vorsichtig auf die Straße zurück. Er wartete, bis sie draußen waren, dann folgte er ihnen zur Lateral B hinunter und hielt bei laufendem Motor an und beobachtete, wie ihre Schlußlichter in Richtung Toppenish verschwanden. Er hatte sie von seinem Land gescheucht. Das war alles, worauf es ankam. Doch konnte er nicht verstehen, warum er das Gefühl hatte, daß etwas Entscheidendes geschehen war, daß es ein Fehlschlag, eine Niederlage gewesen war. Aber es war nichts geschehen.

Nebelfetzen waren vom Tal heraufgeweht. Er konnte kaum Charleys Haus drüben sehen, als er anhielt, um das Tor zu öffnen, nur ein schwaches Licht, das draußen auf der Veranda brannte. Waite konnte sich nicht erinnern, es am Nachmittag gesehen zu haben. Der Hund wartete, auf dem Bauch ausgestreckt, bei der Scheune, sprang auf und witterte die Enten, als Waite sich den Sack über die Schulter warf und auf das Haus zuging. Auf der Veranda bleib er stehen und verstaute in Ruhe die Flinte. Den Sack mit den Enten ließ er auf dem Fußboden neben dem Schrank. Er würde sie morgen oder übermorgen rupfen.

»Lee?« rief Nina.

Waite nahm den Hut ab, lockerte die Glühbirne und blieb, ehe er die Tür öffnete, einen Augenblick in der stillen Dunkelheit stehen.

Nina saß am Küchentisch, die kleine Schachtel mit ihrem Nähzeug stand neben ihr auf einem anderen Stuhl. Sie hielt ein Stück Denim in der Hand. Zwei oder drei Hemden von ihm lagen auf dem Tisch, neben einer Schere. Er pumpte sich einen Becher voll Wasser und nahm von dem Regal über dem Ausguß ein paar von den bunten Steinen, die die Kinder immer mit nach Hause brachten. Außerdem lagen dort ein trockener Tannenzapfen und ein paar große papierne Ahornblätter vom vergangenen Sommer. Er warf einen Blick in die Vorratskammer. Aber er war nicht hungrig. Dann ging er hinüber zur Tür und lehnte sich an den Pfosten.

Es war ein kleines Haus. Da war nichts, wohin man gehen konnte.

Hinten, in ein und demselben Zimmer, schliefen alle Kinder, und in dem Zimmer, das von der Küche abging, schliefen Waite und Nina und seine Mutter, außer wenn Waite und Nina manchmal im Sommer draußen schliefen. Da war nie etwas, wohin man gehen konnte. Seine Mutter saß noch am Ofen, jetzt mit einer Decke über den Knien, und ihre kleinen Augen waren offen und beobachteten ihn.

»Die Jungen wollten aufbleiben, bis du zurückkommst«, sagte Nina, »aber ich hab ihnen gesagt, daß du gesagt hast, sie sollten ins Bett gehen.«
»Ja, das ist richtig«, sagte er. »Sie sollten ins Bett gehen, stimmt.«
»Ich hatte Angst«, sagte sie.
»Angst?« Er versuchte, es so klingen zu lassen, als wäre er überrascht. »Hast du auch Angst gehabt, Mama?«
Die alte Frau antwortete nicht. Ihre Finger strichen über die Seiten der Decke, steckten sie fest, zogen sie zurecht. Sie versuchte, sich gegen den Luftzug zu schützen.
»Wie geht es dir, Nina? Fühlst du dich ein bißchen besser heute abend?« Er zog einen Stuhl heran und setzte sich an den Tisch.
Seine Frau nickte. Er sagte nichts weiter, blickte nur vor sich hin und drückte den Daumennagel in die Tischkante.
»Hast du sie erwischt?« fragte sie.
»Es waren zwei Jungen«, sagte er. »Ich hab sie laufen lassen.«
Er stand auf und ging hinüber auf die andere Seite des Ofens, spuckte in die Holzkiste und stand da, die Finger in seine beiden hinteren Taschen gehakt. Das Holz hinter dem Ofen war schwarz und schälte sich, und weiter oben sah er, aus einem Bord herausragend, die braunen Maschen eines Wandnetzes, das um die Zacken eines Lachsspeers geschlungen war. Aber was war es? Er guckte mit zusammengekniffenen Augen hinauf.
»Ich hab sie laufen lassen«, sagte er. »Vielleicht war ich zu freundlich mit ihnen.«
»Du hast es so gemacht, wie es richtig war«, sagte Nina.
Er blickte über den Ofen hinweg zu seiner Mutter. Aber von ihr kam kein Zeichen, da waren nur die schwarzen Augen, die ihn anstarrten.

»Ich weiß nicht«, sagte er. Er versuchte darüber nachzudenken, aber es kam ihm schon so vor, als wäre es, was immer es war, vor langer Zeit geschehen. »Ich hätte ihnen vielleicht einen größeren Schrecken einjagen sollen.« Er sah Nina an. »Mein Land«, fügte er hinzu. »Ich hätte sie töten können.«

»Töten? Wen?« fragte seine Mutter.

»Die Jungen unten auf dem Land an der Cowiche Road. Joseph Eagle hat doch deswegen angerufen.«

Von da, wo er stand, konnte er sehen, wie die Finger seiner Mutter über ihren Schoß glitten und das erhabene Muster der Decke nachzeichneten. Er beugte sich über den Ofen und wollte noch etwas anderes sagen. Aber er wußte nicht mehr was.

Er ging zurück zum Tisch und setzte sich wieder. Dann merkte er, daß er seinen Mantel noch anhatte, und er stand auf, brauchte eine Weile, um ihn aufzuknöpfen, und legte ihn dann über den Tisch. Er zog den Stuhl bis an die Knie seiner Frau heran, legte müde die Arme übereinander und nahm seine Hemdsärmel zwischen die Finger.

»Ich hab gedacht, ich sollte vielleicht das Land da unten an die Jagdclubs verpachten. Uns nützt es nichts, so da unten. Stimmt's? Wenn unser Haus da unten wär oder wenn es unser Land hier oben wär, gleich draußen vorm Haus, dann wär es was anderes, verstehst du?«

In dem Schweigen hörte er nur das Holz im Ofen knacken. Er legte beide Hände flach auf den Tisch und fühlte den Puls in seinen Armen pochen. »Ich kann es an einen der Entenjagd-Clubs von Toppenish verpachten. Oder von Yakima. Jeder Club würde froh sein, ein Stück Land wie das an die Hand zu kriegen, gleich am Flugweg der Enten. Es gehört zu den besten Jagdgebieten im Tal ... Wenn ich was machen könnte, daß es zu etwas nütze ist, dann wär es was anderes.« Seine Stimme verlor sich.

Sie bewegte sich auf ihrem Stuhl. Sie sagte: »Wenn du meinst, sollten wir es tun. Wie du es für richtig hältst. Ich weiß es nicht.«

»Ich weiß es auch nicht«, sagte er. Sein Blick glitt über den Boden, wanderte aufwärts zu seiner Mutter und blieb an dem Lachsspeer haften. Er stand kopfschüttelnd auf. Als er durch den kleinen Raum ging, wandte die alte Frau den Kopf, legte die Wange an die Rückenlehne des Stuhls und beobachtete ihn mit schmalen Augen. Er griff hinauf, zerrte den Speer und das bauschige Netz von dem splitternden Bord und machte einen Bogen um ihren Stuhl herum. Er blickte auf den kleinen dunklen Kopf, auf den braunen Wollschal, der weich über ihren hochgezogenen Schultern lag. Er drehte den Speer in den Händen und fing an, das Netz abzuwickeln.

»Wieviel würdest du kriegen?« sagte Nina.

Er wußte, daß er es nicht wußte. Es verwirrte ihn sogar ein bißchen. Er zupfte an den Netzmaschen, dann legte er den Speer wieder auf das Bord. Draußen schrappte ein Zweig rauh gegen das Haus.

»Lee?«

Er war sich nicht sicher. Er müßte rumfragen. Mike Chuck hatte im letzten Herbst dreißig Morgen für fünfhundert Dollar verpachtet. Jerome Shinpa verpachtete jedes Jahr ein Stück Land, aber Waite hatte nie gefragt, wieviel er dafür bekam.

»Vielleicht tausend Dollar«, sagte er.

»Tausend Dollar?« sagte sie.

Er nickte, ihr Staunen erleichterte ihn. »Vielleicht. Vielleicht mehr. Ich muß sehen. Ich muß jemanden fragen, wieviel man bekommt.« Es war eine Menge Geld. Er versuchte sich vorzustellen, wie es war, tausend Dollar zu haben. Er schloß die Augen und versuchte zu denken.

»Das heißt aber nicht, daß es verkauft wird, oder?« fragte Nina. »Wenn du es ihnen verpachtest, bedeutet das, daß es immer noch dein Land ist?«

»Ja, ja, es ist immer noch mein Land!« Er ging zu ihr und beugte sich über den Tisch. »Kennst du denn nicht den Unterschied, Nina? *Kaufen* können sie kein Land, das zum Reservat gehört. Weißt du das nicht? Ich will es ihnen verpachten, so daß sie es nutzen können.«

»Ich verstehe«, sagte sie. Sie blickte zu Boden und kratzte an dem Ärmel eines seiner Hemden. »Sie müssen es dir also zurückgeben? Es gehört immer noch dir?«

»Verstehst du denn nicht?« sagte er. Und er umklammerte die Tischkante. »Es ist eine Pacht!«

»Was wird Mama dazu sagen?« fragte Nina. »Ob es ihr recht ist?« Sie sahen beide zu der alten Frau hinüber. Aber ihre Augen waren geschlossen, und sie schien zu schlafen.

»Tausend Dollar«, sagte Nina und schüttelte den Kopf.

Tausend Dollar. Vielleicht sogar mehr. Er wußte es nicht. Aber selbst tausend Dollar! Er überlegte, wie er es anfangen würde, damit die Leute erfuhren, daß er Land zu verpachten hatte. Für dieses Jahr war es zu spät – aber im Frühling konnte er anfangen, sich umzuhören. Er legte die Arme übereinander und versuchte zu denken. Seine Beine begannen zu zittern, und er lehnte sich an die Wand. Er blieb dort und ließ sich dann langsam, von seinem Gewicht gezogen, hinuntergleiten, bis er am Boden hockte.

»Es ist nur eine Pacht«, sagte er.

Er blickte auf den Fußboden. Der Fußboden schien sich in seine Richtung zu neigen, er schien sich zu bewegen. Er schloß die Augen und hob die Hände an die Ohren, um sich im Gleichgewicht zu halten. Und dann wollte er die Handteller wölben, damit das Rauschen ertönte, wie der brausende Wind, der aus einer Muschel kommt.

Was ist in Alaska?

Carl hatte um drei Feierabend. Er verließ die Tankstelle und fuhr zu einem Schuhgeschäft in der Nähe seiner Wohnung. Er stellte den Fuß auf die Bank und ließ die Verkäuferin seine Stiefel aufbinden.

»Etwas Bequemes«, sagte Carl. »Etwas für jeden Tag.«

»Ich hab da was für Sie«, sagte die Verkäuferin.

Die Verkäuferin brachte drei Paar Schuhe an, und Carl sagte, er nehme die weichen beigefarbenen Schuhe, darin fühlten sich seine Füße frei und federnd. Er gab der Verkäuferin das Geld und klemmte die Schachtel mit seinen Stiefeln unter den Arm. Im Gehen blickte er auf seine neuen Schuhe. Als er nach Hause fuhr, merkte er, daß sich sein Fuß frei und ungehindert zwischen den Pedalen hin und her bewegen konnte.

»Du hast dir neue Schuhe gekauft«, sagte Mary. »Laß sehen.«

»Gefallen sie dir?« sagte Carl.

»Mir gefällt die Farbe nicht, aber ich wette, sie sind bequem. Du hast neue Schuhe gebraucht.«

Er blickte wieder auf die Schuhe hinunter. »Ich brauche ein heißes Bad«, sagte er.

»Wir essen heute früh«, sagte sie. »Helen und Jack haben uns für heute abend zu sich eingeladen. Helen hat Jack eine Wasserpfeife zum Geburtstag geschenkt, und sie wollen sie unbedingt ausprobieren.« Mary sah ihn an. »Ist dir das recht?«

»Um wieviel Uhr?«

»Gegen sieben.«
»Ist gut«, sagte er.
Sie sah wieder auf seine Schuhe und sog die Wangen ein.
»Nimm dein Bad«, sagte sie.

Carl ließ Wasser in die Wanne und zog sich die Schuhe und Kleider aus. Er lag eine Weile in der Wanne, und dann nahm er eine Bürste, um den Schmierölschmutz unter seinen Fingernägeln zu entfernen. Er ließ die Hände sinken, und dann hob er sie an die Augen.
Sie öffnete die Badezimmertür. »Ich hab dir ein Bier gebracht«, sagte sie. Dampf umhüllte sie und schwebte hinaus ins Wohnzimmer.
»Ich bin in einer Minute draußen«, sagte er. Er trank einen Schluck von dem Bier.
Sie saß auf dem Rand der Badewanne und legte die Hand auf seinen Schenkel. »Zurück aus der Schlacht«, sagte sie.
»Zurück aus der Schlacht«, sagte er.
Sie bewegte die Hand durch die nassen Haare auf seinem Schenkel. Dann klatschte sie in die Hände. »He, ich muß dir was erzählen! Ich hatte heute ein Vorstellungsgespräch, und ich glaube, sie werden mir eine Stellung anbieten – in *Fairbanks.*«
»In Alaska?« fragte er.
Sie nickte. »Wie findest du das?«
»Ich wollte immer schon nach Alaska. Sieht es schon ziemlich endgültig aus?«
Sie nickte wieder. »Sie mochten mich. Sie haben gesagt, nächste Woche würde ich von ihnen hören.«
»Großartig. Gibst du mir ein Handtuch, bitte? Ich komm jetzt raus.«
»Ich geh schon und deck den Tisch«, sagte sie.
Seine Fingerspitzen und Zehen waren blaß und schrumplig.

Er trocknete sich langsam ab und zog sich saubere Sachen an und die neuen Schuhe. Er kämmte sich die Haare und ging hinaus in die Küche. Er trank noch ein Bier, während sie das Essen auftrug.
»Wir sollen Cream Soda und etwas zum Knabbern mitbringen«, sagte sie. »Wir müssen wohl noch zum Einkaufen fahren.«
»Cream Soda und Knabberzeug. Okay«, sagte er.
Als sie gegessen hatten, half er ihr beim Abräumen. Dann fuhren sie zum Supermarkt und kauften Cream Soda und Kartoffelchips und Mais-Chips und Cracker mit Zwiebelgeschmack. An der Kasse legte er noch eine Handvoll U-No-Riegel dazu.
»He, toll«, sagte sie, als sie die Riegel sah.

Sie fuhren wieder nach Hause und stellten das Auto ab und gingen dann zu Fuß den einen Block bis zu Helens und Jacks Wohnung.
Helen öffnete die Tür. Carl stellte die Einkaufstüte auf den Eßzimmertisch. Mary setzte sich auf den Schaukelstuhl und schnupperte.
»Wir kommen zu spät, Carl«, sagte sie. »Sie haben ohne uns angefangen.«
Helen lachte. »Wir haben eine geraucht, als Jack nach Hause kam. Die Wasserpfeife haben wir noch nicht angesteckt. Wir wollten warten, bis ihr hier seid.« Sie stand in der Mitte des Zimmers und sah sie an und lächelte. »Jetzt wollen wir mal sehen, was in der Tüte ist«, sagte sie. »Oh, wow! Ah, ich glaube, ich möchte auf der Stelle einen von diesen Mais-Chips haben. Und ihr zwei, wollt ihr auch welche?«
»Wir haben gerade zu Abend gegessen«, sagte Carl. »Aber wir nehmen auch gleich welche.« Im Bad hatte das Wasser zu laufen aufgehört, und Carl hörte Jack pfeifen.

»Wir haben noch ein paar Eislutscher und ein paar M & M's«, sagte Helen. Sie stand am Tisch und langte in die Tüte mit den Kartoffelchips. »Falls Jack je aus der Dusche kommt, wird er die Wasserpfeife in Gang setzen.« Sie öffnete die Cracker-Schachtel und steckte einen in den Mund. »Ah, die sind ja wirklich gut«, sagte sie.

»Ich weiß allerdings nicht, was Emily Post über dich sagen würde«, sagte Mary.

Helen lachte. Sie schüttelte den Kopf.

Jack kam aus dem Badezimmer. »Hi, allerseits. Hi, Carl. Was ist denn so komisch?« sagte er grinsend. »Ich habe euch lachen hören.«

»Wir haben über Helen gelacht«, sagte Mary.

»Helen hat gerade gelacht«, sagte Carl.

»Sie ist komisch«, sagte Jack. »Nun sieh mal einer all diese Leckereien an! He, wie wär's mit einem Glas Cream Soda. Ich bring unterdessen die Pfeife in Gang.«

»Ich nehm ein Glas«, sagte Mary. »Und wie ist es mit dir, Carl?«

»Ich nehm eins«, sagte Carl.

»Carl ist heute abend ein bißchen brummig«, sagte Mary.

»Warum sagst du das?« fragte Carl. Er sah sie an. »Das ist das beste Mittel, um einen brummig zu machen.«

»Es war nur ein Scherz«, sagte Mary. Sie kam herüber und setzte sich zu ihm auf das Sofa. »Ich hab nur einen Scherz gemacht, Liebling.«

»He, Carl, daß du mir nicht brummig wirst«, sagte Jack. »Paß auf, ich zeig dir jetzt, was ich zum Geburtstag gekriegt hab. Helen, machst du eine von den Cream Soda-Flaschen auf, während ich die Pfeife hole? Ich bin richtig ausgetrocknet.«

Helen trug die Chips und die Cracker zum Sofatisch. Dann erschien sie mit einer Flasche Cream Soda und vier Gläsern.

»Sieht aus, als wollten wir eine Party feiern«, sagte Mary.
»Wenn ich nicht den ganzen Tag über hungern würde, würde ich zehn Pfund in der Woche zunehmen«, sagte Helen.
»Ich weiß, was du meinst«, sagte Mary.
Jack kam mit der Wasserpfeife aus dem Schlafzimmer. »Na, was hältst du davon?« fragte er Carl. Er stellte die Wasserpfeife auf den Sofatisch.
»Das ist aber mal was«, sagte Carl. Er nahm sie in die Hände und betrachtete sie.
»Sie nennen es eine Huka«, sagte Helen. »So haben sie jedenfalls die Leute genannt, wo ich sie gekauft hab. Es ist nur eine kleine, aber sie funktioniert.« Sie lachte.
»Wo hast du sie gekriegt?« fragte Mary.
»Was? In dem kleinen Laden in der Fourth Street. Du weißt schon«, sagte Helen.
»Ach so, ja. Ich weiß«, sagte Mary. »Ich muß da irgendwann mal hingehen«, sagte Mary. Sie faltete die Hände und beobachtete Jack.
»Wie funktioniert sie?« fragte Carl.
»Du tust den Stoff hier rein«, sagte Jack. »Und das hier zündest du an. Dann inhalierst du durch das Ding hier, und der Rauch wird durch das Wasser gefiltert. Er hat einen angenehmen Geschmack, und er haut dich regelrecht um.«
»Ich würde Carl gern so eine zu Weihnachten schenken«, sagte Mary. Sie sah Carl an und lächelte und berührte seinen Arm.
»Ich hätte gern eine«, sagte Carl. Er streckte die Beine aus und betrachtete im Schein der Lampe seine Schuhe.
»Hier, versuch mal«, sagte Jack. Er stieß einen dünnen Strom Rauch aus und gab den Schlauch an Carl weiter. »Und dann sag mir, ob das nicht okay ist.«
Carl sog an dem Schlauch, behielt den Rauch im Mund und gab den Schlauch an Helen weiter.

»Erst Mary«, sagte Helen. »Ich komm nach Mary an die Reihe. Ihr zwei müßt noch aufholen.«
»Ich hab nichts dagegen«, sagte Mary. Sie schob sich den Schlauch in den Mund, inhalierte rasch, zweimal, und Carl beobachtete die Wasserblasen, die sie machte.
»Ist wirklich okay«, sagte Mary. Sie gab den Schlauch an Helen weiter.
»Wir haben sie gestern abend eingeweiht«, sagte Helen und lachte laut auf.
»Sie war noch ganz benebelt, als sie heute morgen mit den Kindern aufstand«, sagte Jack, und er lachte. Er beobachtete, wie Helen an dem Schlauch zog.
»Wie geht's den Kindern?« fragte Mary.
»Denen geht's gut«, sagte Jack und steckte sich den Schlauch in den Mund.
Carl trank von der Cream Soda und betrachtete die Wasserblasen in der Pfeife. Sie erinnerten ihn an die Luftblasen, die von einem Taucherhelm aufsteigen. Er stellte sich eine Lagune vor und Schwärme bemerkenswerter Fische.
Jack gab den Schlauch weiter.
Carl stand auf und streckte sich.
»Wo willst du hin, Liebling?« fragte Mary.
»Nirgendwo«, sagte Carl. Er setzte sich und schüttelte den Kopf und grinste. »Gott!«
Helen lachte.
»Was ist so komisch?« fragte Carl nach langer, langer Zeit.
»Gott, ich weiß auch nicht«, sagte Helen. Sie wischte sich die Augen und lachte wieder, und Mary und Jack lachten.
Nach einer Zeit schraubte Jack den oberen Teil der Wasserpfeife ab und blies durch einen der Schläuche. »Die verstopfen manchmal.«
»Was hast du gemeint, als du vorhin sagtest, ich wär brummig?« fragte Carl Mary.

»Was?« fragte Mary.
Carl starrte sie an und blinzelte. »Du hast was darüber gesagt, daß ich brummig wär. Was hat dich dazu gebracht, das zu sagen?«
»Ich weiß schon nicht mehr, aber ich merk, wenn du brummig bist«, sagte sie. »Aber nichts Negatives jetzt, okay?«
»Okay«, sagte Carl. »Ich wollte ja nur sagen, daß ich nicht weiß, warum du das gesagt hast. Wenn ich nicht brummig war, bevor du es gesagt hast, genügt es, daß du es sagst, um mich brummig zu machen.«
»Hauptsache, der Schuh paßt«, sagte Mary. Sie warf sich zurück an die Sofalehne und lachte, bis ihr die Tränen kamen.
»Was war das jetzt?« fragte Jack. Er sah Carl an und dann Mary. »Das hab ich jetzt nicht mitgekriegt«, sagte Jack.

»Ich hätte einen Dip für die Chips machen sollen«, sagte Helen.
»War da nicht noch eine Flasche Cream Soda?« fragte Jack.
»Wir haben zwei Flaschen gekauft«, sagte Carl.
»Haben wir beide schon getrunken?« fragte Jack.
»Haben wir überhaupt was getrunken?« fragte Helen und lachte.
»Nein, ich hab nur eine aufgemacht. Ich glaub, ich hab nur eine aufgemacht. Ich kann mich nicht erinnern, daß ich mehr als eine aufgemacht hätte«, sagte Helen und lachte.
Carl reichte Mary den Schlauch. Sie nahm seine Hand und führte so den Schlauch in ihren Mund. Er sah zu, wie der Rauch lange Zeit später über ihre Lippen quoll.
»Wie wär's mit etwas Cream Soda?« sagte Jack.
Mary und Helen lachten.
»Was ist damit?« fragte Mary.
»Na, ich dachte, wir gönnen uns noch ein Glas«, sagte Jack. Er sah Mary an und grinste.

Mary und Helen lachten.
»Was ist daran so komisch?« sagte Jack. Er sah Helen an und dann Mary. Er schüttelte den Kopf. »Ich weiß nicht, was mit euch beiden los ist«, sagte er.
»Wir gehen vielleicht nach Alaska«, sagte Carl.
»Alaska?« sagte Jack. »Was ist in Alaska? Was würdet ihr da oben tun?«
»Ich wünschte, wir könnten auch irgendwohin gehen«, sagte Helen.
»Was spricht dagegen, hier zu bleiben?« sagte Jack. »Und was würdet ihr zwei in Alaska anfangen? Im Ernst. Ich würde es gern wissen.«
Carl stopfte sich einen Kartoffelchip in den Mund und trank einen Schluck von seiner Cream Soda. »Ich weiß nicht. Was hast du gesagt?«
Nach einer Weile sagte Jack: »Was ist in Alaska?«
»Ich weiß nicht«, sagte Carl. »Frag Mary. Mary weiß Bescheid. Mary, was werde ich da oben machen? Vielleicht werde ich diese riesigen Kohlköpfe züchten, von denen du gelesen hast.«
»Oder Kürbisse«, sagte Helen. »Züchte Kürbisse.«
»Du könntest den großen Reibach machen«, sagte Jack. »Schick die Kürbisse zu Halloween hier runter. Ich übernehm den Vertrieb.«
»Jack übernimmt für dich den Vertrieb«, sagte Helen.
»Richtig«, sagte Jack. »Wir machen den großen Reibach.«
»Und werden reich«, sagte Mary.
Nach einer Weile stand Jack auf. »Ich weiß, was uns jetzt gut schmecken würde, und das ist ein Schluck Cream Soda«, sagte Jack.
Mary und Helen lachten.
»Macht nur weiter und lacht«, sagte Jack grinsend. »Wer möchte einen Schluck Cream Soda?«

»Einen Schluck was?« sagte Mary.
»Einen Schluck Cream Soda«, sagte Jack.
»Du bist aufgestanden, als wolltest du eine Rede halten«, sagte Mary.
»Das hatte ich eigentlich nicht vor«, sagte Jack. Er schüttelte den Kopf und lachte. Er setzte sich. »Der Stoff ist wirklich gut«, sagte er.
»Wir hätten mehr besorgen sollen«, sagte Helen.
»Mehr was?« sagte Mary.
»Mehr Geld«, sagte Jack.
»Kein Geld«, sagte Carl.
»Hab ich nicht vorhin in der Tüte U-No-Riegel gesehen?« sagte Helen.
»Ich hab ein paar gekauft«, sagte Carl. »Ich hab sie im letzten Augenblick gesehen.«
»U-No-Riegel sind gut«, sagte Jack.
»Sie sind cremig«, sagte Mary. »Sie zerschmelzen dir im Mund.«
»Wir haben noch M & M's und Eislutscher, falls jemand möchte«, sagte Jack.
Mary sagte: »Ich nehm gern einen Eislutscher. Gehst du in die Küche?«
»Ja, und ich hol auch die Cream Soda«, sagte Jack. »Ist mir gerade wieder eingefallen. Wollt ihr zwei auch ein Glas?«
»Bring doch alles rein, und wir entscheiden uns dann«, sagte Helen. »Auch die M & M's.«
»Wär vielleicht einfacher, die ganze Küche hier reinzubringen«, sagte Jack.
»Als wir in der Stadt gewohnt haben«, sagte Mary, »haben die Leute gesagt, man kann genau sehen, wer am Abend was geraucht hat, man braucht nur am Morgen in die Küchen zu gucken. Wir hatten, als wir in der Stadt gewohnt haben, eine winzige Küche«, sagte sie.

»Wir hatten auch eine winzige Küche«, sagte Carl.
»Ich geh mal und guck, was ich finden kann«, sagte Jack.
»Ich komm mit«, sagte Mary.
Carl sah die beiden in die Küche gehen. Er lehnte sich an sein Sofakissen zurück und beobachtete sie. Dann beugte er sich ganz langsam vor. Er kniff die Augen zusammen. Er sah, wie Jack in ein Fach im Küchenschrank hinaufgriff. Er sah, wie Mary von hinten auf Jack zutrat und die Arme um seine Taille legte.
»Meint ihr es ernst, ihr beide?« sagte Helen.
»Absolut ernst«, sagte Carl.
»Mit Alaska«, sagte Helen.
Er starrte sie an.
»Ich dachte, du hättest etwas gesagt«, sagte Helen.
Jack und Mary kamen zurück. Jack brachte eine große Tüte M & M's und eine Flasche Cream Soda. Mary leckte an einem orangefarbenen Eislutscher.
»Möchte jemand ein Sandwich?« sagte Helen. »Wir haben alles da.«
»Ist das nicht komisch?« sagte Mary. »Du fängst mit dem Dessert an und dann gehst du über zum Hauptgericht.«
»Wahnsinnig komisch«, sagte Carl.
»Machst du dich über mich lustig, Liebling?« sagte Mary.
»Wer möchte Cream Soda«, sagte Jack. »Eine Runde Cream Soda wird in Kürze serviert.«
Carl streckte ihm sein Glas hin, und Jack goß es voll. Carl stellte das Glas auf den Sofatisch, aber der Sofatisch stieß es um, und die Cream Soda lief über seinen einen Schuh.
»Verdammt noch mal«, sagte Carl. »Was sagst du jetzt? Ich hab es über meinen Schuh gegossen.«
»Helen, haben wir ein Tuch? Hol Carl ein Tuch«, sagte Jack.
»Es waren neue Schuhe«, sagte Mary. »Er hat sie gerade erst gekauft.«

»Sie sehen sehr bequem aus«, sagte Helen einige Zeit später und gab Carl ein Tuch.
»Das hab ich auch zu ihm gesagt«, sagte Mary.
Carl zog den Schuh aus und rieb das Leder mit dem Tuch ab.
»Der ist hin«, sagte er. »Die Cream Soda wird nie ganz rausgehen.«
Mary und Jack und Helen lachten.
»Das erinnert mich an etwas, das ich in der Zeitung gelesen hab«, sagte Helen. Sie klopfte mit der Zeigefingerspitze auf ihre Nasenspitze und kniff die Augen zusammen. »Jetzt weiß ich plötzlich nicht mehr, was es war«, sagte sie.
Carl zwängte sich wieder in seinen Schuh. Er hob die Füße unter die Lampe und betrachtete beide Schuhe zusammen.

»Was hast du gelesen?« fragte Jack.
»Was?« sagte Helen.
»Du hast gesagt, du hättest was in der Zeitung gelesen«, sagte Jack.
Helen lachte. »Ich mußte gerade an Alaska denken, und da ist mir eingefallen, daß sie dort einen prähistorischen Menschen in einem Eisblock gefunden haben. Irgendwas hat mich daran erinnert.«
»Das war nicht in Alaska«, sagte Jack.
»Vielleicht nicht, aber es hat mich daran erinnert«, sagte Helen.
»Was ist nun mit *Alaska*, ihr zwei?« sagte Jack.
»In Alaska? Da ist nichts«, sagte Carl.
»Er ist brummig«, sagte Mary.
»Was wollt ihr zwei in Alaska *tun*?« sagte Jack.
»In Alaska? Da gibt's nichts zu tun«, sagte Carl. Er schob die Füße unter den Sofatisch. Dann zog er sie wieder hervor und hob sie unter die Lampe. »Wer möchte ein Paar neue Schuhe haben?« sagte Carl.

»Was ist das für ein Geräusch?« sagte Helen.
Sie horchten. Etwas kratzte an der Tür.
»Klingt nach Cindy«, sagte Jack. »Ich sollte sie reinlassen.«
»Wenn du aufstehst, bring mir doch bitte einen Eislutscher mit«, sagte Helen. Sie lehnte den Kopf zurück und lachte.
»Ich nehm auch noch einen, Liebling«, sagte Mary. »Was hab ich gerade gesagt? Ich meinte *Jack*«, sagte Mary. »Entschuldigung. Ich dachte, ich spreche mit Carl.«
»Eine Runde Eislutscher«, sagte Jack. »Willst du auch einen, Carl?«
»Was?«
»Willst du auch einen Eislutscher mit Orangegeschmack?«
»Einen mit Orangegeschmack«, sagte Carl.
»Also vier Eislutscher«, sagte Jack. »Sofort.«

Nach einer Weile kam er mit dem Eis zurück und verteilte es. Er setzte sich, und sie hörten wieder das Kratzen.
»Wußte ich doch, daß ich was vergessen hatte«, sagte Jack. Er stand auf und öffnete die Haustür.
»Mein Gott«, sagte er. »Das ist ja was ... Mir scheint, Cindy hat sich heute abend draußen ihr Dinner geholt. He, Leute, guckt euch das an.«
Die Katze trug eine Maus ins Wohnzimmer, blieb stehen, sah sie alle an und trug dann die Maus den Flur entlang.
»Habt ihr gesehen, was ich gerade gesehen habe?« sagte Mary. »Weil wir gerade über schlechte Laune sprachen.«
Jack machte im Flur das Licht an. Die Katze trug die Maus vom Flur ins Badezimmer.
»Sie frißt die Maus«, sagte Jack.
»Ich möchte, glaube ich, nicht, daß sie in meinem Badezimmer eine Maus frißt«, sagte Helen. »Hol sie da raus. Da drinnen sind Sachen von den Kindern.«
»Sie wird bestimmt nicht rausgehen«, sagte Jack.

»Was ist mit der Maus?« sagte Mary.
»Zum Teufel noch mal«, sagte Jack. »Cindy muß lernen zu jagen, wenn wir nach Alaska wollen.«
»Alaska?« sagte Helen. »Was habt ihr eigentlich alle mit Alaska?«
»Frag mich das nicht«, sagte Jack. Er stand vor der Badezimmertür und beobachtete die Katze. »Mary und Carl haben gesagt, sie wollen nach Alaska gehen. Cindy muß jagen lernen.«
Mary stützte das Kinn in die Hände und starrte in den Flur.
»Sie frißt die Maus«, sagte Jack.
Helen aß den letzten Mais-Chip. »Ich habe ihm doch gesagt, ich will nicht, daß Cindy im Badezimmer eine Maus frißt. Jack?« rief Helen.
»Was ist?«
»Ich sagte, hol sie aus dem Badezimmer raus«, sagte Helen.
»Um Gottes willen«, sagte Jack.
»Guck mal«, sagte Mary. »I-gitt«, sagte Mary. »Die gottverdammte Katze kommt hier rein«, sagte Mary.
»Was macht sie?« sagte Carl.
Die Katze zog die Maus unter den Sofatisch. Sie legte sich unter den Tisch und leckte die Maus ab. Sie hielt die Maus zwischen den Pfoten und leckte sie langsam vom Kopf bis zum Schwanz.

»Die Katze ist high«, sagte Jack.
»Sie kann einem Angst einjagen«, sagte Mary.
»Alles nur Natur«, sagte Jack.
»Guck dir ihre Augen an«, sagte Mary. »Guck doch, wie sie uns anguckt. Sie ist high, stimmt.«
Jack kam zum Sofa herüber und setzte sich neben Mary. Mary rutschte ein Stückchen zu Carl hinüber, um Jack Platz zu machen. Sie legte die Hand auf Carls Knie.

Sie sahen zu, wie die Katze die Maus fraß.
»Fütterst du die Katze denn nie?« sagte Mary zu Helen.
Helen lachte.
»Wie sieht's aus mit euch zweien, rauchen wir noch eine?« sagte Jack.
»Wir müssen gehen«, sagte Carl.
»Wieso diese Hast?« sagte Jack.
»Bleibt doch noch ein bißchen«, sagte Helen. »Ihr müßt noch nicht gehen.«
Carl sah Mary an, die Jack ansah. Jack starrte auf etwas auf dem Teppich, dicht bei seinen Schuhen.
Helen pickte sich einige von den M&M's, die sie in der Hand hielt, heraus.
»Die grünen mag ich am liebsten«, sagte Helen.
»Ich muß morgen früh arbeiten«, sagte Carl.
»Wie brummig er ist«, sagte Mary. »Wollt ihr mal einen Brummbären hören, Leute? *Da* ist ein Brummbär.«
»Kommst du jetzt?« sagte Carl.
»Möchte jemand noch ein Glas Milch?« sagte Jack. »Wir haben noch Milch draußen.«
»Ich bin voll von Cream Soda«, sagte Mary.
»Cream Soda ist nicht mehr da«, sagte Jack.
Helen lachte. Sie machte die Augen zu, und dann schlug sie die Augen wieder auf, und dann lachte sie wieder.
»Wir müssen nach Hause«, sagte Carl. Nach einer Weile stand er auf und sagte: »Hatten wir Mäntel mit? Nein, ich glaub, wir hatten keine Mäntel.«
»Was? Ich glaub, wir hatten keine Mäntel«, sagte Mary. Sie blieb sitzen.
»Wir sollten jetzt gehen«, sagte Carl.
»Sie müssen gehen«, sagte Helen.
Carl schob die Hände unter Marys Achseln und zog sie hoch.

»Tschüs, ihr zwei«, sagte Mary. Sie umarmte Carl. »Ich bin so voll, daß ich mich kaum noch bewegen kann«, sagte Mary.
Helen lachte.
»Helen findet immer einen Grund zum Lachen«, sagte Jack, und Jack grinste. »Worüber lachst du, Helen?«
»Ich weiß nicht. Über etwas, was Mary gesagt hat«, sagte Helen.
»Was hab ich denn gesagt?« sagte Mary.
»Ich weiß nicht mehr«, sagte Helen.
»Wir müssen gehen«, sagte Carl.
»Bis bald«, sagte Jack. »Macht's gut.«
Mary versuchte zu lachen.
»Laß uns gehen«, sagte Carl.
»Gute Nacht allerseits«, sagte Jack. »Nacht, Carl«, hörte Carl Jack sehr sehr langsam sagen.

Draußen hielt sich Mary an Carls Arm fest und ging mit gesenktem Kopf. Sie gingen langsam den Gehweg entlang. Er horchte auf das schlurfende Geräusch ihrer Schuhe. Er horchte auf das scharfe und klare Bellen eines Hundes und auf das anhaltende Summen sehr fernen Verkehrs.
Sie hob den Kopf. »Wenn wir nach Hause kommen, Carl, will ich gevögelt werden. Ich will, daß du mir was erzählst und mich amüsierst. Amüsier mich, Carl. Ich brauch das heute abend.« Sie umklammerte seinen Arm fester.
Er spürte die Feuchtigkeit in dem einen Schuh. Er schloß die Tür auf und machte Licht.
»Komm ins Bett«, sagte sie.
»Ich komm gleich«, sagte er.
Er ging in die Küche und trank zwei Glas Wasser. Er machte das Licht im Wohnzimmer aus und tastete sich an der Wand entlang zum Schlafzimmer.

»Carl!« schrie sie. »Carl!«
»Ja, mein Gott, ich bin's doch!« sagte er. »Ich mach gleich das Licht an.«
Er fand die Lampe, und Mary setzte sich im Bett auf. Ihre Augen glänzten. Er zog den Stift am Wecker hoch und fing an sich auszuziehen. Ihm zitterten die Knie.
»Ist da noch was zum Rauchen?« sagte sie.
»Wir haben nichts im Haus«, sagte er.
»Dann mach mir einen Drink. Wir haben was zu trinken im Haus. Sag mir nicht, wir hätten nichts mehr im Haus«, sagte sie.
»Nur ein paar Dosen Bier.«
Sie starrten einander an.
»Ich will ein Bier«, sagte sie.
»Möchtest du wirklich ein Bier?«
Sie nickte langsam und kaute an ihrer Lippe.
Er kam mit dem Bier aus der Küche. Sie saß im Bett, sein Kopfkissen auf dem Schoß. Er gab ihr die Dose Bier, und dann kroch er ins Bett und zog sich die Decke über.
»Ich hab vergessen, meine Pille zu nehmen.«
»Was?«
»Ich hab meine Pille vergessen.«
Er stieg aus dem Bett und brachte ihr die Pille. Sie öffnete die Augen, und er ließ die Pille auf ihre ausgestreckte Zunge fallen. Sie schluckte die Pille mit Bier hinunter, und er legte sich wieder ins Bett.
»Nimm das. Ich kann die Augen nicht mehr offen halten«, sagte sie.
Er stellte die Dose auf den Fußboden, und dann blieb er auf seiner Seite und starrte in den dunklen Flur. Sie legte den Arm über seine Rippen, und ihre Finger krochen über seine Brust.
»Was ist in Alaska?« sagte sie.

Er drehte sich auf den Bauch und schob sich ganz auf seine Seite des Betts hinüber. Einen Moment später schnarchte sie.

In dem Augenblick, als er die Lampe ausmachen wollte, glaubte er im Flur etwas zu sehen. Er starrte weiter, und er glaubte, er sähe es wieder, zwei kleine Augen. Sein Herz pochte. Er blinzelte und starrte weiter. Er beugte sich über den Bettrand und suchte nach etwas, womit er werfen konnte. Er nahm einen seiner Schuhe. Er saß aufrecht im Bett und hielt den Schuh mit beiden Händen. Er hörte sie schnarchen und biß die Zähne zusammen. Er wartete. Er wartete darauf, daß es sich wieder bewegte, daß es das leiseste Geräusch machte.

Abendschule

Meine Ehe war gerade auseinandergegangen. Ich fand keine Arbeit. Ich hatte eine neue Freundin. Aber sie war nicht in der Stadt. So saß ich in einer Bar an der Theke und trank ein Glas Bier, und zwei Frauen saßen ein paar Hocker weiter, und eine von den beiden sprach mich an.
»Haben Sie ein Auto?«
»Ja, aber ich hab es nicht hier«, sagte ich.
Meine Frau hatte das Auto. Ich wohnte vorübergehend bei meinen Eltern. Ich benutzte manchmal deren Auto. Aber an diesem Abend war ich zu Fuß unterwegs.
Die andere Frau sah mich an. Sie waren beide ungefähr vierzig, vielleicht etwas älter.
»Was hast du ihn gefragt?« fragte die andere Frau die erste.
»Ich hab gefragt, ob er ein Auto hat.«
»Und? Haben Sie ein Auto?« fragte mich die zweite Frau.
»Ich hab es ihr schon gesagt. Ich habe ein Auto. Aber ich hab es nicht hier«, sagte ich.
»Das hilft uns nicht viel weiter, oder?« sagte sie.
Die erste Frau lachte. »Wir hatten eine verrückte Idee, und jetzt brauchen wir ein Auto, um was daraus zu machen. Zu schade.« Sie wandte sich dem Barmann zu und bestellte noch zwei Bier.
Ich hatte mich lange an meinem Bier festgehalten, und jetzt trank ich es aus und dachte, sie würden mir vielleicht eins spendieren. Sie taten es nicht.
»Was machen Sie?« fragte mich die erste Frau.

»Im Moment gar nichts«, sagte ich. »Manchmal, wenn ich kann, geh ich zum College.«
»Er geht zum College«, sagte sie zu der anderen Frau. »Er ist Student. Wo gehen Sie zum College?«
»In der Gegend hier«, sagte ich.
»Ich hab's dir doch gesagt«, sagte die Frau. »Sieht er nicht aus wie ein Student?«
»Und was bringen sie Ihnen bei?« sagte die zweite Frau.
»Alles mögliche«, sagte ich.
»Ich meine«, sagte sie, »was haben Sie mal vor? Was ist Ihr großes Ziel im Leben? Jeder hat ein großes Ziel im Leben.«
Ich hielt dem Barmann mein leeres Glas hin. Er nahm es und zapfte mir noch ein Bier. Ich zählte etwas von meinem Kleingeld ab, so daß mir am Ende dreißig Cent von den zwei Dollar blieben, mit denen ich zwei, drei Stunden vorher angefangen hatte. Sie wartete.
»Unterrichten. An einer Schule unterrichten«, sagte ich.
»Er will Lehrer werden«, sagte sie.
Ich trank von meinem Bier. Jemand steckte eine Münze in die Jukebox und spielte ein Lied, das meine Frau gern mochte. Ich sah mich um. Zwei Männer standen vorn beim Eingang am Shuffleboard. Die Tür war offen, und draußen war es dunkel.
»Wir beide sind übrigens auch Studentinnen«, sagte die erste Frau. »Wir gehen auch zum College.«
»Wir machen einen Abendkurs«, sagte dic andere. »Wir gehen zu einem Lesekurs montags abends.«
Die erste Frau sagte: »Warum rückst du nicht zu uns rüber, Lehrer? Dann brauchen wir nicht so zu schreien.«
Ich nahm mein Bier und meine Zigaretten und setzte mich zwei Hocker weiter neben sie.
»So ist es besser«, sagte sie. »Also, Sie sind Student, haben Sie gesagt?«

»Manchmal, ja, aber im Moment nicht«, sagte ich.
»Wo?«
»Am State College.«
»Ah, richtig«, sagte sie. »Jetzt erinnere ich mich.« Sie sah die andere Frau kurz an. »Haben Sie mal von einem Lehrer dort gehört, der Patterson heißt? Er ist in der Erwachsenenbildung und gibt Kurse. Er gibt den Kurs, zu dem wir montags abends immer gehen. Sie erinnern mich stark an Patterson.«
Sie sahen einander an und lachten.
»Beachten Sie uns gar nicht«, sagte die erste Frau. »Das ist nur ein Scherz zwischen uns. Sollen wir ihm verraten, was wir vielleicht vorhaben, Edith? *Sollen* wir?«
Edith antwortete nicht. Sie bestellte sich noch ein Bier, und sie kniff die Augen zusammen, während sie sich und uns alle drei im Spiegel hinter der Bar betrachtete.
»Wir haben gedacht«, fuhr die erste Frau fort, »wenn wir ein Auto hätten heute abend, würden wir hinfahren und ihn besuchen. Patterson. Stimmt's, Edith?«
Edith lachte vor sich hin. Sie trank ihr Bier aus und bestellte eine Runde, ein Bier für mich eingeschlossen. Sie bezahlte für die drei Bier mit einer Fünf-Dollar-Note.
»Patterson trinkt gern einen«, sagte Edith.
»Das kann man wohl sagen«, sagte die andere Frau. Sie wandte sich mir zu. »Wir haben darüber einen Abend im Unterricht gesprochen. Patterson sagt, er trinkt immer Wein zu den Mahlzeiten, und vor dem Abendessen trinkt er einen Highball, oder zwei.«
»Welcher Kurs ist das?« sagte ich.
»Der Lesekurs, den Patterson gibt. Patterson spricht gern über die verschiedensten Dinge.«
»Wir lernen da lesen«, sagte Edith. »Was sagen Sie dazu?«
»Ich würde gern Hemingway und so was lesen«, sagte die an-

dere Frau. »Aber Patterson läßt uns Geschichten in *Reader's Digest* lesen.«

»Wir werden jeden Montag geprüft«, sagte Edith. »Aber Patterson ist okay. Er hätte nichts dagegen, wenn wir auf einen Highball zu ihm kämen. Und es bliebe ihm ja auch nicht viel anderes übrig. Wir haben was gegen ihn in der Hand. Gegen Patterson, meine ich«, sagte sie.

»Heute abend wollen wir uns amüsieren«, sagte die andere Frau. »Aber Ediths Auto ist in der Werkstatt.«

»Wenn Sie jetzt ein Auto hätten, könnten wir hinfahren und ihn besuchen«, sagte Edith. Sie sah mich an. »Du könntest Patterson sagen, daß du Lehrer werden willst. Ihr beide hättet was gemeinsam.«

Ich trank mein Bier aus. Ich hatte den ganzen Tag über nichts gegessen außer ein paar Peanuts. Es fiel mir schwer, weiter zuzuhören und zu reden.

»Gib uns doch noch drei Bier, bitte, Jerry«, sagte die erste Frau zu dem Barmann.

»Vielen Dank«, sagte ich.

»Du würdest dich mit Patterson gut verstehen«, sagte Edith.

»Dann ruft ihn doch an«, sagte ich. Ich dachte, das Ganze sei nur Gerede.

»Das würde ich nicht tun«, sagte sie. »Er könnte sich irgendeine Ausrede ausdenken. Wir kreuzen einfach bei ihm vor der Tür auf, dann muß er uns reinlassen.« Sie trank von ihrem Bier.

»Dann laßt uns gehen!« sagte die erste Frau. »Worauf warten wir? Wo, hast du gesagt, ist das Auto?«

»Da steht eins ein paar Straßen von hier«, sagte ich. »Aber ich weiß nicht recht.«

»Kommst du nun mit oder nicht?« sagte Edith.

»Er hat doch gesagt, er kommt mit«, sagte die erste Frau. »Wir kaufen einen Sechserpack und nehmen ihn mit.«

»Ich hab nur dreißig Cent«, sagte ich.
»Wer braucht dein gottverdammtes Geld?« sagte Edith. »Wir brauchen dein gottverdammtes Auto. Jerry, gib uns noch drei. Und einen Sechserpack zum Mitnehmen.«
»Also, auf Patterson«, sagte die erste Frau, als das Bier kam. »Auf Patterson und seine Highballs.«
»Dem werden die Augen aus dem Kopf fallen«, sagte Edith.
»Trinkt aus«, sagte die erste Frau.

Zu Fuß, auf dem Gehweg, gingen wir nach Süden, stadtauswärts. Ich ging zwischen den beiden Frauen. Es war ungefähr zehn Uhr.
»Ich könnte jetzt ein Bier vertragen«, sagte ich.
»Bedien dich«, sagte Edith.
Sie hielt die Tüte auf, und ich griff hinein und riß mir eine Dose aus der Packung.
»Wir nehmen an, er ist zu Hause«, sagte Edith.
»Patterson«, sagte die andere Frau. »Mit Sicherheit wissen wir es nicht. Aber wir nehmen es an.«
»Wie weit ist es noch?« sagte Edith.
Ich blieb stehen, hob das Bier und trank die halbe Dose leer. »Im nächsten Block«, sagte ich. »Ich wohn zur Zeit bei meinen Eltern. Es ist ihre Wohnung.«
»Dagegen ist nichts zu sagen, meine ich«, sagte Edith. »Aber ich würde sagen, du bist dafür schon ein bißchen alt.«
»Das ist nicht sehr höflich, Edith«, sagte die andere Frau.
»So bin ich eben«, sagte Edith. »Er muß sich daran gewöhnen, das ist alles. So bin ich eben.«
»So ist sie eben«, sagte die andere Frau.
Ich trank das Bier aus und warf die Dose in die Büsche.
»Und wie weit ist es jetzt noch?« sagte Edith.
»Hier ist es. Gleich hier. Ich guck mal, ob ich den Schlüssel kriege«, sagte ich.

»Gut, gut, beeil dich«, sagte Edith.
»Wir warten solange hier draußen«, sagte die andere Frau.
»Gott!« sagte Edith.

Ich schloß die Haustür auf und ging nach unten. Mein Vater war im Schlafanzug und sah fern. Es war warm in der Wohnung, und ich lehnte mich einen Moment an den Türrahmen und fuhr mir mit der Hand über die Augen.
»Ich hab ein paar Bier getrunken«, sagte ich. »Was siehst du da?«
»John Wayne«, sagte er. »Ziemlich gut. Komm, setz dich hin und sieh's dir an. Deine Mutter ist noch nicht nach Hause gekommen.«
Meine Mutter arbeitete in der Spätschicht bei Paul's, einem *Hofbräu*-Restaurant. Mein Vater hatte keine Arbeit. Er hatte als Holzfäller gearbeitet, und dann hatte er sich verletzt. Er hatte eine Abfindung bekommen, aber das Geld war größtenteils aufgebraucht. Ich hatte ihn gefragt, ob er mir zweihundert Dollar leihen könne, als meine Frau mich verließ, aber er hatte abgelehnt. Er hatte Tränen in den Augen gehabt, als er nein sagte, und hatte gesagt, ich würde es ihm hoffentlich nicht verübeln. Ich sagte, es sei in Ordnung, ich würde es ihm nicht verübeln.
Ich wußte, daß er auch diesmal nein sagen würde. Aber ich setzte mich ans andere Sofaende und sagte: »Ich hab da zwei Frauen getroffen. Sie haben mich gefragt, ob ich sie mit dem Auto nach Hause bringen kann.«
»Was hast du ihnen gesagt?« fragte er.
»Sie warten draußen auf mich«, sagte ich.
»Laß sie einfach warten«, sagte er. »Es wird schon jemand vorbeikommen. Laß du dich gar nicht erst ein auf so was.« Er schüttelte den Kopf. »Du hast ihnen doch hoffentlich nicht gezeigt, wo wir wohnen? Sie warten doch nicht drau-

ßen?« Er rückte auf dem Sofa herum und starrte wieder auf den Fernseher. »Außerdem hat deine Mutter die Schlüssel mitgenommen.« Er nickte langsam und starrte weiter auf den Fernseher.

»Schon gut«, sagte ich. »Ich brauch das Auto nicht. Ich geh nicht mehr weg.«

Ich stand auf und sah in den Flur, wo das Feldbett stand, auf dem ich schlief. Auf einem Tisch neben dem Feldbett hatte ich einen Aschenbecher, eine Lux-Uhr und ein paar alte Taschenbücher. Ich ging gewöhnlich gegen Mitternacht ins Bett und las, bis die gedruckten Zeilen verschwammen und ich bei brennendem Licht und mit dem Buch in den Händen einschlief. In einem der Taschenbücher, die ich las, kam etwas vor, das ich, wie ich mich erinnerte, meiner Frau erzählt hatte. Es hatte einen gewaltigen Eindruck auf mich gemacht. Da ist ein Mann, der einen Alptraum hat, und in dem Alptraum träumt er, daß er träumt und aufwacht und einen Mann sieht, der vor seinem Schlafzimmerfenster steht. Der Träumende ist so erschrocken, daß er sich nicht rühren und kaum atmen kann. Der Mann am Fenster starrt in das Zimmer, und dann fängt er an, das Fliegengitter abzulösen. Der Träumende kann sich nicht rühren. Er möchte schreien, aber er kriegt keine Luft. Doch dann kommt der Mond hinter einer Wolke hervor, und der Träumende in dem Alptraum erkennt den Mann, der draußen steht. Es ist sein bester Freund, der beste Freund des Träumenden, aber der Mann, der den Alptraum hat, kennt ihn nicht.

Als ich meiner Frau davon erzählte, fühlte ich, wie mir das Blut ins Gesicht stieg und meine Kopfhaut prickelte. Aber sie war nicht interessiert.

»Das ist bloß Schriftstellerei«, sagte sie. »Aber von jemandem in deiner eigenen Familie betrogen zu werden, *das* ist ein richtiger Alptraum.«

Ich hörte die beiden draußen an der Haustür rütteln. Ich hörte ihre Schritte auf dem Fußweg über meinem Fenster. »Verdammter Scheißkerl!« hörte ich Edith sagen.
Ich ging lange ins Bad, und dann ging ich die Treppe rauf und schlich nach draußen. Es war kühler, und ich zog den Reißverschluß meiner Jacke hoch. Ich machte mich auf den Weg zu Paul's Restaurant. Wenn ich dort ankam, ehe meine Mutter Feierabend hatte, kriegte ich sicher ein Putensandwich. Danach konnte ich zu Kirby's Zeitungsstand gehen und in den Zeitschriften blättern. Dann konnte ich zur Wohnung meiner Eltern gehen und im Bett noch in den Büchern lesen, bis ich genug gelesen hatte und einschlief.
Die Frauen waren nicht da, als ich losging, und sie würden auch nicht da sein, wenn ich zurückkam.

Eintreiber

Ich war arbeitslos. Aber ich rechnete jeden Tag damit, aus dem Norden zu hören. Ich lag auf dem Sofa und lauschte dem Regen. Hin und wieder richtete ich mich auf und guckte durch die Gardine nach dem Postboten.
Es war kein Mensch auf der Straße, nichts.
Ich lag noch keine fünf Minuten wieder da, als ich hörte, wie jemand auf die Veranda kam, stehenblieb und dann klopfte. Ich lag still und rührte mich nicht. Ich wußte, das war nicht der Postbote. Ich kannte seine Schritte. Man kann nicht vorsichtig genug sein, wenn man arbeitslos ist und Mitteilungen mit der Post oder aber unter der Tür durchgeschoben kriegt. Die Leute kommen auch vorbei und wollen mit dir reden, vor allem, wenn du kein Telefon hast.
Das Klopfen ertönte wieder, lauter jetzt, ein schlechtes Zeichen. Ich setzte mich vorsichtig auf und versuchte, auf die Veranda zu spähen. Aber wer immer es war, er stand zu dicht an der Tür, noch ein schlechtes Zeichen. Ich wußte, daß der Fußboden knarrte, insofern hatte ich keine Chance, ins andere Zimmer zu schleichen und dort aus dem Fenster zu gucken.
Wieder klopfte es, und ich rief: Wer ist da?
Ich bin Aubrey Bell, sagte eine männliche Stimme. Sind Sie Mr. Slater?
Was wollen Sie? rief ich vom Sofa her.
Ich habe etwas für Mrs. Slater. Sie hat etwas gewonnen. Ist Mrs. Slater zu Hause?

Mrs. Slater wohnt nicht hier, sagte ich.
Ja gut, dann – sind Sie Mr. Slater? fragte der Mann. Mr. Slater ... Und der Mann mußte niesen.
Ich stand vom Sofa auf. Ich schloß die Tür auf und öffnete sie einen Spalt. Es war ein älterer Mann, dick und unförmig unter seinem Regenmantel. Wasser rann von dem Mantel und tropfte auf das große kofferartige Ding, das er trug.
Er grinste und setzte den großen Kasten ab. Er streckte die Hand aus.
Aubrey Bell, sagte er.
Ich kenne Sie nicht, sagte ich.
Mrs. Slater, begann er. Mrs. Slater hat eine Karte ausgefüllt. Er zog ein Bündel Karten aus seiner Westentasche und hantierte damit, als mischte er Spielkarten. Mrs. Slater, las er dann vor. Zwei-fünfundfünfzig South Sixth East? Mrs. Slater hat gewonnen.
Er nahm den Hut ab und nickte feierlich, schlug mit dem Hut auf seinen Regenmantel, als wäre damit alles klar, als wäre alles geregelt, die Reise beendet, der Zielbahnhof erreicht.
Er wartete.
Mrs. Slater wohnt hier nicht, sagte ich. Was hat sie gewonnen?
Ich muß es Ihnen zeigen, sagte er. Darf ich reinkommen?
Ich weiß nicht. Wenn es nicht zu lange dauert, sagte ich. Ich habe ziemlich viel zu tun.
Gut, sagte er. Ich will nur schnell aus diesem nassen Mantel schlüpfen. Und aus den Galoschen. Schließlich will ich keine Spuren auf Ihrem Teppich hinterlassen. Ich sehe, Sie haben einen Teppich, Mr. ...
Seine Augen leuchteten beim Anblick des Teppichs auf und verdunkelten sich dann wieder. Er schauderte. Dann streifte er seinen Mantel ab. Er schüttelte ihn aus und hängte ihn

am Kragen über den Türknauf. Das ist ein guter Platz dafür, sagte er. Verdammtes Wetter, also wirklich. Er beugte sich hinunter und machte seine Galoschen auf. Er stellte den großen Kasten ins Zimmer. Er stieg aus den Galoschen und betrat in Hausschuhen das Zimmer.

Ich schloß die Tür. Er sah mich auf seine Hausschuhe starren und sagte: W. H. Auden ist durch ganz China mit Hausschuhen gereist, bei seinem ersten Besuch dort. Er hat sie nie ausgezogen. Hühneraugen.

Ich zuckte mit den Schultern. Ich warf noch einmal einen Blick die Straße hinunter, nach dem Postboten, und schloß dann wieder die Tür.

Aubrey Bell blickte auf den Teppich. Er zog die Lippen zwischen die Zähne. Dann lachte er. Er lachte und schüttelte den Kopf.

Was ist denn so komisch? sagte ich.

Nichts. O Gott, sagte er. Und wieder lachte er. Ich glaube, ich verliere den Verstand. Ich glaube, ich habe Fieber. Er griff sich mit der Hand an die Stirn. Sein Haar war verfilzt, und eine Linie rings um seinen Schädel zeigte, wo der Hut gesessen hatte.

Fühle ich mich heiß an? sagte er. Ich weiß nicht, ich glaube, ich könnte Fieber haben. Er blickte immer noch auf den Teppich. Haben Sie Aspirin im Haus?

Was ist los mit Ihnen? sagte ich. Ich hoffe, Sie werden mir hier nicht krank. Ich habe zu tun.

Er schüttelte den Kopf. Er setzte sich auf das Sofa. Er fuhr mit einem seiner in Hausschuhen steckenden Füße auf dem Teppich hin und her.

Ich ging in die Küche, spülte eine Tasse aus, schüttelte zwei Aspirin aus dem Fläschchen.

Hier, sagte ich. Danach sollten Sie, glaube ich, gehen.

Sprechen Sie für Mrs. Slater? zischte er. Nein, nein, vergessen Sie, was ich da gesagt habe, vergessen Sie, was ich gesagt habe. Er wischte sich über das Gesicht. Er schluckte das Aspirin. Seine Augen sprangen in dem kahlen Zimmer herum. Dann beugte er sich mit einiger Mühe vor und ließ die Schnallen an seinem Kasten aufspringen. Der Kasten klappte auf und enthüllte lauter Fächer, die mit einem Sammelsurium von Schläuchen, Bürsten, silbrig glänzenden Rohren gefüllt waren, und ein schwer aussehendes blaues Gerät, das auf kleine Räder montiert war. Er blickte auf diese Dinge, als wäre er selbst überrascht. Mit der ruhigen Stimme eines Predigers sagte er: Wissen Sie, was das ist?

Ich trat näher heran. Ein Staubsauger, würde ich sagen. Aber ich habe keinen Bedarf, sagte ich. Ich habe keinerlei Bedarf an einem Staubsauger.

Ich will Ihnen was zeigen, sagte er. Er zog eine Karte aus seiner Jackentasche. Sehen Sie sich das an, sagte er. Er reichte mir die Karte. Kein Mensch hat gesagt, daß Sie Bedarf hätten. Aber sehen Sie sich die Unterschrift an. Ist das Mrs. Slaters Unterschrift oder nicht?

Ich sah mir die Karte an. Ich hielt sie nach oben ins Licht. Ich drehte sie herum, aber die andere Seite war unbedruckt, leer. Ja, und? sagte ich.

Mrs. Slaters Karte ist bei der Verlosung aus einem Korb voller Karten gezogen worden. Aus Hunderten von Karten, alle wie diese kleine Karte. Sie hat eine kostenlose Reinigung ihrer Wohnung gewonnen, inklusive Teppichschamponieren. Mrs. Slater ist Gewinnerin. Keine Bedingungen. Ich bin hier, um sogar Ihre Matratzen zu reinigen, Mr. ... Sie werden überrascht sein, wenn Sie sehen, was sich im Lauf der Monate, im Lauf der Jahre in einer Matratze ansammeln kann. Jeden Tag, jede Nacht unseres Lebens lassen wir winzige Teilchen von uns zurück, Schuppen und Flokken von diesem und jenem. Und wo bleiben sie, diese win-

zigen Teilchen und Stückchen von uns? Sie wandern direkt durch die Laken und rein in die Matratzen – *da* stecken sie! Auch in Kopfkissen. Genau das gleiche, überall.
Er hatte die Teile des glänzenden Rohrs herausgenommen und zusammengesetzt. Jetzt steckte er das zusammengefügte Rohr in den Schlauch. Brummelnd kniete er auf dem Fußboden. Er befestigte einen schaufelartigen Aufsatz an dem Schlauch und hob das blaue Ding mit den Rädern aus dem Kasten.
Er forderte mich auf, den Filter zu prüfen, den er benutzen wollte.
Haben Sie ein Auto? fragte er.
Nein, sagte ich. Ein Auto habe ich nicht. Wenn ich ein Auto hätte, würde ich Sie irgendwohin fahren.
Zu schade, sagte er. Dieser kleine Staubsauger wird mit einer zwanzig Meter langen Verlängerungsschnur geliefert. Wenn Sie ein Auto hätten, könnten Sie diesen kleinen Staubsauger direkt zu Ihrer Autotür rollen und auch die plüschigen Fußmatten und die luxuriösen verstellbaren Sitze absaugen. Sie würden überrascht sein, wieviel von uns verlorengeht, wieviel von uns sich über die Jahre hin in diesen eleganten Sitzen ansammelt.
Mr. Bell, sagte ich, Sie sollten jetzt, glaube ich, Ihre Sachen zusammenpacken und gehen. Ich sage das ohne den allergeringsten Groll.
Aber er sah sich in dem Zimmer nach einer Steckdose um. Er entdeckte eine neben dem Sofa. Der Motor ratterte, als wäre eine Murmel darin, als wäre jedenfalls irgend etwas darin lose; dann beruhigte er sich und begann gleichmäßig zu summen.

Rilke lebte auf einem Schloß nach dem andern, sein ganzes Erwachsenenleben hindurch. Wohltäter, sagte er mit lauter

Stimme über das Summen des Staubsaugers hinweg. Er fuhr nur selten in Automobilen; er bevorzugte die Eisenbahn. Und denken Sie an Voltaire auf Cirey, bei Madame Châtelet. Seine Totenmaske. Solche Heiterkeit! Er hob die rechte Hand, als wäre ich im Begriff, ihm zu widersprechen. Nein, nein, das stimmt nicht, nicht wahr? Sagen Sie es nicht. Aber wer weiß? Und damit wandte er sich um und zog den Staubsauger in das andere Zimmer.

In dem anderen Zimmer war ein Bett, ein Fenster. Die Dekken lagen auf einem Haufen auf dem Fußboden. Ein Kopfkissen und ein Laken auf der Matratze. Er zog den Bezug von dem Kissen ab und streifte dann schnell das Laken von der Matratze. Er blickte auf die Matratze und warf mir einen Blick aus den Augenwinkeln zu. Ich ging in die Küche und holte mir den Stuhl. Ich setzte mich an die Tür und sah zu. Zuerst prüfte er die Saugkraft, indem er die Düse an die Handfläche hielt. Er beugte sich hinunter und drehte eine Wählscheibe an dem Staubsauger. Für so eine Arbeit müssen Sie ihn auf volle Kraft drehen, sagte er. Wieder prüfte er die Saugkraft, dann zog er den Schlauch zum Kopfende des Bettes und fuhr mit der Düse über die Matratze. Die Düse zerrte an der Matratze. Die Maschine sirrte lauter. Er fuhr dreimal über die Matratze, dann schaltete er den Motor aus. Er drückte einen Hebel, und der Deckel schnappte auf. Er nahm den Filter heraus. Dieser Filter ist nur zu Demonstrationszwecken da. Bei normalem Gebrauch würde all dies, all dies *Material* in den Staubsack hier wandern. Er nahm mit spitzen Fingern etwas von dem staubigen Zeug. Es muß ungefähr eine Tasse voll gewesen sein.

Er hatte diesen sonderbaren Blick.

Es ist nicht meine Matratze, sagte ich. Dabei beugte ich mich auf dem Stuhl vor und bemühte mich, Interesse zu zeigen.

Jetzt das Kopfkissen, sagte er. Er legte den benutzten Filter auf das Fensterbrett und sah einen Moment lang aus dem Fenster hinaus. Dann drehte er sich um. Ich möchte Sie bitten, das Kissen an diesem Ende festzuhalten, sagte er.
Ich stand auf und hielt das Kopfkissen an zwei Zipfeln. Es war so, als hielte ich etwas bei den Ohren.
So? fragte ich.
Er nickte. Er ging in das andere Zimmer und kam mit einem neuen Filter wieder.
Was kosten diese Dinger? sagte ich.
So gut wie nichts, sagte er. Sie sind nur aus Papier und einem kleinen Stückchen Plastik. Können nicht viel kosten.
Er stellte mit dem Fuß den Staubsauger an, und ich hielt das Kissen an den Enden fest, während die Düse tief in das Kissen sank und sich über seine ganze Länge hin bewegte – einmal, zweimal, dreimal. Er stellte den Staubsauger ab, nahm den Filter heraus und hielt ihn wortlos hoch. Er legte ihn auf das Fensterbrett, neben den anderen Filter. Dann öffnete er die Tür des Wandschranks. Er sah hinein, aber dort war nur eine Schachtel »Mäuse-Tod«.
Ich hörte Schritte auf der Veranda, die Briefkastenklappe öffnete sich und klickte wieder zu. Wir sahen uns an.
Er zog an dem Staubsauger, und ich folgte ihm in das andere Zimmer. Wir blickten beide auf den Brief, der mit der Vorderseite nach unten an der Haustür auf dem Teppich lag.
Ich ging auf den Brief zu, dann wandte ich mich um und sagte: Was noch? Es ist spät geworden. Der Teppich hier ist es nicht wert, daß man sich damit abgibt. Es ist nur ein Baumwollteppich, dreieinhalb mal vier Meter, mit Gleitschutzverstärkung auf der Rückseite, von Rug City. Er ist es nicht wert, daß man sich damit abgibt.
Haben Sie einen vollen Aschenbecher? sagte er. Oder eine

Topfpflanze oder irgendwas dergleichen? Eine Handvoll Schmutz wäre gut.
Ich fand den Aschenbecher. Er nahm ihn, kippte den Inhalt auf den Teppich, zermahlte die Asche und die Kippen unter seinem Hausschuh. Wieder ging er auf die Knie und legte einen neuen Filter ein. Er zog sein Jackett aus und warf es auf das Sofa. Er schwitzte unter den Armen. Eine Fettfalte hing über seinem Gürtel. Er drehte und zog die Düse ab und setzte ein anderes Ding auf den Schlauch. Er drehte die Wählscheibe. Er kickte den Motor an und begann dann den abgewetzten Teppich vorwärts und rückwärts zu saugen, vorwärts und rückwärts. Zweimal machte ich Anstalten, den Brief zu holen. Aber er schien es jedesmal zu ahnen und schnitt mir sozusagen den Weg ab mit seinem Schlauch und seinen Rohren und seinem dauernden Vorwärts und Rückwärts …

Ich trug den Stuhl wieder in die Küche und setzte mich dort und sah ihm bei der Arbeit zu. Nach einiger Zeit stellte er den Motor ab, öffnete den Deckel und brachte mir wortlos den Filter, der von Staub, Haaren und kleinen körnigen Dingen wimmelte. Ich betrachtete den Filter, und dann stand ich auf und warf ihn in den Abfall.
Er arbeitete jetzt stetig. Keine Erklärungen mehr. Er kam in die Küche mit einer Flasche, die ein paar Fingerbreit einer grünen Flüssigkeit enthielt. Er hielt die Flasche unter den Wasserhahn und ließ sie vollaufen.
Sie wissen, ich kann nichts bezahlen, sagte ich. Selbst wenn mein Leben davon abhinge – ich könnte Ihnen keinen Dollar bezahlen. Sie müssen mich als Verlust abschreiben, das ist alles. Sie verschwenden Ihre Zeit an mich, sagte ich.
Ich wollte es in aller Offenheit klarmachen: keine Mißverständnisse.

Er machte mit seiner Arbeit weiter. Er befestigte einen anderen Aufsatz an dem Schlauch und hakte auf eine komplizierte Art und Weise die Flasche an das neue Verbindungsstück. Er ging langsam über den Teppich, indem er hier und da kleine Ströme von Smaragd entließ, und bewegte dann die Bürste vorwärts und rückwärts über den Teppich, wobei Flächen von Schaum entstanden.

Ich hatte alles gesagt, was mir auf der Seele lag. Ich saß, nun entspannt, auf dem Stuhl in der Küche und sah ihm bei der Arbeit zu. Gelegentlich blickte ich aus dem Fenster in den Regen. Draußen begann es, dunkel zu werden. Er stellte den Staubsauger aus. Er stand in einer Ecke nahe der Haustür.

Möchten Sie Kaffee? fragte ich.

Er atmete schwer. Er wischte sich das Gesicht.

Ich setzte Wasser auf, und bis es gekocht und ich zwei Tassen Kaffee aufgebrüht hatte, hatte er alles auseinandergenommen und wieder in dem Kasten verstaut. Dann hob er den Brief auf. Er las den Namen auf dem Brief und studierte eingehend die Adresse des Absenders. Er knickte den Brief in der Mitte und schob ihn in seine Hüfttasche. Ich beobachtete ihn die ganze Zeit. Das war alles, was ich tat. Der Kaffee kühlte allmählich ab.

Er ist für einen Mr. Slater, sagte er. Ich kümmer mich darum. Er sagte: Vielleicht lasse ich den Kaffee aus. Ich will lieber nicht über den Teppich gehen. Ich habe ihn gerade schamponiert.

Das ist richtig, sagte ich. Dann sagte ich: Sind Sie sicher, daß der Brief für ihn ist?

Er nahm sein Jackett vom Sofa, zog es an und öffnete die Haustür. Es regnete noch immer. Er stieg in seine Galoschen, machte sie zu, zog sich dann den Regenmantel an und drehte sich um und blickte herein.

Wollen Sie ihn sehen? sagte er. Glauben Sie mir nicht?

Es kommt mir nur sonderbar vor, sagte ich.
Na ja, ich sollte mich auf den Weg machen, sagte er. Aber er blieb stehen, wo er stand. Wollen Sie den Staubsauger oder nicht?
Ich blickte auf den großen Kasten, der jetzt geschlossen war, bereit, weiterzuziehen.
Nein, sagte ich, ich glaube nicht. Ich werde hier bald fortgehen. Er würde nur im Wege sein.
Ist gut, sagte er, und er schloß die Tür.

Was machen Sie in San Francisco?

Das hier hat nichts mit mir zu tun. Es geht um ein junges Paar mit drei Kindern, die Anfang letzten Sommers in ein Haus zogen, das an meiner Runde lag. Ich mußte wieder an sie denken, als ich die Zeitung vom letzten Sonntag in die Hand nahm und auf ein Bild von einem jungen Mann stieß, der unten in San Francisco verhaftet worden ist, weil er seine Frau und ihren Freund mit einem Baseballschläger umgebracht hatte. Es war natürlich nicht derselbe Mann, obwohl wegen des Barts eine gewisse Ähnlichkeit bestand. Aber die Situation war ähnlich genug, um mich wieder darauf zu bringen.

Henry Robinson ist der Name. Ich bin Briefträger, Beamter im Staatsdienst, und das schon immer, seit 1947. Ich habe mein Leben lang an der Westküste gelebt, mit Ausnahme von drei Jahren, die ich während des Krieges bei der Armee verbracht habe. Ich bin seit zwanzig Jahren geschieden und habe zwei Kinder, die ich fast genauso lange nicht mehr gesehen habe. Ich bin kein leichtfertiger Mann, aber ich bin meiner Ansicht nach auch kein sehr ernster Mann. Es ist meine Überzeugung, daß ein Mann heutzutage ein bißchen von beidem haben muß. Ich glaube außerdem an den Wert der Arbeit – je härter, desto besser. Ein Mann, der nicht arbeitet, hat zuviel Zeit an der Hand, zuviel Zeit, um über sich und seine Probleme nachzudenken.

Ich bin überzeugt, das gehörte zu den Schwierigkeiten, die der junge Mann, der hier wohnte, gehabt hat – daß er nicht arbeitete. Aber ich würde das auch ihr anlasten. Der Frau. Sie hat es gefördert.

Beatniks, so würden Sie die beiden vermutlich genannt haben, wenn Sie sie gesehen hätten. Der Mann trug einen spitzen braunen Kinnbart, und er sah so aus, als müßte er sich mal zu einem guten Essen und einer Zigarre danach niedersetzen. Die Frau war attraktiv mit ihrem langen dunklen Haar und ihrem hellen Teint, daran gibt's nichts zu rütteln. Aber lassen Sie sich von mir gesagt sein: sie war keine gute Ehefrau und Mutter. Sie war Malerin. Der junge Mann – ich habe keine Ahnung, was er gemacht hat, wahrscheinlich irgendwas auf der gleichen Linie. Beide arbeiteten nicht. Aber sie bezahlten ihre Miete und kamen irgendwie zurecht, jedenfalls den Sommer über.

Das erste Mal sah ich sie gegen elf oder Viertel nach elf an einem Samstagmorgen. Ich hatte ungefähr zwei Drittel meiner Runde hinter mir, als ich in ihren Block einbog und eine '56er Ford Limousine bemerkte, die mit einem gemieteten offenen Umzugsanhänger im Vorgarten stand. Es gibt nur drei Häuser in der Pine Street, und ihres war das letzte; die anderen gehören den Murchisons, die erst knapp ein Jahr in Arcata waren, und den Grants, die seit zwei Jahren hier wohnten. Murchison arbeitete bei Simpson Redwood, und Gene Grant war Koch in der Morgenschicht bei Denny's. Ihre beiden Häuser, dann ein unbebautes Grundstück, dann das Haus am Ende der Straße, das früher den Coles gehörte.

Der junge Mann war draußen im Garten hinter dem Anhänger, und sie kam gerade mit einer Zigarette im Mund aus der Haustür; sie trug enge weiße Jeans und ein weißes Männerunterhemd. Sie blieb stehen, als sie mich sah, und

sie stand da und beobachtete mich, während ich den Gehweg herunterkam. Ich verlangsamte mein Tempo, als ich an ihren Briefkasten kam, und nickte in ihre Richtung.
»Schon ein bißchen eingewöhnt?« fragte ich.
»Wird noch ein Weilchen dauern«, sagte sie und schob eine Handvoll Haar aus ihrer Stirn, ohne mit dem Rauchen aufzuhören.
»Gut, gut«, sagte ich. »Willkommen in Arcata.«
Mir war ein bißchen unbehaglich, nachdem ich das gesagt hatte. Ich weiß nicht warum, aber es ging mir jedesmal so, daß mir unbehaglich war – die wenigen Male, wenn ich in die Nähe dieser Frau kam. Das war mit ein Grund, warum ich von Anfang an gegen sie eingenommen war.
Sie schenkte mir ein dünnes Lächeln, und ich wollte gerade weitergehen, als der junge Mann – Marston hieß er – von hinten um den Anhänger herumkam, mit einem großen Pappkarton voll Spielzeug. Nun, Arcata ist keine kleine Stadt, und es ist auch keine große Stadt. Obwohl – ich nehme an, Sie würden es eher zu den kleinen Städten rechnen. Es ist nicht das Ende der Welt, nein, keineswegs, aber die meisten Leute, die in Arcata leben, arbeiten entweder in den Sägemühlen, oder sie haben etwas mit der Fischerei-Industrie zu tun, oder aber sie arbeiten in einem der Geschäfte im Zentrum. Die Leute hier sind den Anblick von Männern, die Bärte tragen, nicht gewöhnt – auch nicht den Anblick von Männern, die nicht arbeiten, was das betrifft.
»Hallo«, sagte ich. Und ich streckte die Hand aus, als er den Karton auf dem Kotflügel absetzte. »Mein Name ist Henry Robinson. Sie sind gerade angekommen?«
»Gestern nachmittag«, sagte er.
»Was für eine Fahrt! Wir haben vierzehn Stunden gebraucht, nur um von San Francisco hierher zu kommen«, sagte die

Frau von der Veranda. »Mit diesem verdammten Anhänger im Schlepptau.«

»Oh, oh«, sagte ich und schüttelte den Kopf. »Von San Francisco? Ich war gerade unten in San Francisco, Moment mal, das war im letzten April oder März.«

»Sie waren da, tatsächlich?« rief sie. »Was haben Sie in San Francisco gemacht?«

»Oh, nichts Besonderes. Ich fahr einmal oder zweimal im Jahr runter. Ich geh zur Fisherman's Wharf und seh mir ein Spiel der Giants an. Das ist mehr oder weniger alles.«

Es entstand eine kleine Pause, und Marston untersuchte irgend etwas im Gras mit seinem großen Zeh. Ich machte mich wieder auf den Weg. Ausgerechnet in diesem Augenblick kamen die Kinder aus der Haustür gejagt; sie schrien und rannten bis zum Ende der Veranda um die Wette. Als die Fliegengittertür knallend aufflog, dachte ich, Marston würde aus der Haut fahren. Aber er stand nur mit verschränkten Armen da, ohne mit der Wimper zu zucken, und ließ sich nicht aus der Ruhe bringen. Er sah überhaupt nicht gut aus. Jedesmal, wenn er etwas tun wollte, machte er hastige, ruckartige kleine Bewegungen. Und seine Augen – sie landeten auf einem, glitten dann fort, anderswohin, und landeten dann wieder auf einem.

Es waren drei Kinder, zwei kleine Mädchen im Alter von vier oder fünf, mit Lockenköpfen, und eine halbe Portion von einem Jungen, der Mühe hatte, mit ihnen Schritt zu halten.

»Niedliche Kinder«, sagte ich. »Na, ich muß mich wieder auf den Weg machen. Sie sollten vielleicht den Namen am Briefkasten ändern.«

»Klar«, sagte er. »Sicher. Ich kümmer mich morgen oder in den nächsten Tagen darum. Aber fürs erste rechnen wir gar nicht damit, irgendwelche Post zu bekommen.«

»Man weiß nie«, sagte ich. »Man kann nie wissen, was aus dieser alten Posttasche eines Tages zum Vorschein kommt. Und es schadet ja nicht, wenn man darauf vorbereitet ist.« Ich machte mich auf den Weg. »Nebenbei, falls Sie an einem Job in den Sägemühlen interessiert sind – ich kann Ihnen sagen, an wen Sie sich bei Simpson Redwood am besten wenden. Ein Freund von mir ist da Vorarbeiter. Ich nehm an, er würde was haben …« Ich sprach den Satz nicht zu Ende, denn ich sah, daß beide nicht interessiert wirkten.

»Nein, danke«, sagte er.

»Er ist nicht auf der Suche nach einem Job«, warf sie ein.

»Also, Wiedersehn dann.«

»Bis bald«, sagte Marston.

Von ihr kam kein weiteres Wort.

Das war wie gesagt an einem Samstag, dem Tag vorm Memorial Day. Der Montag war frei, und so kam ich vor Dienstag nicht wieder dorthin. Ich muß sagen, ich war nicht überrascht, als ich sah, daß der Umzugsanhänger noch immer im Vorgarten stand. Aber ich war überrascht, als ich sah, daß er ihn noch immer nicht entladen hatte. Ich würde sagen, ungefähr ein Viertel des Zeugs hatte es inzwischen bis auf die vordere Veranda geschafft – ein Sessel mit Schonbezug, ein Küchenstuhl aus Chromstahl und ein großer Karton mit Kleidung, dessen Klappen oben aufgerissen waren. Ein weiteres Viertel mußte ins Haus gelangt sein, und der Rest war noch auf dem Anhänger. Die Kinder hatten kleine Stöcke und hieben auf die Seiten des Anhängers ein, wenn sie über die Heckklappe rein- und rauskletterten. Ihre Mama und ihr Daddy waren nirgendwo zu sehen.

Am Donnerstag sah ich ihn wieder draußen im Garten und erinnerte ihn daran, daß er den Namen am Briefkasten ändern mußte.

»Das muß ich irgendwann machen, sobald ich dazu komme«, sagte er.
»Braucht alles seine Zeit«, sagte ich. »Man muß sich um so vieles kümmern, wenn man umzieht. Die Leute, die hier gewohnt haben, die Coles, sind zwei Tage, bevor Sie kamen, ausgezogen. Er wollte in Eureka arbeiten. Bei der Fischerei- und Wildbehörde.«
Marston strich sich über den Bart und blickte weg, als dächte er an etwas anderes.
»Ich komm wieder vorbei«, sagte ich.
»Bis dann«, sagte er.

Nun, um es kurz zu machen: er änderte den Namen an dem Briefkasten nie. Wenn ich danach mit Post an diese Adresse kam, sagte er jedesmal: »Marston? Ja, das ist für uns, Marston ... Ich muß jetzt endlich mal den Namen an dem Briefkasten ändern. Ich werde mir eine Dose Farbe besorgen und einfach den anderen Namen ... Cole ... übermalen.« Und die ganze Zeit wanderten seine Augen dahin und dorthin. Dann sah er mich wieder gewissermaßen aus dem Augenwinkel an und bewegte zwei-, dreimal ruckartig das Kinn auf und ab. Aber den Namen am Briefkasten änderte er nie, und nach einiger Zeit zuckte ich mit den Schultern und vergaß die Angelegenheit.
Man hört Gerüchte. Verschiedene Male hörte ich, er wäre ein Sträfling auf Bewährung, der nach Arcata übergesiedelt sei, um aus der ungesunden Atmosphäre von San Francisco rauszukommen. Dieser Geschichte nach war er mit der Frau verheiratet, aber keines der Kinder war seines. Einer anderen Geschichte zufolge hatte er ein Verbrechen begangen und hielt sich hier draußen versteckt. Aber nicht viele Leute ließen sich das einreden. Er sah einfach nicht so aus wie jemand, der etwas wirklich *Kriminelles* tun würde. Die

Geschichte, die die meisten Leute zu glauben schienen, oder wenigstens die, die man am häufigsten hörte, war die schrecklichste. Die Frau war rauschgiftsüchtig, so ging diese Geschichte, und der Ehemann hatte sie hierhergebracht, um ihr zu helfen, von der Abhängigkeit loszukommen. Als Beweis wurde immer der Umstand von Sallie Wilsons Besuch angeführt – Sallie Wilson vom Willkommens-Komitee. Sie kam eines Nachmittags unangemeldet bei ihnen vorbei und sagte später, daß sie, ungelogen, etwas Seltsames an sich hätten – besonders die Frau. Erst saß die Frau da und hörte sich Sallies Reden an – ganz Ohr, wie es schien –, und im nächsten Augenblick stand sie auf, obwohl Sallie noch redete, und fing an, an ihrem Bild zu malen, als wäre Sallie gar nicht da. Ebenso wie sie die Kinder liebkoste und küßte und dann plötzlich, ohne Grund, wie es schien, auf sie einzuschreien begann. Und schon die Art, wie ihre *Augen* guckten, wenn man ihr nahe kam, sagte Sallie. Na ja, andererseits hat Sallie Wilson jahrelang unter dem Deckmantel des Willkommens-Komitees herumgeschnüffelt und spioniert.

»Man weiß es einfach nicht«, hab ich immer gesagt, wenn jemand die Sprache darauf brachte. »Wer kann das wissen? Wenn er jedenfalls arbeiten würde.«

Trotzdem, so wie es für mich aussah, müssen sie jede Menge Ärger gehabt haben, unten in San Francisco, was immer das für ein Ärger gewesen ist, und beschlossen haben, davon ein für allemal loszukommen. Obwohl – warum sie sich ausgerechnet Arcata ausgesucht haben, um sich hier niederzulassen, ist schwer zu sagen, denn bestimmt sind sie nicht gekommen, um sich hier Arbeit zu suchen.

In den ersten paar Wochen hatten sie keine nennenswerte Post, nur ein paar Werbesendungen von Sears und Western Auto, und so. Dann kamen hin und wieder Briefe, sagen wir

ein oder zwei in der Woche. Manchmal sah ich den einen oder anderen von ihnen draußen vorm Haus, wenn ich vorbeikam, und manchmal nicht. Aber die Kinder waren immer da, rannten rein und raus oder spielten auf dem unbebauten Grundstück nebenan. Natürlich war es kein beispielhaftes Zuhause, um das mindeste zu sagen, aber nachdem sie eine Weile dort gewohnt hatten, begann das Unkraut zu sprießen, und das Gras wurde gelb und vertrocknete. Das ist ein Anblick, den man nicht gern hat. Ich habe erfahren, daß der alte Jessup zwei- oder dreimal zu ihnen gegangen ist und sie überreden wollte, daß sie das Wasser anstellten, aber sie behaupteten, sie könnten sich keinen Schlauch leisten. Also überließ er ihnen einen Schlauch. Aber dann bemerkte ich, daß die Kinder auf der Wiese damit spielten, und das war es dann. Zweimal sah ich einen kleinen weißen Sportwagen auf der Straße vor ihrem Haus, einen Wagen, der nicht aus der Gegend kam.
Einmal nur hatte ich direkt etwas mit der Frau zu tun. Ich hatte einen ungenügend frankierten Brief, fünf Cent fehlten, und ich ging damit zu ihnen an die Haustür. Eines der kleinen Mädchen ließ mich ein und lief davon, um ihre Mama zu holen. Das Haus war mit allen möglichen alten Möbeln vollgestellt, und überall lag Kleidung herum. Aber es war nicht das, was man schmutzig nennen würde. Nicht ordentlich aufgeräumt vielleicht, aber auch nicht schmutzig. Ein altes Sofa und ein Sessel standen an der einen Wand im Wohnzimmer. Unter dem Fenster war ein aus Ziegelsteinen und Brettern zusammengebautes Bücherregal, gerammelt voll von kleinen Taschenbüchern. In der Ecke stand ein Stapel von Ölbildern, alle mit der Vorderseite zur Wand, und auf der einen Seite davon stand auf einer Staffelei ein weiteres Bild, das mit einem Laken verhängt war.
Ich verlagerte meinen Postsack und blieb da stehen, aber

ich wünschte mir schon, ich hätte den Nickel selbst bezahlt. Ich schielte zu der Staffelei, während ich wartete, drauf und dran, hinzuschleichen und das Laken zu lüften, als ich Schritte hörte.
»Was kann ich für Sie tun?« sagte sie, als sie im Flur erschien, nicht allzu freundlich.
Ich griff an den Rand meiner Mütze und sagte: »Hier ist ein Brief, für den ich fünf Cent Nachporto bekomme, wenn es Ihnen nichts ausmacht.«
»Lassen Sie sehen. Von wem ist er? Oh, er ist von Jer! Der Witzbold! Schickt uns einen Brief ohne Briefmarke. Lee!« rief sie mit lauter Stimme. »Hier ist ein Brief von Jerry.«
Marston kam dazu, aber er wirkte nicht sehr glücklich. Ich trat von einem Bein aufs andere und wartete.
»Fünf Cent«, sagte sie. »Ich werd's bezahlen, wo der Brief doch von unserem guten alten Jerry ist. Hier. Also dann, auf Wiedersehn.«
Und auf diese Art ging es weiter – mit anderen Worten auf keine Art. Ich würde nicht sagen, daß die Leute hier in der Gegend sich an sie gewöhnten – sie gehörten nicht zu der Sorte Leute, an die man sich jemals wirklich gewöhnt. Aber nach einem Weilchen zerbrach sich niemand mehr den Kopf über sie. Die Leute starrten vielleicht auf seinen Bart, wenn sie ihn bei Safeway den Einkaufswagen schieben sahen, aber das war auch schon fast alles. Man hörte keine Geschichten mehr.
Dann verschwanden sie eines Tages. In zwei verschiedene Richtungen. Ich fand später heraus, daß sie, die Frau, in der Woche davor auf und davon war mit jemandem – einem Mann – und daß nach ein paar Tagen er, Marston, die Kinder zu seiner Mutter rüber nach Redding gebracht hatte. Sechs Tage hintereinander, von einem Donnerstag bis zum folgenden Mittwoch, blieb ihre Post im Briefkasten liegen.

Die Jalousien waren alle runtergezogen, und niemand wußte genau, ob sie nun für immer abgehauen waren oder nicht. Aber an dem Mittwoch sah ich den Ford wieder im Garten stehen. Die Jalousien waren alle noch runtergezogen, aber die Post war nicht mehr im Briefkasten.

Vom nächsten Tag an war er immer draußen am Briefkasten, jeden Tag, und wartete, daß ich ihm die Post aushändigte, oder er saß auf den Stufen zur Veranda und rauchte eine Zigarette, und man sah ihm deutlich an, daß er wartete. Wenn er mich kommen sah, stand er auf und schlug sich den Staub vom Hosenboden und kam dann rüber zum Briefkasten. Und wenn ich tatsächlich Post für ihn hatte, sah ich, wie er die Absender der Briefe überflog, noch ehe ich ihm die Briefe richtig übergeben hatte. Wir wechselten selten ein Wort, nickten einander nur zu, wenn unsere Blicke sich begegneten, was nicht oft vorkam. Er litt jedoch – jeder konnte das sehen –, und ich hätte dem Jungen gern irgendwie geholfen, wenn ich gekonnt hätte. Aber ich wußte nicht genau, was ich sagen sollte.

Es war eine Woche oder so nach seiner Rückkehr, daß ich ihn morgens vor dem Briefkasten auf und ab gehen sah, die Hände in den Gesäßtaschen, und beschloß, etwas zu sagen. Was, das wußte ich noch nicht, aber ich wollte etwas sagen, soviel war sicher. Er hatte mir den Rücken zugewandt, als ich den Fußweg entlangkam. Als ich bei ihm war, drehte er sich plötzlich so heftig nach mir um, und in seinem Gesicht war solch ein Ausdruck, daß mir die Worte im Mund gefroren. Ich blieb wie angewurzelt stehen, mit seiner Post in der Hand. Er kam ein paar Schritte auf mich zu, und ich übergab sie ihm ohne einen Mucks. Er starrte verblüfft darauf.

»Eine Postwurfsendung«, sagte er.

Es war ein Prospekt aus Los Angeles, Reklame für eine

Krankenhausversicherung. Ich hatte schon mindestens fünfundsiebzig Stück davon an diesem Morgen eingeworfen. Er faltete den Prospekt und ging wieder zum Haus.
Am nächsten Tag war er draußen wie immer. Er hatte seinen alten Ausdruck im Gesicht und schien sich besser in der Gewalt zu haben als tags zuvor. Diesmal sagte mir mein Gefühl, daß ich das hatte, worauf er schon gewartet hatte. Ich hatte am Morgen im Postamt auf den Umschlag geblickt, als ich die Post zu kleinen Stapeln geordnet hatte. Es war ein einfacher weißer Briefumschlag, und die Adresse war mit einer verschnörkelten weiblichen Handschrift geschrieben, die fast den ganzen Platz einnahm. Der Umschlag trug einen Poststempel von Portland, und als Absender standen die Initialen JD und eine Straße in Portland drauf.
»Guten Morgen«, sagte ich und hielt ihm den Brief hin.
Er nahm ihn wortlos entgegen und wurde kreidebleich. Er schwankte einen Augenblick, und dann ging er zurück zum Haus und hielt den Brief ins Licht.
Ich rief mit lauter Stimme: »Sie ist keine gute Frau, mein Junge. Ich wußte es in dem Moment, als ich sie das erste Mal sah. Warum vergißt du sie nicht? Warum suchst du dir nicht eine Arbeit und vergißt sie? Was hast du gegen eine vernünftige Arbeit? Es war Arbeit, Arbeit bei Tag und bei Nacht, was mich hat vergessen lassen, als ich in deiner Lage war, und damals war Krieg, wo ich war ...«

Danach wartete er nicht mehr draußen auf mich, und er war nur noch fünf Tage lang da. Aber jeden Tag sah ich ihn flüchtig: er wartete genau wie vorher auf mich, nur daß er jetzt hinter dem Fenster stand und durch die Gardine nach mir Ausschau hielt. Er kam aber nicht heraus – erst, wenn ich weitergegangen war, hörte ich die Fliegengittertür quietschen. Und wenn ich mich umblickte, sah ich ihn ohne jede Eile, wie es schien, zum Briefkasten gehen.

Das letzte Mal, als ich ihn sah, stand er am Fenster und wirkte gelassen und ausgeruht. Die Gardinen waren abgenommen, alle Jalousien hochgezogen, und ich stellte mir vor, daß er jetzt seine Dinge in Ordnung brachte, um aufzubrechen. Aber an dem Ausdruck in seinem Gesicht sah ich, daß er diesmal nicht auf mich wartete. Er starrte an mir vorbei, über mich hinweg, könnte man sagen, über die Dächer und die Bäume hinweg nach Süden. Er starrte einfach nur weiter, auch nachdem ich in Höhe des Hauses angelangt und dann auf dem Fußweg weitergegangen war. Ich blickte zurück. Ich konnte ihn sehen, wie er noch immer dort am Fenster stand. Der Eindruck war so stark, daß ich mich umdrehen und in dieselbe Richtung blicken mußte, in die er blickte. Aber, wie Sie sich wahrscheinlich denken können, ich habe nichts gesehen außer dem immer selben alten Wald, den Bergen, dem Himmel.

Am nächsten Tag war er nicht mehr da. Er hinterließ keine Nachsendeadresse. Manchmal kommt Post dieser oder jener Art für ihn und seine Frau oder für beide. Wenn es Post erster Klasse ist, behalten wir sie einen Tag da und schicken sie dann am nächsten Tag an den Absender zurück. Es ist nicht viel. Und mir macht es nichts aus. Ist alles Arbeit, auf die eine oder andere Art, und ich bin immer froh, wenn ich Arbeit habe.

Die Frau des Studenten

Er hatte ihr etwas von Rilke vorgelesen, einem Dichter, den er bewunderte, als sie, mit dem Kopf auf seinem Kissen, in Schlaf gesunken war. Er las gern vor, und er las gut – mit sicherer, wohltönender Stimme, die mal tief und dunkel klang, mal sich hob und mal erbebte. Er blickte nie von der Seite auf, wenn er las, und hielt nur inne, um zum Nachttisch, nach einer Zigarette zu greifen. Es war eine reiche Stimme – sie schwemmte sie in einen Traum von Karawanen, die gerade eben aus ummauerten Städten aufbrachen, und von bärtigen Männern in langen Gewändern. Sie hatte ihm ein paar Minuten lang zugehört, dann hatte sie die Augen geschlossen und war davongedriftet.

Er las weiter vor. Die Kinder schliefen schon seit Stunden, und draußen rollte hin und wieder ein Auto klatschend über den nassen Asphalt. Nach einer Weile legte er das Buch nieder, drehte sich im Bett um und streckte die Hand nach der Lampe aus. Sie öffnete plötzlich, wie erschreckt, die Augen und blinzelte zwei-, dreimal. Ihre Augenlider kamen ihm seltsam dunkel und fleischig vor, wie sie auf und nieder zuckten über ihre starr und glasig blickenden Augen. Er sah sie an.

»Hast du geträumt?« fragte er.

Sie nickte und hob die Hand und berührte mit den Fingern die Plastiklockenwickler an beiden Seiten ihres Kopfes. Morgen war Freitag, ihr Tag für all die Vier- bis Siebenjährigen, die in den Woodlawn Apartments wohnten. Auf den Ellbogen gestützt, sah er sie lange an, während er gleichzeitig mit der freien Hand das Bettuch glattzuziehen versuchte. Sie hatte einen zarten Teint und stark ausgeprägte Wangenknochen; die Wangenknochen, behauptete sie manchmal Freunden gegenüber, habe sie von ihrem Vater, der zu einem Viertel ein Nez Perce-Indianer gewesen war.

Dann: »Mach mir ein kleines Sandwich mit irgendwas drauf, Mike. Mit Butter und einem Salatblatt und Salz auf dem Brot.«

Er tat nichts, und er sagte nichts, weil er schlafen wollte. Aber als er die Augen aufschlug, war sie noch wach und sah ihn an.

»Kannst du nicht einschlafen, Nan?« sagte er mit sehr ernster Stimme. »Es ist spät.«

»Ich würde gern vorher etwas essen«, sagte sie. »Aus irgendeinem Grund tun mir die Arme und Beine weh, und ich bin hungrig.«

Er stöhnte übertrieben und wälzte sich aus dem Bett.

Er machte ihr das Sandwich und brachte es auf einer Untertasse herein. Sie setzte sich im Bett auf und lächelte, als er ins Schlafzimmer kam, dann stopfte sie sich ein Kissen hinter den Rücken und nahm die Untertasse mit dem Sandwich entgegen. Er dachte, daß sie in ihrem weißen Nachthemd wie eine Krankenhauspatientin aussah.

»Was für ein komischer kleiner Traum, den ich da gerade hatte.«

»Was hast du geträumt?« sagte er, während er sich ins Bett legte und auf seine Seite umdrehte, weg von ihr. Er starrte auf den Nachttisch und wartete. Dann schloß er langsam die Augen.

»Willst du es wirklich hören?« sagte sie.

»Natürlich«, sagte er.

Sie lehnte sich bequem in das Kissen zurück und pickte sich eine Krume von der Lippe.

»Also. Es war wie ein richtig langer, sich ewig hinziehender Traum, verstehst du, mit allen möglichen Beziehungen, aber ich kann mich schon nicht mehr an die Einzelheiten erinnern. Alles war so klar und deutlich, als ich aufwachte, aber jetzt verschwimmt es schon wieder. Wie lange hab ich geschlafen, Mike? Aber das ist eigentlich nicht wichtig, nehme ich an. Jedenfalls war es, glaube ich, so, daß wir beide irgendwo übernachtet haben. Ich weiß nicht mehr, wo die Kinder waren, jedenfalls waren da nur wir beide, in irgendeinem kleinen Hotel oder so. Es war an einem See, der mir nicht bekannt vorkam. Da war noch ein anderes, älteres Paar da, und die beiden wollten uns auf eine Fahrt in ihrem Motorboot mitnehmen.« Sie lachte bei der Erinnerung und beugte sich vor, weg von dem Kissen. »Das nächste, woran ich mich erinnere, ist, daß wir unten am Bootssteg standen. Aber wie sich herausstellte, hatten sie nur einen Sitz in dem Boot, eine Art Bank vorn im Bug, und die reichte nur für drei. Wir, du und ich, fingen an zu streiten, wer sich aufopfern und eingezwängt hinten im Heck sitzen würde. Du hast gesagt, du wolltest hinten sitzen, und ich hab gesagt, nein, ich. Aber am Ende hab ich mich in das Bootsheck gequetscht. Es war so eng, daß mir die Beine weh taten, und ich hatte Angst, das Wasser würde von beiden Seiten reinschwappen. Dann bin ich aufgewacht.«
»Das ist ja ein seltsamer Traum«, brachte er hervor und spürte in seiner Schläfrigkeit, daß er etwas mehr sagen sollte. »Erinnerst du dich an Bonnie Travis? Die Frau von Fred Travis? Sie hatte immer *farbige* Träume, behauptete sie.«
Sie blickte auf das Sandwich in ihrer Hand und biß davon ab. Als sie hinuntergeschluckt hatte, fuhr sie sich mit der Zunge hinter den Lippen entlang und balancierte die Untertasse auf dem Schoß, während sie hinter sich griff und

das Kissen zurechtklopfte. Dann lächelte sie und lehnte sich wieder in das Kissen zurück.
»Kannst du dich noch daran erinnern, wie wir damals am Tilton River übernachtet haben, Mike? Als du am nächsten Morgen den großen Fisch gefangen hast?« Sie legte die Hand auf seine Schulter. »Erinnerst du dich noch?« sagte sie.
Sie erinnerte sich gut. Nachdem sie in all den letzten Jahren kaum je daran gedacht hatte, war die Erinnerung kürzlich wiedergekehrt. Es war ein oder zwei Monate, nachdem sie geheiratet hatten, und sie waren übers Wochenende weggefahren. Sie hatten am Abend an einem kleinen Lagerfeuer gesessen, eine Wassermelone im schneekalten Fluß, und sie hatte zum Abendessen Büchsenfleisch und Eier und Bohnen aus der Dose gebraten, und am nächsten Morgen, in derselben schwarz gewordenen Pfanne, Pfannkuchen und Büchsenfleisch und Eier. Beide Male hatte sie beim Essenmachen die Pfanne anbrennen lassen, und sie schafften es beide nie, den Kaffee zum Kochen zu bringen; aber es war eines der schönsten Wochenenden gewesen, die sie je gehabt hatten. Sie erinnerte sich daran, daß er ihr auch in jener Nacht vorgelesen hatte: Elizabeth Browning und ein paar Gedichte aus dem *Rubáiyát*. Sie hatten sich mit so vielen Decken zugedeckt, daß sie unter dem Gewicht kaum die Füße drehen konnte. Am nächsten Morgen hatte er eine große Forelle geangelt, und die Autofahrer auf der Straße jenseits des Flusses hatten angehalten und zugesehen, wie er den Fisch vorsichtig an Land brachte.
»Ja? Erinnerst du dich, oder nicht?« sagte sie und tätschelte ihm die Schulter. »Mike?«
»Ich erinner mich«, sagte er. Er rutschte noch ein bißchen weiter auf seine Seite und machte die Augen auf. Er erinnerte sich nicht mehr sehr gut, dachte er. Woran er sich genau er-

innerte, waren sorgfältig gekämmte Haare und laut vorgetragene halbgare Ideen über Leben und Kunst, und daran wollte er sich nicht erinnern.

»Das ist alles lange her, Nan«, sagte er.

»Wir hatten gerade erst die High School hinter uns. Du hattest noch nicht mit dem College angefangen«, sagte sie.

Er wartete, und dann stützte er sich auf den Arm auf und wandte den Kopf, um über die Schulter zu ihr hinüberzusehen. »Fertig mit dem Sandwich, Nan?« Sie saß noch immer aufrecht im Bett.

Sie nickte und gab ihm die Untertasse.

»Ich mach dann das Licht aus«, sagte er.

»Wenn du willst«, sagte sie.

Danach ließ er sich wieder unter die Decke gleiten und streckte den Fuß aus, bis er ihren Fuß berührte. Er lag eine Zeitlang still da und versuchte dann, sich zu entspannen.

»Mike, du schläfst doch noch nicht?«

»Nein«, sagte er. »Nicht im entferntesten.«

»Gut, schlaf bitte nicht vor mir ein«, sagte sie. »Ich möchte nicht allein wach liegen.«

Er antwortete nicht, aber er rückte auf seiner Seite ein bißchen näher an sie heran. Als sie den Arm über ihn legte und die Hand flach auf seiner Brust ruhen ließ, nahm er ihre Finger und drückte sie leicht. Aber Momente später rutschte seine Hand weg aufs Bett, und er seufzte.

»Mike? Schatz? Ich wünschte, du würdest mir die Beine massieren. Meine Beine tun mir weh«, sagte sie.

»Gott«, sagte er leise. »Ich hab gerade tief geschlafen.«

»Oh, ich wünschte, du würdest mir die Beine massieren und mir etwas erzählen. Meine Schultern tun mir auch weh. Aber besonders die Beine.«

Er drehte sich um und begann ihre Beine zu massieren, dann schlief er wieder ein, mit der Hand auf ihrer Hüfte.

»Mike?«
»Was ist, Nan? Sag mir, was *ist* denn?«
»Ich wünschte, du würdest mich überall massieren«, sagte sie und drehte sich auf den Rücken. »Meine Beine und Arme, alles tut mir weh heute abend.« Sie zog die Knie an, um mit der Decke eine Höhle zu bauen.
Er schlug kurz im Dunkeln die Augen auf und schloß sie wieder. »Wachstumsschmerzen, wie?«
»O Gott, ja«, sagte sie und wackelte mit den Zehen, froh, daß sie ihn aus dem Schlaf geholt hatte. »Als ich zehn oder elf Jahre alt war, da war ich schon so groß, wie ich heute bin. Du hättest mich sehen sollen! Ich bin damals so schnell gewachsen, daß meine Beine und Arme mir die ganze Zeit weh getan haben. Und du?«
»Und ich – was?«
»Hast du nie gespürt, wie du gewachsen bist?«
»Nicht, daß ich wüßte«, sagte er.
Schließlich stützte er sich auf den Ellbogen, zündete ein Streichholz an und sah auf die Uhr. Er drehte sein Kopfkissen mit der kühleren Seite nach oben und legte sich wieder hin.
Sie sagte: »Du schläfst, Mike. Ich wünschte, du hättest Lust zum Reden.«
»Schon gut«, sagte er, ohne sich zu rühren.
»Halt mich nur und hilf mir, daß ich einschlafen kann. Ich kann nicht einschlafen«, sagte sie.
Er drehte sich um und legte den Arm um ihre Schulter, während sie sich auf die andere Seite drehte, mit dem Gesicht zur Wand.
»Mike?«
Er tippte mit den Zehen an ihren Fuß.
»Wie wär's, wenn du mir sagtest, was du alles magst und was du alles nicht magst?«

»Im Moment fällt mir nichts ein«, sagte er. »Sag du's mir, wenn du möchtest«, sagte er.

»Wenn du mir versprichst, daß danach du es *mir* sagst. Versprochen?«

Er tippte wieder an ihren Fuß.

»Also ...«, sagte sie und drehte sich zufrieden auf den Rücken. »Ich mag gern gutes Essen, Steaks und braune Bratkartoffeln, Sachen dieser Art. Ich mag gern gute Bücher und Zeitschriften, ich fahre gern nachts mit dem Zug, und damals bin ich gern mit dem Flugzeug geflogen.« Sie hielt inne. »Natürlich ist das alles nicht in der richtigen Reihenfolge. Wenn ich es in der richtigen Reihenfolge, nach meinen Vorlieben sagen sollte, müßte ich lange darüber nachdenken. Aber ich mag es, das Fliegen in Flugzeugen. Es gibt einen Moment, wenn du abhebst, da hast du das Gefühl, was immer jetzt passiert, es ist in Ordnung.« Sie legte ihr Bein quer über sein Fußgelenk. »Ich bleib gern bis spät in die Nacht auf und bleib dann gern am nächsten Morgen im Bett. Ich wünschte, wir könnten das dauernd machen, nicht nur dann und wann. Und ich mag Sex. Ich hab es gern, hin und wieder berührt zu werden, wenn ich es gar nicht erwarte. Ich geh gern ins Kino und trink hinterher gern mit Freunden ein Bier. Ich hab gern Freunde. Ich mag Janice Hendricks sehr gern. Ich würde gern mindestens einmal in der Woche tanzen gehen. Ich hätte gern immer hübsche Kleider an. Ich wär froh, wenn ich den Kindern hübsche Sachen kaufen könnte, und zwar immer dann, wenn sie etwas brauchen, ohne daß ich lange warten muß. Laurie braucht gerade jetzt ein neues Kleidchen für Ostern. Und ich würde Gary gern einen kleinen Anzug oder so etwas besorgen. Er ist groß genug. Ich hätte auch gern, daß du dir einen neuen Anzug kaufst. Du brauchst wirklich einen neuen Anzug, mehr noch als er. Und ich hätte gern ein eigenes Zuhause für uns. Ich würde gern damit aufhören, jedes Jahr umzuziehen, oder jedes zweite Jahr. Und vor allem«, sagte sie, »hätte ich gern, daß wir beide ein gutes ehrbares Leben führen könnten, ohne uns um Geld und Rechnungen und dergleichen sorgen zu müssen. Du schläfst«, sagte sie.

»Tu ich nicht«, sagte er.

»Was anderes fällt mir nicht ein. Jetzt bist du an der Reihe. Sag mir, was du gern haben würdest.«

»Ich weiß nicht. Eine Menge Dinge«, murmelte er.

»Gut, sag sie mir. Wir reden doch nur, oder?«

»Ich wünschte, du würdest mich in Ruhe lassen, Nan.« Er drehte sich wieder auf seine Seite um und ließ den Arm von der Bettkante herabhängen. Sie drehte sich ebenfalls um und schmiegte sich an ihn.

»Mike?«

»Mein Gott«, sagte er. Und dann: »Schon gut. Laß mich nur eine Minute die Beine strecken, dann wach ich auf.«

Nach einer Weile sagte sie: »Mike? Schläfst du?« Sie schüttelte ihn sanft an der Schulter, aber es kam keine Antwort. Sie lag eine Weile zusammengekauert an seinem Körper und versuchte zu schlafen. Anfangs lag sie ganz ruhig, ohne sich zu rühren, dicht an ihn gedrängt, und machte nur sehr kleine, sehr gleichmäßige Atemzüge. Aber sie konnte nicht einschlafen.

Sie gab sich Mühe, sein Atmen nicht zu hören, aber mit der Zeit wurde es ihr unangenehm. Da war ein Laut, der aus dem Inneren seiner Nase kam, wenn er atmete. Sie versuchte, ihr Atmen so zu regulieren, daß sie in dem gleichen Rhythmus ein- und ausatmete wie er. Es half nichts. Das kleine Geräusch in seiner Nase machte alle Bemühungen vergeblich. Außerdem war ein blubberndes Pfeifen in seiner Brust. Sie drehte sich wieder um und kuschelte ihren Hintern an seinen, streckte dann den Arm über die Bettkante hinaus und setzte die Fingerspitzen auf die kühle Wand. Die Decke war am Fußende hochgerutscht, und sie spürte einen Luftzug, wenn sie die Beine bewegte. Sie hörte zwei Leute die Treppe zur Nachbarwohnung heraufkommen. Jemand lachte heiser, bevor er die Wohnungstür aufschloß. Dann hörte sie, wie ein Stuhl über den Fußboden gezogen wurde. Sie drehte sich wieder um. Die Toilette nebenan rauschte, und dann rauschte sie noch einmal. Wieder drehte sie sich um, diesmal auf den Rücken, und versuchte, sich zu entspannen. Sie mußte an einen Artikel denken, den sie einmal in einer Zeitschrift gelesen hatte: Wenn alle Knochen und Muskeln und Gelenke im Körper sich in vollkommener Entspannung zusammentun könnten, dann würde sich nahezu mit Sicherheit der Schlaf einstellen. Sie holte tief Atem, schloß die Augen und lag vollkommen still da, beide Arme seitlich an ihrem Körper ausgestreckt. Sie versuchte, sich zu entspannen. Sie versuchte sich vorzustellen, daß ihre Beine schwebten, umgeben von etwas Gazeartigem. Sie drehte sich auf den Bauch. Sie schloß die Augen, sie öffnete sie. Sie dachte an die Finger ihrer Hand, die gekrümmt vor ihren Lippen auf dem Laken lagen. Sie hob einen Finger und senkte ihn auf das Laken. Sie berührte mit dem Daumen den Ehering an ihrem Ringfinger. Sie drehte sich auf die Seite, und dann wieder auf den Rücken. Und plötzlich bekam sie Angst, und in einem Augenblick blinden Verlangens betete sie darum, einschlafen zu können.

Bitte, lieber Gott, laß mich einschlafen.

Sie versuchte zu schlafen.

»Mike«, wisperte sie.

Es kam keine Antwort.

Sie hörte, wie sich im Nachbarzimmer eines der Kinder im Bett umdrehte und gegen die Wand bumste. Sie horchte

und horchte, aber es kam kein weiteres Geräusch. Sie legte die Hand unter ihre linke Brust und fühlte, wie ihr Herzschlag in ihre Finger emporstieg. Sie drehte sich auf den Bauch und fing an zu weinen, den Kopf neben dem Kissen, mit dem Mund auf dem Laken. Sie weinte. Und dann kletterte sie über das Fußende aus dem Bett.
Sie wusch sich Gesicht und Hände im Badezimmer. Sie putzte sich die Zähne. Sie putzte sich die Zähne und betrachtete ihr Gesicht im Spiegel. Im Wohnzimmer drehte sie die Heizung auf. Dann setzte sie sich an den Küchentisch und zog die Füße hoch, unter ihr Nachthemd. Sie weinte wieder. Sie steckte sich eine Zigarette aus dem Päckchen auf dem Küchentisch an. Nach einer Weile ging sie wieder ins Schlafzimmer und holte ihren Bademantel.
Sie sah nach den Kindern. Sie zog ihrem Sohn die Decke über die Schultern. Sie ging wieder ins Wohnzimmer und setzte sich in den breiten Sessel. Sie blätterte eine Zeitschrift durch und versuchte zu lesen. Sie sah mit starrem Blick auf die Fotografien, und dann versuchte sie wieder zu lesen. Hin und wieder fuhr draußen auf der Straße ein Auto vorbei, und sie blickte auf. Jedesmal wenn ein Auto vorbeifuhr, hielt sie horchend inne. Und dann blickte sie wieder auf die Zeitschrift. In dem Gestell neben dem großen Sessel war ein ganzer Stapel Zeitschriften. Sie blätterte sie alle durch.

Als es draußen hell zu werden begann, stand sie auf. Sie ging ans Fenster. Der wolkenlose Himmel über den Hügeln fing gerade an, sich weiß zu färben. Die Bäume und die Reihe zweigeschossiger Mietshäuser auf der anderen Straßenseite nahmen langsam Gestalt an, während sie hinausblickte. Der Himmel wurde weißer, das Licht, das hinter den Hügeln heraufkam, dehnte sich rasch aus. Abgesehen von den Malen, die sie mit dem einen oder anderen der

Kinder auf gewesen war (was sie nicht zählte, weil sie dann nie nach draußen geblickt hatte, sondern nur zurückgeeilt war, ins Bett oder in die Küche), hatte sie wenige Sonnenaufgänge in ihrem Leben gesehen, und die wenigen alle, als sie klein war. Sie wußte, daß keiner je so gewesen war wie dieser. Weder von Bildern, die sie gesehen, noch aus Büchern, die sie gelesen hatte, hatte sie erfahren, daß ein Sonnenaufgang etwas so Schreckliches war.
Sie wartete, und dann ging sie hinüber zur Tür und schloß auf und trat hinaus auf die Veranda. Sie zog den Bademantel am Hals zu. Die Luft war feucht und kalt. Nach und nach wurde nun alles sehr sichtbar. Sie ließ ihre Augen alles sehen, bis sie sich auf das rote Blinklicht oben am Sendemast oben auf dem Hügel gegenüber hefteten.

Sie ging durch die dämmerige Wohnung und zurück ins Schlafzimmer. Er lag zusammengekrümmt in der Mitte des Bettes; die Decke bauschte sich über seinen Schultern, der Kopf lag halb unter dem Kopfkissen. Er sah verzweifelt aus in seinem schweren Schlaf, sein Arm war über ihre Seite des Bettes geworfen, seine Kinnladen waren zusammengepreßt. Während sie guckte, wurde es in dem Zimmer sehr hell, und die fahlen Laken wurden vor ihren Augen grell weiß.
Sie befeuchtete sich die Lippen mit einem trockenen Laut und fiel nieder auf die Knie. Sie streckte ihre Hände auf dem Bett aus.
»Gott«, sagte sie. »Lieber Gott, wirst du uns helfen, Gott?« sagte sie.

Versetzen Sie sich in meine Lage

Das Telefon klingelte, während er Staub saugte. Er hatte sich durch die ganze Wohnung gearbeitet und war jetzt im Wohnzimmer, wo er den schmalen Düsenaufsatz benutzte, um die Katzenhaare zwischen den Kissen zu erwischen. Er blieb stehen und horchte, und dann stellte er den Staubsauger aus. Er ging ans Telefon, um den Hörer abzunehmen.

»Hallo«, sagte er. »Hier Myers.«

»Myers«, sagte sie. »Wie geht's dir? Was machst du gerade?«

»Nichts«, sagte er. »Hallo, Paula.«

»Wir haben hier heute nachmittag eine Büroparty«, sagte sie. »Du bist eingeladen. Carl hat dich eingeladen.«

»Ich kann, glaub ich, nicht kommen«, sagte Myers.

»Carl hat eben, in dieser Minute gesagt, sieh zu, daß du deinen Alten ans Telefon kriegst. Sag ihm, er soll in die Stadt kommen auf einen Drink. Hol ihn eine Weile raus aus seinem Elfenbeinturm und zurück in die wirkliche Welt. Carl ist immer sehr komisch, wenn er ein bißchen getrunken hat. Myers?«

»Ich hör dir zu«, sagte Myers

Myers hatte für Carl gearbeitet. Carl sprach immer davon, daß er eines Tages nach Paris gehen und einen Roman schreiben würde, und als Myers gekündigt hatte, um einen Roman zu schreiben, hatte Carl gesagt, er werde darauf achten, ob Myers' Name auf der Bestsellerliste erschien.

»Ich kann jetzt nicht kommen«, sagte Myers.

»Wir haben heute morgen etwas Schreckliches erfahren«, fuhr Paula fort, als ob sie ihn nicht gehört hätte. »Du erinnerst dich doch bestimmt noch an Larry Gudinas. Er war noch hier, als du hier gearbeitet hast. Er hat eine Zeitlang bei den wissenschaftlichen Büchern ausgeholfen, und dann haben sie ihn in den Außendienst gesteckt, und dann haben sie ihn rausgeschmissen. Heute morgen haben wir gehört, daß er Selbstmord begangen hat. Er hat sich in den Mund geschossen. Kannst du dir das vorstellen? Myers?«

»Ich hab gehört, was du gesagt hast«, sagte Myers. Er versuchte sich an Larry Gudinas zu erinnern und sah einen hochgewachsenen, leicht gebeugten Mann vor sich, der eine Nickelbrille und bunte Schlipse trug und einen zurückweichenden Haaransatz hatte. Er konnte es sich vorstellen, den jähen Stoß, den zurückzuckenden Kopf. »Gott«, sagte Myers. »Oh, das tut mir aber leid.«

»Komm in die Stadt, ins Büro, Schatz, ja?« sagte Paula. »Wir unterhalten uns alle nur und trinken ein bißchen und hören Weihnachtsmusik. Komm doch auch dazu«, sagte sie. Myers hörte all das am anderen Ende der Leitung. »Ich möchte nicht in die Stadt kommen«, sagte er. »Paula?« Ein paar Schneeflocken trieben am Fenster vorbei, während er hinaussah. Er rieb mit den Fingern über das Glas und fing dann an, seinen Namen auf die Scheibe zu schreiben, während er wartete.

»Was? Ja, ich hab verstanden«, sagte sie. »In Ordnung«, sagte Paula. »Gut, wollen wir uns dann bei Voyles auf einen Drink treffen? Myers?«

»Okay«, sagte er. »Bei Voyles. In Ordnung.«

»Alle hier werden enttäuscht sein, daß du nicht kommst«, sagte sie. »Vor allem Carl. Carl bewundert dich, wie du weißt. Wirklich. Er hat es mir gesagt. Er bewundert deinen Mut. Er sagt, wenn er deinen Mut hätte, dann hätte er schon

vor Jahren gekündigt. Carl hat gesagt, man braucht Mut, um das zu machen, was du gemacht hast. Myers?«
»Ich bin hier, ich höre«, sagte Myers. »Ich vermute, ich kriege meinen Wagen in Gang. Sollte ich ihn nicht in Gang kriegen, rufe ich dich noch mal an.«
»In Ordnung«, sagte sie. »Ich treff dich bei Voyles. Ich brech hier in fünf Minuten auf, wenn ich nichts von dir höre.«
»Sag Carl einen Gruß von mir«, sagte Myers.
»Mach ich«, sagte Paula. »Er erzählt gerade von dir.«
Myers stellte den Staubsauger weg. Er ging die zwei Treppen hinunter und zu seinem Wagen, der in der letzten Parkbox stand und mit Schnee bedeckt war. Er stieg ein, trat ein paarmal aufs Gaspedal und drehte den Starter. Der Motor sprang an. Er ließ den Fuß auf dem Gaspedal.

Unterwegs, im Fahren, betrachtete er die Leute, die mit Einkaufstüten auf den Fußwegen entlanghasteten. Er blickte in den grauen Himmel, der voller Flocken war, und auf die hohen Gebäude mit Schnee in den Dachspalten und auf den Fenstersimsen. Er versuchte alles genau zu sehen und es sich für später aufzuheben. Er hing mitten zwischen verschiedenen Geschichten und kam sich verachtenswert vor. Er fand Voyles, eine kleine Bar an einer Ecke, neben einem Bekleidungsgeschäft für Männer. Er parkte hinter dem Haus und ging hinein. Er saß eine Zeitlang an der Theke, dann trug er einen Drink hinüber zu einem kleinen Tisch nahe der Tür.
Als Paula hereinkam, sagte sie »Fröhliche Weihnachten«, und er stand auf und gab ihr einen Kuß auf die Wange. Er rückte ihr einen Stuhl zurecht.
»Scotch?« sagte er.
»Scotch«, sagte sie, und dann zu dem Mädchen, das kam, um die Bestellung aufzunehmen, »Scotch auf Eis.«

Paula griff nach seinem Glas und leerte es in einem Zug.
»Ich nehm auch noch einen«, sagte Myers zu dem Mädchen.
»Ich mag diese Bar nicht«, sagte er, nachdem das Mädchen wieder gegangen war.
»Was hast du gegen die Bar?« sagte Paula. »Wir kommen doch immer hierher.«
»Ich mag sie einfach nicht«, sagte er. »Laß uns woandershin gehen, wenn wir ausgetrunken haben.«
»Wie du willst«, sagte sie.
Das Mädchen kam mit den Drinks. Myers bezahlte, und er und Paula stießen miteinander an.
Myers sah sie an.
»Carl läßt dich grüßen«, sagte sie.
Myers nickte.
Paula trank aus ihrem Glas. »Wie war dein Tag heute?«
Myers zuckte mit den Schultern.
»Was hast du gemacht?« sagte sie.
»Nichts«, sagte er. »Staub gesaugt.«
Sie berührte seine Hand. »Alle haben gesagt, ich soll dich grüßen.«
Sie tranken ihre Gläser aus.
»Ich hab eine Idee«, sagte sie. »Wir könnten doch schnell bei den Morgans anhalten und sie kurz besuchen. Wir haben sie nie persönlich kennengelernt, mein Gott, und sie sind seit Monaten zurück. Wir könnten bei ihnen vorbeifahren und sagen: Hallo, wir sind die Myers. Außerdem haben sie uns eine Weihnachtskarte geschickt. Sie haben uns gebeten, während der Feiertage vorbeizukommen. Sie haben uns *eingeladen*. Ich möchte noch nicht nach Hause«, sagte sie schließlich und suchte in ihrer Handtasche nach einer Zigarette.
Myers rief sich ins Gedächtnis, daß er die Heizung eingestellt und überall das Licht ausgedreht hatte, bevor er weg-

gegangen war. Und dann mußte er an den Schnee denken, der vor dem Fenster vorbeigetrieben war.

»Und was ist mit dem beleidigenden Brief, den sie uns geschickt haben, sie hätten gehört, wir hielten eine Katze in dem Haus?« sagte er.

»Das haben sie inzwischen vergessen«, sagte sie. »Das war sowieso nicht ganz ernst gemeint. O ja, das machen wir, Myers! Laß uns vorbeifahren.«

»Wir sollten besser erst anrufen, wenn wir das wirklich machen wollen«, sagte er.

»Nein«, sagte sie. »Das gehört mit dazu. Wir rufen nicht an. Wir klopfen einfach bei ihnen an und sagen: Hallo, wir haben hier gewohnt. In Ordnung? Myers?«

»Ich finde, wir sollten zuerst anrufen«, sagte er.

»Es ist doch Weihnachten«, sagte sie und sprang von ihrem Stuhl auf. »Los, komm, Baby.«

Sie nahm seinen Arm, und sie gingen in den Schnee hinaus. Sie schlug vor, ihren Wagen zu nehmen und seinen später abzuholen. Er öffnete ihr die Tür und ging dann herum auf die Beifahrerseite.

Irgend etwas nahm ihn gefangen, als er die erleuchteten Fenster sah, als er den Schnee auf dem Dach sah, als er den Kombi in der Einfahrt sah. Die Gardinen waren aufgezogen, und die Weihnachtsbaumlichter blinkten ihnen vom Fenster her entgegen.

Sie stiegen aus. Er nahm ihren Ellbogen, als sie über einen Schneeberg stiegen und sich auf den Weg zur vorderen Veranda machten. Sie waren ein paar Schritte gegangen, als ein großer struppiger Hund um die Ecke der Garage herumgesaust kam und direkt auf Myers zusprang.

»O Gott«, sagte er, duckte sich, wich einen Schritt zurück und hob abwehrend die Hände. Er rutschte aus, sein Mantel schlug, und er fiel auf den gefrorenen Rasen mit der furchtbaren Gewißheit, daß der Hund ihm an die Kehle gehen würde. Der Hund knurrte einmal und schnüffelte dann an Myers' Mantel.

Paula nahm eine Handvoll Schnee und warf sie auf den Hund. Das Verandalicht ging an, die Tür öffnete sich, und ein Mann rief: »Buzzy!« Myers kam wieder auf die Beine und klopfte sich den Schnee ab.

»Was ist da denn los?« rief der Mann, der in der Haustür stand. »Wer ist da? Buzzy, komm her, Bursche. Hierher!«

»Wir sind die Myers«, sagte Paula. »Wir wollten Ihnen fröhliche Weihnachten wünschen.«

»Die Myers?« sagte der Mann im Eingang. »Raus mit dir! Ab in die Garage, Buzzy. Los, los! Es sind die Myers«, sagte der Mann zu der Frau, die hinter ihm stand und über seine Schulter zu blicken versuchte.

»Die Myers«, sagte sie. »Ja, bitte sie herein, bitte sie ins Haus, um Himmels willen.« Sie kam auf die Veranda heraus und sagte: »Kommen Sie rein, bitte, es ist eisig. Ich bin Hilda Morgan, und das ist Edgar. Wir freuen uns, Sie kennenzulernen. Bitte, kommen Sie herein.«

Sie schüttelten einander auf der Veranda alle schnell die Hände. Myers und Paula traten ein, und Edgar Morgan schloß die Tür.

»Geben Sie mir doch Ihre Mäntel. Legen Sie Ihre Mäntel ab«, sagte Edgar Morgan. »Ist Ihnen auch nichts passiert?« fragte er Myers und musterte ihn von oben bis unten, und Myers nickte. »Ich wußte, daß der Hund verrückt ist, aber so etwas hat er sich noch nie geleistet. Ich hab es gesehen. Ich hab gerade aus dem Fenster geguckt, als es passierte.«

Diese Bemerkung kam Myers seltsam vor, und er betrachtete den Mann. Edgar Morgan war in den Vierzigern, bei-

nahe kahlköpfig, und er hatte eine bequeme Hose und einen Pullover an und trug Lederhausschuhe.
»Er heißt Buzzy«, verkündete Hilda Morgan und verzog das Gesicht. »Es ist Edgars Hund. Ich selbst kann Tiere im Haus nicht ertragen, aber Edgar hat den Hund gekauft und hat versprochen, daß er nicht ins Haus kommt.«
»Er schläft in der Garage«, sagte Edgar Morgan. »Er bettelt, daß er ins Haus darf, aber wir können es nicht zulassen, verstehen Sie?« Morgan lachte glucksend. »Aber setzen Sie sich doch, setzen Sie sich, wenn Sie einen Platz in all dem Durcheinander finden. Hilda, Liebes, nimm ein paar von den Sachen vom Sofa, damit Mr. und Mrs. Myers sich setzen können.«
Hilda Morgan nahm Päckchen, Geschenkpapier, eine Schere, eine Schachtel mit Bändern und Schleifen von dem Sofa. Sie legte alles auf den Fußboden.
Myers bemerkte, daß Morgan ihn wieder anstarrte, diesmal ohne zu lächeln.
Paula sagte: »Myers, du hast da was im Haar, Liebster.«
Myers strich sich mit der Hand über den Hinterkopf und fand einen Zweig und steckte ihn in die Tasche.
»Dieser Hund!« sagte Morgan und gluckste wieder. »Wir hatten uns gerade einen heißen Drink gemacht und haben ein paar späte Geschenke eingepackt. Trinken Sie mit uns einen Schluck auf die Feiertage? Was hätten Sie gern?«
»Uns ist alles recht«, sagte Paula.
»Was Sie gerade da haben«, sagte Myers. »Wir wollten Sie nicht stören.«
»Unsinn«, sagte Morgan. »Wir sind ... sehr neugierig auf die Myers gewesen. Nehmen Sie einen heißen Drink, Sir?«
»Sehr gern«, sagte Myers.
»Mrs. Myers?« sagte Morgan.
Paula nickte.

»Zwei heiße Drinks. Sofort«, sagte Morgan. »Liebes, ich glaube, wir könnten auch noch einen brauchen, nicht wahr?« sagte er zu seiner Frau. »Dies ist wirklich eine besondere Gelegenheit.«

Er nahm den Becher seiner Frau und ging hinaus in die Küche. Myers hörte die Tür des Küchenschranks knallen, und er hörte ein gedämpftes Wort, das wie ein Fluch klang. Myers blinzelte. Er sah Hilda Morgan an, die sich auf einem Sessel am Ende des Sofas niederließ.

»Setzen Sie sich doch beide hier rüber«, sagte Hilda Morgan. Sie klopfte mit der Hand auf die Sofalehne. »Hier herüber, ans Feuer. Wir werden Mr. Morgan bitten, daß er gleich noch was nachlegt, wenn er wieder reinkommt.« Sie setzten sich. Hilda Morgan faltete die Hände in ihrem Schoß und beugte sich leicht vor, um Myers prüfend ins Gesicht zu sehen.

Das Wohnzimmer war so, wie er es erinnerte, außer daß er an der Wand hinter Hilda Morgans Sessel drei kleine gerahmte Drucke sah. Auf einem tippte ein Mann, der eine Weste und einen Gehrock trug, an seinen Hut, um zwei Damen zu begrüßen, die beide Sonnenschirme hielten. All dies geschah auf einer breiten Straße voller Pferde und Kutschen.

»Wie war es in Deutschland?« sagte Paula. Sie saß auf der Kante des Polsters und hielt ihre Handtasche auf den Knien.

»Wir waren begeistert von Deutschland«, sagte Edgar Morgan, der gerade mit einem Tablett und vier großen Bechern darauf aus der Küche hereinkam. Myers erkannte die Becher wieder.

»Sind Sie schon mal in Deutschland gewesen, Mrs. Myers?« fragte Morgan.

»Wir möchten gern hin«, sagte Paula. »Nicht wahr, Myers? Vielleicht nächstes Jahr, im nächsten Sommer. Oder das Jahr

darauf. Sobald wir es uns leisten können. Vielleicht sobald Myers etwas verkauft. Myers schreibt.«
»Richtig«, sagte Myers und trank von seinem Drink.
»Er schreibt fast jeden Tag etwas«, sagte Paula.
»Ist das wahr?« sagte Morgan. »Das ist sehr beeindruckend. Was haben Sie heute geschrieben, wenn ich fragen darf?«
»Nichts«, sagte Myers.
»Das sind die Feiertage«, sagte Paula.
»Sie müssen stolz auf ihn sein, Mrs. Myers«, sagte Hilda Morgan.
»Das bin ich«, sagte Paula.
»Das freut mich für Sie«, sagte Hilda Morgan.
»Ich hab da neulich etwas gehört, das für Sie von Interesse sein könnte«, sagte Edgar Morgan. Er nahm etwas Tabak heraus und stopfte seine Pfeife. Myers steckte sich eine Zigarette an und sah sich nach einem Aschenbecher um, dann ließ er das Streichholz hinter das Sofa fallen.
»Eigentlich ist es eine schreckliche Geschichte. Aber vielleicht können Sie etwas damit anfangen, Mr. Myers.« Morgan zündete ein Streichholz an und zog an der Pfeife. »Stoff, der was bringt, damit der Schornstein raucht, und so, Sie wissen schon«, sagte Morgan und schüttelte lachend das Streichholz aus. »Der Knabe war ungefähr in meinem Alter oder so. Zwei, drei Jahre lang war er ein Kollege von mir. Wir kannten uns ein bißchen, wir hatten gute gemeinsame Freunde. Dann ging er fort, nahm eine Stellung an einer anderen Universität an. Na, Sie wissen, wie es manchmal so geht – der Knabe hatte eine Affäre mit einer seiner Studentinnen.«
Mrs. Morgan machte ein mißbilligendes Geräusch mit der Zunge. Sie griff nach einem kleinen, in grünes Papier gewickelten Päckchen, das auf dem Boden lag, und befestigte eine rote Schleife an dem Papier.

»Allen Berichten zufolge war es eine stürmische Affäre, die ein paar Monate dauerte«, fuhr Morgan fort. »Bis vor kurzem. Bis vor einer Woche, um es genau zu sagen. An diesem Tag – es war am Abend – verkündete er seiner Frau – sie waren seit zwanzig Jahren verheiratet –, daß er die Scheidung wolle. Sie können sich vorstellen, wie die törichte Frau es aufnahm, es kam sozusagen aus heiterem Himmel. Es gab einen gewaltigen Krach. Die ganze Familie wurde hineingezogen. Sie befahl ihm, auf der Stelle das Haus zu verlassen. Aber in dem Moment, als der alte Knabe gehen wollte, warf sein Sohn eine Dose Tomatensuppe nach ihm und traf ihn an der Stirn. Das hatte eine Gehirnerschütterung zur Folge, die den Mann ins Krankenhaus brachte. Sein Zustand ist sehr ernst.«
Morgan zog an seiner Pfeife und blickte Myers an.

»So eine Geschichte hab ich noch nie gehört«, sagte Mrs. Morgan. »Edgar, das ist eine abscheuliche Geschichte.«
»Schrecklich«, sagte Paula.
Myers grinste.
»So, *da* haben Sie eine Geschichte, Mr. Myers«, sagte Morgan, der das Grinsen erwiderte und seine Augen zusammenkniff. »Stellen Sie sich die Geschichte vor, die Sie hätten, wenn Sie sich in den Kopf des Mannes versetzen könnten.«
»Oder in ihren Kopf«, sagte Mrs. Morgan. »In den Kopf der Frau. Stellen Sie sich *ihre* Geschichte vor. Nach zwanzig Jahren auf solche Art und Weise betrogen zu werden. Bedenken Sie, wie ihr zumute sein muß.«
»Aber stellen Sie sich vor, was der arme *Junge* durchmachen muß«, sagte Paula. »Stellen Sie sich das vor, fast hätte er seinen Vater umgebracht.«
»Ja, das ist alles richtig«, sagte Morgan. »Aber da ist noch

etwas, woran bisher, glaube ich, noch keiner von Ihnen gedacht hat. Denken Sie einen Moment lang *daran*. Mr. Myers, hören Sie mir zu? Sagen Sie mir, was Sie davon halten. Versetzen Sie sich in die Lage der achtzehnjährigen Studentin, die sich in einen verheirateten Mann verliebt hat. Denken Sie einen Moment lang an *sie*, und dann erkennen Sie die Möglichkeiten für Ihre Geschichte.«

Morgan nickte und lehnte sich mit einem befriedigten Ausdruck im Gesicht in seinem Sessel zurück.

»Ich fürchte, ich hab kein Mitleid mit ihr«, sagte Mrs. Morgan. »Ich kann mir vorstellen, zu welcher Sorte Mädchen sie gehört. Wir alle wissen, wie sie ist, wir kennen diesen Typ, der älteren Männern nachstellt. Ich hab auch mit ihm kein Mitleid – mit dem Mann, dem Schürzenjäger, nein, keinerlei Mitleid. Ich fürchte, mein Mitleid gilt in diesem Fall ausschließlich und allein der Frau und dem Sohn.«

»Es müßte schon ein Tolstoi sein, der diese Geschichte erzählt und sie richtig erzählt«, sagte Morgan. »Es dürfte kein Geringerer sein als Tolstoi. Mr. Myers, das Wasser ist noch heiß.«

»Es ist Zeit, daß wir gehen«, sagte Myers.

Er stand auf und warf seine Zigarette ins Feuer.

»Bleiben Sie«, sagte Mrs. Morgan. »Wir haben uns noch gar nicht richtig kennengelernt. Sie ahnen nicht, wie wir über Sie ... gerätselt haben. Und jetzt, wo wir endlich zusammensitzen – bleiben Sie doch noch ein Weilchen. Es ist eine so angenehme Überraschung.«

»Wir wollten Ihnen auch für die Karte und für Ihren Brief danken«, sagte Paula.

»Die Karte?« sagte Mrs. Morgan.

Myers setzte sich.

»Wir haben beschlossen, in diesem Jahr keine Karten zu

verschicken«, sagte Paula. »Ich bin nicht rechtzeitig dazu gekommen, und ich fand es sinnlos, es in der letzten Minute zu tun.«

»Sie nehmen noch einen, Mrs. Myers?« fragte Morgan. Er stand jetzt vor ihr, die Hand auf ihrem Becher. »Sie werden Ihrem Mann ein gutes Beispiel geben.«

»Es *war* gut«, sagte Paula. »Es wärmt einen auf.«

»Richtig«, sagte Morgan. »Es wärmt einen auf. Das ist richtig. Liebes, hast du gehört, was Mrs. Myers gesagt hat? Es wärmt einen auf. Sehr gut gesagt. Mr. Myers?« sagte Morgan und wartete. »Schließen Sie sich uns an?«

»Also gut«, sagte Myers und ließ zu, daß Morgan den Becher mitnahm.

Der Hund begann zu jaulen und an der Tür zu kratzen.

»Dieser Hund. Ich weiß nicht, was in den Hund gefahren ist«, sagte Morgan. Er ging in die Küche, und diesmal hörte Myers deutlich, wie Morgan fluchte, als er den Kessel auf den Herd knallte.

Mrs. Morgan begann zu summen. Sie hob ein halb eingewickeltes Päckchen auf, schnitt ein Stück Klebeband ab und verschloß damit das Päckchen.

Myers steckte sich eine Zigarette an. Er ließ das Streichholz auf seinen Glasuntersetzer fallen. Er sah auf die Uhr.

Mrs. Morgan hob den Kopf. »Ich glaube, ich höre Singen«, sagte sie. Sie horchte. Sie erhob sich von ihrem Sessel und ging ans Fenster. »Es *ist* Singen. Edgar!« rief sie.

Myers und Paula gingen ans Fenster.

»Ich hab schon seit Jahren keine Sänger mehr gehört«, sagte Mrs. Morgan.

»Was ist?« sagte Morgan. Er brachte das Tablett und die Becher. »Was ist los? Was Schlimmes?«

»Nichts Schlimmes, Lieber. Es sind die Weihnachtslieder-

sänger. Sie sind da drüben, auf der anderen Straßenseite«, sagte Mrs. Morgan.
»Mrs. Myers«, sagte Morgan und hielt ihr das Tablett hin. »Mr. Myers. Liebes.«
»Vielen Dank«, sagte Paula.
»*Muchas gracias*«, sagte Myers.
Morgan setzte das Tablett ab und kam mit seinem Becher wieder ans Fenster. Junge Leute waren auf dem Fußweg vor dem Haus gegenüber versammelt, Jungen und Mädchen mit einem älteren, größeren Jungen, der einen dicken Wollschal und einen Überzieher trug. Myers konnte die Gesichter an den Fenstern auf der anderen Seite sehen – die Ardreys –, und als die Sänger zu Ende gesungen hatten, kam Jack Ardrey an die Tür und gab dem älteren Jungen etwas. Im auf und ab tanzenden Schein von Taschenlampen zog die Gruppe auf dem Fußweg weiter und machte vor einem anderen Haus halt.
»Zu uns kommen sie bestimmt nicht rüber«, sagte Mrs. Morgan nach einer Weile.
»Wieso? Warum sollen Sie nicht rüberkommen?« sagte Morgan und wandte sich seiner Frau zu. »Was redest du da für dummes Zeug! Warum sollen sie hier nicht rüberkommen?«
»Ich weiß, daß sie nicht kommen«, sagte Mrs. Morgan.
»Und ich sage, sie werden rüberkommen«, sagte Morgan. »Mrs. Myers, werden die Weihnachtsliedersänger zu uns rüberkommen oder nicht? Was glauben Sie? Kommen sie zurück und segnen dieses Haus? Wir wollen Sie entscheiden lassen.«
Paula trat dichter ans Fenster. Aber die Sänger waren inzwischen weiter unten in der Straße. Sie antwortete nicht.
»Nun gut, nachdem all die Aufregung vorüber ist …«, sagte Morgan und ging zu seinem Sessel. Er setzte sich, runzelte die Stirn und machte sich daran, seine Pfeife zu stopfen.

Myers und Paula gingen zum Sofa zurück. Mrs. Morgan entfernte sich als letzte vom Fenster. Sie setzte sich. Sie lächelte und blickte in ihren Becher. Dann setzte sie den Becher ab und fing an zu weinen.

Morgan gab seiner Frau sein Taschentuch. Er sah die Myers an. Gleich darauf fing Morgan an, auf die Armlehne seines Sessels zu trommeln. Myers bewegte die Füße. Paula suchte in ihrer Handtasche nach einer Zigarette. »Sehen Sie, was Sie angerichtet haben?« sagte Morgan, während er starr auf etwas auf dem Teppich neben Myers Schuhen blickte.

Myers sammelte sich und stand auf.

»Edgar, hol ihnen noch einen Drink«, sagte Mrs. Morgan, die sich die Augen abtupfte. Dann benutzte sie das Taschentuch für ihre Nase. »Ich möchte gern, daß sie von Mrs. Attenborough erfahren. Mr. Myers schreibt. Ich glaube, er würde es zu schätzen wissen. Wir warten, bis du zurück bist, ehe wir mit der Geschichte beginnen.«

Morgan sammelte die Becher ein. Er trug sie in die Küche. Myers hörte Geschirr klappern, Küchenschranktüren schlagen. Mrs. Morgan sah die Myers an und lächelte schwach.

»Wir müssen jetzt gehen«, sagte Myers. »Wir müssen gehen. Paula, hol deinen Mantel.«

»Nein, nein, wir bestehen darauf, daß Sie bleiben, Mr. Myers«, sagte Mrs. Morgan. »Wir möchten, daß Sie von Mrs. Attenborough hören, der armen Mrs. Attenborough. Die Geschichte gefällt Ihnen vielleicht auch, Mrs. Myers. Es ist für Sie die Chance zu sehen, wie der Schöpfergeist Ihres Mannes an Rohmaterial herangeht und es bearbeitet.«

Morgan kam zurück und teilte die heißen Drinks aus. Er setzte sich schnell hin.

»Erzähl ihnen von Mrs. Attenborough, Lieber«, sagte Mrs. Morgan.

»Der Hund hat mir beinahe das Bein abgerissen«, sagte Myers und war im selben Moment über seine eigenen Worte überrascht. Er setzte seinen Becher ab.
»Na, kommen Sie, so schlimm war es nicht«, sagte Morgan. »Ich hab es gesehen.«
»Sie wissen, wie Schriftsteller sind«, sagte Mrs. Morgan zu Paula. »Sie übertreiben gern.«
»Die Macht der Feder und all das Zeug«, sagte Morgan.
»Richtig«, sagte Mrs. Morgan. »Machen Sie Ihre Feder zu einer Pflugschar, Mr. Myers.«
»Gut, lassen wir Mrs. Morgan die Geschichte von Mrs. Attenborough erzählen«, sagte Morgan, ohne Notiz von Myers zu nehmen, der in diesem Augenblick aufstand. »Mrs. Morgan war mit der Affäre aufs engste verbunden. Und ich habe Ihnen ja schon von dem Knaben erzählt, der mit einer Suppendose außer Gefecht gesetzt wurde.« Morgan gluckste. »Diese lassen wir Mrs. Morgan erzählen.«
»Erzähl du sie, Lieber. Und Mr. Myers, daß Sie mir gut zuhören!« sagte Mrs. Morgan.
»Wir müssen gehen«, sagte Myers. »Paula, laß uns gehen.«
»Nun mal ehrlich«, sagte Mrs. Morgan.
»Ja, ehrlich«, sagte Myers. Dann sagte er: »Paula, kommst du?«
»Ich möchte, daß Sie sich diese Geschichte anhören«, sagte Morgan und erhob die Stimme. »Sie kränken Mrs. Morgan, Sie kränken uns beide, wenn Sie sich diese Geschichte nicht anhören.« Morgan umklammerte seine Pfeife.
»Myers, bitte«, sagte Paula besorgt. »Ich möchte sie hören. Danach gehen wir. Myers? Bitte, Schatz, setz dich noch eine Minute.«
Myers sah sie an. Sie bewegte die Finger, als signalisierte sie ihm etwas. Er zögerte, und dann setzte er sich neben sie.
Mrs. Morgan fing an. »Eines Nachmittags in München gin-

gen Edgar und ich ins Dortmunder Museum. Dort war in dem Herbst eine *Bauhaus*-Ausstellung, und Edgar sagte, verflixt noch mal, wir nehmen uns einen Tag frei – er war mit seinen Forschungsarbeiten beschäftigt, verstehen Sie? –, verflixt noch mal, wir nehmen uns einen Tag frei. Wir stiegen in die Straßenbahn und fuhren quer durch München zum Museum. Wir verbrachten dort mehrere Stunden. Wir sahen uns die Ausstellung an, und wir besuchten einige der anderen Säle wieder, um ein paar von unseren Lieblingsbildern unter den alten Meistern Ehre zu erweisen. Als wir das Museum verlassen wollten, ging ich noch schnell in die Damentoilette. Ich ließ meine Handtasche liegen. In der Handtasche waren Edgars monatlicher Scheck von zu Hause, der tags zuvor angekommen war, und einhundertundzwanzig Dollar in bar, die ich, zusammen mit dem Scheck, bei der Bank deponieren wollte. Außerdem hatte ich meinen Ausweis in der Handtasche. Ich vermißte meine Handtasche erst, als wir nach Hause kamen. Edgar rief sofort bei der Museumsdirektion an. Aber während er noch sprach, sah ich draußen ein Taxi vorfahren. Eine gutgekleidete Frau mit weißem Haar stieg aus. Es war eine stattliche Frau, und sie trug zwei Handtaschen. Ich rief Edgar und ging zur Tür. Die Frau stellte sich als Mrs. Attenborough vor, gab mir meine Handtasche und erklärte, daß sie auch an diesem Nachmittag im Museum gewesen war und in der Damentoilette eine Handtasche im Abfalleimer bemerkt hatte. Natürlich hatte sie die Tasche aufgemacht, um festzustellen, wem sie gehörte. In der Tasche waren die Ausweise und Papiere, anhand derer sie unsere Adresse in München feststellen konnte. Sie verließ auf der Stelle das Museum und nahm sich ein Taxi, um die Handtasche selbst zu überbringen. Edgars Scheck war noch da, aber das Geld, die einhundertzwanzig Dollar, waren verschwunden. Trotzdem, ich war dankbar, daß ich alles andere unversehrt wiederbekam. Es war beinahe vier Uhr, und wir baten die Frau, zum Tee zu bleiben. Sie setzte sich, und nach einem Weilchen begann sie, uns von sich zu erzählen. Sie war in Australien geboren und erzogen worden, hatte jung geheiratet und drei Kinder bekommen, alles Söhne, war verwitwet und lebte nach wie vor in Australien bei zwei von ihren Söhnen. Die Söhne züchteten Schafe, und sie hatten mehr als zwanzigtausend Morgen Land, wo die Schafe weiden konnten, und viele Viehtreiber und Schafscherer und Leute, die zu bestimmten Zeiten des Jahres für sie arbeiteten. Als sie in unsere Wohnung in München kam, war sie gerade auf dem Weg nach Australien, von England, wo sie ihren jüngsten Sohn besucht hatte, der dort Rechtsanwalt war. Sie war auf dem Rückweg nach Australien, als wir sie kennenlernten«, sagte Mrs. Morgan. »Und sie guckte, während sie unterwegs war, einiges von der Welt an. Auf ihrer Reiseroute waren noch viele Orte, die sie besuchen wollte.«

»Komm zur Sache, Liebes«, sagte Morgan.

»Ja. Nun also, was dann geschah. Mr. Myers, ich komme sogleich zum Höhepunkt, wie ein Schriftsteller wie Sie sagen würde. Plötzlich, nachdem wir uns eine Stunde aufs angenehmste unterhalten hatten, nachdem diese Frau uns von sich und ihrem abenteuerlichen Leben dort unten in Australien erzählt hatte, stand sie auf und wollte gehen. Und während sie mir ihre Tasse reichte, klappte ihr Mund weit auf, die Tasse fiel zu Boden, und sie sank auf unser Sofa und starb. Starb. Mitten in unserem Wohnzimmer. Es war der schockierendste Moment in unserem Leben.«

Morgan nickte feierlich.

»Gott«, sagte Paula.

»Das Schicksal hatte ihr beschieden, auf unserem Wohnzimmersofa in Deutschland zu sterben«, sagte Mrs. Morgan.

Myers brach in Gelächter aus. »Das Schicksal ... hatte ihr ... beschieden ... auf ... unserem ... Wohnzimmersofa ... zu ... sterben?« sagte er, nach Luft japsend.

»Ist das komisch, Sir?« sagte Morgan. »Finden Sie das etwa amüsant?«

Myers nickte. Er lachte weiter. Er wischte sich die Augen am Ärmel seines Hemds. »Es tut mir wirklich leid«, sagte er, »aber ich kann nicht dagegen an. Was für ein Satz! ›*Das Schicksal hatte ihr beschieden, auf unserem Wohnzimmersofa in Deutschland zu sterben.*‹ Tut mir leid. Und was geschah dann?« brachte er gerade noch heraus. »Ich würde gern wissen, was dann geschah.«

»Mr. Myers, wir wußten nicht, was wir tun sollten«, sagte Mrs. Morgan. »Der Schock war entsetzlich. Edgar fühlte ihren Puls, aber da war kein Lebenszeichen mehr. Und sie hatte angefangen sich zu verfärben. Ihr Gesicht und ihre Hände färbten sich grau. Edgar ging ans Telefon, um irgendwo anzurufen. Dann sagte er: ›Mach ihre Handtasche auf und sieh nach, ob du feststellen kannst, wo sie wohnt.‹ Ohne das arme Ding da auf dem Sofa auch nur ein einziges Mal anzusehen, nahm ich ihre Handtasche. Und stellen Sie sich meine große Überraschung und Verwirrung vor, meine äußerste Verwirrung, als das erste, was ich in der Tasche sah, meine einhundertzwanzig Dollar waren, noch zusammengeklippt mit der Büroklammer. Noch nie bin ich so erstaunt gewesen.«

»Und so enttäuscht«, sagte Morgan. »Vergiß das nicht. Es war eine herbe Enttäuschung.«

Myers kicherte.

»Wenn Sie ein wirklicher Schriftsteller wären, wie Sie behaupten, Mr. Myers, dann würden Sie nicht lachen«, sagte Morgan und erhob sich. »Sie würden es nicht wagen zu lachen! Sie würden versuchen zu verstehen. Sie würden die

Tiefen des Herzens dieser armen Seele ausloten und versuchen zu verstehen. Aber Sie sind kein Schriftsteller, Sir!« Myers kicherte noch immer.

Morgan hieb mit der Faust auf den Sofatisch, so daß die Becher auf den Glasuntersetzern schepperten. »Die eigentliche Geschichte liegt genau hier, in diesem Haus, hier in diesem Wohnzimmer, und es ist an der Zeit, daß sie erzählt wird! Die eigentliche Geschichte spielt sich *hier* ab, Mr. Myers«, sagte Morgan. Er ging auf und ab über das glänzende Geschenkpapier, das sich entrollt hatte und nun ausgebreitet auf dem Teppich lag. Er blieb stehen, um Myers, der sich den Kopf hielt und vor Lachen bebte, wütend anzustarren.

»Bedenken Sie *dies* als eine Möglichkeit, Mr. Myers!« brüllte Morgan. »*Bedenken Sie!* Ein Freund – nennen wir ihn Mr. X – ist befreundet mit Mr. und Mrs. Y *wie auch* mit Mr. und Mrs. Z. Mr. und Mrs. Y und Mr. und Mrs. Z kennen sich leider nicht. Ich sage *leider*, denn wenn sie einander gekannt *hätten*, gäbe es diese Geschichte nicht, weil sie sich dann nie ereignet hätte. Nun, Mr. X erfährt, daß Mr. und Mrs. Y ein Jahr nach Deutschland gehen und jemanden suchen, der in der Zeit, die sie fort sind, in ihrem Haus wohnt. Mr. und Mrs. Z suchen nach einer geeigneten Bleibe, und Mr. X sagt ihnen, er wisse genau das Richtige für sie. Aber bevor Mr. X noch in der Lage ist, Mr. und Mrs. Z mit Mr. und Mrs. Y in Kontakt zu bringen, müssen die Ys, früher als erwartet, abreisen. Mr. X, dem Freund von ihnen, bleibt es überlassen, das Haus nach seinem Gutdünken an einen beliebigen Interessenten zu vermieten, auch an Mr. und Mrs. Y – ich meine vielmehr Z. Mr. und Mrs. ... Z ziehen also in das Haus ein und bringen eine Katze mit, wie Mr. und Mrs. Y später aus einem Brief von Mr. X erfahren. Mr. und Mrs. Z bringen eine Katze in das Haus, *obwohl* die

Mietbedingungen wegen Mrs. Ys Asthma ausdrücklich verbieten, Katzen und andere Tiere in dem Haus zu halten. Die *eigentliche* Geschichte liegt in der Situation, die ich soeben beschrieben habe. Mr. und Mrs. Zs – ich meine Mr. und Mrs. *Ys* Einzug in das Haus der Zs gleicht, um die Wahrheit zu sagen, einer *Invasion*. Daß sie in dem Bett der Zs schlafen, mag noch angehen, aber daß sie den privaten Schrank der Zs aufschließen und die Bettwäsche der Zs benutzen und daß sie wie die Vandalen mit den Dingen umgehen, die sie dort vorfinden, das verstößt gegen den Geist und den Buchstaben des Mietvertrags. Und *eben dieses* Paar, die Ys, öffneten Schachteln mit Küchengerät, die mit einem Schild ›Nicht öffnen‹ versehen waren. Und sie zerbrachen Geschirr, während in demselben Mietvertrag doch festgehalten, *ausdrücklich schriftlich* festgehalten war, daß sie die *persönlichen*, ich betone, die *persönlichen* Gegenstände der Zs nicht benutzen sollten.«

Morgans Lippen waren weiß. Er ging immer weiter auf und ab über das Papier, blieb alle Augenblicke stehen, um die Myers anzugucken und mit den Lippen kleine puffende Laute auszustoßen.

»Und die Sachen im Badezimmer, Lieber – vergiß die Sachen im Badezimmer nicht«, sagte Mrs. Morgan. »Es ist schlimm genug, wenn sie die Decken und Laken der Zs benutzen, aber wenn sie auch noch an ihre Sachen im *Badezimmer* gehen und die kleinen auf dem *Dachboden* aufbewahrten privaten Dinge durchwühlen, dann geht das entschieden zu weit.«

»Das ist die *eigentliche* Geschichte, Mr. Myers«, sagte Morgan. Er versuchte seine Pfeife zu stopfen. Seine Hände zitterten und Tabakkrümel fielen auf den Teppich. »Das ist die eigentliche Geschichte, die darauf wartet, daß sie geschrieben wird.«

»Und es muß kein Tolstoi sein, der sie schreibt«, sagte Mrs. Morgan.
»Es muß kein Tolstoi sein«, sagte Morgan.

Myers lachte. Er und Paula standen gleichzeitig von dem Sofa auf und gingen auf die Tür zu. »Gute Nacht«, sagte Myers fröhlich.
Morgan war hinter ihm. »Wenn Sie ein wirklicher Schriftsteller wären, Sir, würden Sie diese Geschichte in Worte fassen und sich jedenfalls nicht darum herumdrücken.«
Myers lachte nur. Er legte die Hand auf den Türknauf.
»Und noch eines«, sagte Morgan. »Ich wollte es eigentlich nicht zur Sprache bringen, aber angesichts Ihres Verhaltens hier heute abend möchte ich Ihnen sagen, daß ich mein Doppel-Album ›Jazz at the Philharmonic‹ vermisse. Diese Platten haben einen großen Liebhaberwert. Ich habe sie 1955 gekauft. Und nun bestehe ich darauf, daß Sie mir sagen, was damit geschehen ist!«
»Um ganz ehrlich zu sein. Edgar«, sagte Mrs. Morgan, während sie Paula in den Mantel half, »als du dein Plattenverzeichnis angelegt hattest, hast du zugegeben, du könntest dich nicht erinnern, wann du diese Platten das letzte Mal gesehen hast.«
»Aber jetzt bin ich mir sicher«, sagte Morgan. »Ich weiß, daß ich diese Platten kurz vor unserer Abreise gesehen habe, und jetzt, jetzt möchte ich, daß dieser *Schriftsteller* mir genau sagt, was er über ihren Verbleib weiß. Mr. Myers?«
Aber Myers war schon draußen. Er nahm seine Frau bei der Hand und eilte mit ihr zum Wagen hinunter. Sie überraschten Buzzy. Der Hund bellte kurz, furchtsam, wie es schien, und sprang dann zur Seite.
»Ich bestehe darauf, daß ich es *erfahre!*« rief Morgan. »Ich warte, Sir.«

Myers schob Paula in den Wagen und ließ den Motor an. Er blickte noch einmal hinauf zu dem Paar auf der Veranda. Mrs. Morgan winkte, und dann gingen sie und Edgar Morgan wieder ins Haus und schlossen die Tür.
Myers fuhr los.
»Diese Leute sind verrückt«, sagte Paula.
Myers tätschelte ihre Hand.
»Sie waren furchterregend«, sagte sie.
Er antwortete nicht. Ihre Stimme erreichte ihn wie aus weiter Ferne. Er fuhr weiter. Schnee rutschte über die Windschutzscheibe. Er schwieg und sah auf die Straße. Er war ganz am Ende einer Geschichte.

Jerry und Molly und Sam

So wie Al es sah, gab es nur eine Lösung. Er mußte den Hund beiseite schaffen, ohne daß Betty oder die Kinder es herausfanden. Nachts. Es mußte nachts geschehen. Er würde einfach mit Suzy losfahren – na, irgendwohin, er konnte später noch entscheiden, wohin –, die Tür aufmachen, sie rausschieben, wegfahren. Je eher, desto besser. Er war erleichtert, daß er die Entscheidung getroffen hatte. Jedes Handeln war besser als Untätigkeit, davon war er immer mehr überzeugt.

Es war Sonntag. Er stand vom Küchentisch auf, wo er, allein, ein spätes Frühstück zu sich genommen hatte, und stand am Spülbecken, die Hände in den Hosentaschen. Neuerdings ging nichts mehr glatt. Er hatte Probleme genug, da mußte er sich nicht auch noch Sorgen wegen eines stinkenden Hundes machen. Bei Aerojet entließen sie, wo sie doch eigentlich hätten einstellen sollen. Der Hochsommer, jede Menge Rüstungsaufträge überall im Land, und bei Aerojet sprach man von Kürzungen. *Kürzte* man vielmehr, und jeden Tag ein bißchen mehr. Er war nicht weniger gefährdet als alle anderen, obwohl er schon zwei Jahre dabei war, bald waren es drei. Er kam mit den richtigen Leuten zurecht, na gut, aber Betriebszugehörigkeit oder Freundschaft – beides zählte einen Dreck heutzutage. Wenn deine Nummer dran war – dann war's das, und dagegen konnte keiner was machen. Sie bereiteten Entlassungen vor, sie entließen. Fünfzig, hundert Mann auf einmal.

Keiner war sicher, vom Vorarbeiter und Aufseher bis runter zum Arbeiter am Fließband. Und vor drei Monaten, kurz bevor es mit all den Entlassungen losging, hatte er sich von Betty überreden lassen, in dieses kuschelige Zweihundert-Dollar-Haus zu ziehen. Monatsmiete. Mit Option auf einen Kaufvertrag. Scheiße!

Al war aus dem anderen Haus nicht gern ausgezogen. Ihm war es bequem genug gewesen. Wer konnte schon wissen, daß sie zwei Wochen, nachdem er umgezogen war, mit Entlassungen anfangen würden? Aber was konnte man überhaupt wissen, heutzutage? Zum Beispiel die Sache mit Jill. Jill arbeitete in der Buchhaltung bei Weinstock. Sie war ein nettes Mädchen, sie sagte, sie liebe Al. Sie war einfach nur einsam, das jedenfalls erzählte sie ihm am ersten Abend. Es war nicht ihre Gewohnheit, erzählte sie ihm auch am ersten Abend, sich von verheirateten Männern abschleppen zu lassen. Er hatte Jill vor drei Monaten kennengelernt, als er deprimiert und nervös gewesen war über all das Gerede von Entlassungen, das damals angefangen hatte. Er hatte sie in Town and Country kennengelernt, einer Bar, nicht weit von seinem neuen Haus. Sie tanzten ein bißchen, und er fuhr sie nach Hause, und sie knutschten im Auto vor dem Haus, in dem sie wohnte. Er war nicht mit ihr raufgegangen an diesem Abend, obwohl er bestimmt mit ihr hätte raufgehen können. Er ging mit ihr am nächsten Abend rauf.

Und jetzt hatte er ein *Verhältnis*, um Gottes willen, und er wußte nicht, was er daraus machen sollte. Er wollte nicht, daß es weiterging, und er wollte auch nicht Schluß damit machen: Du wirfst im Sturm nicht alles über Bord. Al ließ sich treiben, und er wußte genau, daß er sich treiben ließ, und wohin das alles führen würde, konnte er nicht einschätzen. Aber er merkte allmählich, daß er die Kontrolle verlor, über alles. Alles. Kürzlich hatte er sich sogar dabei ertappt, daß er ans Alter dachte, nachdem er ein paar Tage Verstopfung gehabt hatte – eine Beeinträchtigung, die er immer mit alten Leuten in Verbindung brachte. Und dann war da die Sache mit dem kleinen kahlen Fleck, und daß er sich neuerdings immer überlegte, wie er sein Haar anders kämmen könnte. Was würde er mit seinem Leben anfangen? wollte er wissen.

Er war einunddreißig.

All diese Probleme, mit denen er sich herumschlagen mußte, und dann *Sandy*, die jüngere Schwester seiner Frau, die den Kindern, Alex und Mary, vor vier Monaten diese Promenadenmischung von einem Hund geschenkt hatte. Er wünschte, er hätte den Hund nie zu Gesicht bekommen. Und auch Sandy nicht, was das betraf. Dieses Miststück! Dauernd kreuzte sie auf mit irgendwelchem Scheiß, der ihn am Ende nur Geld kostete, irgendein Schnickschnack, der nach zwei, drei Tagen kaputtging und repariert werden *mußte*, und die Kinder machten Geschrei und stritten sich deswegen und schlugen sich gegenseitig die Köpfe ein. Gott im Himmel! Und dann kam sie, mit *Betty* als Vermittlerin, zu ihm und haute ihn um fünfundzwanzig Dollar an. Allein der Gedanke an all die Fünfundzwanzig- oder Fünfzig-Dollar-Schecks oder, vor ein paar Monaten, an den einen über fünfundachtzig, damit sie die Rate für ihren Wagen bezahlen konnte – die Rate für ihren *Wagen*, um Gottes willen, wo er nicht einmal wußte, ob er demnächst noch ein Dach über dem Kopf haben würde –, machte ihn so wütend, daß er den gottverdammten Hund am liebsten *umgebracht* hätte.

Sandy! Betty und Alex und Mary! Jill! Und Suzy, der gottverdammte Hund!

Das war Al.

Irgendwo mußte er anfangen – die Dinge in Ordnung bringen, all dies geregelt kriegen. Es war an der Zeit, etwas zu *tun*, Zeit, zur Abwechslung ein paar klare Gedanken zu fassen. Und er hatte die Absicht, an diesem Abend damit zu beginnen.

Er würde den Hund ins Auto locken, ohne daß es jemand sah, und unter irgendeinem Vorwand wegfahren. Aber er mochte überhaupt nicht daran denken, wie Betty die Augen niederschlagen würde, wenn sie sah, daß er sich fertig machte, und wie sie ihn dann, später, in dem Moment, bevor er aus dem Haus ging, fragen würde, wie lange, und so weiter, in einem resignierten Ton, bei dem ihm noch elender wurde. Er konnte sich einfach nicht daran gewöhnen zu lügen. Außerdem widerstrebte es ihm, die kleine Reserve, die ihm bei Betty vielleicht noch blieb, aufzubrauchen, indem er ihr eine Lüge auftischte für etwas ganz anderes als das, was sie vermutete. Eine vergeudete Lüge, sozusagen. Aber er konnte ihr nicht die Wahrheit sagen, konnte nicht sagen, daß er *nicht* trinken ging, daß er sich *nicht* mit jemandem treffen wollte, sondern daß er den gottverdammten Hund beiseite schaffen und so den ersten Schritt tun wollte, um sein Haus in Ordnung zu bringen.

Er fuhr sich mit der Hand über das Gesicht, versuchte, alles einen Moment lang aus seinen Gedanken zu vertreiben. Er nahm sich eine kalte Halbliterdose Lucky aus dem Kühlschrank und zog den Verschluß knallend auf. Sein Leben war ein Labyrinth geworden, eine Lüge überlagerte die andere, bis er nicht mehr sicher war, ob er sie, falls nötig, entwirren konnte.

»Dieser gottverdammte Hund«, sagte er mit lauter Stimme.

»Sie hat keinen Verstand!« pflegte Al über Suzy zu sagen. Außerdem war sie hinterlistig. Sobald jemand die hintere Tür offenließ und alle aus dem Hause waren, öffnete sie mit der Schnauze die Fliegengittertür, kam ins Wohnzimmer und pißte auf den Teppich. Inzwischen waren mindestens ein halbes Dutzend landkartenartige Flecken darauf. Aber ihr Lieblingsplatz war die Waschküche, wo sie in der schmutzigen Kleidung herumwühlen konnte, so daß von allen Shorts und Unterhosen der vordere Teil oder der Hosenboden weggekaut war. Sie kaute auch die Antennendrähte draußen am Haus durch, und einmal, als Al in die Einfahrt einbog, sah er sie im Vorgarten liegen, mit einem seiner Schuhe von Florsheim im Maul.

»Sie ist verrückt«, sagte er dauernd. »Und sie macht mich verrückt. Ich kann gar nicht schnell genug Geld verdienen, um alles, was sie kaputt macht, zu ersetzen. Das Miststück. Eines Tages bring ich sie um!«

Betty duldete den Hund über längere Phasen hin, schien sich eine Zeitlang nicht an ihm zu stören, doch dann ging sie plötzlich mit geballten Fäusten auf ihn los, nannte ihn ein Dreckstück, ein Mistvieh, und schrie die Kinder an, sagte, sie sollten ihn nicht in ihr Zimmer lassen und nicht ins Wohnzimmer und so weiter. Mit den Kindern war Betty genauso. Sie kam oft lange gut mit ihnen aus, ließ ihnen vieles durchgehen, und dann fiel sie plötzlich wie eine Wilde über sie her, schlug sie ins Gesicht und schrie: »Hört auf! Hört auf! Ich halt das nicht mehr aus!«

Aber dann sagte Betty wieder: »Es ist ihr erster Hund. Erinner dich, wie gern du deinen ersten Hund gehabt haben mußt.«

»Mein Hund hatte Grips«, sagte er dann. »Es war ein Irischer Setter!«

Der Nachmittag verging. Betty und die Kinder kamen mit dem Wagen von irgendwoher zurück, und sie alle aßen Sandwiches und Potato-Chips auf der Terrasse. Er schlief

auf dem Gras ein, und als er aufwachte, war es beinahe Abend.
Er duschte, rasierte sich, zog sich eine bequeme Hose und ein sauberes Hemd an. Er fühlte sich ausgeruht, aber schlaff. Er machte sich fertig, und er dachte an Jill. Er dachte an Betty und Mary und Sandy und Suzy. Er fühlte sich wie betäubt.
»Es gibt gleich Abendessen«, sagte Betty. Sie war an die Badezimmertür gekommen und sah ihn an.
»In Ordnung, fein. Aber ich hab keinen Hunger. Zu heiß zum Essen«, sagte er und fingerte an seinem Kragen herum. »Ich fahre vielleicht rüber zu Carl's Bar, Pool spielen und ein paar Bier trinken.«
Sie sagte: »Ich verstehe.«
Er sagte: »Gott noch mal!«
Sie sagte: »Mach nur, mir ist es egal.«
Er sagte: »Ich bleib nicht lange.«
Sie sagte: »Mach nur, hab ich gesagt. Ich hab gesagt, mir ist's egal.«
In der Garage sagte er: »Gottverdammte Bande, alle zusammen!«, und kickte die Harke quer über den Zementfußboden. Dann steckte er sich eine Zigarette an und versuchte sich zu beruhigen. Er hob die Harke auf und stellte sie dahin, wo sie hingehörte. Er murmelte vor sich hin und sagte: »Ordnung, Ordnung«, als der Hund zur Garage kam, bei der Tür herumschnüffelte und reinguckte.
»Komm. Komm, bei Fuß, Suzy. Bei Fuß, Suzy«, rief er.
Suzy wedelte mit dem Schwanz, blieb aber, wo sie war.
Er ging zu dem Hängeschrank über dem Rasenmäher und nahm eine, dann zwei und schließlich drei Dosen Futter herunter.
»Heute abend kriegst du so viel du willst, Suzy. Braver Hund. So viel du fressen kannst«, rief er lockend. Er öffnete

die erste Dose an beiden Enden und schob die glitschige Masse in den Hundenapf.

Er fuhr beinahe eine Stunde lang herum, ohne sich für eine Stelle entscheiden zu können. Wenn er Suzy einfach in irgendeiner bewohnten Gegend absetzte und jemand beim Tierasyl anrief, würde sie binnen ein, zwei Tagen wieder im Haus sein. Das Bezirksasyl war die erste Stelle, wo Betty anrufen würde. Er erinnerte sich an Geschichten, die er gelesen hatte, von verirrten Hunden, die über Hunderte von Meilen ihren Weg zurückgefunden hatten. Er erinnerte sich an Filme, in denen jemand das Nummernschild gesehen hatte, und bei dem Gedanken bekam er Herzklopfen. In den Augen der Öffentlichkeit und ohne daß jemand die Umstände, die dabei mitspielten, kannte, war es eine beschämende Sache, beim Aussetzen eines Hundes erwischt zu werden. Er mußte die richtige Stelle finden.
Er überquerte den American River. Der Hund mußte so oder so mehr raus, mußte den Wind auf seinem Rücken spüren, mußte im Fluß schwimmen und rumlaufen dürfen, wenn er wollte; es war ein Jammer, einen Hund die ganze Zeit eingesperrt zu halten. Aber die Wiesen vor dem Uferdamm kamen ihm zu trostlos vor, kein Haus weit und breit. Immerhin wollte er ja doch, daß der Hund gefunden und versorgt wurde. Ihm schwebte ein altes zweigeschossiges Haus vor, mit glücklichen, braven und vernünftigen Kindern, die einen Hund haben wollten, die unbedingt einen Hund haben wollten. Aber es gab keine alten zweigeschossigen Häuser in dieser Gegend, nicht eines.
Er fuhr zum Highway zurück. Er hatte Suzy noch nicht ansehen können, seit er sie in den Wagen befördert hatte. Sie lag jetzt friedlich auf dem Rücksitz. Aber als er von der Straße runterfuhr und anhielt, setzte sie sich auf und jaulte.

Er hielt an einer Bar und kurbelte alle Fenster runter, bevor er hineinging. Er blieb etwa eine Stunde, trank Bier und spielte Shuffleboard. Und die ganze Zeit überlegte er, ob es besser gewesen wäre, wenn er auch alle Türen des Wagens halb offengelassen hätte. Als er nach draußen kam, saß Suzy aufrecht auf dem Rücksitz, zog die Lefzen zurück und zeigte die Zähne.

Er stieg ein und fuhr wieder los.

Dann fiel ihm die Stelle ein. Die Gegend, in der sie früher gewohnt hatten, wo es von Kindern wimmelte, gleich drüben in Yolo County, war genau die richtige Umgebung. Falls der Hund aufgegriffen wurde, würde man ihn zum Asyl in Woodland bringen, nicht zu dem in Sacramento. Einfach hinfahren zu einer der Straßen in ihrer ehemaligen Gegend, kurz anhalten, eine Handvoll von dem Scheiß, den sie fraß, nach draußen werfen, die Tür aufmachen und mit einem Schubs ein bißchen nachhelfen, und schon würde sie rausspringen, während er wegfuhr. Geschafft! Endlich wäre es geschafft.

Er trat aufs Gaspedal, er hatte es eilig.

Hier und da brannten Verandalampen, und vor drei oder vier Häusern sah er Männer und Frauen auf den Stufen sitzen, als er vorbeifuhr. Er fuhr kreuz und quer, und als er an seinem früheren Haus vorbeikam, verlangsamte er das Tempo, daß der Wagen fast zum Stehen kam, und starrte auf die Haustür, die Veranda, die erleuchteten Fenster. Er kam sich noch unbedeutender vor, als er das Haus betrachtete. Er hatte dort gewohnt – wie lange? Ein Jahr? Sechzehn Monate? Davor in Chico, Red Bluff, Tacoma, Portland – wo er Betty kennengelernt hatte –, Yakima ... Toppenish, wo er geboren und zur High School gegangen war. Seit seiner Kindheit, so kam es ihm vor, hatte er nicht mehr erlebt, wie es war, frei von Sorgen und Schlimmerem zu sein. Er dachte an Sommer, in denen er in den Cascades geangelt und gezeltet hatte, an Herbstwochen, in denen er Fasanen gejagt hatte, immer hinter Sam – das aufblitzende rote Fell des Setters wie ein Signal in den Maisfeldern und auf den Alfalfawiesen, durch die der Junge, der er gewesen war, und der Hund, den er damals hatte, wie verrückt gerannt waren. Er wünschte, er könnte weiterfahren, weiter und weiter, an diesem Abend, bis er auf der alten, mit Ziegelsteinen gepflasterten Hauptstraße von Toppenish fuhr, an der ersten Ampel links abbog, dann noch einmal links, anhielt, wenn er zu dem Haus kam, in dem seine Mutter wohnte, und nie, nie wieder, niemals, unter keinen Umständen, fortfuhr.

Er kam an das dunkle Ende der Straße. Dort war ein großes freies Feld, direkt vor ihm, und die Straße bog nach rechts ab, führte an dem Feld entlang. In der Länge eines Blocks etwa standen dort keine Häuser auf der dem Feld zugewandten Seite und nur ein einziges, vollkommen dunkles Haus auf der anderen Straßenseite. Er hielt an, und ohne länger darüber nachzudenken, was er da tat, nahm er eine Handvoll Hundefutter, beugte sich über den Sitz, öffnete die hintere Tür auf der Seite, wo das Feld war, warf das Zeugs hinaus und sagte: »Los, lauf, Suzy.« Er schob sie, bis sie widerwillig hinuntersprang. Er beugte sich noch weiter hinüber, zog die Tür zu und fuhr weg, langsam. Dann fuhr er schneller und schneller.

Er hielt bei Dupee's, der ersten Bar, zu der er auf dem Rückweg nach Sacramento kam. Er war nervös und schwitzte. Er fühlte sich nicht direkt befreit oder erleichtert, wie er es sich vorgestellt hatte. Aber er redete sich beharrlich ein, daß es ein Schritt in die richtige Richtung war, daß das gute

Gefühl sich morgen einstellen würde. Vorerst mußte er einfach abwarten.
Er hatte vier Bier getrunken, als ein Mädchen in Rollkragenpullover und Sandalen und mit einem Koffer in der Hand sich neben ihn setzte. Sie stellte den Koffer zwischen die Barhocker. Sie kannte anscheinend den Barmann, und der Barmann hatte ihr jedesmal etwas zu erzählen, wenn er vorbeikam, und ein- oder zweimal blieb er stehen und sprach mit ihr. Sie hieß Molly, sagte sie zu Al, aber sie wollte nicht zulassen, daß er ihr ein Bier spendierte. Aber eine halbe Pizza, schlug sie vor, würde sie essen.
Er sah sie lächelnd an, und sie lächelte zurück. Er zog seine Zigaretten und sein Feuerzeug heraus und legte beides auf die Theke.
»Also Pizza!« sagte er.
Später sagte er: »Kann ich Sie irgendwohin mitnehmen?«
»Nein, danke. Ich warte hier auf jemanden«, sagte sie.
Er fragte: »Wo soll es denn hingehen?«
Sie sagte: »Nirgendwohin. Oh«, sagte sie und stupste mit dem großen Zeh an den Koffer, »Sie meinen deswegen?« Sie lachte. »Ich wohne hier in West Sac. Ich will nirgendwohin. In dem Koffer ist nur ein Waschmaschinenmotor, der meiner Mutter gehört. Jerry – der Barmann hier – ist gut in solchen Sachen. Jerry hat gesagt, er repariert ihn umsonst.«
Al stand auf. Er schwankte ein bißchen, als er sich zu ihr hinüberbeugte. Er sagte: »Na, dann mach's gut, Schatz. Wir sehen uns.«
»Bestimmt!« sagte sie. »Und vielen Dank für die Pizza. Hatte seit mittags nichts gegessen. Versuche, von dem hier ein bißchen loszuwerden.« Sie hob den Pullover und griff eine Handvoll Speck in ihrer Taille.
»Und ich kann Sie nicht irgendwohin mitnehmen?« sagte er.

Die Frau schüttelte den Kopf.
Wieder im Wagen, im Weiterfahren, langte er nach seinen Zigaretten und dann, mit hastigen Bewegungen, nach seinem Feuerzeug, und er erinnerte sich, daß er beides auf der Theke hatte liegenlassen. Was soll's, dachte er, soll sie's behalten. Soll sie das Feuerzeug und die Zigaretten in den Koffer stopfen, zu der Waschmaschine. Er verrechnete es als weitere Kosten für den Hund. Aber die letzten, bei Gott! Es ärgerte ihn jetzt – jetzt, wo er die Dinge in Ordnung brachte –, daß das Mädchen nicht freundlicher gewesen war. Wäre er in einer anderen Stimmung gewesen, hätte er sie abschleppen können. Aber wenn du deprimiert bist, merkt man es dir an, überall, sogar an der Art, wie du dir eine Zigarette anzündest.
Er beschloß, zu Jill zu fahren. Er hielt an einem Wein- und Schnapsladen und kaufte eine halbe Flasche Whisky und stieg dann die Treppe zu ihrer Wohnung hinauf und machte auf dem Treppenabsatz halt, um wieder zu Atem zu kommen und seine Zähne mit der Zunge zu säubern. Er schmeckte noch die Pilze von der Pizza, und sein Mund und sein Hals waren wund von dem Whisky. Ihm wurde klar, daß er jetzt am liebsten in Jills Bad gegangen wäre und ihre Zahnbürste benutzt hätte.
Er klopfte. »Ich bin's, Al«, flüsterte er. »Al«, sagte er lauter. Er hörte, wie sie aufstand. Sie schob zuerst den Riegel zurück und wollte dann die Kette abnehmen, aber er lehnte sich zu schwer gegen die Tür.
»Moment, Schatz. Al, du darfst dich nicht so gegen die Tür lehnen, sonst kann ich die Kette nicht aushaken. So«, sagte sie und öffnete die Tür. Sie warf einen prüfenden Blick auf sein Gesicht und nahm ihn bei der Hand.
Sie umarmten sich ungeschickt, und er küßte sie auf die Wange.

»Setz dich, Schatz. Hier.« Sie drehte eine Lampe an und half ihm zum Sofa. Dann berührte sie mit den Fingern ihre Lockenwickler und sagte: »Ich schmink mir nur schnell die Lippen. Was möchtest du inzwischen haben? Kaffee? Saft? Ein Bier? Ich glaub, ich hab noch Bier. Was hast du da ... Whisky? Was möchtest du gern, Schatz?« Sie strich ihm mit der Hand übers Haar, beugte sich zu ihm herunter und sah ihm in die Augen. »Armes Baby, was möchtest du gern?« sagte sie.

»Nur halten. Halt mich«, sagte er. »Bleib. Setz dich hin. Kein Lippenstift«, sagte er und zog sie sich auf den Schoß. »Halten. Ich falle«, sagte er.

Sie legte den Arm um seine Schultern. Sie sagte: »Jetzt kommst du rüber ins Bett, Baby, und ich geb dir, was du gern hast.«

»Ehrlich, Jill«, sagte er, »ganz dünnes Eis. Bricht jeden Moment ein ... weiß nicht.« Er sah sie an, mit einem starren Ausdruck in seinem geschwollenen Gesicht, den er spürte, aber nicht verändern konnte. »Sehr ernst«, sagte er.

Sie nickte. »Denk jetzt über nichts nach, Baby. Ruh einfach nur aus«, sagte sie. Dann zog sie sein Gesicht an ihres und küßte ihn zuerst auf die Stirn und dann auf die Lippen. Sie drehte sich ein wenig auf seinem Schoß und sagte: »Nein, nicht bewegen, Al.« Die Finger beider Hände glitten plötzlich um seinen Nacken und faßten gleichzeitig sein Gesicht. Seine Augen flatterten einen Moment lang im Zimmer herum, dann versuchte er sich auf das zu konzentrieren, was sie tat. Sie hielt seinen Kopf mit ihren starken Fingern. Mit dem Daumennagel drückte sie einen Mitesser aus, seitlich von seiner Nase. »Sitz still!« sagte sie.

»Nein«, sagte er. »Laß das! Hör auf! Ich bin nicht in der Stimmung für so was.«

»Ich hab ihn fast. Sitz still, hab ich gesagt! ... Da, guck dir

das an. Wie findest du das? Hast nicht mal gewußt, daß das Ding da war, was? Jetzt nur noch einen, einen großen, Baby. Das ist der letzte«, sagte sie.
»Badezimmer«, sagte er, drängte sie weg, bahnte sich seinen Weg.

Zu Hause herrschte Aufregung, und alle waren in Tränen aufgelöst. Mary kam weinend herausgerannt und auf das Auto zu, noch ehe er es abgestellt hatte.
»Suzy ist weg«, schluchzte sie. »Suzy ist weg. Bestimmt kommt sie nie wieder, Daddy, ich weiß es. Sie ist weg!«
Mein Gott, sein Herz taumelte. *Was habe ich getan?*
»Jetzt mach dir mal keine Sorgen, meine Süße. Wahrscheinlich rennt sie nur gerade draußen irgendwo rum. Bestimmt kommt sie wieder«, sagte er.
»Bestimmt nicht, Daddy, ich weiß es. Mama hat gesagt, dann kriegen wir vielleicht einen anderen Hund.«
»Wäre das denn nicht auch recht, Süße?« sagte er. »Ein neuer Hund, wenn Suzy nicht wiederkommt? Wir gehen alle zusammen zur Tierhandlung.«
»Ich will keinen neuen Hund«, schrie das Kind, die Hände auf seinem Knie.
»Können wir einen Affen haben, Daddy? Und keinen Hund?« sagte Alex. »Wenn wir zu einem Tierladen gehen, weil wir nach einem Hund gucken wollen, können wir dann nicht lieber einen Affen kaufen?«
»Ich will keinen Affen!« schrie Mary. »Ich will Suzy.«
»Jetzt mal ruhig, laßt Daddy ins Haus. Daddy hat schreckliche, schreckliche Kopfschmerzen«, sagte er.
Betty hob gerade eine Kasserolle aus dem Backofen. Sie sah müde aus, gereizt ... älter. Sie sah ihn nicht an. »Haben die Kinder dir erzählt? Daß Suzy weg ist? Ich hab die ganze Nachbarschaft abgesucht, überall, ich schwör's.«

»Der Hund kommt wieder«, sagte er. »Wahrscheinlich läuft er irgendwo rum. Dieser Hund kommt bestimmt zurück«, sagte er.
»Im Ernst«, sagte sie und wandte sich ihm zu, die Hände in die Hüften gestemmt, »ich nehm an, es ist was anderes. Ich nehm an, sie ist vielleicht von einem Auto überfahren worden. Ich möchte, daß du rumfährst. Die Kinder haben sie gestern abend gerufen, und da war sie verschwunden. Seitdem haben wir nichts mehr von ihr gesehen. Ich hab beim Tierasyl angerufen und sie beschrieben, aber sie haben gesagt, ihre Wagen wären noch nicht alle zurück. Ich soll morgen früh wieder anrufen.«
Er ging ins Bad und hörte, wie sie immer weiterredete. Er ließ Wasser ins Waschbecken laufen und fragte sich mit einem flattrigen Gefühl im Magen, wie schwer genau sein Fehler war. Als er die Wasserhähne zudrehte, hörte er sie noch immer. Er blickte starr in das Waschbecken.
»Hast du verstanden?« rief sie. »Ich möchte, daß du nach dem Abendessen rumfährst und sie suchst. Die Kinder können dich begleiten und auch gucken … Al?«
»Ja, ja«, antwortete er.
»Was?« rief sie. »Was hast du gesagt?«
»Ich habe ja gesagt. Ja! In Ordnung. Alles, was du willst! Aber zuerst möchte ich mich waschen, ja?«
Sie sah von der Küche aus zu ihm rein. »Was ist verdammt noch mal in dich gefahren? Ich hab dich nicht gebeten, gestern abend, daß du dich betrinkst, oder? Ich hab es satt, das sag ich dir! Ich hab einen höllischen Tag hinter mir, falls dich das noch interessiert. Alex hat mich heute früh um fünf geweckt und ist zu mir ins Bett gekrochen. Sein Daddy, hat er gesagt, hat so laut geschnarcht, daß … Du hast ihm *angst* gemacht! Ich hab dich liegen sehen, unausgezogen, total benebelt, und das Zimmer hat zum Himmel gestunken. Ich

kann dir sagen, ich hab es satt, bis oben hin!« Sie blickte schnell in der Küche herum, als wollte sie nach etwas greifen. Er stieß mit einem Fußtritt die Tür zu. Alles ging den Bach runter. Während er sich rasierte, hielt er einmal inne, und mit dem Rasierer in der Hand betrachtete er sich im Spiegel: das Gesicht teigig, charakterlos – *unmoralisch*, ja, das war das richtige Wort. Er legte den Rasierer nieder. *Ich glaube, diesmal habe ich den schwersten Fehler gemacht. Ich glaube, ich habe den schwersten Fehler von allen gemacht.* Er hob den Rasierer an die Kehle und rasierte sich zu Ende.

Er duschte nicht, und er zog sich auch nicht um. »Stell mir das Abendessen warm«, sagte er. »Oder stell's in den Kühlschrank. Ich fahr los. Jetzt gleich«, sagte er.
»Du kannst bis nach dem Essen warten. Die Kinder können dich begleiten.«
»Nein, verdammt noch mal. Laß die Kinder in Ruhe essen und danach hier in der Gegend suchen, wenn sie wollen. Ich hab keinen Hunger, und außerdem wird es bald dunkel.«
»Sind hier alle verrückt geworden?« rief sie. »Ich weiß nicht, was ist eigentlich los mit uns? Gleich kriege ich einen Nervenzusammenbruch. Gleich verlier ich den Verstand. Was soll aus den Kindern werden, wenn ich den Verstand verlier?« Sie sank auf das Abtropfbrett, das Gesicht verzerrt, und Tränen liefen ihr über die Wangen. »Du liebst sie doch sowieso nicht! Du hast sie nie geliebt. Es ist nicht der Hund, um den ich mir Sorgen mache. Es geht um uns! Um uns! Ich weiß, daß du mich nicht mehr liebst – du verfluchter Schuft, du! –, aber du liebst nicht mal mehr die Kinder!«
»Betty, Betty!« sagte er. »Mein Gott!« sagte er. »Es wird alles wieder gut werden. Ich verspreche es dir«, sagte er. »Mach dir keine Sorgen«, sagte er. »Ich verspreche dir, alles

wird wieder gut. Ich such den Hund, und dann wird alles wieder gut«, sagte er.
Er stürmte aus dem Haus, duckte sich hinter den Büschen, als er seine Kinder kommen hörte. Das Mädchen weinte und rief »Suzy, Suzy«; der Junge sagte, vielleicht sei sie von einem Zug überfahren worden. Als sie im Haus waren, lief er zum Auto.
Er regte sich an jeder Ampel auf, an der er warten mußte, und ihn erbitterte die Zeit, die er verlor, als er zum Tanken anhielt. Die Sonne stand tief und groß unmittelbar über der Kette gedrungener Hügel am Ende des Tals. Im günstigsten Fall blieb ihm noch eine Stunde Tageslicht.
Er sah sein ganzes Leben von hier an als Scherbenhaufen vor sich. Selbst wenn er noch weitere fünfzig Jahre lebte, was kaum anzunehmen war – er wußte, er würde nie darüber hinwegkommen, daß er den Hund ausgesetzt hatte. Er wußte, daß er erledigt war, falls er den Hund nicht fand. Ein Mann, der einen kleinen Hund verstieß, war einen Dreck wert. So ein Mann war zu allem fähig, würde vor nichts haltmachen.
Er krümmte sich auf seinem Sitz, er starrte in das geschwollene Gesicht der langsam tiefer in die Hügel sinkenden Sonne. Er wußte, daß er das rechte Maß für die Situation verloren hatte, aber er konnte nichts daran ändern. Er wußte, daß er den Hund irgendwie wieder herbeischaffen mußte, so wie er am Abend zuvor gewußt hatte, daß er ihn loswerden mußte.
»Derjenige, der hier verrückt wird, bin ich«, sagte er, und dann nickte er zur Bekräftigung.

Er kam diesmal aus der entgegengesetzten Richtung zu dem Feld, wo er Suzy abgesetzt hatte, und achtete angespannt auf jedes Anzeichen einer Bewegung.

»Mach, daß sie da ist«, sagte er.
Er hielt an und suchte das Feld ab. Dann fuhr er sehr langsam weiter. Ein Kombi hielt mit laufendem Motor in der Einfahrt des einsam stehenden Hauses, und er sah eine Frau, die elegant gekleidet war und Schuhe mit hohen Absätzen trug, mit einem kleinen Mädchen aus der Haustür kommen. Sie blickten zu ihm herüber, als er vorbeifuhr. Ein Stück weiter bog er nach links ab, und seine Augen erfaßten mit einem Blick die Straße und die Gärten zu beiden Seiten, so weit er sehen konnte. Nichts. Zwei Kinder standen, einen Block weiter, neben einem parkenden Wagen.
»Hallo«, sagte er zu den beiden Jungen, als er neben ihnen anhielt. »Habt ihr zwei zufällig heute einen kleinen weißen Hund hier in der Gegend gesehen? So einen weißen struppigen? Ich hab einen verloren.«
Der eine Junge sah ihn nur mit leerem Ausdruck an. Der andere sagte: »Ich hab heute nachmittag da drüben eine Menge kleine Kinder gesehen, die mit einem Hund gespielt haben. In der Straße hinter dieser. Ich weiß nicht, was für ein Hund es war. Vielleicht war es ein weißer. Es waren eine Menge Kinder.«
»Okay, gut. Danke«, sagte Al. »Ich danke dir, ich danke dir sehr«, sagte er.
Er bog am Ende der Straße nach rechts ab. Er konzentrierte sich auf die Straße vor ihm. Die Sonne war inzwischen untergegangen. Es war beinahe dunkel. Häuser, die eines neben dem andern aufragten, Bäume, Rasenflächen, Telefonmasten, parkende Autos – alles kam ihm so heiter vor, so frei von Sorgen. Er hörte einen Mann nach seinen Kindern rufen; er sah eine Frau mit Schürze die Stufen zu der erleuchteten Tür ihres Hauses hinaufsteigen.
»Hab ich noch eine Chance?« sagte Al. Er spürte, daß ihm Tränen in die Augen traten. Er war verwundert. Er mußte

gegen seinen Willen über sich selbst lächeln und zog kopfschüttelnd sein Taschentuch heraus. Dann sah er eine Gruppe Kinder. Sie kamen die Straße herunter. Al winkte, um ihre Aufmerksamkeit zu gewinnen.

»He, ihr da, habt ihr zufällig einen kleinen weißen Hund gesehen?« fragte Al sie.

»O ja«, sagte ein Junge. »Ist es Ihr Hund?«

Al nickte.

»Wir haben gerade eben mit ihm gespielt, unten an der Straße. In Terrys Garten.« Der Junge zeigte in die Richtung. »Unten an der Straße.«

»Haben Sie Kinder?« fragte eines der kleinen Mädchen vorwitzig.

»Ja«, sagte Al.

»Terry hat gesagt, er will ihn behalten. Er hat keinen Hund«, sagte der Junge.

»Ich weiß nicht«, sagte Al. »Ich glaube nicht, daß meine Kinder damit einverstanden wären. Er gehört ihnen. Er hat sich nur verlaufen«, sagte Al.

Er fuhr die Straße weiter. Es war jetzt dunkel, man konnte nicht mehr gut sehen, und er geriet wieder in Panik und fluchte stumm vor sich hin. Er verfluchte, wie wetterwendisch er war, wie er dauernd etwas anderes wollte, einen Moment dies und im nächsten Moment das.

Und dann sah er den Hund. Er machte sich klar, daß er ihn schon eine Zeitlang gesehen hatte. Der Hund bewegte sich langsam, im Gras schnüffelnd, an einem Zaun entlang. Al stieg aus dem Wagen, ging quer über den Rasen und beugte sich im Gehen hinunter und rief: »Suzy, Suzy, Suzy.«

Suzy blieb stehen, als sie ihn sah. Sie hob den Kopf. Er ging in die Hocke, streckte den Arm aus, wartete. Beide sahen einander an. Sie bewegte den Schwanz zur Begrüßung. Sie legte sich flach auf den Boden, den Kopf zwischen ihren

Vorderpfoten, und betrachtete ihn. Er wartete. Sie stand auf. Sie ging um den Zaun herum und verschwand aus seinem Blickfeld.
Er hockte da. Alles in allem, dachte er, fühlte er sich gar nicht so schlecht. Die Welt war voller Hunde. Es gab solche Hunde, und es gab solche. Nur daß man mit manchen Hunden nichts anfangen konnte.

Warum, mein Schatz?

Sehr geehrter Herr,
ich war so überrascht, als ich Ihren Brief erhielt, in dem Sie nach meinem Sohn fragen, woher wußten Sie denn, daß ich hier bin? Ich bin schon vor Jahren hierhergezogen, gleich als das alles angefangen hat. Hier weiß niemand, wer ich bin, aber Angst habe ich trotzdem. Wovor ich mich fürchte? Vor ihm. Wenn ich in die Zeitung gucke, schüttle ich den Kopf und wundere mich. Ich lese, was sie über ihn schreiben, und ich frage mich, ist dieser Mann wirklich mein Sohn, tut er wirklich all diese Dinge?
Er war ein guter Junge, abgesehen von seinen Ausbrüchen und daß er nicht die Wahrheit sagen konnte. Ich kann Ihnen keine Gründe dafür sagen. Es hat eines Sommers angefangen, um den Vierten Juli herum, er muß ungefähr fünfzehn gewesen sein. Trudy, unsere Katze, verschwand und blieb die ganze Nacht weg und den nächsten Tag auch. Mrs. Cooper, die gleich hinter uns wohnt, kam am nächsten Abend zu mir, um mir zu sagen, Trudy sei am Nachmittag in ihren Garten gekrochen und gestorben. Trudy war ganz zerfetzt, sagte sie, aber sie habe Trudy erkannt. Mr. Cooper begrub die Überreste.
Zerfetzt? sagte ich. Zerfetzt? Wie meinen Sie das?
Mr. Cooper habe gesehen, wie zwei Jungen auf der Wiese Feuerwerksknaller in Trudys Ohren und in ihr Sie wissen schon was steckten. Er habe sie davon abhalten wollen, aber sie liefen weg.

Aber wer würde so etwas tun, hat er gesehen, wer es war? Er kannte den anderen Jungen nicht, aber einer von den beiden lief hier herüber. Mr. Cooper meinte, sagte Mrs. Cooper, es war Ihr Sohn.
Ich schüttelte den Kopf. Nein, das kann nicht sein, so etwas würde er nicht tun, er hat Trudy geliebt, Trudy gehört zur Familie, seit Jahren, nein, das war nicht mein Sohn.
An diesem Abend erzählte ich ihm die Sache mit Trudy, und er tat so, als wär er überrascht und schockiert, und sagte, wir sollten eine Belohnung aussetzen. Er tippte auch etwas und versprach, es in der Schule auszuhängen. Aber als er an diesem Abend in sein Zimmer ging, sagte er: nimm es nicht zu schwer, Mom, sie war alt, sie war 65 oder 70, in Katzenjahren gerechnet, sie hat ein langes Leben gehabt.
Er arbeitete nachmittags und sonnabends als Lagergehilfe bei Hartley's. Eine Freundin von mir, die dort arbeitete, Betty Wilks, hatte mir von dem Job erzählt und gesagt, sie würde ein gutes Wort für ihn einlegen. Ich erzählte es ihm am gleichen Abend, und er sagte, in Ordnung, Jobs für junge Leute sind schwer zu finden.
An dem Abend, als er seinen ersten Lohnscheck bekam, kochte ich sein Lieblingsessen, und alles stand fertig auf dem Tisch, als er hereinkam. Da ist ja der Herr des Hauses, sagte ich und nahm ihn in die Arme. Ich bin so stolz, wieviel hast du gekriegt, mein Schatz? Achtzig Dollar, sagte er. Ich war platt. Das ist ja wunderbar, mein Schatz, ich kann es kaum glauben. Ich komm um vor Hunger, sagte er, laß uns essen. Ich war glücklich, aber ich konnte es nicht verstehen, es war mehr, als ich verdiente.
Als ich die Wäsche machte, fand ich den Kontrollabschnitt von Hartley's in seiner Tasche, 28 Dollar stand darauf, er hatte 80 Dollar gesagt. Warum sagte er nicht einfach die Wahrheit? Ich konnte das nicht verstehen.

Ich fragte ihn zum Beispiel, wo bist du gestern abend gewesen, mein Schatz? Im Kino, antwortete er vielleicht. Und dann fand ich heraus, daß er beim Schulball gewesen oder den ganzen Abend lang mit irgendwem im Auto rumgefahren war. Und ich dachte, was kann er davon haben, warum ist er nicht einfach aufrichtig, es gibt keinen Grund, daß er seine Mutter anlügt.
Ich weiß noch, wie er einmal angeblich auf einem Schulausflug gewesen war, und so fragte ich ihn, was hast du auf dem Schulausflug gesehen, mein Schatz? Und er zuckte mit den Schultern und sagte, Bodenformationen, vulkanisches Gestein, Asche, sie haben uns gezeigt, daß da, wo jetzt nur Wüste ist, vor Millionen Jahren ein großer See gewesen ist. Er sah mir in die Augen und sprach weiter. Dann, am nächsten Tag, bekam ich einen Brief von der Schule, sie wollten die Erlaubnis zu einem Schulausflug haben, ob er die Erlaubnis hätte mitzufahren.
Gegen Ende seines letzten Schuljahrs kaufte er sich ein Auto und war dauernd fort. Ich war besorgt wegen seiner Schulnoten, aber er lachte nur. Sie wissen, er war ein ausgezeichneter Schüler, das wissen Sie bestimmt, wenn Sie überhaupt etwas über ihn wissen. Danach hat er sich eine Schrotflinte und ein Jagdmesser gekauft.
Mir gefiel es überhaupt nicht, daß wir so etwas im Haus hatten, und ich sagte es ihm. Er lachte, wie er einem immer mit einem Lachen kam. Er sagte, er würde das Gewehr und das Messer in den Kofferraum seines Autos tun, da käme er auch schneller dran.
Eines Samstags kam er abends nicht nach Hause. Ich war außer mir vor Sorgen. Gegen zehn Uhr am nächsten Morgen kam er rein und bat mich, ihm Frühstück zu machen, er hätte sich, sagte er, beim Jagen einen gewaltigen Appetit geholt, es täte ihm leid, sagte er, daß er die ganze Nacht

fortgeblieben sei, sie wären eine lange Strecke gefahren, sagte er, um zu dem Jagdgebiet dort zu kommen. Es klang sonderbar. Er war nervös.

Wo bist du hingefahren?

Rauf in die Wenas. Ein paarmal haben wir was vor die Flinte bekommen.

Mit wem bist du gefahren, mein Schatz?

Fred.

Fred?

Er sah mich nur an, und ich sagte nichts weiter.

Am Sonntagabend danach ging ich auf Zehenspitzen in sein Zimmer, um die Autoschlüssel zu holen. Er hatte versprochen, am Abend davor, auf dem Rückweg von der Arbeit ein paar Sachen fürs Frühstück mitzubringen, und ich dachte, er hätte sie vielleicht in seinem Auto gelassen. Ich sah seine neuen Schuhe halb unter dem Bett stehen, sie waren voller Schlamm und Sand. Er machte die Augen auf.

Mein Schatz, was ist mit deinen Schuhen passiert? Guck dir mal deine Schuhe an.

Mir ist das Benzin ausgegangen, ich mußte weit gehen, um Benzin zu holen. Er setzte sich auf. Kann dir doch egal sein.

Ich bin deine Mutter.

Während er unter der Dusche war, nahm ich die Schlüssel und ging nach draußen zu seinem Auto. Ich öffnete den Kofferraum. Die Sachen aus dem Lebensmittelladen fand ich nicht. Ich sah die Schrotflinte auf einer Steppdecke liegen und auch das Messer, und ich sah ein Hemd, das zu einem Knäuel zusammengerollt war, und als ich es auseinanderschüttelte, war es voller Blut. Es war feucht. Ich ließ es fallen. Ich klappte den Kofferraumdeckel zu und ging wieder ins Haus, und da sah ich ihn am Fenster stehen und gucken, und er öffnete die Tür.

Ich hab vergessen, dir zu erzählen, sagte er, daß ich furcht-

bares Nasenbluten hatte. Ich weiß nicht, ob man das Hemd noch waschen kann, wirf es weg. Er lächelte.
Ein paar Tage später fragte ich ihn, wie er bei der Arbeit zurechtkomme. Gut, sagte er, er sagte, er hätte eine Lohnerhöhung bekommen. Aber ich traf Betty Wilks auf der Straße, und sie sagte, wie traurig sie bei Hartley's alle seien, daß er aufgehört habe, er war so beliebt, sagte sie, Betty Wilks.
Zwei Tage später lag ich abends im Bett, konnte aber nicht schlafen und starrte an die Decke. Ich hörte sein Auto draußen vorfahren und horchte, als er den Schlüssel ins Schloß steckte, und er kam durch die Küche und ging durch den Flur zu seinem Zimmer und schloß die Tür hinter sich. Ich stand auf. Ich sah Licht unter seiner Tür, ich klopfte an und stieß seine Tür auf und fragte, möchtest du gern eine Tasse heißen Tee, mein Schatz, ich kann nicht schlafen. Er stand über die Kommode gebeugt und stieß krachend eine Schublade zu und drehte sich wütend um, raus, schrie er, raus hier, ich hab es satt, daß du mir nachspionierst, schrie er. Ich ging in mein Zimmer und weinte mich in den Schlaf. Er hat mir das Herz gebrochen in dieser Nacht.
Am nächsten Morgen war er auf und weg, ehe ich ihn zu Gesicht bekommen konnte, aber das war mir ganz recht. Ich hatte mir vorgenommen, ihn von nun an wie einen Untermieter zu behandeln, falls er sein Betragen nicht änderte, für mich war die Grenze erreicht. Er mußte sich entschuldigen, falls er wollte, daß wir mehr waren als einfach nur Fremde, die unter ein und demselben Dach lebten.
Als ich an diesem Abend nach Hause kam, hatte er schon das Essen gemacht. Wie geht's dir, sagte er, und er nahm mir den Mantel ab. Wie war dein Tag?
Ich sagte, ich konnte letzte Nacht nicht schlafen, mein Schatz. Ich wollte eigentlich nicht noch mal davon anfan-

gen, und ich habe nicht die Absicht, dir Schuldgefühle zu machen, aber ich bin es nicht gewohnt, von meinem Sohn derartig angefahren zu werden.
Ich möchte dir was zeigen, sagte er, und er zeigte mir den Aufsatz, den er damals schrieb, für seinen Kurs in Staatsbürgerkunde. Ich glaube, es ging um die Beziehungen zwischen dem Kongreß und dem Obersten Gerichtshof. (Es war der Aufsatz, für den er bei der Abschlußfeier einen Preis bekommen hat!) Ich versuchte den Aufsatz zu lesen, und dabei kam ich zu dem Schluß, daß dies der richtige Zeitpunkt sei. Mein Schatz, ich würde gern in Ruhe mit dir sprechen, es ist schwer, ein Kind großzuziehen, so wie die Dinge heutzutage nun mal sind, und es ist besonders schwer für uns, weil wir keinen Vater im Haus haben, keinen Mann, an den wir uns wenden können, wenn wir ihn brauchen. Du bist jetzt beinahe erwachsen, aber ich bin immer noch verantwortlich, und ich finde, ich hab ein Recht auf ein bißchen Respekt und Rücksichtnahme, und ich hab mir alle Mühe gegeben, dir gegenüber gerecht und aufrichtig zu sein. Ich will die Wahrheit, mein Schatz, das ist alles, worum ich dich je gebeten habe, die Wahrheit. Mein Schatz, ich holte tief Luft, stell dir vor, du hättest ein Kind, einen Jungen, und er würde dir, wenn du ihn etwas fragst, egal was, zum Beispiel, wo er gewesen ist oder wohin er geht, wie er seine Zeit verbringt, egal was, nicht ein einziges Mal die Wahrheit sagen. Und wenn du ihn fragtest, regnet es draußen, würde er sagen, nein, es ist schön, die Sonne scheint, und ich nehm an, er würde bei sich lachen und denken, du wärst zu alt und zu dumm, um zu sehen, daß seine Kleider naß sind. Warum lügt er, würdest du dich fragen, was hat er davon, ich verstehe es nicht. Ich frage mich immer wieder, warum, aber ich weiß keine Antwort. Warum, mein Schatz?

Er sagte kein Wort, er starrte mich nur an, und dann kam er herüber, neben mich, und sagte, ich will's dir zeigen. Knie nieder, sage ich, ich sage, knie nieder, sagte er, das ist der erste Grund, warum.

Ich lief in mein Zimmer und schloß die Tür ab. An diesem Abend ging er fort. Er nahm seine Sachen mit, das, was er haben wollte, und ging fort. Und ob Sie es mir glauben oder nicht, ich hab ihn nie wieder gesehen. Ich sah ihn bei seiner Abschlußfeier, aber das war mit einer Menge Leute um ihn herum. Ich saß unter den Zuschauern und sah zu, wie er sein Diplom bekam und einen Preis für seinen Aufsatz, und dann hörte ich ihn die Rede halten, und dann klatschte ich zusammen mit den anderen. Danach ging ich nach Hause.

Ich hab ihn nie wieder gesehen. Oh, klar, ich hab ihn im Fernsehen gesehen, und ich hab Bilder von ihm in der Zeitung gesehen.

Ich fand heraus, daß er zu den Marines gegangen war, und dann hörte ich von jemandem, daß er nicht mehr bei den Marines war und auf ein College ging, drüben an der Ostküste, und dann heiratete er dieses Mädchen und ging in die Politik. Von da an sah ich manchmal seinen Namen in der Zeitung. Ich fand seine Adresse heraus und schrieb ihm, ich schrieb alle paar Monate einen Brief, es kam nie eine Antwort. Er kandidierte für das Amt des Gouverneurs und wurde gewählt und war nun berühmt. Damals fing es an, daß ich mir Sorgen machte.

Ich baute alle diese Ängste auf, ich wurde ängstlich, ich hörte natürlich auf, ihm zu schreiben, und dann hoffte ich, er würde denken, ich wäre tot. Ich zog hierher. Ich ließ mir eine Nummer geben, die nicht im Telefonbuch steht. Und dann mußte ich meinen Namen ändern. Wenn Sie ein mächtiger Mann sind und jemanden finden wollen, dann finden Sie ihn auch, es dürfte gar nicht so schwer sein.

Ich sollte stolz auf ihn sein, aber ich habe Angst. Letzte Woche sah ich einen Wagen auf der Straße, mit einem Mann darin, und ich weiß, daß er mich beobachtet hat. Ich ging sofort zurück und schloß die Tür zu. Vor ein paar Tagen hat das Telefon geklingelt und geklingelt, ich hatte mich hingelegt, ich nahm den Hörer ab, aber da war nichts, nichts.
Ich bin alt. Ich bin seine Mutter. Ich sollte die stolzeste Mutter im ganzen Land sein, aber ich habe nur Angst.
Vielen Dank, daß Sie mir geschrieben haben. Ich wollte, daß jemand davon erfährt. Ich schäme mich sehr.
Ich wollte Sie auch fragen, wie Sie meinen Namen bekommen haben und wußten, wohin Sie mir schreiben mußten, ich habe gebetet, daß niemand es erfährt. Aber Sie haben es herausgekriegt. Warum? Bitte sagen Sie mir, warum?

Hochachtungsvoll,
Ihre

Enten

An diesem Nachmittag kam Wind auf, der Regenböen brachte und die Enten in schwarzen Explosionen vom See aufscheuchte, sie nach den stillen Tümpeln drüben im Gehölz suchen ließ. Er war hinter dem Haus und spaltete Feuerholz und sah die Enten über den Highway ziehen und im Sumpf hinter den Bäumen niedergehen. Er beobachtete sie, es waren Gruppen von einem halben Dutzend darunter, aber meistens flogen sie zu zweit, ein Flug nach dem andern. Drüben über dem See war es schon dunkel und dunstig, und er konnte die andere Seite, wo die Sägemühle war, nicht erkennen. Er arbeitete schneller, trieb den eisernen Keil heftiger in die dicken trockenen Klötze und spaltete sie so tief, daß sie, wenn sie morsch waren, auseinanderflogen. An der Wäscheleine seiner Frau, die zwischen zwei Zukkerkiefern gespannt war, knallten Laken und Decken wie Schüsse im Wind. In zwei Gängen trug er all das Holz auf die Veranda, bevor es anfing zu regnen.

»Das Abendessen ist fertig!« rief sie aus der Küche.

Er ging hinein und wusch sich. Sie unterhielten sich ein bißchen, während sie aßen, hauptsächlich über die Reise nach Reno. Noch drei Arbeitstage, dann Zahltag, dann das Wochenende in Reno. Nach dem Abendessen ging er hinaus auf die Veranda und fing an, seine Lockenten einzusacken. Er unterbrach die Arbeit, als sie herauskam. Sie stand im Eingang und sah zu ihm herüber.

»Willst du morgen früh wieder jagen gehen?«

Er blickte von ihr fort und hinüber zum See. »Sieh dir das Wetter an. Ich glaub, morgen früh wird es gut sein.« Ihre Laken knatterten im Wind, und eine Decke lag auf dem Boden. Er deutete mit einer Kopfbewegung auf die Decke. »Deine Sachen werden naß.«

»Sie werden sowieso nicht trocken. Seit zwei Tagen hängen sie schon draußen und sind immer noch nicht trocken.«

»Was ist denn los? Geht's dir nicht gut?« sagte er.

»Mir geht's gut.« Sie ging wieder in die Küche und schloß die Tür und sah durch das Fenster zu ihm hinaus. »Ich mag es nur überhaupt nicht, daß du dauernd fort bist. Es kommt mir so vor, als wärst du dauernd fort«, sagte sie zu der Fensterscheibe. Ihr Atem schlug sich auf dem Glas nieder und verschwand dann. Als er hereinkam, stellte er die Lockenten in die Ecke und holte sich seine Lunchdose.

Sie lehnte am Küchenschrank, die Hände auf die Spüle gestützt. Er berührte ihre Hüfte, zupfte an ihrem Kleid.

»Warte nur, bis wir in Reno sind. Wir werden unseren Spaß haben«, sagte er.

Sie nickte. Es war heiß in der Küche, und über ihren Augen standen kleine Schweißperlen. »Ich steh auf, wenn du zurückkommst, und mach dir Frühstück.«

»Schlaf du nur. Ich möchte lieber, daß du schläfst.« Er griff um sie herum nach seiner Lunchdose.

»Küß mich, eh du gehst«, sagte sie.

Er nahm sie in die Arme. Sie schlang die Arme um seinen Hals und hielt ihn. »Ich liebe dich. Sei vorsichtig beim Fahren.«

Sie ging ans Küchenfenster und sah zu, wie er rannte und über die Pfützen sprang, bis er bei dem Pickup war. Sie winkte, als er aus der Fahrerkabine zurückblickte. Es war fast dunkel, und es regnete stark.

Sie saß in einem Sessel am Wohnzimmerfenster und hörte Radio und draußen den Regen, als sie die Scheinwerferlichter des Pickup die Einfahrt heraufkommen sah. Sie sprang auf und lief zur hinteren Tür. Er stand dort im Eingang, und sie berührte seinen nassen Gummimantel mit ihren Fingern.

»Sie haben alle nach Hause geschickt. Der Boß hatte einen Herzanfall. Er ist mitten in der Mühle umgefallen und gestorben.«

»Du hast mir einen Schrecken eingejagt.« Sie nahm seine Lunchdose und schloß die Tür. »Wer war es? War es der Vorarbeiter, der Mel heißt?«

»Nein, sein Name war Jack Granger. Er war ungefähr fünfzig Jahre alt, nehm ich an.« Er ging hinüber an den Ölofen und wärmte sich dort die Hände. »Gott, ist das sonderbar! Er war gerade da, wo ich arbeite, vorbeigekommen und hat mich gefragt, wie's mir geht, und er war wahrscheinlich noch keine fünf Minuten weg, da kommt Bill Bessie durch und sagt mir, daß Jack Granger gerade eben gestorben ist, mitten in der Mühle.« Er schüttelte den Kopf. »Einfach so.«

»Denk nicht daran«, sagte sie und nahm seine Hände zwischen ihre und rieb seine Finger.

»Tu ich nicht. Eine von diesen Sachen eben, nehm ich an. Du weißt nie.«

Der Regen prasselte gegen das Haus und peitschte schräg über die Fenster.

»Gott, ist es warm hier drinnen! Ist Bier da?«

»Ich glaube, es ist noch was da«, sagte sie und ging hinter ihm her in die Küche. Sein Haar war noch naß, und sie fuhr mit den Fingern durch, als er sich hinsetzte. Sie machte ihm ein Bier auf und goß sich ein wenig davon in eine Tasse. Er saß da, trank mit kleinen Schlucken und sah aus dem Fenster zu dem dunklen Wald hinüber.

Er sagte: »Einer von den Männern hat gesagt, daß er eine Frau hatte, und zwei erwachsene Kinder.«
Sie sagte: »Ein Jammer, das mit diesem Granger. Schön, dich zu Hause zu haben, aber ich mag überhaupt nicht, daß es wegen so etwas ist.«
»Genau das hab ich zu ein paar von den Jungen gesagt. Ich hab gesagt, ist ja schön, wenn man nach Hause kann, aber du lieber Gott, so will ich's auch nicht.« Er rutschte ein Stückchen auf seinem Stuhl zurück. »Weißt du, die meisten hätten, glaub ich, einfach weitergemacht und weitergearbeitet, aber ein paar von den Jungen im Werk haben gesagt, sie würden nicht arbeiten, solange er da so lag.« Er trank sein Bier aus und stand auf. »Ich sag dir, ich bin froh, daß sie nicht gearbeitet haben.«
Sie sagte: »Ich bin auch froh, daß du nicht gearbeitet hast. Ich hatte ein ganz komisches Gefühl, als du heute abend weggefahren bist. Ich mußte daran denken, an das komische Gefühl, als ich die Scheinwerfer sah.«
»Er war noch in der Kantine, gestern abend, und hat Witze erzählt. Dieser Granger war kein schlechter Kerl. Hat immer gelacht.«
Sie nickte. »Ich mach uns was zu essen, falls du dann etwas ißt.«
»Ich hab keinen Hunger, aber ich esse was«, sagte er.

Sie saßen im Wohnzimmer und hielten sich bei den Händen und sahen fern.
»Ich hab noch nie eine von diesen Sendungen gesehen«, sagte er.
Sie sagte: »Ich mach mir nicht mehr so viel aus dem Fernsehen. Du kriegst kaum noch was, was sich lohnt. Sonnabend und Sonntag, das ist in Ordnung. Aber in der Woche gibt es abends nichts.«

Er streckte die Beine aus und lehnte sich zurück. Er sagte: »Ich bin irgendwie müde. Ich glaub, ich geh ins Bett.«
Sie sagte: »Ich glaub, ich möchte noch baden, und dann komm ich auch ins Bett.« Sie fuhr ihm mit den Fingern durchs Haar und ließ ihre Hand hinuntergleiten und strich über seinen Nacken. »Vielleicht machen wir ja ein klein bißchen was heute abend. Wir haben fast nie eine Gelegenheit, ein klein bißchen was zu machen.« Sie berührte mit der anderen Hand seinen Oberschenkel, beugte sich hinüber und küßte ihn. »Was hältst du davon?«
»Klingt gut«, sagte er. Und er stand auf und ging hinüber ans Fenster. Vor den Bäumen draußen konnte er ihr Spiegelbild sehen – sie stand hinter ihm, ein bißchen zur Seite hin. »Schatz, geh nur schon und nimm dein Bad, und dann legen wir uns hin«, sagte er. Er stand noch eine Weile da und sah zu, wie der Regen gegen das Fenster schlug. Er sah auf die Uhr. Wäre er bei der Arbeit, dann wäre jetzt Pause, Zeit für das Essen. Er ging ins Schlafzimer und fing an, sich auszuziehen.
In der Unterhose ging er noch einmal ins Wohnzimmer und hob ein Buch vom Fußboden auf – *Die Lieblingsgedichte des amerikanischen Volkes*. Er vermutete, daß es mit der Post gekommen war, von dem Club, bei dem sie Mitglied war. Er ging durch das Haus und machte überall das Licht aus. Dann ging er wieder ins Schlafzimmer. Er kroch unter die Decke, legte ihr Kopfkissen auf seines und drehte die Schwanenhalslampe so, daß der Lichtschein auf die Seiten fiel. Er schlug das Buch in der Mitte auf und sah sich ein paar von den Gedichten an. Dann legte er das Buch auf den Nachttisch und bog die Lampe weg, zur Wand hin. Er zündete sich eine Zigarette an. Er legte die Arme hinter den Kopf und lag da und rauchte. Er sah geradeaus auf die Wand. Das Lampenlicht hob all die winzigen Risse und Wölbun-

gen im Verputz hervor. In der Ecke, oben, dicht unter der Decke, war ein Spinnennetz. Er hörte, wie der Regen vom Dach herunterpladderte.

Sie stand in der Badewanne und trocknete sich ab. Als sie merkte, daß er ihr zusah, lächelte sie und drapierte das Handtuch um ihre Schulter, machte einen kleinen Schritt in der Wanne und posierte.

»Na, wie sieht das aus?«

»Gut«, sagte er.

»Okay«, sagte sie.

»Ich dachte, du hättest noch ... du weißt schon«, sagte er.

»Hab ich.« Sie trocknete sich fertig ab und ließ das Handtuch auf den Fußboden neben der Wanne fallen und stellte sich mit zierlichen Bewegungen darauf. Der Spiegel neben ihr war beschlagen, und der Geruch ihres Körpers drang zu ihm herüber. Sie drehte sich um und griff nach der Schachtel auf dem Bord. Dann schlüpfte sie in den Gürtel und befestigte die weiße Binde. Sie versuchte ihn anzusehen, sie versuchte zu lächeln. Er drückte die Zigarette aus und nahm das Buch wieder in die Hand.

»Was liest du da?« rief sie.

»Keine Ahnung. Mist.« Er schlug das Buch hinten auf und ging langsam die biographischen Notizen durch.

Sie machte das Licht aus und kam aus dem Badezimmer und bürstete sich die Haare. »Hast du noch vor, morgen früh jagen zu gehen?« fragte sie.

»Ich glaub nicht«, sagte er.

Sie sagte: »Da bin ich froh. Wir schlafen lange, dann stehen wir auf und machen uns ein großes Frühstück.«

Er streckte die Hand aus und nahm sich noch eine Zigarette. Sie legte die Bürste in eine Schublade, zog eine andere Schublade auf und nahm ein Nachthemd heraus.

»Weißt du noch, wann du mir das geschenkt hast?« fragte sie.
Er sah sie zur Antwort nur an.
Sie kam herum, auf seine Seite des Bettes. Eine Weile lagen sie still da, er rauchte seine Zigarette, bis er nickte und ihr bedeutete, daß er fertig war, und sie drückte sie aus. Er langte über sie hinweg, küßte sie dabei auf die Schulter, und machte das Licht aus. »Weißt du«, sagte er, als er sich wieder zurücklegte, »ich glaub, ich möchte hier weg. Irgendwo anders hin.« Sie rückte dichter an ihn heran und schob ihr Bein zwischen seine. Sie lagen auf der Seite, mit den Gesichtern zueinander, die Lippen berührten sich fast. Er überlegte, ob sein Atem so rein roch wie ihrer. Er sagte: »Ich möchte einfach nur weg. Wir sind schon eine lange Zeit hier. Ich würde gern da hingehen, wo ich herkomme, und meine Leute sehen. Oder vielleicht rauf nach Oregon. Das ist eine gute Gegend.«
»Wenn es das ist, was du möchtest«, sagte sie.
»Ich glaub ja«, sagte er. »Es gibt viele Gegenden, in die man gehen kann.«
Sie bewegte sich etwas und nahm seine Hand und legte sie auf ihre Brust. Dann öffnete sie den Mund und küßte ihn und zog seinen Kopf mit der anderen Hand herunter. Langsam schob sie sich weiter nach oben im Bett und drückte sanft seinen Kopf an ihre Brust. Er nahm ihre Brustwarze und begann sie in seinem Mund zu liebkosen. Er versuchte zu denken, wie sehr er sie liebte, oder ob er sie liebte. Er hörte sie atmen, aber er hörte auch den Regen. So lagen sie da.
Sie sagte: »Wenn du nicht willst, macht das auch nichts.«
»Das ist es nicht«, sagte er und wußte nicht, was er meinte.

Er ließ sie los, als er merkte, daß sie eingeschlafen war, und legte sich auf seine Seite. Er versuchte, an Reno zu denken.

Er versuchte, an die Automaten zu denken, und daran, wie die Würfel klickten, und wie sie aussahen, wenn sie unter den hellen Lampen kullerten. Er versuchte, das Geräusch der Roulettekugel zu hören, wenn sie um das schimmernde Rad herumglitt. Er versuchte sich auf das Rad zu konzentrieren. Er sah und sah und horchte und horchte und hörte, wie die Sägen und die Motoren langsamer wurden, zum Stillstand kamen.

Er stieg aus dem Bett und ging ans Fenster. Draußen war es schwarz, und er konnte nichts sehen, auch nicht den Regen. Aber er hörte ihn, hörte ihn vom Dach herab und in eine Pfütze unter dem Fenster stürzen. Er hörte ihn überall im Haus. Er fuhr mit dem Zeigefinger quer durch den an der Scheibe herabrinnenden Tropfen.

Als er wieder ins Bett kroch, rückte er dicht an sie heran und legte die Hand auf ihre Hüfte. »Schatz, wach auf«, flüsterte er. Aber sie zuckte nur zusammen und rückte etwas weiter auf ihre Seite. Sie schlief weiter. »Wach auf«, flüsterte er. »Ich hör was, draußen.«

Und wie findest du das?

All der Optimismus, der seine Flucht aus der Stadt so plausibel gemacht hatte, war inzwischen dahin, war am Abend des ersten Tages, als sie durch die dunklen Redwood-Bestände nach Norden fuhren, verflogen. Das hügelige Weideland jetzt, die Kühe, die vereinzelten Farmhäuser im Westen des Staates Washington schienen ihm nichts von dem, was er sich eigentlich wünschte, zu versprechen. Er hatte etwas anderes erwartet. Er fuhr und fuhr, mit einem wachsenden Gefühl von Hoffnungslosigkeit und Erbitterung.

Er hielt eine Geschwindigkeit von fünfzig Meilen, mehr erlaubte die Straße nicht. Schweiß stand ihm auf der Stirn und über der Oberlippe, und in der Luft überall um sie herum war der scharfe, betäubende Geruch von Klee. Die Landschaft veränderte sich; der Highway führte plötzlich bergab, über einen Wasserdurchlaß hinweg, stieg wieder an, und dann hörte die Asphaltdecke auf und er steuerte das Auto über eine unbefestigte Landstraße. Eine erstaunliche Staubwolke stieg hinter ihnen auf. Als sie an dem alten Gemäuer eines abgebrannten Hauses vorbeikamen, das etwas zurückgesetzt zwischen Ahornbäumen stand, setzte Emily ihre dunkle Brille ab und beugte sich mit weit aufgerissenen Augen vor.

»Das ist doch tatsächlich das alte Haus der Owens«, sagte sie. »Er und Dad waren Freunde. Er hatte eine Brennerei auf dem Dachboden, und er hatte ein großes Gespann von Brauereipferden, mit dem er an allen Landwirtschaftsmessen teilgenommen hat. Gestorben ist er an einem Blinddarmdurchbruch, als ich ungefähr zehn Jahre alt war. Das Haus ist ein Jahr später abgebrannt, an Weihnachten. Danach sind sie nach Bremerton gezogen.«

»Ach, tatsächlich«, sagte er. »Weihnachten.« Dann: »Bieg ich hier rechts oder links ab? Emily? Rechts oder links?«

»Links«, sagte sie. »Links.«

Sie setzte sich die Brille wieder auf, nahm sie aber eine Sekunde später wieder ab. »Bleib auf dieser Straße, Harry, bis du zur nächsten Kreuzung kommst. Und dann rechts. Danach ist es nur noch ein kleines Stück.« Sie rauchte unablässig, eine Zigarette nach der anderen, und blickte jetzt schweigend hinaus auf die abgeernteten Felder, die vereinzelten Kiefernbestände, die einsamen verwitterten Häuser.

Er schaltete herunter und bog rechts ein. Die Straße fiel langsam ab in ein dünn bewaldetes Tal. In der Ferne vor ihnen – Kanada, vermutete er – sah er eine Bergkette, und hinter diesen Bergen eine dunklere, noch höhere Gebirgskette.

»Da ist eine kleine Straße«, sagte sie, »wenn man ganz unten ist. Das ist die Straße.«

Er bog vorsichtig ab und fuhr den von Wagenspuren gefurchten Weg entlang; er wartete auf das erste Zeichen von dem Haus. Emily saß neben ihm, nervös, wie er sah, und rauchte wieder; auch sie wartete auf den ersten Blick auf das Haus. Er blinzelte mit den Augen, als niedrige struppige Zweige gegen die Windschutzscheibe schlugen. Sie beugte sich leicht vor und berührte mit der Hand seinen Oberschenkel. »Jetzt«, sagte sie. Er verlangsamte das Tempo, so daß das Auto fast stehenblieb, fuhr durch das klare Wasser eines kleinen Rinnsals, das aus dem hohen Gras links von ihm kam, dann durch ein Hartriegeldickicht, das kratzend an der Flanke des Autos entlangfingerte, bevor die kleine

Straße wieder anstieg. »Da ist es«, sagte sie und nahm die Hand von seinem Oberschenkel.
Nach dem ersten beunruhigenden Anblick hielt er die Augen auf den Weg gerichtet. Er sah erst wieder auf das Haus, nachdem er das Auto bei der Haustür zum Stehen gebracht hatte. Dann befeuchtete er sich die Lippen, wandte sich zu ihr und versuchte zu lächeln.
»So, da wären wir«, sagte er.
Sie sah ihn an, sah überhaupt nicht auf das Haus.

Harry hatte immer in Städten gelebt – San Francisco in den letzten drei Jahren, und davor Los Angeles, Chicago und New York. Aber schon seit langem hatte er gern aufs Land ziehen wollen, irgendwo aufs Land. Anfangs war er sich nicht klar darüber gewesen, wohin er wollte; er wußte nur, daß er aus der Stadt raus und versuchen wollte, noch einmal neu anzufangen. Ein einfacheres Leben, das war's, was ihm vorschwebte, nur das Wesentliche, sagte er. Er war zweiunddreißig Jahre alt und war sozusagen Schriftsteller, aber er war auch Schauspieler und Musiker. Er spielte Saxophon und trat gelegentlich mit den *Bay City Players* auf, und er schrieb seinen ersten Roman. Er schrieb an dem Roman seit der Zeit, als er in New York lebte. An einem trüben Sonntagnachmittag im März, als er wieder einmal anfing, von einer Veränderung zu sprechen, einem ehrlicheren Leben irgendwo auf dem Land, hatte sie, scherzhaft zuerst, das leerstehende Haus ihres Vaters im nordwestlichen Teil des Staates Washington erwähnt.
»Mein Gott«, hatte Harry gesagt, »und dir würde das nichts ausmachen? Das primitive Leben, mein ich? So auf dem Land zu leben?«
»Ich bin da geboren«, sagte sie lachend. »Hast du das vergessen? Ich hab auf dem Land gelebt. Es ist okay. Es hat

seine Vorteile. Ich könnte wieder da leben. Allerdings weiß ich nicht, wie es für dich wär, Harry. Ob es gut für dich wär.«

Sie sah ihn immerzu an, ernst jetzt. In letzter Zeit hatte er das Gefühl, daß sie ihn dauernd ansah.

»Du würdest es nicht bedauern?« sagte er. »Hier alles aufzugeben?«

»Ich würde ja nicht viel aufgeben, Harry.« Sie zuckte mit den Schultern. »Aber ich will nicht drängeln, Harry.«

»Könntest du da oben malen?« fragte er.

»Ich kann überall malen«, sagte sie. »Und in der Nähe ist Bellingham«, sagte sie. »Da ist ein College. Oder sonst Vancouver oder Seattle.« Sie sah ihn noch immer aufmerksam an. Sie saß auf einem Hocker vor einem halbfertigen schattigen Porträt von einem Mann und einer Frau und rollte zwei Pinsel in ihrer Hand vor und zurück.

Das war drei Monate her. Sie hatten darüber geredet und wieder darüber geredet, und jetzt waren sie hier. Er klopfte mit den Knöcheln an die Wände neben der Haustür. »Solide. Solide Grundmauern. Das ist die Hauptsache, daß man solide Grundmauern hat.« Er vermied es, sie anzusehen. Sie war klug und hätte ihm etwas von den Augen ablesen können.

»Ich hab dir gesagt, erwarte nicht zuviel«, sagte sie.

»Ja, hast du. Ich erinner mich deutlich«, sagte er und sah sie noch immer nicht an. Er klopfte mit den Knöcheln noch einmal auf das nackte Holz und stellte sich dann neben sie. Seine Ärmel waren hochgerollt in der feuchten Nachmittagshitze, und er trug weiße Jeans und Sandalen. »Still, nicht?«

»Völlig anders als in der Stadt.«

»Gott, ja … Aber auch ganz hübsch, hier oben.« Er versuchte zu lächeln. »Muß ein bißchen was dran gemacht werden, das ist alles. Ein paar Kleinigkeiten. Kein schlechtes Haus, falls wir bleiben wollen. Nachbarn werden uns jedenfalls nicht stören.«

»Wir hatten hier Nachbarn, als ich ein kleines Mädchen war«, sagte sie. »Man mußte ein Stück fahren, wenn man sie besuchen wollte, aber es waren Nachbarn.«

Die Tür ging schief auf. Das obere Scharnier war locker. Keine große Sache, befand Harry. Langsam gingen sie von Zimmer zu Zimmer. Er gab sich Mühe, seine Enttäuschung zu verbergen. Zweimal klopfte er an die Wände und sagte: »Solide.« Oder: »Häuser wie dieses werden heute gar nicht mehr gebaut. Man kann eine Menge anfangen mit so einem Haus.«

Sie blieb vor einem großen Zimmer stehen und holte tief Atem.

»Deins?«

Sie schüttelte den Kopf.

»Und wir könnten die Möbel, die wir brauchen, von deiner Tante Elsie bekommen?«

»Ja, alles, was wir brauchen«, sagte sie. »Das heißt, falls wir das wollen, hierbleiben wollen. Ich dräng dich nicht. Es ist nicht zu spät, wir können noch umkehren. Es ist nichts verloren.«

In der Küche fanden sie einen Holzofen und eine Matratze, die an die Wand gestellt war. Wieder im Wohnzimmer, sah er sich um und sagte: »Ich dachte, es gäbe hier einen offenen Kamin.«

»Ich hab nie gesagt, daß in dem Haus ein Kamin ist.«

»Ich hatte mir einfach nur so vorgestellt, aus irgendeinem Grund, daß es einen Kamin geben würde ... Auch keine Steckdosen«, sagte er einen Moment darauf. Dann: »Und keine Elektrizität!«

»Auch keine Toilette«, sagte sie.

Er befeuchtete sich die Lippen. »Also«, sagte er und wandte sich ab, um etwas in der Ecke zu untersuchen, »ich nehm an, wir könnten eines dieser Zimmer mit einer Wanne und allem ausstatten, und jemanden holen, der die Klempnerarbeiten macht. Aber Elektrizität ist was anderes, findest du nicht? Ich mein, laß uns alle diese Dinge ins Auge fassen, wenn wir soweit sind. Eins nach dem andern. Ist das richtig? Findest du nicht auch? Laß uns ... laß uns zusehen, daß wir uns von alldem nicht unterkriegen lassen, okay?«
»Ich wünschte, du wärst mal still«, sagte sie.
Sie drehte sich um und ging hinaus.

Eine Minute später sprang er die Stufen hinunter und atmete die Luft ein, und sie steckten sich beide eine Zigarette an. Eine Schar Krähen stieg am anderen Ende der Wiese auf und flog langsam und geräuschlos in den Wald.
Sie gingen zur Scheune hinüber und blieben zwischendurch stehen, um die verkümmerten Apfelbäume in Augenschein zu nehmen. Er brach einen der trockenen Zweige ab und drehte ihn immer wieder in der Hand herum, während sie neben ihm stand und eine Zigarette rauchte. Es *war* eine friedliche, mehr oder weniger ansprechende Landschaft, und er fand es angenehm, das Gefühl zu haben, daß etwas Dauerhaftes, etwas wirklich Dauerhaftes, ihm gehören könnte. Er wurde von einer jähen Zuneigung zu dem kleinen Obstgarten ergriffen.
»Die kriegen wir wieder zum Tragen«, sagte er. »Brauchen Wasser und daß man sich ein bißchen um sie kümmert, das ist alles.« Er sah sich schon aus dem Haus kommen, mit einem Weidenkorb, und dicke rote Äpfel pflücken, noch feucht vom Morgentau, und ihm wurde klar, daß die Vorstellung etwas Anziehendes für ihn hatte.
Ihm war ein bißchen heiterer zumute, als sie sich der

Scheune näherten. Er untersuchte einen Moment lang die alten Nummernschilder, die an das Tor genagelt waren. Grüne, gelbe, weiße Nummernschilder des Staates Washington, inzwischen alle verrostet, 1922-23-24-25-26-27-28-29-34-36-37-40-41-1949; er studierte die Jahreszahlen, als ob er glaubte, ihre Folge könnte womöglich Aufschluß geben über irgendeinen Code. Er schlug den hölzernen Riegel zurück und zog und rüttelte an dem schweren Tor, bis es aufschwang. Die Luft drinnen roch ungewohnt. Aber er fand, daß es kein unangenehmer Geruch war.

»Es regnet hier viel im Winter«, sagte sie. »Ich kann mich nicht erinnern, daß es je im Juni so heiß war.« Sonnenlicht stach durch die Spalten im Dach. »Einmal hat Dad außerhalb der Saison ein Reh geschossen. Ich war etwa – ich weiß nicht mehr – acht oder neun, so ungefähr.« Sie wandte sich ihm zu, als er bei dem Tor stehenblieb, um sich ein altes Pferdegeschirr anzusehen, das dort an einem Nagel hing. »Dad war hier in der Scheune mit dem Reh, als der Jagdaufseher in den Hof einbog. Es war dunkel. Mutter schickte mich her, ich sollte Dad holen, und der Jagdaufseher, ein großer, untersetzter Mann mit Hut auf dem Kopf, kam hinter mir her. Dad trug eine Lampe in der Hand und kam gerade vom Heuboden herunter. Er und der Jagdaufseher plauderten ein paar Minuten lang. Das Reh hing da, aber der Jagdaufseher sagte nichts. Er bot Dad Kautabak an, aber Dad lehnte ab – er hatte nie Kautabak gemocht und wollte auch jetzt nichts davon nehmen. Dann zog mich der Jagdaufseher am Ohr und ging. Aber ich will an so etwas gar nicht denken«, fügte sie schnell hinzu. »Ich habe jahrelang nicht an diese Sachen gedacht. Ich will keine Vergleiche ziehen«, sagte sie. »Nein«, sagte sie. Sie trat einen Schritt zurück und schüttelte den Kopf. »Ich werde nicht weinen. Ich weiß, das klingt melodramatisch und einfach nur dumm, und es tut mir leid, daß ich melodramatisch und dumm rede. Aber die Wahrheit ist, Harry ...« Sie schüttelte wieder den Kopf. »Ich weiß nicht. Vielleicht war es ein Fehler, hierher zurückzukommen. Ich spüre deine Enttäuschung.«

»Du weißt das doch gar nicht«, sagte er.

»Nein, das stimmt, ich weiß es nicht«, sagte sie. »Und es tut mir leid, ich möchte dich wirklich nicht beeinflussen, weder so noch so. Aber ich glaub nicht, daß du bleiben möchtest. Möchtest du?«

Er zuckte mit den Schultern.

Er zog eine Zigarette heraus. Sie nahm sie und hielt sie, sie wartete auf ein Streichholz, wartete darauf, daß seine Augen ihren begegnen würden, über dem Streichholz.

»Als ich klein war«, fuhr sie fort, »wollte ich zum Zirkus gehen, wenn ich erwachsen war. Ich wollte keine Krankenschwester und keine Lehrerin werden. Auch nicht Malerin. Nein, damals wollte ich nicht Malerin werden. Ich wollte Emily Horner werden, Hochseilartistin. Hier in der Scheune habe ich geübt, auf den Balken zu balancieren. Der große Balken da oben, auf dem bin ich Hunderte von Malen hin und her gegangen.« Sie fing an, etwas anderes zu sagen, doch dann zog sie an ihrer Zigarette und trat sie mit dem Absatz aus und stampfte die Kippe sorgfältig in die Erde.

Er hörte draußen vor der Scheune einen Vogel rufen, und dann hörte er, wie oben auf dem Heuboden etwas über die Bretter trippelte. Sie ging an ihm vorbei, hinaus ins Licht, und ging dann langsam durch das tiefe Gras auf das Haus zu.

»Was sollen wir machen, Emily?« rief er hinter ihr her.

Sie blieb stehen, und er kam an ihre Seite.

»Am Leben bleiben«, sagte sie. Dann schüttelte sie den Kopf und lächelte schwach. Sie berührte seinen Arm. »Gott, ich

glaub, wir stecken ganz schön in der Klemme, nicht? Aber das ist auch alles, was ich dazu sagen kann, Harry.«
»Wir müssen uns entscheiden«, sagte er und wußte nicht genau, was er meinte.
»Du entscheidest, Harry, wenn du nicht schon entschieden hast. Es ist deine Entscheidung. Ich würde genauso gern zurückgehen, falls das es dir irgendwie leichter macht. Wir bleiben ein oder zwei Tage bei Tante Elsie und fahren dann zurück. In Ordnung? Aber gib mir eine Zigarette, ja? Ich geh jetzt rauf zum Haus.«
Er trat dichter zu ihr und dachte, sie würden sich vielleicht umarmen. Er wollte es gern. Aber sie rührte sich nicht; sie sah ihn nur fest an, und so tippte er ihr mit dem Zeigefinger auf die Nase und sagte: »Ich bin in einem Weilchen bei dir.«

Er sah ihr nach. Er blickte auf die Uhr, drehte sich um und ging langsam über die Weide auf den Wald zu. Das Gras reichte ihm bis zu den Knien. Kurz bevor er in den Wald trat, fand er da, wo das Gras langsam dünner wurde, eine Art Pfad. Er rieb sich die Nasenwurzel unter seiner dunklen Brille, blickte zurück auf das Haus und die Scheune und ging weiter, langsam. Eine Wolke von Mücken begleitete ihn, während er ging. Er blieb stehen, um sich eine Zigarette anzuzünden. Er wedelte die Mücken weg. Er blickte wieder zurück, aber jetzt konnte er weder das Haus noch die Scheune sehen. Er stand da und rauchte und fing an, die Stille zu spüren, die im Gras und in den Bäumen war, und in den Schatten weiter hinten in den Bäumen. War es nicht das, wonach er sich gesehnt hatte? Er ging weiter und hielt Ausschau nach einem Platz, wo er sich hinsetzen konnte.
Er zündete sich eine neue Zigarette an und lehnte sich an einen Baum. Er nahm ein paar Späne von dem weichen Boden zwischen seinen Beinen auf. Er erinnerte sich an einen

Band mit Theaterstücken von Ghelderode, der zuoberst auf den Sachen auf dem Rücksitz des Autos lag, und dann erinnerte er sich an einige der kleinen Städte, durch die sie am Morgen gefahren waren – Ferndale, Lynden, Custer, Nooksack. Plötzlich mußte er an die Matratze in der Küche denken. Ihm wurde klar, daß sie ihm angst gemacht hatte. Er versuchte, sich Emily beim Balancieren auf dem hohen Balken in der Scheune vorzustellen. Aber auch das machte ihm angst. Er rauchte. Er hatte das Gefühl, eigentlich sehr ruhig zu sein, wenn er alles recht bedachte. Er würde nicht hierbleiben, er wußte es, aber es beunruhigte ihn nicht, daß er es jetzt wußte. Es gefiel ihm, daß er sich so gut kannte. Er würde zurechtkommen, beschloß er. Er war erst zweiunddreißig. Noch nicht so alt. Er war, im Moment, in der Klemme. Er konnte sich das eingestehen. Das war schließlich, so sagte er sich, das Leben, oder etwa nicht? Er drückte die Zigarette aus. Nach einem Weilchen zündete er sich eine neue an.

Als er um die Ecke des Hauses kam, sah er sie ein Rad schlagen. Sie landete mit einem kleinen Bums, leicht geduckt, und dann sah sie ihn.

»He!« schrie sie und lächelte gefaßt.

Sie stellte sich auf die Fußballen, die Arme über dem Kopf seitwärts ausgestreckt und beugte sich dann zur Seite. Sie schlug noch zwei Räder, während er ihr zusah, und dann rief sie: »Und wie findest du *das*?« Sie ließ sich locker in einen Handstand fallen, gewann ihr Gleichgewicht und begann sich zittrig und schwankend in seine Richtung zu bewegen. Das Gesicht gerötet, die Bluse vor ihrem Kinn herunterhängend, die Beine wie wild rudernd – so kam sie auf ihn zu.

»Hast du dich entschieden?« fragte sie, außer Atem.

Er nickte.
»Und?« sagte sie. Sie ließ sich auf die Schulter fallen und rollte sich auf den Rücken, und dann bedeckte sie mit dem einen Arm ihre Augen vor der Sonne, als wollte sie ihre Brüste entblößen.
Sie sagte: »Harry.«
Er wollte eine Zigarette mit seinem letzten Streichholz anzünden, als seine Hände zu zittern begannen. Das Streichholz ging aus, und er stand da und hielt den leeren Streichholzbrief und die Zigarette und starrte auf die weite Wand der Bäume am Ende der hellen Wiese.
»Harry, wir müssen uns lieben«, sagte sie. »Wir müssen uns nur lieben«, sagte sie.

Fahrräder, Muskeln, Zigaretten

Zwei Tage waren vergangen, seit Evan Hamilton mit dem Rauchen aufgehört hatte, und es kam ihm so vor, als ob alles, was er an diesen zwei Tagen gesagt und gedacht hatte, irgendwie mit Zigaretten zu tun hatte. Er schnupperte an seinen Knöcheln, an seinen Fingern.

»Ich riech es sogar«, sagte er.

»Ich weiß. Es schwitzt aus dir raus, sozusagen«, sagte Ann Hamilton. »Drei Tage, nachdem ich aufgehört hatte, hab ich es noch an mir gerochen. Selbst wenn ich aus der Badewanne kam. Es war ekelhaft.« Sie stellte Teller fürs Abendessen auf den Tisch. »Es tut mir so leid, Liebling. Ich weiß, was du durchmachst. Aber falls das ein kleiner Trost ist: der zweite Tag ist immer der schlimmste. Der dritte Tag ist natürlich auch nicht leicht, aber danach bist du, wenn du es so lange durchhältst, über den Berg. Trotzdem, ich bin so glücklich, daß du ernsthaft aufhören willst, ich kann dir nicht sagen, wie glücklich.« Sie strich ihm über den Arm. »So, und wenn du jetzt Roger rufst – wir können essen.«

Hamilton öffnete die Haustür. Draußen war es schon dunkel. Es war Anfang November, und die Tage waren kurz und kühl. Ein größerer Junge, den er noch nie gesehen hatte, hockte auf einem kleinen, gut ausgerüsteten Fahrrad auf dem Weg vorm Haus. Der Junge saß weit vorgebeugt, ganz vorn auf dem Sattel, so daß seine Schuhspitzen das Pflaster berührten und ihn aufrecht hielten.

»Sie, sind Sie Mr. Hamilton?« sagte der Junge.

»Ja, der bin ich«, sagte Hamilton. »Was ist? Ist was mit Roger?«
»Roger is glaub ich unten bei mir zu Haus, mit meiner Mutter reden. Kip is da, und dieser Junge, der Gary Berman heißt. Wegen dem Fahrrad von meinem Bruder. Weiß nicht genau«, sagte der Junge und drehte die Gummigriffe, »aber meine Mutter hat gesagt, ich soll zu Ihnen und Sie holen. Einen von Ihnen, Rogers Vater oder Mutter.«
»Es ist ihm doch nichts passiert?« sagte Hamilton. »Ja, klar, ich komm gleich mit.«
Er ging ins Haus und zog sich die Schuhe an.
»Hast du ihn gefunden?« sagte Ann Hamilton.
»Er steckt irgendwie in Schwierigkeiten«, antwortete Hamilton. »Wegen eines Fahrrads. Ein Junge – ich hab seinen Namen nicht mitgekriegt – ist draußen. Er will, daß einer von uns beiden mit zu ihm nach Hause geht.«
»Ist ihm auch nichts passiert?« sagte Ann Hamilton und nahm die Schürze ab.
»Nein, bestimmt nicht.« Er sah sie an und schüttelte den Kopf. »Es klingt so, als wär's nur ein Streit unter Kindern, und die Mutter des Jungen hat sich eingemischt.«
»Möchtest du, daß ich geh?« fragte Ann Hamilton.
Er überlegte einen Moment lang. »Ja, es wär mir lieber, wenn du gingest, aber ich mach es schon. Halt unterdessen das Essen warm, bis wir zurück sind. Wird nicht lange dauern.«
»Ich mag nicht, wenn er nach dem Dunkelwerden noch draußen ist«, sagte Ann Hamilton. »Ich mag das gar nicht.«

Der Junge hockte auf seinem Fahrrad, und jetzt spielte er an der Handbremse herum.
»Wie weit?« sagte Hamilton, als sie auf dem Gehsteig losgingen.

»Drüben in Arbucle Court«, antwortete der Junge, und als Hamilton ihn ansah, fügte er hinzu: »Nicht weit. Ungefähr zwei Blocks von hier.«

»Was ist denn nun das Problem?« fragte Hamilton.

»Weiß nicht genau. Ich kapier das alles nicht. Er und Kip und dieser Gary Berman haben angeblich das Rad von meinem Bruder benutzt, als wir in den Ferien waren, und ich nehm an, sie haben's kaputtgemacht. Mit Absicht. Aber ich weiß nicht. Darüber jedenfalls reden sie. Mein Bruder kann sein Rad nicht finden, und sie hatten's zuletzt, Kip und Roger. Meine Mom will rauskriegen, was Sache is.«

»Kip kenn ich«, sagte Hamilton. »Wer ist der andere Junge?«

»Gary Berman. Ich nehm an, er is neu in der Gegend. Sein Dad kommt auch, wenn er nach Haus kommt.«

Sie bogen um eine Ecke. Der Junge stieß sich mit den Füßen ab, war immer ein Stückchen voraus. Hamilton sah einen Obstgarten, und dann bogen sie noch einmal um die Ecke und kamen in eine Sackgasse. Er hatte von der Existenz dieser Straße nichts gewußt und war überzeugt, daß er keinen von den Menschen, die hier wohnten, erkennen würde. Er betrachtete die unvertrauten Häuser ringsum und war erstaunt, wie weit der Bekanntenkreis seines Sohnes reichte.

Der Junge bog in eine Einfahrt, stieg von seinem Fahrrad ab und lehnte es ans Haus. Als der Junge die Haustür öffnete, folgte ihm Hamilton, zuerst durch das Wohnzimmer und dann in die Küche, wo er seinen Sohn an der einen Seite des Tisches sitzen sah, neben ihm Kip Hollister und ein anderer Junge. Hamilton sah Roger genau an, und dann wandte er sich der stämmigen, dunkelhaarigen Frau am Kopfende des Tisches zu.

»Sie sind Rogers Vater?« fragte ihn die Frau.

»Ja, Evan Hamilton ist mein Name. Guten Abend.«
»Ich bin Mrs. Miller, Gilberts Mutter«, sagte sie. »Tut mir leid, daß ich Sie hergebeten hab, aber wir haben hier ein Problem.«
Hamilton setzte sich auf einen Stuhl am anderen Ende des Tisches und blickte in die Runde. Ein Neun- oder Zehnjähriger, der Junge, wie Hamilton vermutete, dessen Fahrrad vermißt wurde, saß neben der Frau. Ein anderer Junge, vierzehn oder so, saß auf dem Abtropfbord der Spüle, ließ die Beine baumeln und beobachtete einen anderen Jungen, der gerade am Telefon sprach. Mit einem verschlagenen Grinsen über etwas, das ihm gerade am Telefon gesagt worden war, langte der Junge mit einer Zigarette zwischen den Fingern in das Spülbecken hinüber. Hamilton hörte das Zischen der in einem Glas Wasser verlöschenden Zigarette. Der Junge, der ihn hergebracht hatte, lehnte sich an den Kühlschrank und verschränkte die Arme.
»Hast du Kips Vater oder Mutter erreicht?« fragte die Frau den Jungen.
»Seine Schwester sagt, sie sind einkaufen. Ich bin bei ihnen gewesen, und Garys Vater muß in ein paar Minuten hier sein. Hab die Adresse dagelassen.«
»Mr. Hamilton«, sagte die Frau, »ich will Ihnen sagen, was geschehen ist. Wir waren letzten Monat in den Ferien, und Kip wollte sich Gilberts Fahrrad ausleihen, damit Roger ihm bei seiner, Kips, Zeitungsrunde helfen konnte. Ich nehm an, Rogers Fahrrad hatte einen Platten oder so. Nun stellt sich raus –«
»Gary hat mich gewürgt, Dad«, sagte Roger.
»Was?« sagte Hamilton und sah seinen Sohn prüfend an.
»Er hat mich gewürgt. Davon hab ich die Stellen.« Sein Sohn zog den Kragen seines T-Shirts herunter, um seinen Hals zu zeigen.

»Sie waren draußen in der Garage«, fuhr die Frau fort. »Ich wußte nicht, was sie machten, bis Curt, mein ältester, rüberging und nachsah.«

»Er hat angefangen!« sagte Gary Berman zu Hamilton. »Er hat Blödmann zu mir gesagt.« Er blickte zur Tür.

»Ich glaub, mein Rad hat ungefähr sechzig Dollar gekostet, damit ihr's wißt«, sagte der Junge, der Gilbert hieß. »Ihr müßt mir das Geld dafür geben.«

»Halt du dich da raus, Gilbert«, sagte die Frau zu ihm.

Hamilton holte Atem. »Sprechen Sie weiter«, sagte er.

»Es stellt sich also raus, daß Kip und Roger Gilberts Fahrrad benutzt haben, um Kip beim Zeitungsaustragen zu helfen, und dann haben die beiden, und Gary auch, angefangen, es abwechselnd rollen zu lassen.«

»Was heißt ›rollen lassen‹?« sagte Hamilton.

»Rollen lassen«, sagte die Frau. »Es mit einem Schubs die Straße runterrollen lassen, bis es umkippt. Dann, stellen Sie sich vor – und sie haben es gerade, vor wenigen Minuten, zugegeben –, haben Kip und Roger es mit zur Schule genommen und dort auf dem Sportplatz gegen einen Torpfosten geworfen.«

»Ist das wahr, Roger?« sagte Hamilton und sah seinen Sohn wieder an.

»Ein Teil davon ist wahr, Dad«, sagte Roger und senkte den Blick und rieb den Zeigefinger auf dem Tisch. »Aber wir haben es nur einmal rollen lassen. Kip hat es gemacht, dann Gary, und dann hab ich es gemacht.«

»Einmal ist zuviel«, sagte Hamilton. »Einmal ist einmal zuviel, Roger. Ich bin überrascht und enttäuscht von dir. Auch von dir, Kip«, sagte Hamilton.

»Aber verstehen Sie«, sagte die Frau, »einer schwindelt hier heute abend oder sagt nicht alles, was er weiß, denn soviel ist sicher, das Fahrrad ist spurlos verschwunden.«

Die älteren Jungen in der Küche lachten und alberten mit dem Jungen herum, der noch immer am Telefon war.
»Wir wissen nicht, wo das Fahrrad ist, Mrs. Miller«, sagte der Junge, der Kip hieß. »Wir haben es ja schon gesagt. Das letzte Mal, als wir's gesehen haben, war, als ich und Roger es mit zu mir nach Hause genommen haben, nachdem wir es in der Schule gehabt hatten. Und das allerletzte Mal war am nächsten Morgen, da hab ich es hierher zurückgebracht und hinter dem Haus abgestellt.« Er schüttelte den Kopf. »Wir wissen nicht, wo es ist«, sagte der Junge.
»Sechzig Dollar«, sagte der Junge, der Gilbert hieß, zu dem Jungen, der Kip hieß. »Du kannst sie mir abbezahlen, fünf Dollar die Woche.«
»Gilbert, ich warn dich«, sagte die Frau. »Sie sehen, sie *behaupten*«, fuhr die Frau fort, nun mit gerunzelten Brauen, »es wäre von *hier* verschwunden, aus dem Garten hinter dem Haus. Aber wie können wir ihnen glauben, wenn sie es den ganzen Abend nicht allzu genau mit der Wahrheit genommen haben?«
»Wir haben die Wahrheit gesagt«, sagte Roger. »Alles.«
Gilbert lehnte sich auf seinem Stuhl zurück und schüttelte mit Blick auf Hamiltons Sohn den Kopf.
Die Türklingel läutete, und der Junge auf dem Abtropfbrett sprang herunter und ging ins Wohnzimmer. Ein steifschultriger Mann mit Bürstenschnitt und scharf blickenden grauen Augen betrat wortlos die Küche. Er warf einen flüchtigen Blick auf die Frau und ging dann hinüber und stellte sich hinter Gary Bermans Stuhl.
»Sie müssen Mr. Berman sein«, sagte die Frau. »Freut mich, Sie kennenzulernen. Ich bin Gilberts Mutter, und das ist Mr. Hamilton, Rogers Vater.«
Der Mann nickte Hamilton zu, streckte aber nicht die Hand aus.

»Was soll das alles?« sagte Berman zu seinem Sohn.
Die Jungen am Tisch fingen alle auf einmal an zu reden.
»Ruhe da!« sagte Berman. »Ich sprech mit Gary. Ihr kommt auch noch dran.«
Der Junge begann seinen Bericht über die Angelegenheit. Sein Vater hörte aufmerksam zu. Hin und wieder kniff er die Augen zusammen und musterte die beiden anderen Jungen.
Als Gary Berman zu Ende gesprochen hatte, sagte die Frau: »Ich würde der Sache gern auf den Grund gehen. Ich bezichtige keinen von den Jungen, verstehen Sie, Mr. Hamilton, Mr. Berman – ich möchte der Sache nur gern auf den Grund gehen.« Sie sah Roger und Kip fest an, die ihre Köpfe in Richtung Gary Berman schüttelten.
»Das ist nicht wahr, Gary«, sagte Roger.
»Dad, kann ich allein mit dir sprechen?« sagte Gary Berman.
»Dann komm«, sagte der Mann, und sie gingen ins Wohnzimmer.
Hamilton sah ihnen nach. Er hatte das Gefühl, er sollte sich ihnen in den Weg stellen, dieser Geheimnistuerei. Seine Hände waren feucht, und er griff in die Tasche an seinem Hemd, nach einer Zigarette. Dann fuhr er sich, tief atmend, mit dem Handrücken unter der Nase entlang und sagte: »Roger, weißt du sonst noch etwas darüber, etwas anderes als das, was du schon gesagt hast? Weißt du, wo Gilberts Fahrrad ist?«
»Nein, ich weiß es nicht«, sagte der Junge. »Ich schwör's.«
»Wann hast du das Fahrrad das letzte Mal gesehen?« sagte Hamilton.
»Als wir es von der Schule mit nach Hause genommen und bei Kip gelassen haben.«
»Kip«, sagte Hamilton, »weißt du, wo Gilberts Fahrrad jetzt ist?«

»Ich schwöre, ich weiß es auch nicht«, antwortete der Junge. »Ich hab's an dem Morgen, nachdem wir es in der Schule gehabt hatten, zurückgebracht und hinter der Garage abgestellt.«

»Ich dachte, du hättest gesagt, du hättest es hinter dem *Haus* gelassen«, fuhr die Frau dazwischen.

»Ich mein das Haus! Ich hab das Haus gemeint«, sagte der Junge.

»Bist du danach noch einmal hier gewesen, um damit zu fahren?« fragte sie, weit vorgebeugt.

»Nein, bin ich nicht«, antwortete Kip.

»Kip?« sagte sie.

»Bin ich nicht! Ich weiß nicht, wo es ist!« schrie der Junge.

Die Frau hob die Schultern und ließ sie sinken. »Wie soll man da wissen, wem oder was man glauben kann?« sagte sie zu Hamilton. »Das einzige, was ich weiß, ist, daß Gilberts Fahrrad nicht mehr da ist.«

Gary Berman und sein Vater kamen wieder in die Küche.

»Es war Rogers Idee, das Fahrrad rollen zu lassen«, sagte Gary Berman.

»Es war deine!« sagte Roger und fuhr von seinem Stuhl hoch. »Du hast es gewollt! Und dann wolltest du es mit zum Obstgarten nehmen und auseinandernehmen!«

»Du hältst den Mund«, sagte Berman zu Roger. »Du sprichst, wenn du gefragt wirst, junger Mann, nicht vorher. Gary, ich nehm das jetzt in die Hand – da wird man abends aus dem Haus geholt wegen ein paar Rowdys! Also, ich geb euch einen guten Rat«, sagte Bermann, und er sah zuerst Kip und dann Roger an, » falls einer von euch weiß, wo das Fahrrad des Jungen ist, dann sollte er jetzt auf der Stelle reden.«

»Ich glaube, Sie gehen zu weit«, sagte Hamilton.

»Was?« sagte Berman. Seine Stirn verdüsterte sich. »Und ich glaube, Sie kümmern sich besser um Ihre eigenen Angelegenheiten!«

»Laß uns gehen, Roger«, sagte Hamilton und stand auf. »Kip, komm mit uns, oder bleib.« Er wandte sich der Frau zu. »Ich weiß nicht, was wir sonst heute abend noch tun können. Ich will alles noch einmal gründlich mit Roger besprechen, aber soweit es um eine Entschädigung geht, finde ich, da Roger bei der mutwilligen Beschädigung des Fahrrads mitgemacht hat, kann er, wenn es dazu kommt, ein Drittel bezahlen.«

»Ich weiß nicht, was ich sagen soll«, erwiderte die Frau, während sie Hamilton durchs Wohnzimmer folgte. »Ich muß mit Gilberts Vater sprechen – er ist zur Zeit nicht in der Stadt. Wir werden sehen. Am Ende läuft es wahrscheinlich darauf hinaus, aber ich will es mit seinem Vater besprechen.«

Hamilton trat zur Seite, damit die Jungen an ihm vorbei auf die Veranda hinausgehen konnten, und hinter sich hörte er Gary Berman sagen: »Er hat Blödmann zu mir gesagt, Dad.«

»Hat er? Hat er das?« hörte Hamilton Berman sagen. »Er ist selber der Blödmann. Er sieht wie ein Blödmann aus.«

Hamilton drehte sich um und sagte: »Ich finde, Sie gehen hier heute abend ganz entschieden zu weit, Mr. Berman. Beherrschen Sie sich doch!«

»Und ich hab Ihnen gesagt, Sie sollten sich da besser raushalten!« sagte Berman.

»Geh du schon nach Hause, Roger«, sagte Hamilton und befeuchtete sich die Lippen. »Ich mein es ernst«, sagte er, »los, geh!« Roger und Kip traten hinaus auf den Gehweg. Hamilton stand im Eingang und sah Berman an, der mit seinem Sohn durchs Wohnzimmer kam.

»Mr. Hamilton«, begann die Frau nervös, aber sie beendete den Satz nicht.

»Was wollen Sie?« sagte Berman zu ihm. »Jetzt passen Sie auf und gehen Sie mir aus dem Weg!« Berman streifte grob Hamiltons Schulter, und Hamilton trat von der Veranda hinunter in stachliges, knackendes Gebüsch. Er konnte kaum glauben, was ihm da geschah. Er befreite sich aus den Büschen und stürzte sich auf den Mann, der noch auf der Veranda stand. Sie fielen beide schwer auf den Rasen. Sie wälzten sich auf dem Rasen, Hamilton rang Berman auf den Rücken nieder und ließ sich mit den Knien hart auf Bermans Bizeps fallen. Er hatte jetzt Berman beim Kragen gepackt und begann seinen Kopf auf den Rasen zu stoßen, während die Frau schrie: »Gott, Allmächtiger, jemand muß sie trennen! Um Gottes willen, jemand muß die Polizei rufen!«

Hamilton hielt inne.

Berman blickte zu ihm auf und sagte: »Gehen Sie runter von mir.«

»Sind Sie auch nicht verletzt?« rief die Frau den beiden Männern zu, als sie sich voneinander lösten. »Um Gottes willen«, sagte sie. Und sie starrte die Männer an, die ein paar Schritte voneinander entfernt standen, mit den Rücken zueinander, und beide keuchten. Die älteren Jungen waren auf die Veranda gekommen und hatten zugesehen; jetzt, wo es vorbei war, warteten sie, beobachteten die Männer, und dann gingen sie zu Scheinangriffen über und boxten sich gegenseitig auf die Arme und in die Rippen.

»Ihr Kinder geht jetzt ins Haus«, rief die Frau. »Ich hab nie geglaubt, daß ich so etwas mal mit ansehen müßte«, sagte sie und legte die Hand auf die Brust.

Hamilton schwitzte, und seine Lungen brannten, als er tief Atem zu holen versuchte. In seiner Kehle war irgendein

Knoten, so daß er einen Moment lang nicht schlucken konnte. Er ging los, mit seinem Sohn und dem Jungen, der Kip hieß, an seiner Seite. Er hörte Autotüren zuschlagen, einen Motor starten. Scheinwerferlicht schwenkte über ihn hinweg, während er ging.

Roger schluchzte einmal auf, und Hamilton legte den Arm um die Schultern des Jungen.

»Ich geh lieber nach Hause«, sagte Kip und fing an zu weinen. »Mein Dad wartet bestimmt schon auf mich.« Und der Junge rannte los.

»Es tut mir leid«, sagte Hamilton. »Es tut mir leid, daß du so etwas mit ansehen mußtest«, sagte Hamilton zu seinem Sohn. Sie gingen weiter, und als sie zu ihrem Block kamen, nahm Hamilton seinen Arm weg.

»Was, wenn er ein Messer genommen hätte, Dad? Oder einen Knüppel?«

»So was hätte er ganz bestimmt nicht getan«, sagte Hamilton.

»Aber wenn er es doch getan hätte?« fragte sein Sohn.

»Es ist schwer zu sagen, was Menschen tun, wenn sie in Zorn geraten«, sagte Hamilton.

Sie gingen den Weg zur Haustür hinauf. Es rührte sein Herz, als er die erleuchteten Fenster sah.

»Laß mich mal deine Muskeln fühlen«, sagte sein Sohn.

»Jetzt nicht«, sagte Hamilton. »So, du gehst jetzt rein, ißt dein Abendessen, und dann ab mit dir ins Bett. Sag deiner Mutter, daß es mir gut geht und daß ich noch ein paar Minuten auf der Veranda sitzen möchte.«

Der Junge wippte von einem Fuß auf den anderen und sah seinen Vater an, und dann flitzte er ins Haus und fing an zu rufen: »Mom! Mom!«

Er saß auf der Veranda, an die Garagenwand gelehnt, und streckte die Beine aus. Der Schweiß auf seiner Stirn war getrocknet. Sein Körper fühlte sich unter der Kleidung feuchtkalt an.

Einmal hatte er seinen Vater – einen blassen, langsam sprechenden Mann mit hängenden Schultern – in einer vergleichbaren Situation erlebt. Es war ein schlimmer Kampf, und beide Männer waren am Ende verletzt. Es war in einem Café gewesen. Der andere war Arbeiter auf einer Farm. Hamilton hatte seinen Vater geliebt und konnte sich an vieles, das mit ihm zu tun hatte, erinnern. Aber jetzt erinnerte er sich an den einen Faustkampf seines Vaters so, als wäre dieser Kampf alles, was seinen Vater ausmachte.

Er saß noch auf der Veranda, als seine Frau herauskam.

»Du lieber Gott«, sagte sie und nahm seinen Kopf zwischen ihre Hände. »Komm rein und geh unter die Dusche, und dann iß was und erzähl mir. Das Essen ist noch warm. Roger ist jetzt im Bett.«

Aber er hörte seinen Sohn nach ihm rufen.

»Er ist noch wach«, sagte sie.

»Ich bin gleich wieder unten«, sagte Hamilton. »Und dann sollten wir uns was zu trinken gönnen.«

Sie schüttelte den Kopf. »Ich kann das alles noch nicht glauben.«

Er ging in das Zimmer des Jungen und setzte sich ans Fußende des Bettes.

»Es ist ziemlich spät, und du bist immer noch auf, also sag ich dir jetzt gute Nacht«, sagte Hamilton.

»Gute Nacht«, sagte der Junge. Er hatte die Hände hinter dem Kopf, und seine Ellbogen staken hervor.

Er hatte seinen Schlafanzug an und strömte einen warmen, frischen Geruch aus, den Hamilton tief einatmete. Er tätschelte seinen Sohn durch die Bettdecke.

»Und sei vernünftig von jetzt an. Halt dich von der Gegend da fern – und daß ich nie wieder höre, daß du ein Fahrrad oder anderes persönliches Eigentum beschädigst. Ist das klar?« sagte Hamilton.

Der Junge nickte. Er zog die Hände hinter dem Kopf hervor und zupfte jetzt an irgend etwas an der Bettdecke herum.

»Okay, also dann«, sagte Hamilton, »dann sag ich dir jetzt gute Nacht.«

Er beugte sich vor, um seinem Sohn einen Kuß zu geben, aber der Junge fing an zu sprechen.

»Dad, war Großvater so stark wie du? Als er so alt war wie du, mein ich, und du –«

»Und als ich neun Jahre alt war? Meinst du das? Ja, ich glaub, das war er«, sagte Hamilton.

»Manchmal kann ich mich gar nicht richtig an ihn erinnern«, sagte der Junge. »Ich möchte ihn nicht vergessen oder so, verstehst du? Verstehst du, was ich mein, Dad?«

Als Hamilton nicht gleich antwortete, fuhr der Junge fort: »Als du klein warst, ein Junge, war es da so, wie es mit dir und mir ist? Hast du ihn mehr geliebt als mich? Oder ganz genauso?« Der Junge sagte dies unvermittelt. Er bewegte die Füße unter der Decke und guckte weg. Als Hamilton noch immer nicht antwortete, sagte der Junge: »Hat er geraucht? Ich weiß nicht, ich glaube, er hatte eine Pfeife oder so.«

»Er fing mit dem Pfeiferauchen an, ehe er starb, das ist richtig«, sagte Hamilton. »Lange Zeit davor hat er Zigaretten geraucht, und dann war er wegen irgend etwas sehr niedergeschlagen und hat aufgehört, aber später hat er die Sorte gewechselt und hat wieder angefangen. Warte, ich zeige dir was«, sagte Hamilton. »Riech mal an meinem Handrücken.«

Der Junge nahm die Hand in seine, schnupperte daran und sagte: »Ich glaub, ich kann gar nichts riechen, Dad. Was ist da?«
Hamilton roch an der Hand und dann an den Fingern. »Jetzt kann ich es auch nicht mehr riechen«, sagte er. »Vorhin war es noch da, und jetzt ist es weg.« Vielleicht hat der Schrecken es aus mir rausgetrieben, dachte er. »Ich wollte dir was zeigen. Aber gut, es ist schon spät. Du mußt jetzt schlafen«, sagte Hamilton.
Der Junge drehte sich auf die Seite und sah zu, wie sein Vater zur Tür ging, und sah zu, wie er die Hand auf den Lichtschalter legte. Und dann sagte der Junge: »Dad? Du denkst bestimmt, ich bin ein bißchen verrückt, aber ich wünschte, ich hätte dich gekannt, als du klein warst. Ich meine, ungefähr so alt, wie ich jetzt bin. Ich weiß nicht, wie ich es sagen soll, aber wenn ich daran denk, hab ich so ein einsames Gefühl. Es ist – es ist so, als ob ich dich schon vermisse, wenn ich jetzt daran denke. Ziemlich verrückt, findest du nicht? Na ja, bitte laß die Tür auf.«
Hamilton ließ die Tür offen, und dann besann er sich anders und lehnte sie an.

Was ist denn?

Fest steht, daß der Wagen auf dem schnellsten Weg verkauft werden muß, und Leo schickt Toni los, damit sie es in die Hand nimmt. Toni ist raffiniert, und sie hat Persönlichkeit. Früher hat sie Kinderlexika an der Haustür verkauft. Und sie brachte ihn dazu, zu unterschreiben, obwohl er keine Kinder hatte. Hinterher hat Leo sie gefragt, ob sie sich verabreden könnten, und aus den Verabredungen ist dann dies geworden. Bei dem Geschäft jetzt geht es allerdings um Bargeld, und es muß heute abend abgewickelt werden. Morgen schon könnte einer von den Gläubigern ihnen den Pfändungsbescheid auf den Wagen knallen. Montag sind sie vor Gericht, und todsicher erfolgreich – aber die Sache ist gestern bekannt geworden, als ihr Anwalt die Insolvenzanzeigen an die Gläubiger geschickt hat. Wegen der Anhörung am Montag brauchen Sie sich keine Sorgen zu machen, hat der Anwalt gesagt. Man wird Ihnen ein paar Fragen stellen, und Sie werden ein paar Schriftstücke unterschreiben müssen, und das ist schon alles. Aber verkaufen Sie das Kabrio, hat er gesagt – heute, *heute abend*. Den kleinen Wagen, Leos Wagen, können Sie behalten, kein Problem. Aber wenn Sie vor Gericht gehen und das große Kabrio noch haben, wird das Gericht es kassieren, da gibt's gar nichts.

Toni macht sich ganz groß zurecht. Es ist jetzt vier Uhr nachmittags. Leo ist besorgt, daß die Gebrauchtwagenplätze schließen. Aber Toni nimmt sich Zeit fürs Ankleiden.

Sie zieht eine neue weiße Bluse an, weite Spitzenmanschetten, das neue zweiteilige Kostüm, neue Schuhe mit hohen Absätzen. Sie befördert das Zeug aus ihrer strohgeflochtenen Tasche in die neue Lackleder-Handtasche. Sie begutachtet das Make-up-Täschchen aus Eidechsenleder und tut auch das hinein. Toni hat volle zwei Stunden auf ihr Haar und ihr Gesicht verwandt. Leo steht in der Tür zum Schlafzimmer und klopft sich mit den Fingerknöcheln auf die Lippen, während er zusieht.

»Du machst mich nervös«, sagt sie. »Ich mag das nicht, wenn du da rumstehst«, sagt sie. »Sag mir jedenfalls, wie ich aussehe.«

»Du siehst gut aus«, sagt er. »Du siehst phantastisch aus. Ich würde sofort einen Wagen von dir kaufen.«

»Aber du hast kein Geld«, sagt sie, während sie in den Spiegel späht. Sie zupft an ihrem Haar, sie runzelt die Stirn. »Und dein Kredit ist miserabel. Du bist ein Nichts«, sagt sie. »Ich scherze«, sagt sie und sieht ihn im Spiegel an. »Sei nicht so ernst«, sagt sie. »Es muß gemacht werden, also mach ich es. Wenn du es machst, könntest du von Glück reden, wenn du dreihundert, vierhundert rausholst, das wissen wir beide, Schatz, du könntest von Glück reden, wenn du nicht noch *drauf*zahlen müßtest.« Sie streicht sich ein letztes Mal übers Haar, malt sich die Lippen an und entfernt den überflüssigen Lippenstift mit einem Papiertaschentuch. Sie wendet sich vom Spiegel ab und nimmt ihre Handtasche. »Ich werde ein Abendessen oder dergleichen über mich ergehen lassen müssen, hab ich dir ja schon gesagt, anders funktionieren die nicht, ich kenne diese Typen. Aber mach dir keine Sorgen. Ich komm damit schon klar«, sagt sie. »Ich hab das in der Hand.«

»Gott«, sagt Leo, »mußtest du das sagen?«

Sie sieht ihn ernst an. »Wünsch mir Glück«, sagt sie.

»Glück«, sagt er. »Hast du den rosa Schein?« fragt er.
Sie nickt. Er folgt ihr durchs Haus, eine hochgewachsene Frau mit einem kleinen hohen Busen, breiten Hüften und Oberschenkeln. Er kratzt an einem Pickel an seinem Hals.
»Bestimmt?« sagt er. »Sieh noch mal nach. Du brauchst den rosa Schein.«
»Ich hab den rosa Schein«, sagt sie.
»Sieh nach.«
Sie will etwas sagen, betrachtet sich statt dessen im Fenster zur Straße hin und schüttelt dann den Kopf.
»Ruf wenigstens an«, sagt er. »Damit ich weiß, was los ist.«
»Ich ruf an«, sagt sie. »Küßchen, Küßchen. Hier«, sagt sie und zeigt auf den Mundwinkel. »Vorsichtig«, sagt sie.
Er hält ihr die Tür auf. »Wo willst du's zuerst versuchen?« sagt er.
Sie geht an ihm vorbei und tritt auf die Veranda.
Ernest Williams sieht von der anderen Straßenseite herüber. In seinen Bermudashorts, mit Hängebauch, starrt er Leo und Toni an, während er gleichzeitig das sprühende Wasser auf seine Begonien richtet. Einmal, im letzten Winter, während der Ferien, als Toni und die Kinder Leos Mutter besuchten, brachte Leo eine Frau mit nach Hause. Um neun Uhr früh am nächsten Tag, einem kalten, nebligen Samstagmorgen, als Leo mit der Frau zum Wagen ging, stieß er überraschend auf Ernest Williams, der mit einer Zeitung in der Hand auf dem Gehweg stand. Nebel waberte, Ernest Williams starrte und klatschte dann die Zeitung heftig an sein Bein.
Leo erinnert sich an das klatschende Geräusch, zieht die Schultern hoch, sagt: »Hast du eine Idee, wo du es zuerst probierst?«
»Ich geh der Reihe nach vor«, sagt sie. »Ich probier's beim ersten Platz, und dann immer der Reihe nach.«

»Fang bei neunhundert an«, sagt er. »Dann geh runter. Neunhundert steht in der Liste, auch bei Cash.«
»Ich weiß, wo ich anfangen muß«, sagt sie.
Ernest Williams dreht den Schlauch in ihre Richtung. Er starrt sie an, durch die Wolke von sprühendem Wasser hindurch. Leo spürt das plötzliche Verlangen, eine Beichte hinauszuschreien.
»Ich wollte nur, daß es ganz klar ist«, sagt er.
»Gut, gut«, sagt sie. »Ich bin schon weg.«
Es ist *ihr* Wagen, sie nennen es ihren Wagen, und das macht alles noch schlimmer. Sie haben ihn neu gekauft, in dem Sommer vor drei Jahren. Sie wollte gern etwas tun, als die Kinder zur Schule kamen, und so ging sie wieder als Vertreterin. Er arbeitete sechs Tage in der Woche in der Glasfaserfabrik. Eine Zeitlang wußten sie kaum, wie sie das Geld ausgeben sollten. Dann zahlten sie einen Tausender auf das Kabrio an und verdoppelten und verdreifachten die Raten, so daß sie binnen eines Jahres den Wagen abbezahlt hatten. Früher am Nachmittag, während sie sich zurechtmachte, hatte er den Wagenheber und den Reservereifen aus dem Kofferraum genommen und das Handschuhfach geleert: Bleistifte, Streichholzhefte, Blue Chip-Marken. Danach hatte er den Wagen gewaschen und innen gesaugt. Die rote Kühlerhaube und die Kotflügel glänzen.
»Viel Glück«, sagt er und berührt sie am Ellbogen.
Sie nickt. Er sieht, sie ist schon fort, verhandelt schon.
»Es wird sich alles ändern!« ruft er ihr zu, als sie die Einfahrt erreicht. »Montag fangen wir neu an. Im Ernst.«
Ernest Williams sieht sie beide an, dreht dann den Kopf und spuckt aus. Sie steigt in den Wagen und steckt sich eine Zigarette an.
»Nächste Woche um diese Zeit!« ruft Leo wieder. »Dann ist alles Geschichte!«

Er winkt, als sie den Wagen auf die Straße zurücksetzt. Sie schaltet und fährt los. Sie beschleunigt, und die Reifen quietschen leise.

In der Küche gießt sich Leo einen Scotch ein und geht mit dem Glas in den Garten hinter dem Haus. Die Kinder sind bei seiner Mutter. Vor drei Tagen kam ein Brief, sein Name war mit Bleistift auf den schmuddeligen Umschlag geschrieben – der einzige Brief den ganzen Sommer über, in dem nicht eine Zahlung in voller Höhe angemahnt wurde. Wir haben viel Spaß, stand in dem Brief. Wir mögen Grandma. Wir haben einen neuen Hund, er heißt Mr. Six. Er ist niedlich. Wir haben ihn lieb. Bis dann.

Er geht rein und holt sich noch einen Drink. Er tut Eis ins Glas und sieht, daß seine Hand zittert. Er hält die Hand über das Spülbecken. Er betrachtet die Hand eine Weile, setzt dann das Glas ab und streckt die andere Hand aus. Dann nimmt er das Glas und geht wieder raus und setzt sich auf die Stufen. Er erinnert sich, wie sein Dad, als er selbst noch ein Kind war, einmal auf ein vornehmes großes weißes Haus zeigte, das von Apfelbäumen und einem hohen weißen Gitterzaun umgeben war. »Das ist Finch«, sagte sein Dad voller Bewunderung. »Er ist mindestens zweimal bankrott gewesen. Guck dir das Haus an.« Aber Bankrott bedeutet, daß eine Firma völlig zusammenkracht, daß Direktoren sich die Pulsadern aufschneiden und sich aus dem Fenster stürzen, und Tausende von Menschen stehen plötzlich auf der Straße.

Leo und Toni hatten noch Möbel. Leo und Toni hatten Möbel, und Toni und die Kinder hatten was anzuziehen. Diese Dinge waren ausgenommen. Und sonst? Fahrräder für die Kinder, aber die hatte er seiner Mutter zum Aufbewahren geschickt. Der tragbare Air-Conditioner und die

Geräte, die neue Waschmaschine und der neue Wäschetrockner – die waren schon vor Wochen von Lastwagen abgeholt worden. Was hatten sie sonst noch? Dies und das, eigentlich nichts, Zeug, das seit langem abgenutzt war oder auseinanderfiel. Aber es hatte ein paar große Partys gegeben, in der Vergangenheit, ein paar schöne Reisen. Nach Reno und Tahoe, mit achtzig Meilen, das Verdeck offen, und das Radio laut aufgedreht. Essen – das war einer der großen Posten. Sie schlemmten. Tausende, glaubt er, allein für Luxusdinge. Toni ging gern in den Lebensmittelladen und tat alles, was sie sah, in den Korb. »Ich mußte all das entbehren, als ich Kind war«, sagt sie. »Unsere Kinder sollen nichts entbehren«, als hätte er darauf bestanden, daß sie es sollten. Sie wird Mitglied in allen Buchclubs. »Wir hatten zu Hause nie Bücher, als ich Kind war«, sagt sie, wenn sie die schweren Pakete aufreißt. Sie werden Mitglieder in Schallplattenclubs, um etwas zu haben, was sie auf der neuen Stereoanlage spielen können. Sie kaufen alles – auf Raten. Selbst einen Terrier mit Stammbaum, der Ginger heißt. Er bezahlte zweihundert Dollar dafür, und eine Woche später fand er den Hund überfahren auf der Straße. Sie kaufen alles, was sie wollen. Wenn sie es nicht gleich bezahlen können, dann auf Kredit. Sie unterschreiben den Ratenvertrag.

Sein Unterhemd ist naß: er fühlt, wie ihm der Schweiß an den Unterarmen herunterläuft. Er sitzt auf der Stufe, das leere Glas in der Hand, und beobachtet, wie die Schatten den Garten füllen. Er streckt sich, er wischt sich über das Gesicht. Er horcht auf den Verkehr auf dem Highway und überlegt, ob er in den Keller gehen, auf das Becken im Werkraum klettern und sich mit seinem Gürtel erhängen soll. Ihm wird klar, daß er gern tot wäre.

Drinnen gießt er sich einen großen Drink ein, und er stellt

das Fernsehgerät an und macht sich etwas zu essen. Er sitzt am Tisch, hat Chili und Cracker vor sich und sieht sich einen Film mit einem blinden Detektiv an. Er räumt den Tisch ab. Er wäscht die Pfanne ab und die Schale, trocknet beides ab und stellt es weg, dann erlaubt er sich einen Blick auf die Uhr.

Es ist nach neun. Sie ist seit beinahe fünf Stunden fort.

Er gießt sich Scotch ein, dann Wasser dazu, trägt das Glas ins Wohnzimmer. Er setzt sich aufs Sofa, aber seine Schultern sind, wie er jetzt merkt, so steif, daß er sich nicht zurücklehnen kann. Er blickt auf den Bildschirm und trinkt, und bald darauf holt er sich einen neuen Drink. Er setzt sich wieder hin. Eine Nachrichtensendung beginnt – es ist zehn Uhr –, und er sagt: »O Gott, was in Gottes Namen ist schiefgegangen?« Und er geht in die Küche und holt sich noch einen Scotch. Er setzt sich hin, er schließt die Augen – und macht sie wieder auf, als er das Telefon klingeln hört.

»Ich wollte anrufen«, sagt sie.

»Wo bist du?« Er hört Klaviermusik, und sein Herz klopft.

»Keine Ahnung«, sagt sie. »Irgendwo. Wir trinken hier was, dann gehen wir noch irgendwo essen. Ich bin hier mit dem Verkaufsleiter. Ein ungeschliffener Mann, aber okay. Er hat den Wagen gekauft. Ich muß jetzt gehen. Ich war auf dem Weg zur Damentoilette und hab das Telefon gesehen.«

»Hat jemand den Wagen gekauft?« fragt Leo. Er sieht aus dem Küchenfenster hinaus zu der Stelle in der Einfahrt, wo sie immer parkt.

»Hab ich dir doch gesagt«, sagt sie. »Ich muß jetzt gehen.«

»Warte, warte einen Moment, um Himmels willen«, sagt er. »Hat jemand den Wagen gekauft, oder nicht?«

»Er hatte sein Scheckbuch draußen, als ich aufgestanden bin«, sagt sie. »Ich muß jetzt Schluß machen. Ich muß zur Toilette.«

»Warte!« brüllt er. Die Leitung ist plötzlich tot. Er hört das Freizeichen. »Mein Gott«, sagt er und steht da, mit dem Hörer in der Hand.

Er geht in der Küche im Kreis herum und geht wieder ins Wohnzimmer. Er setzt sich hin. Er rappelt sich auf. Im Badezimmer putzt er sich gründlich die Zähne. Anschließend benutzt er Zahnseide. Er wäscht sich das Gesicht und geht wieder in die Küche. Er sieht auf die Uhr und nimmt ein sauberes Glas, von dem Satz, bei dem auf jedes Glas ein Blatt Spielkarten gemalt ist. Er füllt das Glas mit Eis. Er starrt eine Zeitlang auf das Glas, das er ins Spülbecken gestellt hat.

Er setzt sich auf das Sofa, an das eine Ende, und legt die Beine auf das andere Ende. Er sieht auf den Bildschirm und merkt, daß er nicht mehr begreift, was die Leute sagen. Er dreht das leere Glas in der Hand und überlegt, ob er den Rand abbeißen soll. Er zittert eine Zeitlang und überlegt, ob er ins Bett gehen soll, obwohl er weiß, daß er von einer großen Frau mit grauen Haaren träumen wird. In diesem Traum beugt er sich immer vor, um seine Schnürsenkel zuzubinden. Wenn er sich aufrichtet, sieht sie ihn an, und er bückt sich, um seine Schnürsenkel erneut zuzubinden. Er betrachtet seine Hand. Sie ballt sich zur Faust, während er hinsieht. Das Telefon klingelt.

»Wo bist du, Schatz?« sagt er langsam, sanft.

»Wir sind hier in einem Restaurant«, sagt sie mit kräftiger, fröhlicher Stimme.

»In welchem Restaurant, Schatz?« sagt er. Er legt den Handballen auf das eine Auge und drückt zu.

»In der Stadt irgendwo«, sagt sie. »Ich glaub, New Jimmy's heißt es. Entschuldigen Sie«, sagt sie, vom Hörer abgewandt, zu jemandem, »ist das hier New Jimmy's Restaurant? Es ist New Jimmy's, Leo«, sagt sie zu ihm. »Alles ist in Ordnung, wir sind fast fertig, und danach bringt er mich nach Hause.«

»Schatz?« sagt er. Er preßt den Hörer ans Ohr und bewegt sich vor und zurück, vor und zurück, mit geschlossenen Augen. »Schatz?«

»Ich muß gehen«, sagt sie. »Ich wollte nur anrufen. Übrigens, rate mal wieviel?«

»Schatz«, sagt er.

»Sechsfünfundzwanzig«, sagt sie. »Ich hab's in der Handtasche. Er hat gesagt, für Kabrios gibt's keinen Markt. Wir müssen Glückskinder sein«, sagt sie lachend. »Ich hab ihm alles erzählt. Ich finde, das mußte ich.«

»Schatz«, sagt Leo.

»Was ist?« fragt sie.

»Bitte, Schatz«, sagt Leo.

»Er hat gesagt, er hat Verständnis«, sagt sie. »Aber der hätte alles gesagt.« Sie lacht wieder. »Er hat gesagt, er persönlich würde sich lieber zum Räuber oder Vergewaltiger erklären lassen als bankrott. Aber an und für sich ist er sehr nett«, sagt sie.

»Komm nach Hause«, sagt Leo. »Nimm ein Taxi und komm nach Hause.«

»Das geht nicht«, sagt sie. »Ich hab dir gesagt, wir sind mitten beim Essen.«

»Ich komm und hol dich ab«, sagt er.

»Nein«, sagt sie. »Ich hab doch gesagt, wir sind gleich fertig mit dem Essen. Ich hab dir gesagt, so was gehört nun mal zu einem Abschluß. Sie sind scharf auf alles, was sie kriegen können. Aber mach dir keine Sorgen, wir brechen gleich auf. Ich bin gleich zu Haus.« Sie hängt auf.

Wenige Minuten später ruft er bei New Jimmy's an. Ein Mann ist am Apparat. »New Jimmy's hat für den Abend bereits geschlossen«, sagt der Mann.

»Ich würde gern meine Frau sprechen«, sagt Leo.
»Arbeitet sie hier?« fragt der Mann. »Wer ist sie?«
»Sie ist Gast«, sagt Leo. »Sie ist in Begleitung da. Mit einem Geschäftsmann.«
»Würde ich sie erkennen?« fragt der Mann. »Wie heißt sie?«
»Ich glaub nicht, daß Sie sie kennen«, sagt Leo.
»Schon gut«, sagt Leo. »Schon gut. Ich seh sie gerade.«
»Vielen Dank, daß Sie New Jimmy's angerufen haben«, sagt der Mann.
Leo stürzt ans Fenster. Ein Wagen, den er nicht kennt, bleibt vor dem Haus fast stehen und wird dann wieder schneller. Er wartet. Zwei, drei Stunden später klingelt wieder das Telefon. Als er den Hörer abnimmt, ist niemand am anderen Ende. Er hört nur das Freizeichen.
»Ich bin hier, ich bin hier«, schreit Leo in den Hörer.

Fast schon im Morgengrauen hört er Schritte auf der Veranda. Er steht vom Sofa auf. Die Stereoanlage summt, der Bildschirm glüht. Er öffnet die Tür. Sie stößt beim Reinkommen gegen die Wand. Sie grinst. Ihr Gesicht ist gedunsen, als hätte sie unter Beruhigungsmitteln geschlafen. Sie bewegt die Lippen, duckt sich schwerfällig und schwankt, als er die Faust hebt.
»Nur zu«, sagt sie lallend. Sie steht schwankend da. Dann gibt sie ein Geräusch von sich und stürmt los, packt sein Hemd und reißt es vorn kaputt. »Bankrott!« schreit sie. Sie macht sich los, greift und reißt sein Unterhemd am Hals ein. »Du Hurensohn«, sagt sie und kratzt ihn.
Er packt sie bei den Handgelenken, dann läßt er los, tritt einen Schritt zurück und sieht sich nach einem schweren Gegenstand um. Sie stolpert, als sie auf das Schlafzimmer zusteuert. »Bankrott«, murmelt sie vor sich hin. Er hört, wie sie ächzend aufs Bett fällt.

Er wartet einen Moment, dann klatscht er sich Wasser ins Gesicht und geht ins Schlafzimmer. Er macht Licht, sieht sie an und fängt an, ihr die Kleider auszuziehen. Er zerrt und dreht sie von einer Seite auf die andere und zieht sie aus. Sie sagt irgend etwas im Schlaf und bewegt die Hand. Er streift ihr die Unterhose ab, mustert sie genau unter dem Licht und wirft sie in eine Ecke. Er schlägt die Decke zurück und rollt sie, nackt, hinein. Dann macht er ihre Handtasche auf. Er sieht sich gerade den Scheck an, als er einen Wagen in die Einfahrt kommen hört.

Er späht durch die Gardine am vorderen Fenster und sieht das Kabrio in der Einfahrt, der Motor läuft leise, die Scheinwerfer leuchten, und er schließt die Augen und öffnet sie wieder. Er sieht einen hochgewachsenen Mann vorn um den Wagen herumkommen und auf die Veranda zugehen. Der Mann legt etwas auf die Veranda und geht wieder zum Wagen. Er hat einen weißen Leinenanzug an.

Leo macht das Licht auf der Veranda an und öffnet vorsichtig die Tür. Ihr Make-up-Täschchen liegt auf der obersten Stufe. Der Mann sieht über den Kühler des Wagens zu Leo herüber, dann steigt er ein und löst die Handbremse.

»Warten Sie!« ruft Leo und geht die Stufen hinunter. Der Mann stoppt den Wagen, als Leo vor die Scheinwerfer tritt. Der Wagen quietscht beim Bremsen. Leo versucht, die beiden Teile seines Hemds zusammenzuhalten, versucht, alles in seinen Hosenbund zu stopfen.

»Was ist denn, was wollen Sie?« sagt der Mann. »Schauen Sie«, sagt der Mann, »ich muß weiter. Nichts für ungut. Ich kaufe und verkaufe Autos. Klar? Die Dame hat ihr Make-up vergessen. Sie ist eine feine Dame, sehr kultiviert. Was ist denn?«

Leo stützt sich auf die Tür und sieht den Mann an. Der Mann hebt die Hände vom Lenkrad und läßt sie wieder

darauf sinken. Er legt den Rückwärtsgang ein, und der Wagen rollt ein bißchen zurück.
»Ich wollte Ihnen sagen«, sagt Leo und befeuchtet sich die Lippen.
Das Licht in Ernest Williams' Schlafzimmer geht an. Die Jalousie gleitet hoch.
Leo schüttelt den Kopf, stopft wieder das Hemd in die Hose. Er tritt einen Schritt von dem Wagen zurück. »Montag«, sagt er.
»Montag«, sagt der Mann und guckt wachsam, auf eine plötzliche Bewegung gefaßt.
Leo nickt langsam.
»Ja, dann gute Nacht«, sagt der Mann und hustet. »Und immer mit der Ruhe, ja? Montag, das ist in Ordnung. Okay, dann.« Er nimmt den Fuß von der Bremse, setzt ihn wieder drauf, als der Wagen einen halben oder ganzen Schritt rückwärts gerollt ist. »Ach ja, noch eine Frage. Unter Freunden, ist das tatsächlich der Meilenstand?« Der Mann wartet, dann räuspert er sich. »Okay, wissen Sie, es macht so oder so nichts«, sagt der Mann. »Ich muß los. Also, immer mit der Ruhe.« Er setzt zurück auf die Straße, fährt schnell davon und biegt um die Ecke, ohne zu stoppen.
Leo rafft sein Hemd zusammen und geht zurück ins Haus. Er schließt die Haustür ab und vergewissert sich, daß sie verschlossen ist. Dann geht er ins Schlafzimmer und schließt die Tür und schlägt die Bettdecke zurück. Er sieht sie an, ehe er das Licht ausknipst. Er zieht sich aus, faltet seine Sachen ordentlich auf dem Fußboden und legt sich neben sie. Er liegt eine Zeitlang auf dem Rücken und zieht an den Haaren auf seinem Bauch und denkt nach. Er blickt auf die Schlafzimmertür, deren Umrisse jetzt im schwachen Morgenlicht deutlich werden. Dann streckt er die Hand aus und berührt ihre Hüfte. Sie rührt sich nicht. Er dreht sich

auf die Seite und legt die Hand auf ihre Hüfte. Er läßt die Finger über ihre Hüfte gleiten und fühlt die Schwangerschaftsstreifen dort. Sie sind wie Wege, und er spürt ihnen auf ihrem Körper nach. Er läßt seine Finger darauf hin und her gleiten, erst auf einem, dann auf einem anderen. Sie verlaufen überall auf ihrem Körper, zu Dutzenden, vielleicht zu Hunderten. Er erinnert sich, wie sie an dem Morgen, nachdem sie den Wagen gekauft hatten, aufwachten und ihn dort sahen, draußen vorm Haus, in der Sonne, funkelnd.

Zeichen

Die erste Extravaganz, die Wayne und Caroline sich für diesen Abend ausgedacht hatten, bestand darin, daß sie zu Aldo's fuhren, einem eleganten neuen Restaurant, das ein gutes Stück nach Norden raus lag. Sie gingen durch einen winzigen, von einer Mauer umgebenen Garten mit kleinen Statuen und wurden von einem großen, leicht ergrauten Mann in dunklem Anzug begrüßt. »Guten Abend, Sir. Madam«, sagte er und hielt ihnen die schwere Tür auf.

Drinnen zeigte Aldo persönlich ihnen die Voliere – ein Pfau, ein Paar Goldfasanen, ein chinesischer Ringfasan und eine Anzahl nicht vorgestellter Vögel, die umherflogen oder auf Ästen saßen. Aldo persönlich führte sie zu einem Tisch, schob Caroline den Stuhl zurecht und wandte sich dann Wayne zu und sagte: »Was für eine reizende Dame«, bevor er verschwand – ein dunkler, kleiner, tadellos gekleideter Mann mit einem weichen Akzent.

Ihnen gefiel seine Aufmerksamkeit.

»Ich hab in der Zeitung gelesen«, sagte Wayne, »daß ein Onkel von ihm irgendein hohes Amt im Vatikan hat. So ist er an Kopien von einigen der Bilder gekommen.« Wayne deutete mit einer Kopfbewegung auf eine dicht bei ihnen an der Wand hängende Velázquez-Reproduktion. »Sein Onkel im Vatikan«, sagte Wayne.

»Er war *maître d'* im Copacabana in Rio«, sagte Caroline. »Er kannte Frank Sinatra, und Lana Turner war eine gute Freundin von ihm.«

»Tatsächlich?« sagte Wayne. »Das wußte ich nicht. Ich hab gelesen, daß er im Victoria Hotel in der Schweiz und in einem großen Hotel in Paris gewesen ist. Ich wußte nicht, daß er im Copacabana in Rio war.«
Caroline schob ihre Handtasche ein wenig beiseite, als der Kellner die schweren Kelchgläser absetzte. Er goß Wasser ein und ging dann auf Waynes Seite des Tisches.
»Hast du den Anzug gesehen, den er anhat?« sagte Wayne. »So einen Anzug siehst du nicht oft. Das ist ein Dreihundert-Dollar-Anzug.« Er nahm die Speisekarte. Nach einer Weile fragte er: »Und? Was nimmst du?«
»Ich weiß nicht«, sagte sie. »Ich hab mich noch nicht entschieden. Was nimmst du denn?«
»Ich weiß nicht«, sagte er. »Ich hab mich auch noch nicht entschieden.«
»Wie wär's mit einem von den französischen Gerichten? Oder das hier? Da drüben, auf dieser Seite.« Sie legte den Zeigefinger auf die Stelle, und dann sah sie ihn mit zusammengekniffenen Augen an, während er das Gericht in der fremden Sprache ausfindig machte, die Lippen vorschob, die Stirn runzelte und den Kopf schüttelte.
»Ich weiß nicht«, sagte er. »Ich mag es eigentlich lieber, wenn ich weiß, was ich kriege. Ich weiß einfach nicht.«
Der Kellner kam mit Kärtchen und Bleistift an ihren Tisch und sagte etwas, das Wayne nicht richtig verstand.
»Wir haben uns noch nicht entschieden«, sagte Wayne. Er schüttelte den Kopf, als der Kellner neben ihrem Tisch stehenblieb. »Ich geb Ihnen ein Zeichen, wenn wir soweit sind.«

»Ich glaube, ich nehm einfach das Lendensteak. Bestell du dir, was du willst«, sagte er zu Caroline, als der Kellner gegangen war. Er klappte die Speisekarte zu und hob sein

Glas. Über die gedämpften Stimmen von den anderen Tischen hinweg konnte Wayne ein Trillern hören, das aus der Voliere kam. Er sah, wie Aldo eine Gruppe von vier Personen begrüßte, lächelnd und nickend mit ihnen plauderte und sie zu einem Tisch geleitete.

»Wir hätten einen besseren Tisch haben können«, sagte Wayne. »Statt mitten drin hier, wo alle vorbeigehen und einem jeder beim Essen zusehen kann. Wir hätten einen Tisch an der Wand haben können. Oder da drüben, bei dem Springbrunnen.«

»Ich glaub, ich nehm die Rindertournedos«, sagte Caroline.

Sie sah weiter in die Speisekarte. Er klopfte eine Zigarette aus der Packung, zündete sie sich an und blickte dann umher, zu den anderen Gästen. Caroline starrte noch immer auf die Speisekarte.

»Also, falls du das wirklich nehmen willst, dann mach um Gottes willen deine Speisekarte zu, damit er unsere Bestellung aufnehmen kann.« Wayne hob die Hand für den Kellner, der im Hintergrund stand und mit einem anderen Kellner sprach.

»Hat nichts Besseres zu tun, als mit den anderen Kellnern rumzuquatschen«, sagte Wayne.

»Er kommt«, sagte Caroline.

»Sir?« Der Kellner war ein schmaler Mann mit Aknenarben im Gesicht. Er trug einen weiten schwarzen Anzug und eine schwarze Fliege.

»... Und dann nehmen wir eine Flasche Champagner, glaube ich. Eine kleine Flasche. Irgendwas, verstehen Sie, von hier«, sagte Wayne.

»Ja, Sir«, sagte der Kellner.

»Und den Champagner kriegen wir gleich. Vor dem Salat oder dem Vorspeisenteller«, sagte Wayne.

»Oh, bringen Sie die *Platte* mit den Appetithäppchen doch auch gleich mit«, sagte Caroline. »Bitte.«
»Ja, Madam«, sagte der Kellner.

»Das ist eine gewiefte Bande«, sagte Wayne. »Erinnerst du dich noch an diesen Bruno, der im Büro arbeitete und am Wochenende immer gekellnert hat? Fred hat ihn dabei erwischt, wie er Geld aus der Handkasse klaute. Wir haben ihn rausgeschmissen.«
»Laß uns über was Nettes sprechen«, sagte Caroline.
»Schon gut, klar«, sagte Wayne.
Der Kellner goß einen Schluck von dem Champagner in Waynes Glas, und Wayne nahm das Glas, kostete und sagte: »Gut, wird uns ausgezeichnet schmecken.« Dann sagte er: »Also, auf dich, Baby«, und hob sein Glas sehr hoch. »Viel Glück zum Geburtstag.«
Sie stießen miteinander an.
»Ich mag Champagner«, sagte Caroline.
»Ich mag Champagner«, sagte Wayne.
»Wir hätten eine Flasche Lancer's bestellen können«, sagte Caroline.
»Warum hast du nichts gesagt, wenn du das wolltest?« sagte Wayne.
»Ich weiß nicht«, sagte Caroline. »Ich hab einfach nicht dran gedacht. Aber dieser ist doch gut.«
»Ich versteh nicht allzuviel von Champagner. Ich geb offen zu, ich bin kein besonderer ... Connoisseur. Ich geb offen zu, ich bin ein Banause.« Er lachte und versuchte, ihren Blick auf sich zu ziehen, aber sie war damit beschäftigt, eine Olive von der Platte mit den Appetithäppchen auszuwählen. »Nicht wie die Leute, mit denen du neuerdings verkehrst. Aber wenn du Lancer's wolltest«, fuhr er fort, »hättest du Lancer's bestellen sollen.«

»Oh, hör doch auf!« sagte sie. »Kannst du nicht von was anderem sprechen?« Dann blickte sie auf und sah ihn an, und er mußte den Blick abwenden. Er bewegte die Füße unter dem Tisch.

Er fragte: »Möchtest du noch Champagner, Liebes?«
»Ja, gern, danke«, sagte sie still.
»Also, auf uns«, sagte er.
»Auf uns, mein Liebling«, sagte sie.
Sie sahen einander fest an, während sie tranken.
»Wir sollten so etwas öfter machen«, sagte er.
Sie nickte.
»Es tut gut, ab und zu mal rauszukommen. Ich will mir mehr Mühe geben, wenn du das möchtest.«
Sie nahm eine Selleriestange. »Das mußt du wissen.«
»Das stimmt nicht! Ich bin nicht der, der ... der ...«
»Der was?« sagte sie.
»Mir ist egal, was du tust«, sagte er und schlug die Augen nieder.
»Ist das wahr?«
»Ich weiß nicht, warum ich das gesagt hab«, sagte er.

Der Kellner brachte die Suppe und räumte die Flasche und die Champagnergläser ab und füllte ihre Gläser mit Wasser.
»Könnte ich einen Suppenlöffel haben?« fragte Wayne.
»Sir?«
»Einen Suppenlöffel«, wiederholte Wayne.
Der Kellner sah ihn verwundert und dann verwirrt an. Er sah flüchtig zu den anderen Tischen hinüber. Wayne machte eine schaufelnde Bewegung über seiner Suppe. Aldo erschien an ihrem Tisch.
»Alles in Ordnung? Irgend etwas nicht zu Ihrer Zufriedenheit?«

»Mein Mann hat anscheinend keinen Suppenlöffel«, sagte Caroline. »Tut mir leid, die Aufregung«, sagte sie.

»Gewiß doch. *Une cuiller, s'il vous plaît*«, sagte Aldo in ruhigem Ton zu dem Kellner. Er warf einen kurzen Blick auf Wayne und erklärte dann, Caroline zugewandt: »Es ist Pauls erster Abend. Er spricht nicht viel Englisch, aber Sie werden mir sicherlich zustimmen, daß er ein exzellenter Kellner ist. Der Junge, der den Tisch gedeckt hat, hat den Löffel vergessen.« Aldo lächelte. »Zweifellos hat das Paul völlig verwirrt.«

»Es ist ein wunderschönes Restaurant«, sagte Caroline.

»Vielen Dank«, sagte Aldo. »Ich freue mich, daß Sie heute abend kommen konnten. Würden Sie gern den Weinkeller und die separaten Speiseräume sehen?«

»Sehr gern«, sagte Caroline.

»Ich sorge dafür, daß jemand Sie herumführt, wenn Sie gespeist haben«, sagte Aldo.

»Gern, wir freuen uns darauf«, sagte Caroline.

Aldo verbeugte sich und sah wieder zu Wayne hinüber. »Ich hoffe, Sie genießen Ihr Essen«, sagte er zu ihnen.

»Dieser Trottel«, sagte Wayne.

»Wer?« fragte sie. »Von wem sprichst du?« sagte sie und legte den Löffel nieder.

»Von dem Kellner«, sagte Wayne. »Dem Kellner. Der neueste und dümmste Kellner im Lokal, und wir kriegen ihn!«

»Iß deine Suppe«, sagte sie. »Mach kein Theater.«

Wayne steckte sich eine Zigarette an. Der Kellner kam mit dem Salat und nahm die Suppenschalen mit.

Sie hatten gerade mit dem Hauptgericht angefangen, da sagte Wayne: »Also, was meinst du? Gibt es eine Chance für uns, oder nicht?« Er senkte den Blick und zog die Serviette auf seinen Knien zurecht.

»Vielleicht«, sagte sie. »Es gibt immer eine Chance.«
»Komm mir nicht mit solchem Scheiß«, sagte er. »Antworte mir zur Abwechslung mal ehrlich.«
»Fahr mich nicht so an«, sagte sie.
»Ich hab dich was gefragt«, sagte er. »Gib mir eine ehrliche Antwort«, sagte er.
Sie sagte: »Willst du etwas mit Blut Unterschriebenes?«
Er sagte: »Wär gar keine schlechte Idee.«
Sie sagte: »Jetzt hör mir mal zu! Ich hab dir die besten Jahre meines Lebens geschenkt. Die besten Jahre meines Lebens!«
»Die besten Jahre *deines* Lebens?« sagte er.
»Ich bin sechsunddreißig Jahre alt«, sagte sie. »Siebenunddreißig heute abend. Heute abend, jetzt, in dieser Minute kann ich einfach nicht sagen, was ich tun werde. Ich muß einfach sehen«, sagte sie.
»Mir ist egal, was du machst«, sagte er.
»Ist das wahr?« sagte sie.
Er ließ die Gabel auf den Teller fallen und warf die Serviette auf den Tisch.
»Bist du fertig?« fragte sie freundlich. »Dann laß uns Kaffee und Nachtisch bestellen. Wir bestellen uns einen schönen Nachtisch. Etwas Gutes.«
Sie aß alles, was sie auf ihrem Teller hatte, auf.

»Zwei Kaffee«, sagte Wayne zu dem Kellner. Er sah zu ihr hinüber und sah dann wieder den Kellner an. »Was haben Sie an Nachtisch?«
»Sir?« sagte der Kellner.
»Nachtisch!« sagte Wayne.
Der Kellner sah Caroline und dann Wayne mit starrem Blick an.
»Kein Nachtisch«, sagte sie. »Laß uns keinen Nachtisch nehmen.«

»Mousse au chocolat«, sagte der Kellner. »Orangensorbet«, sagte der Kellner. Er lächelte und zeigte seine schlechten Zähne. »Sir?«
»Und ich möchte auch keine Führung durch dieses Haus«, sagte Wayne, als der Kellner gegangen war.

Als sie vom Tisch aufstanden, warf Wayne eine Dollarnote neben seine Kaffeetasse. Caroline nahm zwei Dollar aus ihrer Handtasche, strich die Scheine glatt und legte sie neben den anderen Schein, so daß die drei Scheine in einer Reihe nebeneinanderlagen.
Sie wartete neben Wayne, während er die Rechnung bezahlte. Aus dem Augenwinkel konnte Wayne sehen, wie Aldo, der in der Nähe des Eingangs stand, Körner in die Voliere streute. Aldo sah in ihre Richtung, lächelte und rieb sich die zwischen seinen Fingern haftenden Körner ab, während die Vögel sich vor ihm versammelten. Dann strich er mit lebhaften Bewegungen die Hände aneinander ab und ging auf Wayne zu, der wegsah, der sich leicht, aber deutlich wahrnehmbar abwandte, als Aldo sich näherte. Aber als Wayne sich wieder umdrehte, sah er, wie Aldo Carolines wartende Hand ergriff, sah, wie Aldo elegant die Absätze seiner Schuhe zusammenschlug, sah, wie Aldo ihr Handgelenk küßte.
»Wünsche wohl gespeist zu haben, Madam«, sagte Aldo.
»Es war wunderbar«, sagte Caroline.
»Sie werden gelegentlich wiederkommen?« sagte Aldo.
»Das werde ich«, sagte Caroline. »Sooft ich kann. Beim nächsten Mal würde ich mich mit Ihrer Erlaubnis gern ein wenig umsehen, aber heute müssen wir leider gehen.«
»Verehrteste«, sagte Aldo. »Ich habe etwas für Sie. Einen Moment, bitte.« Er griff nach einer Vase, die auf einem Tisch in der Nähe des Eingangs stand, und wandte sich ihr

dann, schwungvoll und anmutig, mit einer langstieligen Rose wieder zu.

»Für Sie, Verehrteste«, sagte Aldo. »Aber Vorsicht, bitte. Die Dornen. Was für eine überaus reizende Dame«, sagte er zu Wayne und lächelte ihn an und wandte sich ab, um ein anderes Paar willkommen zu heißen.

Caroline stand da.

»Laß uns bloß hier raus«, sagte Wayne.

»Man kann sich schon vorstellen, daß er mit Lana Turner befreundet war«, sagte Caroline. Sie hielt die Rose und drehte sie zwischen den Fingern.

»Gute Nacht!« rief sie Aldos Rücken zu.

Aber Aldo war damit beschäftigt, eine neue Rose zu wählen.

»Ich glaub nicht, daß er ihr je begegnet ist«, sagte Wayne.

Würdest du bitte endlich still sein, bitte

Als Ralph Wyman achtzehn war und zum ersten Mal von zu Hause fortging, gab ihm sein Vater, Direktor der Jefferson-Grundschule und Solotrompeter im Orchester des Weavervill Elks Club, Ermahnungen mit auf den Weg: das Leben sei eine sehr ernste Angelegenheit, eine Unternehmung, die von einem frisch in die Welt gehenden jungen Menschen Stärke und Zielstrebigkeit verlange, ein mühsames Unterfangen, wie jeder wisse, aber gleichwohl ein lohnendes, wie Ralph Wymans Vater glaubte und sagte. Doch auf dem College waren Ralphs Ziele vage. Er dachte, er wollte Arzt werden, und er dachte, er wollte Rechtsanwalt werden, und er nahm an Einführungskursen für Medizinstudenten und an Kursen in Rechtsgeschichte und Wirtschaftsrecht teil, bevor er zu dem Schluß kam, daß er weder die fürs Medizinstudium notwendige emotionale Gelassenheit besaß, noch die fürs Jurastudium erforderliche Fähigkeit fortgesetzten Lesens, zumal es bei solchem Lesen auch um Fragen des Eigentums und des Erbens gehen mochte. Zwar besuchte er weiterhin hier und da naturwissenschaftliche und wirtschaftswissenschaftliche Vorlesungen, doch wählte er nun auch Seminare in Philosophie und Literatur und hatte das Gefühl, unmittelbar vor einer geradezu unerhörten Entdeckung, die ihn selbst betraf, zu stehen. Aber die Entdeckung kam nie. Es war in dieser Zeit – der Phase, in der er auf dem Tiefpunkt angekommen war, wie er später sagen sollte –, daß Ralph glaubte, er sei am Rande eines Zusammenbruchs; er gehörte einer Studentenverbindung an und betrank sich jeden Abend. Er trank so viel, daß er bekannt dafür wurde und man ihn, nach dem Barmann im Keg, »Jackson« nannte.

Dann, in seinem dritten Collegejahr, geriet Ralph unter den Einfluß eines Lehrers von ungewöhnlicher Überzeugungskraft. Dr. Maxwell war sein Name; Ralph würde ihn nie vergessen. Er war ein gutaussehender Mann Anfang Vierzig, voller Anmut, mit exquisiten Manieren und mit einem Hauch vom Süden, der in seiner Stimme mitschwang. Er hatte seine Ausbildung an der Vanderbilt University bekommen, hatte in Europa studiert und hatte später mit ein oder zwei Literaturzeitschriften drüben an der Ostküste zu tun gehabt. Fast über Nacht, wie Ralph später sagen sollte, beschloß er, den Beruf des Lehrers zu ergreifen. Er trank nicht mehr ganz so viel, stürzte sich in seine Studien und wurde binnen eines Jahres in die nationale Journalistenverbindung Omega Psi gewählt; er wurde Mitglied des English Club; er wurde eingeladen, mit seinem Cello zu kommen, das er drei Jahre lang nicht gespielt hatte, und sich einer studentischen Kammermusik-Gruppe, die sich gerade bildete, anzuschließen; und er kandidierte mit Erfolg für das Amt des Sprechers der Abschlußklasse. In dieser Zeit lernte er Marian Ross kennen – eine hübsche blasse und schlanke Studentin, die sich in einem Chaucer-Seminar neben ihn gesetzt hatte.

Marian Ross trug ihr Haar lang und bevorzugte Rollkragenpullover und lief immer mit einer ledernen Handtasche herum, die ihr, hin und her schwingend, an einem langen Riemen von der Schulter herabhing. Sie hatte große Augen, die alles mit einem Blick zu erfassen schienen. Ralph ging gern mit Marian Ross aus. Sie gingen ins Keg und in ein paar andere Lokale, in die alle gingen, aber sie ließen nicht

zu, daß ihr Zusammensein oder später ihre Verlobung im folgenden Sommer in irgendeiner Weise ihr Studium beeinträchtigte. Sie waren gewissenhafte Studenten, und beide Eltern stimmten schließlich der Verbindung zu. Im Frühjahr absolvierten Ralph und Marian an derselben High School in Chicago ihr Lehr-Praktikum, und im Juni legten sie gemeinsam ihre Abschlußprüfungen ab. Zwei Wochen später heirateten sie in der episkopalischen Kirche St. James.
Sie hatten einander am Abend vor ihrer Hochzeit die Hände gehalten und gelobt, für immer die Freuden und das Mysterium der Ehe zu bewahren.

Die Hochzeitsreise machten sie, mit dem Auto, nach Guadalajara, und während sie beide die Besichtigung der verfallenen Kirchen und der spärlich beleuchteten Museen und das nachmittägliche Einkaufen und Erkunden des Marktes genossen, war Ralph insgeheim entsetzt von dem Elend und der unverhüllten Begierde, die er dort sah, und sehnte sich danach, in die Sicherheit Kaliforniens zurückzukehren. Aber das eine Bild, an das er sich immer erinnern würde und das ihn von allen am meisten beunruhigte, hatte nichts mit Mexiko zu tun. Es war am späten Nachmittag, fast schon Abend, und Marian lehnte regungslos mit den Armen auf der schmiedeeisernen Balustrade der *casita*, die sie gemietet hatten, als Ralph unten die staubige Straße heraufkam. Ihr Haar war lang und hing ihr vorn über die Schultern, und sie stand da und sah nicht in seine, sondern in die andere Richtung, den Blick auf irgend etwas in der Ferne gerichtet. Sie trug eine weiße Bluse und um den Hals einen leuchtendroten Schal, und er konnte ihre gegen den weißen Stoff drängenden Brüste sehen. Er hatte eine Flasche dunklen Weins, ohne Etikett, unter dem Arm, und die ganze Szene kam ihm vor wie aus einem Film, ein Moment von intensiver Dramatik, in den Marian durchaus hineinpaßte, er jedoch nicht.

Ehe sie in ihre Flitterwochen aufgebrochen waren, hatten sie beide eine Stellung an einer High School in Eureka angenommen, einer Stadt im Holzindustriegebiet im nördlichen Teil Kaliforniens. Nach einem Jahr, als sie überzeugt waren, daß die Schule und die Stadt genau das waren, was ihnen auf die Dauer vorschwebte, machten sie eine Anzahlung auf ein Haus im Fire Hill-Bezirk. Ralph hatte, ohne weiter darüber nachzudenken, das Gefühl, daß er und Marian einander vollkommen verstanden – so gut zumindest, wie zwei Menschen einander verstehen konnten. Überdies hatte Ralph das Gefühl, daß er sich selbst verstand – wußte, was er leisten konnte, was er nicht leisten konnte und welche Ziele er im Bewußtsein dessen, was er schaffen konnte, anstrebte.

Ihre zwei Kinder, Dorothea und Robert, waren inzwischen fünf und vier Jahre alt. Ein paar Monate nach Roberts Geburt war Marian eine Stellung als Französisch- und Englischlehrerin am Junior College am Stadtrand angeboten worden, und Ralph war an der High School geblieben. Sie betrachteten sich als ein glückliches Paar – nur ein einziges Mal hatte ihre Ehe Schaden genommen, und das lag weit zurück, zwei volle Jahre in diesem Winter. Es war etwas, worüber sie seither nie gesprochen hatten. Aber Ralph dachte manchmal daran – tatsächlich dachte er sogar, wie er sich bereitwillig eingestand, immer öfter daran. Und zunehmend sah er dann gräßliche Bilder vor seinen Augen, bestimmte undenkbare Einzelheiten. Denn er hatte sich in den Kopf gesetzt, daß seine Frau ihn einmal betrogen hatte, mit einem Mann, der Mitchell Anderson hieß.

Aber jetzt war Sonntagabend, im November, und die Kinder schliefen, und Ralph saß auf dem Sofa und korrigierte Arbeiten und hörte das Radio leise in der Küche spielen, wo Marian war und bügelte, und er fühlte sich enorm glücklich. Er blickte eine Weile länger auf die Arbeiten, die vor ihm lagen, dann sammelte er sie alle ein und drehte die Lampe aus.

»Fertig, Liebes?« sagte Marian mit einem Lächeln, als er in der Tür erschien. Sie saß auf einem hohen Hocker, und sie stellte das Bügeleisen hochkant auf das Brett, als hätte sie auf ihn gewartet.

»Verdammt, nein«, sagte er mit einer übertriebenen Grimasse und warf die Arbeiten auf den Küchentisch.

Sie lachte – hell, heiter – und hielt ihm das Gesicht hin, damit er sie küßte, und er gab ihr einen kleinen Kuß auf die Wange. Er zog sich einen Stuhl vom Tisch heran, setzte sich und lehnte sich mitsamt dem Stuhl zurück und sah sie an. Wieder lächelte sie und schlug dann die Augen nieder.

»Ich schlaf schon halb«, sagte er.

»Kaffee?« fragte sie und langte hinüber und legte den Handrücken an die Kaffeemaschine.

Er schüttelte den Kopf.

Sie nahm ihre Zigarette, die angezündet im Aschenbecher lag, blickte zu Boden, während sie rauchte, und legte sie dann wieder in den Aschenbecher. Sie sah ihn an, und ein warmer Ausdruck glitt über ihr Gesicht. Sie war hochgewachsen und geschmeidig, mit einem schönen Busen, schmalen Hüften und wunderbaren weiten Augen.

»Denkst du eigentlich noch manchmal an die Party damals?« fragte sie, während sie ihn noch immer ansah.

Er war verblüfft und bewegte sich auf dem Stuhl, und er sagte: »Welche Party? Du meinst die vor zwei oder drei Jahren?«

Sie nickte.
Er wartete, und als sie keine weitere Erklärung abgab, sagte er: »Was ist damit? Jetzt, wo du's aufs Tapet bringst, was ist damit?« Dann: »Er hat dich geküßt, immerhin, an dem Abend damals, oder etwa nicht? Ich mein, ich wußte, daß er das getan hat. Er hat versucht, dich zu küssen, oder etwa nicht?«
»Ich mußte nur gerade daran denken, und ich hab dich gefragt, das ist alles«, sagte sie. »Manchmal denk ich daran«, sagte sie.
»Also hat er, oder etwa nicht? Komm schon, Marian«, sagte er.
»Denkst du noch manchmal an die Nacht damals?« sagte sie.
Er sagte: »Nicht eigentlich. Es ist lange her, nicht? Drei oder vier Jahre. Du kannst es mir jetzt erzählen«, sagte er. »Es ist immer noch der alte Jackson, mit dem du sprichst, weißt du noch?« Und beide lachten sie unvermittelt miteinander, und unvermittelt sagte sie: »Ja.« Sie sagte: »Er hat mich ein paarmal geküßt.« Sie lächelte.
Er wußte, er hätte jetzt versuchen sollen, ihr Lächeln zu erwidern, aber er konnte es nicht. Er sagte: »Du hast mir bisher immer gesagt, er hätte nicht. Du hast gesagt, er hätte nur den Arm um dich gelegt, während er fuhr. Also, was gilt nun?«
»Warum hast du das getan?« sagte sie wie in Trance. »Wo warst du die ganze Nacht?« schrie er, über ihr stehend, die Beine zittrig, die Faust wieder erhoben, bereit, abermals zuzuschlagen. Dann sagte sie: »Ich hab nichts getan. Warum hast du mich geschlagen?« sagte sie.
»Wie sind wir bloß darauf gekommen?« fragte sie.
»Du hast es aufs Tapet gebracht«, sagte er.
Sie schüttelte den Kopf. »Ich weiß nicht, warum ich daran

denken mußte.« Sie zog die Oberlippe ein und blickte zu Boden. Dann straffte sie die Schultern und blickte auf. »Wenn du das Bügelbrett für mich wegstellst, Lieber, mache ich uns einen heißen Drink. Einen Rumgrog. Wie klingt das?«

»Gut«, sagte er.

Sie ging ins Wohnzimmer und machte die Lampe an und bückte sich, um eine Zeitschrift vom Fußboden aufzuheben. Er betrachtete ihre Hüften unter dem karierten Schottenrock. Sie trat vor das Fenster und stand da und blickte hinaus in das Licht der Straßenlaterne. Sie strich mit der Hand über ihren Rock, dann fing sie an, ihre Bluse in den Rockbund zu stecken. Er fragte sich, ob sie sich fragte, ob er sie beobachtete.

Nachdem er das Bügelbrett in die Nische auf der Veranda gestellt hatte, setzte er sich wieder, und als sie in die Küche kam, sagte er: »Also, was ist sonst noch vorgefallen zwischen dir und Mitchell Anderson, in der Nacht damals?«

»Nichts«, sagte sie. »Ich hab gerade an etwas anderes gedacht.«

»Woran?«

»An die Kinder, an das Kleid, das Dorothea nächstes Jahr zu Ostern kriegen soll. Und an den Kurs, den ich morgen geben muß. Ich hab gerade überlegt, was wohl passiert, wenn man's mal mit Rimbaud probiert«, und sie lachte. »Nein, ich wollte nicht reimen, ehrlich, Ralph, und ehrlich, sonst ist nichts passiert. Tut mir leid, daß ich das angesprochen habe.«

»Okay«, sagte er.

Er stand auf und lehnte sich neben dem Kühlschrank an die Wand und beobachtete sie, wie sie mit dem Teelöffel Zucker in zwei Gläser tat und dann den Rum hineinrührte. Das Wasser fing an zu kochen.

»Sieh mal, Schatz, jetzt *ist* es nun mal aufs Tapet gebracht«, sagte er, »und es *war* vor vier Jahren, also gibt es keinerlei Grund, den ich mir denken könnte, daß wir jetzt nicht darüber reden *können*, wenn wir es *wollen*. Oder gibt es einen Grund?«

Sie sagte: »Es gibt wirklich nichts, was da noch zu bereden wäre.«

Er sagte: »Ich würd es gern wissen.«

Sie sagte: »Was wissen?«

»Was er sonst noch gemacht hat, außer daß er dich geküßt hat. Wir sind erwachsen. Wir haben die Andersons buchstäblich seit Jahren nicht gesehen und werden sie wahrscheinlich nie wiedersehen, und es ist vor *langer* Zeit gewesen, welchen Grund könnte es da möglicherweise geben, daß wir nicht darüber reden können?« Er war selbst ein bißchen überrascht über den sachlichen Ton in seiner Stimme. Er setzte sich hin und blickte auf das Tischtuch und blickte dann auf und sah sie an. »Also?« sagte er.

»Also«, sagte sie mit einem spitzbübischen Lächeln, neigte mädchenhaft den Kopf auf eine Seite und besann sich. »Nein, Ralph, wirklich. Ich möchte wirklich lieber nicht darüber reden.«

»Um Gottes willen, Marian! *Jetzt* meine ich es ernst«, sagte er, und plötzlich wurde ihm bewußt, daß er es ernst meinte. Sie drehte das Gas unter dem Wasserkessel aus und streckte die Hand aus und legte sie auf den Hocker; dann setzte sie sich wieder und hakte die Absätze hinter die untere Leiste. Sie saß vorgebeugt, die Arme über den Knien, und ihre Brüste drängten gegen die Bluse. Sie nahm einen Fussel von ihrem Rock, und dann blickte sie auf.

»Du erinnerst dich, Emily war mit den Beattys schon nach Hause gefahren, und aus irgendeinem Grund war Mitchell noch geblieben. Zuerst sah er an dem Abend so aus, als

wäre er nicht gut beieinander. Ich weiß nicht, vielleicht kamen sie gerade nicht gut miteinander zurecht, Emily und er, aber das weiß ich nicht. Und so waren du und ich, die Franklins und Mitchell Anderson noch da. Allesamt ein bißchen betrunken. Ich weiß nicht genau, wie es kam, Ralph, aber zufällig waren Mitchell und ich einen Moment lang allein in der Küche, und es war kein Whisky mehr da, nur noch eine angebrochene Flasche von dem Weißwein, den wir getrunken hatten. Es muß kurz vor eins gewesen sein, denn Mitchell sagte: ›Wenn wir auf Riesenschwingen reisen, schaffen wir es noch zum Schnapsladen, ehe sie schließen.‹ Du weißt doch, wie theatralisch er sein konnte, wenn er wollte. Stepptanz auf weichen Sohlen, Pantomimen? Wie auch immer, er war in allem sehr witzig. Zumindest schien es damals so. Und außerdem sehr betrunken, möchte ich hinzufügen. Ich übrigens auch, was das angeht. Es war ein Impuls, Ralph. Ich weiß nicht, warum ich's getan hab, frag mich nicht, aber als er sagte, los, gehen wir – da hab ich ja gesagt. Wir sind hinten rausgegangen, wo sein Auto stand. Wir sind einfach so gegangen ... wie wir waren ... haben nicht mal unsere Mäntel aus dem Schrank geholt, wir dachten, wir würden nur ein paar Minuten fortbleiben. Ich weiß nicht, was wir gedacht haben, was *ich* gedacht hab. Ich weiß nicht, *warum* ich mitgefahren bin, Ralph. Es war ein Impuls, das ist alles, was ich dazu sagen kann. Es war der falsche Impuls.« Sie schwieg einen Moment. »Es war meine Schuld an dem Abend, Ralph, und es tut mir leid. Ich hätte nichts dergleichen tun sollen – das *weiß* ich.«
»Verdammt!« entfuhr es ihm. »Aber du bist immer so gewesen, Marian!« Und er wußte im selben Moment, daß er eine neue und profunde Wahrheit ausgesprochen hatte.
Sein Kopf füllte sich mit einem Schwarm von Beschuldigungen, und er gab sich Mühe, sich auf eine zu konzentrie-

ren. Er sah nieder auf seine Hände und bemerkte, daß das gleiche leblose Gefühl in ihnen war wie an dem Tag, als er Marian auf dem Balkon hatte stehen sehen. Er nahm den roten Korrekturstift, der auf dem Tisch lag, und dann legte er ihn wieder hin.

»Ich höre«, sagte er.

»Was willst du hören?« sagte sie. »Du fluchst und regst dich auf, Ralph. Um nichts – um nichts und wieder nichts, Schatz! –, da ist nichts *anderes*«, sagte sie.

»Sprich weiter«, sagte er.

Sie sagte: »*Was* ist denn bloß los mit uns? Weißt *du*, wie das alles angefangen hat? Ich weiß nämlich nicht mehr, wie es angefangen hat.«

Er sagte: »Sprich weiter, Marian.«

»Das ist *alles*, Ralph«, sagte sie. »Ich hab es dir gesagt. Wir sind losgefahren. Wir haben geredet. Er hat mich geküßt. Ich begreife immer noch nicht, wieso wir drei Stunden weg waren – oder was immer es war, was du gesagt hast.«

»Erzähl es mir«, sagte er, und er wußte, da war mehr, und er wußte, daß er es immer gewußt hatte. Er hatte ein flattriges Gefühl im Magen, und dann sagte er: »Nein. Wenn du es mir nicht erzählen willst, ist es auch recht. Ich glaub sogar, ich würde es lieber dabei belassen«, sagte er. Er dachte flüchtig, daß er heute, an diesem Abend, irgendwo anders wäre und etwas anderes täte, daß es irgendwo still wäre, wenn er nicht geheiratet hätte.

»Ralph«, sagte sie, »du wirst nicht wütend, nicht wahr? Ralph? Wir reden doch nur. Du wirst nicht wütend, nicht wahr?« Sie hatte sich hinüberbewegt zu einem Stuhl am Tisch.

Er sagte: »Nein, werde ich nicht.«

Sie sagte: »Versprochen?«

Er sagte: »Versprochen.«
Sie zündete sich eine Zigarette an. Er hatte plötzlich ein übermächtiges Verlangen, die Kinder zu sehen, sie aus dem Bett zu holen, schwer und schlaftrunken, wie sie waren, und er wollte sie beide halten, jedes auf einem seiner Knie, und sie schaukeln, bis sie aufwachten. Er verlagerte all seine Aufmerksamkeit auf eine der winzigen schwarzen Kutschen auf dem Tischtuch. Jede der schwarzen Kutschen wurde von vier stolzen Schimmeln gezogen, und der Kutscher hatte die Arme erhoben und trug einen schwarzen Zylinder, und oben waren Koffer auf die Kutsche geschnallt, und an der Seite hing etwas, das wie eine Petroleumlampe aussah, und sofern er überhaupt etwas hörte, dann hörte er es vom Innern der schwarzen Kutsche aus.
»... Wir sind direkt zu dem Schnapsladen gefahren, und ich hab im Auto gewartet, bis er rauskam. Er hatte eine Tragetüte in der einen Hand und einen von diesen Plastikbeuteln mit Eiswürfeln in der anderen. Er taumelte ein bißchen, als er einstieg. Ich hatte nicht gemerkt, daß er so betrunken war, bis wir wieder losfuhren. Ich merkte es an der Art, wie er fuhr. Er fuhr entsetzlich langsam. Er saß tief über das Lenkrad gebeugt. Seine Augen blickten glasig. Wir sprachen über alles mögliche, Dinge, die keinen Sinn ergaben. Ich kann mich nicht erinnern. Wir sprachen über Nietzsche. Strindberg. Er inszenierte damals *Fräulein Julie* mit Studenten aus dem zweiten Semester. Und dann über Norman Mailer, irgendwas, daß er seiner Frau ein Messer in die Brust gestoßen hätte. Und dann hielt er eine Zeitlang mitten auf der Straße. Und wir tranken beide einen Schluck aus der Flasche. Er sagte, er könne den Gedanken, daß mir ein Messer in die Brust gestoßen werde, nicht ertragen. Er sagte, er würde meine Brust gern küssen. Er fuhr von der Straße runter und legte seinen Kopf in meinen Schoß ...«

Sie sprach hastig weiter, und er saß da, die gefalteten Hände auf dem Tisch, und beobachtete ihre Lippen. Seine Augen sprangen in der Küche hin und her – Herd, Serviettenhalter, Herd, Küchenschränke, Toaster, wieder zu ihren Lippen, wieder zu der Kutsche auf dem Tischtuch. Er empfand ein eigenartiges, durch seine Lenden zuckendes Verlangen nach ihr, und dann spürte er das andauernde Schaukeln der Kutsche, und er wollte gerade rufen *Halt*, da hörte er sie sagen: »Er sagte, wollen wir es mal versuchen?« Und dann sagte sie: »Ich bin schuld daran. Ich bin die Schuldige. Er hat gesagt, er überläßt es ganz mir, ich könnte tun und lassen, was ich will.«

Er schloß die Augen. Er schüttelte den Kopf, bemühte sich, Möglichkeiten zu erfinden, andere Schlüsse. Er fragte sich sogar, ob er diese Nacht von vor zwei Jahren wiederherstellen könne, und er malte sich aus, wie er in die Küche kam, während die beiden gerade an der Tür waren, und hörte sich mit entschiedener Stimme zu ihr sagen, o nein, nein, du gehst mir nicht mehr raus mit diesem Mitchell Anderson! Der Kerl ist betrunken, und obendrein ist er ein schlechter Autofahrer, und du mußt jetzt schlafen gehen und morgen früh mit dem kleinen Robert und mit Dorothea aufstehen, und jetzt Schluß! Du sollst Schluß machen!

Er schlug die Augen auf. Sie hatte die eine Hand vor dem Gesicht und weinte schluchzend.

»Warum hast du das getan, Marian?« fragte er.

Sie schüttelte den Kopf, ohne aufzusehen.

Da plötzlich wußte er! Seine Gedanken überschlugen sich. Einen Moment lang konnte er nur dumpf auf seine Hände starren. Er wußte! Und dieses Wissen tobte in seinem Kopf.

»Gott! Nein! Marian! *Mein Gott!*« rief er und sprang vom Tisch zurück. »Gott! *Nein*, Marian!«

»Nein, nein«, sagte sie und warf den Kopf zurück.

»Du hast ihn gelassen!« schrie er.
»Nein, nein«, flehte sie.
»Du hast ihn gelassen! Mal versuchen! Du hast! Du hast! Mal *versuchen!* War es das, was er gesagt hat? Antworte mir!« schrie er. »Ist er in dir gekommen? Hast du ihn in dir kommen lassen, als ihr euren kleinen Versuch gemacht habt?«
»Hör zu, Ralph, hör mir bitte zu«, wimmerte sie, »ich schwör dir, nein, er ist nicht. Er ist nicht gekommen. Er ist nicht in mir gekommen.« Sie wiegte sich auf dem Stuhl hin und her.
»O Gott! Gott *verdamme* dich!« rief er mit schriller Stimme.
»Mein Gott!« sagte sie, sprang auf, streckte beide Hände aus. »Sind wir verrückt geworden, Ralph? Haben wir beide den Verstand verloren? Ralph? Vergib mir, Ralph. Vergib –«
»Rühr mich nicht an! Weg, weg von mir!« brüllte er. Er brüllte.
Sie keuchte jetzt in ihrer Angst. Sie versuchte ihn abzuwehren. Aber er packte sie bei der Schulter und stieß sie aus dem Weg.
»Vergib mir, Ralph! *Bitte!* Ralph!« schrie sie.

2

Er mußte stehenbleiben und sich an ein Auto lehnen, bevor er weitergehen konnte. Zwei Paare in Abendkleidung kamen ihm auf dem Gehweg entgegen, und einer der Männer erzählte gerade mit lauter Stimme eine Geschichte. Die anderen lachten schon. Ralph stieß sich von dem Auto ab und überquerte die Straße. Nach wenigen Minuten war er bei Blake's, wo er manchmal nachmittags auf ein Bier mit

Dick Koenig Station machte, ehe er Robert und Dorothea vom Kindergarten abholte.
Drinnen war es dunkel. Auf den Tischen an der Wand brannten Kerzen, die auf langhalsigen Flaschen steckten. Verschwommen sah er Schattenrisse von Männern und Frauen; sie hatten die Köpfe zusammengesteckt und redeten. Eines der Paare nahe der Tür verstummte und sah zu ihm auf. Ein würfelförmiges Gerät oben an der Decke drehte sich und warf Nadeln aus Licht in den Raum. Zwei Männer saßen am Ende der Theke, und eine dunkle Männergestalt stand über die Jukebox in der Ecke gebeugt, die Hände zu beiden Seiten auf das Glas gestützt. Der Mann will irgendwas spielen, dachte Ralph, als machte er gerade eine bedeutsame Entdeckung, und er blieb in der Mitte des Raums stehen und beobachtete den Mann.
»Ralph! Mr. Wyman, Sir!«
Er drehte sich um. Es war David Parks, der hinter der Theke stand und ihn rief. Ralph ging hinüber und stützte sich mit seinem ganzen Gewicht auf die Theke, bevor er sich auf einen Hocker setzte.
»Soll ich eins zapfen, Mr. Wyman?« Parks hielt ein Glas in der Hand und lächelte. Ralph nickte. Er sah zu, wie Parks das Glas füllte, sah zu, wie Parks das Glas schräg unter den Zapfhahn hielt und es nach und nach, während es voll lief, aufrichtete.
»Wie geht's denn, Mr. Wyman?« Parks stellte den einen Fuß auf ein Brett unter der Theke. »Was meinen Sie, wer wird nächste Woche das Spiel gewinnen, Mr. Wyman?« Ralph schüttelte den Kopf und hob das Glas an die Lippen. Parks hüstelte. »Ich lad Sie zu einem ein, Mr. Wyman. Das hier geht auf meine Rechnung.« Er nahm den Fuß herunter, nickte bekräftigend und griff in die Tasche unter seiner Schürze. »Hier, ich hab es passend«, sagte Ralph. Er brach-

te ein paar Münzen zum Vorschein und musterte sie in seiner Hand. Ein Quarter, ein Nickel, zwei Dimes, zwei Pennies. Er zählte sie, als ginge es darum, einen Code zu knacken. Er legte den Quarter hin und stand auf und steckte die Münzen in die Tasche. Der Mann stand noch immer vor der Jukebox, und seine Hände lagen noch immer zu beiden Seiten auf dem Glas.

Draußen drehte Ralph sich um und versuchte zu entscheiden, was er tun wollte. Sein Herz pochte, als wäre er gerannt. Hinter ihm öffnete sich die Tür, und ein Mann und eine Frau kamen heraus. Ralph ging ihnen aus dem Weg, und sie stiegen in ein Auto, das am Straßenrand parkte, und Ralph sah, wie die Frau, als sie in den Wagen stieg, ihr Haar zurückwarf. Er hatte nie etwas so Erschreckendes gesehen.

Er ging bis zum Ende des Blocks, überquerte die Straße und ging noch einen Block weiter, ehe er beschloß, in die Stadt zu gehen. Er ging schnell, die Hände in den Taschen zu Fäusten geballt, und seine Schuhe klatschten auf das Pflaster. Er blinzelte immer wieder mit den Augen und konnte es nicht glauben, daß er hier lebte. Er schüttelte den Kopf. Er hätte gern irgendwo eine Weile gesessen und darüber nachgedacht, aber er wußte, daß er jetzt nicht sitzen, nicht darüber nachdenken konnte. Er erinnerte sich an einen Mann, den er vor langer Zeit in Arcata auf dem Bordstein hatte sitzen sehen, ein alter Mann mit Bartstoppeln und einer braunen Wollmütze auf dem Kopf, der einfach nur dasaß, mit den Armen zwischen den Beinen. Und dann dachte Ralph: Marian! Dorothea! Robert! Es war unmöglich. Er versuchte sich vorzustellen, wie sich all dies in zwanzig Jahren ausnehmen würde. Aber er konnte sich gar nichts mehr vorstellen. Und dann stellte er sich vor, er erwischte seine Schüler dabei, wie sie einen Zettel weitergaben, auf dem stand *Wollen wir es mal versuchen*? Dann

konnte er nicht mehr denken. Dann empfand er eine tiefe Gleichgültigkeit. Dann dachte er an Marian. Er dachte an Marian, wie er sie vor einer Weile gesehen hatte, mit zerknittertem Gesicht. Dann an Marian, wie sie auf dem Fußboden lag, Blut an den Zähnen: »Warum hast du mich geschlagen?« Dann an Marian, wie sie unter ihr Kleid griff, um ihren Strumpfgürtel zu lösen! Dann an Marian, wie sie das Kleid hob, während sie sich zurückbog! Dann an Marian in Glut, an Marian, wie sie rief: *Mach! Mach! Mach!*
Er hörte auf. Er dachte, er müsse sich übergeben. Er ging an den Straßenrand. Er schluckte und schluckte, blickte auf, als ein Auto voller krakeelender Teenager vorbeifuhr, die ihn mit einem langen Hornstoß aus ihrer musikalischen Hupe bedachten. Ja, ein großes Übel bedrängte die Welt, sagte er sich, und es bedurfte nur eines kleinen Durchschlupfs, einer kleinen Öffnung.

Er kam zur Second Street, dem Teil der Stadt, den die Leute die »Straße zwei« nannten. Sie begann hier, in Shelton, unter dem Licht der Straßenlaternen, wo die alten Pensionen aufhörten, und führte über vier oder fünf Blocks hinunter zur Pier, wo Fischerboote festmachten. Er war vor sechs Jahren einmal hier unten gewesen, in einem Trödelladen, in dem er die verstaubten Regale mit alten Büchern durchgesehen hatte. Auf der anderen Straßenseite war ein Spirituosenladen, und er sah einen Mann gleich hinter der Glastür stehen, der in eine Zeitung guckte.
Eine Glocke über der Tür schlug an. Ralph weinte fast bei dem Klang. Er kaufte sich Zigaretten, ging wieder hinaus und ging weiter die Straße entlang, blickte in Schaufenster, von denen manche mit Plakaten beklebt waren: ein Ball, der Shrine-Zirkus, der im letzten Sommer da gewesen war, eine Wahl – *Fred C. Walters, unser Kandidat für den Stadtrat.* In

einem der Fenster, in die er blickte, stand ein Tisch, auf dem ein Waschbecken und Verbindungsrohre durcheinanderlagen, und auch dieser Anblick trieb ihm Tränen in die Augen. Er kam zu einem Vic Tanney-Sportstudio, wo er Licht unter den vor ein großes Fenster gezogenen Vorhängen nach draußen dringen sah und das Wasser im Schwimmbekken drinnen und das Echo beschwingter, über das Wasser hallender Stimmen hörte. Und dann sah er mehr Licht, es kam aus Bars und Cafés auf beiden Seiten der Straße, und mehr Menschen, Gruppen von drei oder vier Leuten, aber hin und wieder ein Mann allein oder eine Frau in hellen Hosen, die schnell die Straße entlangging. Er blieb vor einem Fenster stehen und sah ein paar Negern zu, die Pool spielten, während Zigarettenrauch durch den Lichtkegel der über dem Tisch brennenden Lampe trieb. Einer der Männer, der gerade sein Queue mit Kreide einrieb, mit Hut auf dem Kopf und einer Zigarette im Mund, sagte etwas zu einem anderen Mann, und beide Männer grinsten, und dann blickte der erste konzentriert auf die Billardkugeln und beugte sich über den Spieltisch.
Ralph blieb vor Jim's Oyster House stehen. Er war noch nie hier gewesen, hatte noch nie eines dieser Lokale betreten. Der Name war über der Tür aus gelben Glühbirnen zusammengesetzt: JIM'S OYSTER HOUSE. Darüber, an einem Eisengitter befestigt, war eine riesige Neonlichtreklame, eine Muschelschale, aus der die Beine eines Mannes herausstaken. Der Torso war in der Muschel verborgen, und die Beine blitzten rot auf, an und aus, auf und nieder, so daß es aussah, als zappelten sie in der Luft. Ralph steckte sich eine neue Zigarette an dem Stummel der gerade gerauchten an und stieß die Tür auf.
Das Lokal war überfüllt, Menschen drängten sich auf der Tanzfläche, die Arme umeinandergeschlungen, darauf war-

tend, daß die Band wieder spielte. Ralph schob sich zur Theke, und einmal hielt eine betrunkene Frau ihn am Mantel fest. An der Theke gab es keine Hocker, und er mußte ganz am Ende stehen, zwischen einem Mann von der Küstenwache und einem verschrumpelten Mann in einem Jeansanzug. Im Spiegel sah er, wie die Musiker der Band von dem Tisch, an dem sie gesessen hatten, aufstanden. Sie hatten weiße Hemden an und dunkle Hosen und trugen rote Stringties um den Hals. Er sah einen Kamin mit Gasflammen hinter einem Stapel von Scheiten aus Blech, und das Podium der Band war unmittelbar daneben. Einer der Musiker zupfte die Saiten seiner elektrischen Gitarre und sagte mit einem vielsagenden Grinsen etwas zu den anderen. Die Band begann zu spielen.

Ralph hob sein Glas und leerte es. Weiter weg an der Theke hörte er eine Frau wütend sagen: »Also, das gibt Ärger, das ist alles, was ich dazu sagen kann.« Die Musiker beendeten ihre Nummer und begannen mit einer neuen. Einer der Männer, der Bassist, trat ans Mikrofon und begann zu singen. Aber Ralph konnte den Text nicht verstehen. Als die Band wieder eine Pause einlegte, sah sich Ralph nach der Toilette um. Er sah hinten, am äußersten Ende der Theke, sich öffnende und schließende Türen und ging in diese Richtung. Er schwankte leicht, und er wußte, daß er jetzt betrunken war. Über einer der Türen hing ein Geweih. Er sah einen Mann hineingehen und sah einen anderen Mann die Tür auffangen und herauskommen. Drinnen, in einer Schlange von drei anderen Männern, merkte er plötzlich, daß er auf ausgebreitete Schenkel und eine Vulva starrte, die über einem Taschenkammautomaten an die Wand gemalt waren. Darunter war gekritzelt NASCH MICH, und darunter wiederum hatte jemand geschrieben: *Betty Nasch T. – RA 52275*. Der Mann vor ihm rückte auf, und Ralph machte einen Schritt vorwärts, und unter der Last von Betty verkrampfte sich sein Herz. Schließlich trat er an das Becken und urinierte. Es war ein jäh niederfahrender Blitz. Er seufzte, beugte sich vor und legte die Stirn an die Wand. Oh, Betty, dachte er. Sein Leben war verändert, und er versuchte es zu verstehen. Gab es andere Männer, fragte er sich betrunken, die auf ein bestimmtes Ereignis in ihrem Leben blicken und darin die Anfänge der Katastrophe wahrnehmen konnten, die danach ihrem Leben eine andere Richtung gab? Er stand eine Weile länger da, und dann blickte er nach unten: er hatte auf seine Finger uriniert. Er ging zum Waschbecken, ließ Wasser über die Hände laufen, nachdem er sich gegen das schmutzige Stück Seife entschieden hatte. Als er das Handtuch herunterrollte, hielt er das Gesicht dicht an den fleckigen Spiegel und blickte in seine Augen. Ein Gesicht: nichts daran außergewöhnlich. Er berührte das Spiegelglas, und dann trat er zurück, weil ein Mann an ihm vorbei ans Waschbecken wollte.

Als er aus der Tür kam, sah er eine andere Tür am anderen Ende des Gangs. Er ging hin und blickte durch die Glasscheibe in der Tür auf vier Kartenspieler, die an einem mit grünem Filz bezogenen Tisch saßen. Ralph kam es so vor, als müßte es da drinnen unendlich still und erholsam sein, die ruhigen Bewegungen der Männer schienen ihm matt und bedeutungsschwer. Er lehnte sich an die Scheibe und sah zu, bis er spürte, daß die Männer auf ihn aufmerksam wurden.

Wieder an der Theke, hörte er eine Art Tusch der Gitarren und dann begannen die Leute zu pfeifen und zu klatschen. Eine dicke Frau mittleren Alters in einem weißen Abendkleid wurde auf das Podium gehievt. Sie versuchte, sich zu sträuben, aber Ralph sah, daß sie sich nur zierte, und schließlich nahm sie das Mikrofon und machte einen kleinen

Knicks. Die Leute pfiffen und stampften mit den Füßen. Plötzlich wußte er, daß nichts ihn retten konnte, außer wenn er in dem Raum mit den Kartenspielern war und ihnen zusah. Er nahm seine Brieftasche heraus und wölbte die Hände von beiden Seiten darüber, während er nachsah, wieviel Geld er bei sich hatte. Hinter ihm begann die Frau mit einer tiefen, schmachtenden Stimme zu singen.

Der Mann, der die Karten austeilte, blickte auf.
»Sie wollen mitspielen?« sagte er. Seine Augen glitten kurz über Ralph hin und beobachteten dann wieder den Tisch. Die anderen hoben eine Sekunde lang die Augen und blickten dann zurück auf die ringsum über den Tisch gleitenden Karten. Die Männer nahmen ihre Karten auf, und der, der mit dem Rücken zu Ralph saß, atmete eindrucksvoll durch die Nase aus, drehte sich böse starrend auf seinem Stuhl um.
»Benny, bring noch einen Stuhl!« rief der Geber einem alten Mann zu, der unter einem Tisch fegte, auf den Stühle mit der Sitzfläche nach unten gesetzt waren. Der Geber war ein massiger Mann; er hatte ein weißes, am Kragen offenes Hemd an; die Manschetten, einmal umgeschlagen, entblößten Unterarme voller schwarzer, sich kräuselnder Haare. Ralph holte tief Atem.
»Was zu trinken?« fragte Benny, der den Stuhl an den Tisch trug.
Ralph gab dem alten Mann einen Dollar und streifte seinen Mantel ab. Der alte Mann nahm den Mantel und hängte ihn im Hinausgehen neben der Tür auf. Zwei von den Kartenspielern rückten ihre Stühle, und Ralph setzte sich dem Geber gegenüber.
»Wie sieht's aus?« sagte der Geber zu Ralph, ohne aufzublicken.

»Ganz gut«, sagte Ralph.

Der Geber sagte in höflichem Ton, noch immer ohne aufzublicken: »Lowball oder Fünf-Karten-Stud. Tischgeld, Fünf-Dollar-Limit bei jeder Erhöhung.«

Ralph nickte, und als die Runde gespielt war, kaufte er für fünfzehn Dollar Chips. Er beobachtete, wie die Karten in alle Richtungen über den Tisch flitzten, nahm seine so auf, wie er es seinen Vater hatte tun sehen, indem er eine Karte unter die Ecke einer anderen schob, während eine nach der anderen vor ihn hin flog. Einmal hob er die Augen und blickte in die Gesichter der anderen. Er fragte sich, ob es wohl einem von ihnen jemals passiert war.

Binnen einer halben Stunde hatte er zwei Runden gewonnen, und ohne das Häufchen Chips vor ihm zu zählen, glaubte er, daß er immer noch fünfzehn oder sogar zwanzig Dollar haben mußte. Er gab einen Chip für einen weiteren Drink aus, und plötzlich war ihm bewußt, daß er einen langen Weg an diesem Abend zurückgelegt hatte, einen langen Weg in seinem Leben. *Jackson*, dachte er. Er könnte Jackson sein.

»Gehst du mit oder paßt du?« sagte einer der Männer.

»Clyde, wo sind wir, um Gottes willen«, fragte der Mann den Geber.

»Drei Dollar«, sagte der Geber.

»Ich geh mit«, sagte Ralph. »Ich geh mit.« Er tat drei Chips in den Pott.

Der Geber sah auf und dann wieder auf seine Karten. »Wenn du wirklich ein bißchen Aktion willst, können wir, wenn wir hier fertig sind, zu mir gehen«, sagte der Geber.

»Nein, das ist schon in Ordnung so«, sagte Ralph. »Genug Aktion für heute abend. Ich hab heute abend was rausgefunden. Meine Frau hat mit einem andern Kerl rumgemacht, vor zwei Jahren. Ich hab's heute abend rausgefun-

den.« Er räusperte sich.
Ein Mann legte seine Karten ab und zündete sich seine Zigarre an. Während er paffte, sah er Ralph lange an, schüttelte dann das Streichholz aus und nahm seine Karten wieder auf. Der Geber sah auf, seine Hände lagen flach auf dem Tisch – die schwarzen Haare auf seinen Handrücken waren stark gekräuselt.
»Arbeitest du hier in der Stadt?« fragte er Ralph.
»Ich wohn hier«, sagte Ralph. Er fühlte sich ausgehöhlt, wunderbar leer.
»Spielen wir, oder nicht?« sagte ein Mann. »Clyde?«
»Immer mit der Ruhe«, sagte der Geber.
»Um Gottes willen«, sagte der Mann mit leiser Stimme.
»Was hast du heute abend rausgefunden?« sagte der Geber.
»Meine Frau«, sagte Ralph. »Ich hab es rausgefunden.«

In der Seitengasse nahm er seine Brieftasche wieder heraus, ließ seine Finger die Scheine zählen, die ihm geblieben waren: zwei Dollar – und dann war da, wie er glaubte, noch etwas Kleingeld in seiner Tasche. Es reichte für etwas zu essen. Aber er war nicht hungrig, und er sank gegen die Hausmauer und versuchte zu denken. Ein Auto bog in die Gasse ein, hielt und setzte wieder zurück. Er ging los. Er ging den Weg, den er gekommen war. Er hielt sich im Schatten der Häuser und mied die lauten Gruppen von Männern und Frauen, die in beide Richtungen den Gehweg herauf- und herunterströmten. Er hörte eine Frau, die einen langen Mantel trug, zu dem Mann, mit dem sie ging, sagen: »Nein, Bruce, es ist überhaupt nicht so. Du begreifst es nicht.«
Er blieb stehen, als er zu dem Spirituosenladen kam. Drinnen trat er an den Ladentisch und studierte die langen ordentlichen Flaschenreihen. Er kaufte einen halben Liter Rum und noch eine Packung Zigaretten. Die Palmen auf

dem Flaschenetikett, die großen, herabhängenden Wedel mit der Lagune im Hintergrund, hatten seinen Blick gefangen, und dann erst wurde es ihm klar – *Rum!* Und er dachte, er würde ohnmächtig werden. Der Verkäufer, ein hagerer kahlköpfiger Mann mit Hosenträgern, tat die Flasche in eine Papiertüte, tippte den Preis ein und sah ihn augenzwinkernd an. »Haben was laufen heut abend, was?« sagte er.

Draußen schlug Ralph den Weg zum Pier ein; er dachte, er würde gern das Wasser sehen, mit den sich darin spiegelnden Lichtern. Er dachte, wie Dr. Maxwell wohl mit so etwas zurechtkommen würde, und er griff im Gehen in die Papiertüte, brach das Siegel an der kleinen Flasche und blieb in einem Eingang stehen, um einen kräftigen Schluck zu trinken, und er dachte, Dr. Maxwell würde, hübsch anzuschauen, am Rand des Wassers sitzen. Er überquerte ein paar alte Straßenbahnschienen und bog in eine andere, dunklere Straße ein. Er hörte schon das Schwappen der Wellen unter dem Pier, und dann hörte er, wie jemand sich ihm von hinten näherte. Ein kleiner Neger in einer Lederjacke trat plötzlich vor ihn hin und sagte: »Einen Moment mal, Mann.« Ralph versuchte, um ihn herumzugehen. Der Mann sagte: »Mann, Baby, das sind meine Füße, du trittst auf meine Füße!« Ehe Ralph loslaufen konnte, versetzte der Neger ihm einen harten Schlag in den Magen, und als Ralph stöhnte und zu Boden gehen wollte, schlug der Mann ihm mit der flachen Hand auf die Nase und stieß ihn rückwärts gegen die Wand, an der er niedersank, mit dem einen Bein verdreht unter sich, und als er versuchte zu lernen, wie man sich wieder aufrappelte, gab der Neger ihm eine Ohrfeige, die ihn der Länge nach aufs Pflaster warf.

3

Er hielt die Augen fest auf einen Punkt gerichtet und sah sie, Dutzende von ihnen, wie sie dicht unter der Wolkendecke im Kreis herumwirbelten und dahinschossen, Seevögel, Vögel, die um diese Morgenstunde vom Ozean hereinkamen. Die Straße war schwarz vom immer noch fallenden Nieselregen, und er mußte sehr vorsichtig sein, um nicht auf die Schnecken zu treten, die über den nassen Gehweg zogen. Ein Auto mit eingeschalteten Scheinwerfern drosselte das Tempo, als es vorbeifuhr. Ein anderes Auto kam vorbei. Dann wieder eines. Er sah genauer hin: Arbeiter von der Sägemühle, flüsterte er vor sich hin. Es war Montagmorgen: Er bog um eine Ecke, ging an Blake's Bar vorbei: die Jalousien runtergezogen, leere Flaschen, die wie Wächter neben der Tür standen. Es war kalt. Er ging so schnell er konnte, schlug die Arme hin und wieder um sich und rieb sich die Schultern. Schließlich kam er zu seinem Haus, das Verandalicht brannte, die Fenster waren dunkel. Er überquerte den Rasen und ging um das Haus herum. Er drehte den Knauf, und die Tür ging leise auf, und es war still im Haus. Da stand der hohe Hocker neben dem Abtropfbord. Da war der Tisch, an dem sie gesessen hatten. Er war vom Sofa aufgestanden, war in die Küche gekommen, hatte sich hingesetzt. Was hatte er sonst noch getan? Er hatte nichts weiter getan. Er sah auf die Uhr über dem Herd. Er konnte ins Eßzimmer sehen, sah den Tisch mit der Spitzendecke, in der Mitte der schwere gläserne Tafelaufsatz mit den roten Flamingos, die ihre Schwingen ausgebreitet hatten, die Vorhänge hinter dem Tisch, die aufgezogen waren. Hatte sie an diesem Fenster gestanden und nach ihm Ausschau gehalten? Er betrat den Wohnzimmerteppich. Ihr Mantel lag hingeworfen über dem Sofa, und in dem blassen Morgenlicht erkannte er einen großen Aschenbecher, voll von den Kippen ihrer Zigaretten mit Korkmundstück. Im Vorbeigehen bemerkte er das aufgeschlagene Telefonbuch auf dem Sofatisch. Er blieb an der halboffenen Tür zum Schlafzimmer stehen. Alles, so schien es, war offen für ihn. Einen kurzen Moment lang widerstand er dem Wunsch, zu ihr hineinzusehen, und dann stieß er mit dem Zeigefinger die Tür ein klein bißchen weiter auf. Sie schlief, ihr Kopf war vom Kissen gerutscht, der Wand zugekehrt, ihr Haar schwarz auf dem Laken, die Decken, hochgerutscht vom Fußende des Bettes, um ihre Schultern gebauscht. Sie lag auf der Seite, ihr geheimnisvoller Leib an den Hüften leicht gewinkelt. Er starrte. Was sollte er nach alledem tun? Seine Sachen nehmen und fortgehen? In ein Hotel gehen? Bestimmte Vereinbarungen treffen? Wie sollte ein Mann angesichts dieser Umstände handeln? Es war ihm klar, daß etwas getan worden war. Es war ihm nicht klar, was nun getan werden mußte. Das Haus war sehr still.

In der Küche ließ er, als er am Tisch saß, den Kopf auf die Arme sinken. Er wußte nicht, was er tun sollte. Nicht nur jetzt, dachte er, nicht nur in dieser Sache, nicht nur angesichts dieser Sache, nicht nur heute und morgen, sondern jeden Tag, den er auf Erden verbrachte. Dann hörte er, wie die Kinder sich regten. Er richtete sich auf und versuchte zu lächeln, als sie in die Küche kamen.

»Daddy, Daddy«, riefen sie und liefen mit ihren kleinen Körpern auf ihn zu.

»Erzähl uns 'ne Geschichte, Daddy«, sagte sein Sohn und kletterte auf seinen Schoß.

»Er kann uns jetzt nichts erzählen«, sagte seine Tochter. »Es ist noch zu früh für eine Geschichte. Stimmt's, Daddy?«

»Was hast du da im Gesicht, Daddy?« sagte sein Sohn und

zeigte mit dem Finger.
»Laß mal sehen!« sagte seine Tochter. »Laß mal sehen, Daddy.«
»Armer Daddy«, sagte sein Sohn.
»Was hast du mit deinem Gesicht gemacht, Daddy?« sagte seine Tochter.
»Das ist nichts weiter«, sagte Ralph. »Das macht nichts, Süße. Und jetzt runter mit dir, Robert, ich hör deine Mutter.«
Ralph trat schnell ins Badezimmer und verschloß die Tür.

»Ist euer Vater da?« hörte er Marian rufen. »Wo ist er, im Badezimmer? Ralph?«
»Mama, Mama!« schrie seine Tochter. »Daddy hat sich im Gesicht weh getan!«
»Ralph!« Sie drehte den Türknauf. »Ralph, laß mich rein, bitte, Liebling. Ralph? Bitte, laß mich rein, Liebling. Ich möchte dich sehen. Ralph? Bitte!«
Er sagte: »Geh weg, Marian.«
Sie sagte: »Ich kann nicht weggehen. Bitte, Ralph, mach die Tür auf, eine Minute nur, Liebling. Ich will dich nur sehen. Ralph. Ralph? Die Kinder sagen, du wärst verletzt. Was ist passiert, Liebling? Ralph?«
Er sagte: »Geh weg.«
Sie sagte: »Ralph, mach auf, bitte.«
Er sagte: »Würdest du bitte endlich still sein, bitte?«
Er hörte, wie sie draußen an der Tür wartete, er sah, wie sich der Knauf wieder drehte, und dann hörte er, wie sie in der Küche hin und her ging, den Kindern Frühstück machte und versuchte, ihre Fragen zu beantworten.
Er betrachtete sich lange im Spiegel. Er schnitt sich Gesichter. Er versuchte es mit vielen verschiedenen Gesichtern. Dann gab er auf. Er wandte sich vom Spiegel ab und setzte

sich auf den Badewannenrand und machte sich daran, seine Schuhe aufzubinden. Mit dem einen Schuh in der Hand, saß er da und starrte auf die Klipper, die über die weite blaue See des Duschvorhangs aus Plastik segelten. Er dachte an die kleinen schwarzen Kutschen auf der Tischdecke und schrie beinahe *Halt!* Er knöpfte das Hemd auf, beugte sich mit einem Seufzer über die Wanne und drückte den Stöpsel in den Abfluß. Er ließ heißes Wasser ein, und sogleich stieg Dampf auf.

Er stand nackt auf den Fliesen, ehe er in das Wasser stieg. Er umspannte mit den Fingern das schlaffe Fleisch über seinen Rippen. Er studierte wieder sein Gesicht in dem bewölkten Spiegel. Er fuhr erschrocken zusammen, als Marian seinen Namen rief.

»Ralph. Die Kinder sind in ihrem Zimmer und spielen. Ich habe Von Williams angerufen und gesagt, du kannst heute nicht kommen, und ich bleib zu Hause.« Dann sagte sie: »Ich hab ein schönes Frühstück für dich auf dem Herd, Liebling, wenn du fertig bist mit deinem Bad. Ralph?«

»Sei einfach still, bitte«, sagte er.

Er blieb im Badezimmer, bis er sie im Kinderzimmer hörte. Sie zog die Kinder an, fragte sie, ob sie nicht mit Warren und Roy spielen wollten. Er ging durchs Haus und ins Schlafzimmer, wo er die Tür schloß. Er blickte auf das Bett, ehe er hineinkroch. Er lag auf dem Rücken und blickte an die Zimmerdecke. Er war vom Sofa aufgestanden, war in die Küche gekommen, hatte sich … *hingesetzt*. Er machte die Augen zu und drehte sich auf die Seite, als Marian ins Zimmer kam. Sie zog ihren Bademantel aus und setzte sich aufs Bett. Sie schob die Hand unter die Decke und begann den unteren Teil seines Rückens zu streicheln.

»Ralph«, sagte sie.

Er spannte sich an unter ihren Fingern, und dann ließ er ein bißchen los. Es war leichter, ein bißchen loszulassen. Ihre Hand bewegte sich über seine Hüfte und über seinen Bauch, und jetzt preßte sie ihren Leib an seinen und schob sich über ihn und bewegte sich über ihm und hin und her über ihm. Er hielt, wie er später meinte, an sich, solange er konnte. Und dann drehte er sich zu ihr um. Er drehte und drehte sich, womöglich war es ein gewaltiger Schlaf gewesen, und er drehte sich weiter und staunte über die unmöglichen Veränderungen, die, wie er spürte, über ihn kamen.

Zeruya Shalev
Liebesleben
Roman · Deutsch von Mirjam Pressler

Das faszinierende Porträt einer jungen Frau, die für eine Amour fou alles riskiert und zuletzt sich selbst auf die Spur kommt.

»Ein grandioser Roman. Zeruya Shalev wird literarische Moden überdauern. Dafür sprechen ihre Klugheit, ihr erzählerisches Raffinement und ihr Mut, das menschliche Leben als das in den Blick zu nehmen, was es ist: ein Rätsel und ein Tanz auf dünnem Eis.«
Eckhard Fuhr, Die Welt

»Ein schöner und mutiger Roman.« Batya Gur

»Das ist ein großartiges Buch, es ist hinreißend, vor allem wegen der unglaublichen Sprache.« Iris Radisch

»Ein hocherotisches Buch.« Hellmuth Karasek

»Zeruya Shalev redet und überredet, blufft und verblüfft und läßt uns am Ende doch ungläubig darüber staunen, wie rein und sauber die Luft ist nach einem solchen Erzählgewitter.«
Reinhard Baumgart, Die Zeit

Camilla Gibb
Worüber niemand spricht
Roman · Aus dem Englischen von Monika Schmalz

Die einfühlsame Geschichte über das Mädchen Thelma, das sich aus eigener Kraft von den bösen Geistern ihrer Kindheit und Jugend befreit. Für diesen Roman erhielt Camilla Gibb – nach Margaret Atwood und Michael Ondaatje – den renommierten Toronto Star Award.

»*Gibbs Roman beginnt als kleine Geschichte, wird dann zu einem wortgewaltigen Flechtwerk aus unsentimentalen und dornigen Satzattacken, um schließlich als furchtbares und zugleich komisches Porträt zu enden, das über das Einzelschicksal hinausweist.*«
The New York Times

»*Trotz dieser quälenden Ereignisse bleibt die Erzählerin kühl und gerissen und erhellt das herzzerreißende Elend durch ihren spröden, spitzfindigen Humor.*« Elle

»*Sie werden keine leidenschaftlichere Stimme finden als die in Camilla Gibbs zornigem Debüt. Sie eröffnet den Blick auf uns selbst – auf das Gute, das Böse, das Begehren, den Schmerz und den unbeugsamen Humor, der in allen von uns existiert.*« Vogue

Berliner Taschenbuch Verlag

Katrin Askan

Aus dem Schneider

Roman

1986, Ostberlin. Judith verbleiben nur noch wenige Stunden bis zur Flucht. In ihrem Elternhaus bewegt sie sich ein letztes Mal durch die vertrauten Räume und Zeiten ihres bisherigen Lebens.

»Katrin Askan erzählt einen aus Short Cuts bestehenden Familienroman über entscheidende Kapitel in unserem Jahrhundert. Eine Extremsituation sprachlich zu bewältigen – das ist gekonnt.« Die Zeit

»Das historische Moment erwächst allein aus der eminenten Treffsicherheit, mit der Katrin Askan die Stimmungen und Lebensdetails ihrer Figuren darstellt. Ihr Stil ist packend, weil er nur wenige Worte braucht, um sehr viel zu sagen.« Süddeutsche Zeitung

Gustaf Sobin

Der Trüffelsucher

Roman · Deutsch von Malte Friedrich

Der zurückgezogen lebende Professor Philippe Cabassac verliebt sich in eine junge Studentin. Sie zieht auf seinen Hof, doch nach kurzem gemeinsamen Glück stirbt sie. Der verzweifelte Philippe macht beim Trüffelsuchen eine merkwürdige Entdeckung.

»*Die Leidenschaft, mit der Sobin Farben und Düfte der Landschaft heraufbeschwört, gibt seiner Prosa betörenden Zauber.*« Der Spiegel

»*Nehmen Sie dieses sinnliche, leuchtende Buch ein wie eine Droge*« The Boston Globe

»*Es liegt ein trüffeliger Geruch in allen Dingen, die Sinne und Kopf anregend, verlockend und intelligent.*« Die Welt

Berliner Taschenbuch Verlag